逆着时光的相遇

刘誉／著

花山文艺出版社

图书在版编目（CIP）数据

逆着时光的相遇 / 刘誉著. —石家庄：花山文艺出版社，2017.10
ISBN 978-7-5511-3734-8

Ⅰ.①逆… Ⅱ.①刘… Ⅲ.①长篇小说-中国-当代 Ⅳ.①I247.5

中国版本图书馆 CIP 数据核字（2017）第 227740 号

书　　名：	逆着时光的相遇
著　　者：	刘　誉

责任编辑：	李　爽
责任校对：	温学蕾
出版发行：	花山文艺出版社（邮政编码：050061）
	（河北省石家庄市友谊北大街 330 号）
销售热线：	0311-88643221/29/31/32/26
传　　真：	0311-88643225
印　　刷：	北京旭丰源印刷技术有限公司
经　　销：	新华书店
开　　本：	700×1000　1/16
印　　张：	17
字　　数：	333 千字
版　　次：	2017 年 11 月第 1 版
	2017 年 11 月第 1 次印刷
书　　号：	ISBN 978-7-5511-3734-8
定　　价：	29.80 元

（版权所有　翻印必究·印装有误　负责调换）

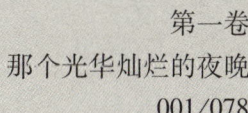

目录

第一卷
那个光华灿烂的夜晚
001/078

第二卷
欲戴王冠,必承其重
079/178

第三卷
斯德哥尔摩之恋
179/226

第四卷
一本制作精良的盗版书
227/267

第 一 卷
那个光华灿烂的夜晚

"在海的远处,水是那么蓝,像最美丽的矢车菊花瓣,同时又是那么清,像最明亮的玻璃。然而它又是那么深,深得任何锚链都达不到底。海的女儿们深居海底,只有年满15岁之后,才有资格去到海之外的世界。

"当海浪把她托起来的时候,她可以透过窗玻璃望向那艘有着三根桅杆的大船里面。这时,几百发火箭一起向天空射出,天空被照得如同白昼,连每根很小的缆绳都可以看得出来,船上的人当然更加清楚。

"一位黑眼珠的王子走了出来,啊,这位年轻的王子是多么美丽啊!当音乐在这光华灿烂的夜里慢慢消逝的时候,小人鱼仍然无法将她的视线从这艘船和王子身上撤开。"
——《海的女儿》

最早看小美人鱼动画片的时候,只觉得她好漂亮,不穿衣服的样子,还有点难为情。后来看到原著,才发现其辞藻华丽意境优美,远非二维动画所能展示。

然而,无论是动画,还是原著,我都深深地讨厌这个故事。明明是童话,却像现实一样残酷,让人悲伤。

如果小美人鱼是女主角,难道最后不应该和王子过上幸福的生活吗?

如果她不是,为什么又那样善良美丽,占据着王子的心?

01 嗨，你好

桌上是简单而精致的三明治、热气腾腾的牛奶，还有一朵含苞欲放的红玫瑰，艳丽的花瓣上还挂着几滴剔透的水珠，笑容纯净的女子正将它剪好插进餐桌的花瓶中——安琪顶着一头乱发睡眼惺忪地从卧室里出来时，只觉得这个周日的清晨，眼前一切都宛如童话般美好。

"睡醒啦？"放好花瓶，张颖儿吮着手指，抬头望向室友的眼神很温柔。

安琪打个哈欠，注意到她的小动作，关心地问："手怎么了？"

带着一星儿鲜红的纤长食指竖起晃晃，颖儿笑道："被玫瑰刺扎到了，哈哈。"

"哈哈？被扎到还笑这么开心……服了。"安琪无奈地摇摇头，"你有闲心弄这些，怎么不早点叫我起床？"

"来，先喝杯水。"颖儿拉着安琪到餐桌前坐下，将一杯温开水推过去，然后坐在她对面，开始享受早餐。

"难得有个你不用加班的周末，多睡会儿嘛。明天就要去新公司报到了，要元气满满哦！"

"傻吃茶睡就会元气满满？"安琪撇撇嘴，又忍不住为颖儿的贴心感动，端起水杯大口饮光，"我等下要去游泳，好久不运动，身体都僵了。你要不要一起？"

颖儿轻轻摇头，咽下三明治，又喝了口牛奶，这才慢条斯理地说："我还有个图纸要改，明天跟高工去甲方谈提案。"

"那我自己去啦。"拿起一个三明治，安琪边吃边走回房间。

颖儿跟在她身后，靠在门口看她翻箱倒柜地找泳衣，"你多吃点再去啦，不然一运动会低血糖的。"

安琪摆手："没事。再晚去的话，泳池又要被一群放暑假的小鬼占满了。"

"啊暑假！"颖儿忽然单手托腮，歪着头，露出羡慕的表情，"真好！我也想放暑假。"

安琪好笑道："醒醒好吗，张颖儿小姐？我们都毕业两年多了，你难不成还想跟暑假这个高富帅白头到老吗？"

颖儿扑哧一笑："是啊……可能是一直都跟你住在一起的原因，感觉就像在学校宿舍一样，转眼都毕业这么久了，时间过得好快。"

安琪微怔，是啊，两年了。尽管她并不觉得时间过得飞快，反而时常有度日如年般的难熬，但是不管怎样，两年时间，就这么一去不返了。

安琪和颖儿是大学同学，读一个专业、睡一间宿舍，毕业后两人又合租一套房子，开始工作。不同的是，颖儿早在大四时就被系里推荐到本市一家建筑设计院做实习生，毕业后顺理成章地留了下来；安琪却因为所在实习单位没有用人名额，只好揣着毕业证书再找工作。

其实读书时两人都是中等成绩，但在校园活动上，外貌出色、性格随和的颖儿，则往往成为焦点人物。工作两年，颖儿虽然只从助理职位成为最基层的设计师，可毕竟从学校平稳地过渡到了职场；反观安琪，找找换换，明天要去的张氏集团，已经是她的第三份工作了。

颖儿说是因为安琪对工作比较挑剔，不像她，没什么事业心，有一份能谋生计的就行。

安琪倒觉得自己要求并不高，当年简历投了无数，面试去了 N 场，总算找到那么一份贸易公司的文员工作，专业完全不对口不说，工作氛围还很差，内斗凶险。总共几十人的小公司，上面几个头头脑脑争权夺势拉帮结伙，底下员工则忙不迭地表态站队。安琪才出校门涉世不深，还没弄清楚怎么回事就成了炮灰，接连遭到排挤，咬牙坚持了大半年，刚刚站稳脚跟，又因为公司经营不利，收益严重缩水，到后来连员工工资都发不出来了。才毕业的安琪积蓄全无，坐吃山空，眼看连房租都交不起了，又不好意思跟家里开口要钱。颖儿看在眼里，二话不说把她那一半租金给交了。但安琪最后也没拿到应得的工资，只得辞职再找工作。

还是颖儿设计院的同事给介绍的一家广告公司，安琪去做了业务代表。工作环境和福利待遇都还可以，只是，像销售这类时常与陌生人打交道的工种，让略微内向的安琪吃足了苦头。

业务主管曾在公开或私下场合里开玩笑地说，这年头女孩子做销售是很出业绩的，当然，要是漂亮的女孩子，就更容易了。

当然，"漂亮的女孩子"，并不包括安琪。

不会巧言，又无令色，安琪纯靠一股韧劲儿和对业务专注摸索的精神，才逐渐获得公司和客户的认可。她每天最早上班，最晚离开。公司每推出一个新产品，不等领导督促，她就会主动跟进学习吃透。别人做客户关系是喝酒请客，安琪则连客户家人生病住院都去探望照顾。

有个成语叫勤能补拙，安琪的理解是：颜值不够，实力凑。

可即使这样，拼命积累实力的安琪，业绩也没有多么抢眼。

最终让她下决心离开销售岗位的，是年初部门聚会的时候。一个才过试用期没多久的小业务员喝多了，失口自曝年终奖，安琪才发现原来许多人都比自己拿到的佣金多得多。安琪不是物质至上的女孩儿，可佣金毕竟是一个销售人员最直观的价值体现，那一刻安琪心里五味杂陈，当天，酒量很好的她彻底大醉了一场。

颖儿安慰她："只是因为你不屑用那些旁门左道的手段而已。"

看着颖儿那精致的五官，安琪心里苦笑，旁门左道？谁知道自己是不屑用，还是没资格用呢？

长得不够漂亮没有错，但是非要涉足一个拼颜值的岗位，就太自不量力了。

抹去镜面上的水汽，安琪看着镜中的自己，再次轻声叹了口气。

单是这张国字脸，就已让她被划在美女线外了，加上不算挺实的鼻梁、薄而干涩的嘴唇，更不用说那双单眼皮的小眼睛。颖儿的眼睛也不很大，但是形状很好，不笑而弯，双眼皮内窄外宽，睫毛长长的，像两把小扇子……

安琪把眼睛瞪到最大，几乎瞪出了眼泪，眼眶里那两只小眼仁都快看不清东西了。终于她还是自嘲地笑笑，戴好泳帽出了更衣室，向泳池走去。

小区的游泳馆到了暑期总是人很多，安琪才进来就听见小孩子嬉笑打闹的声音，顿时觉得馆内温度都比平常高了几度。好在来得早，游泳馆刚开门，只有最边上的教练道里有几个孩子小青蛙似的游着，几条快速泳道还都没什么人。泳池边，三四个小孩在听着教练的指挥学习划水动作。教练身材魁梧，嗓门很大。"一二三四，二二三四"的数拍子声充斥在偌大的游泳馆里，隐约传来回音。安琪前段时间忙着工作交接，很久没来游泳了，看这教练很眼生，猜是新来的。

正在做热身运动，就听一阵音乐声响起，安琪下意识地望过去，只见那个教练跑到身后一只躺椅上拿起手机接听，边讲电话边向游泳馆出口走去，还不忘回头指着那几个调皮的孩子道："都乖乖待在这儿做动作，不许下水。我马上回来……哦，不是说你，子暮，我这就出去接你，门口等我。"

教练一出去，几个孩子便跑到岸边和水里的小伙伴嬉闹起来，池子里的往岸上泼水，岸边的往水池里丢漂浮板砸人。安琪刚跳进池子里适应水温，就听扑通几声，起先她还没在乎，后来才发现是还没学会游泳的小孩儿掉进了泳池里。

　　其他泳道的大人都没注意到这边的情况，旁边会游泳的孩子倒是被吓得胡乱扑腾，安琪连忙钻过塑料泳道线赶去救人。她也没仔细看是哪个孩子不会游泳，只得一个一个都推到岸边，让他们抓好站稳。

　　好在这里是浅水区，很快，最后一个孩子也靠边站好了，但泳池中间忽然传来哭声。安琪回过头，看到泳道中间的位置，一个小女孩抱着漂浮板大哭，安琪游过去将她送回岸边，小女孩一边喘气一边说："……她沉下去了，她要淹死了。"

　　安琪一惊，这才看到远处水面上隐约露出的彩色泳帽，她深呼一口气奋力游过去。

　　那孩子不知怎的挣扎到了较深的水域，安琪救起她时，发现自己站在水中也触不到池底了，她不敢再往回游，就近靠边将小孩托举上岸。

　　那孩子似乎已经没有意识了，身体变得非常重，安琪使出全身力气竟没能托起她，脚下又使不上劲，她手一滑，重新跌回水里。

　　一只大手非常及时地抓住了她的手臂，安琪稳住重心，先把溺水的孩子推上去。

　　孩子很快被人拉起，安琪疲惫地爬上岸。一个穿着T恤长裤的男人正对那孩子进行急救，跪坐在旁边的年轻女人脸色焦急，应该是孩子家长。

　　孩子呛出水，哇地哭了起来，大家都松了口气。

　　岸边围观的人越来越多，教练的大嗓门又响起："让一让，让一让。"一手拿着一瓶水拨开人群，"王子暮！怎么回事？"

　　被叫作王子暮的男人也就是拉住安琪、救起小孩的人，此刻他正坐在地上用袖子擦额头上的汗，嘟囔一句："好险。"回头看了眼安琪，"你还好吧？"

　　安琪也呛了几口水，说不出话，只点了点头，偷偷斜眼看着那陌生男人好看的眉眼。

　　家长道过谢，把小孩带走。其他父母也被这一场虚惊吓到了，转眼间泳池里的孩子少了大半，游泳馆一时安静不少。

　　教练有些傻眼："什么情况啊这是？"

　　王子暮笑了笑，抬手拍拍那个傻站着的教练："还不快谢谢这位小姐！要不是人家，我看你连这工作都保不住了。"

　　教练这才回过神来，立刻对安琪千恩万谢。安琪连忙摆手。

　　王子暮站起来，拿过一瓶水递给安琪，转身在教练的屁股上踢了一下："我一进来就看见这边乱成一团。你小子，谁叫你工作时间跑出去的？"

教练哎哟一声，不服气地还口："还不是出去接你吗？"

"你少来，周志成！我用你接？又不是找不着门！明明是想趁机出去抽烟！这么多人，就你一个救生员还不在，多危险。刚才要不是发现得及时，非出大事不可。"

"唉，你说，我就拿瓶水的工夫……"

"还敢嘴硬！"王子暮才想走去躺椅那边坐着，听见这话，又气又笑地瞪了他半天，忽地一抬脚将他踹进泳池。

教练完全没准备，四脚乱舞地跌进去，扑起好大一片水花。王子暮虽然被溅了浑身的水，却双手叉腰站在岸边大笑不止。

安琪也没能幸免，抹着脸上的水，跟着笑起来。

安琪每次运动回来心情都不错，用她自己的话讲就是，"身体疲劳了，也没闲心想那些有的没的了"，可这一次，连颖儿都发现不对劲了。

"你很开心吗，丫头？"跟在她身后转了半天都被无视了，颖儿只能主动开口。

安琪斜瞥她一眼："画你的图去，管什么闲事？"话说得生硬，语气里倒横生出一股撒娇的意味。

"我是想画图啊，可某些人唱歌唱得好大声，又那么动听，让人忍不住跑过来欣赏呢！"

"你欣赏个鬼！"安琪笑骂。

颖儿跟进房间坐在她身边："说真的，你出去一趟遇到什么好事了？居然唱起歌来。"

"我本来就爱唱歌。"

"你很少在我面前唱歌。"

"那是因为你唱歌太好听，我不想班门弄斧。"

"你唱歌才好听，就是不爱唱给人家听！林硕都说你唱得好听。"

安琪随口打发她："哪天约出来我唱给他听。"

颖儿兴致勃勃："哪天？干脆今天晚上好不好？"

安琪无奈："你图都画完啦？"

颖儿却眼睛一转："我去问问他。"就这样欢快地被哄回了自己房间打电话去了。

安琪看她出去，笑着摇摇头，将视线拉回来，落在和运动背包放在一起的半瓶水上。游泳馆里的笑声在她脑中回响，让她唇角的笑意又深了几分。

颖儿又出现在门口，但已经不再关注安琪脸上的笑，而是举着手机问："就今天晚上出去K歌吧？林硕在外地，咱们俩去吧？"

安琪求饶:"拜托——你忍心让我陪你唱到半夜,明天一早顶着大黑眼圈去新公司报到?"

张氏集团办公大厦的银灰色外墙配着大片落地窗玻璃,在晨光下闪闪发光。安琪站在楼下仰望,只是看着这座四十几层的建筑,想到未来要在这里工作,她那期待和兴奋的心情就按捺不住,但同时又有些隐隐的、莫名的担忧,她不知道,这样漂亮华贵的地方,能否包容下平凡普通的自己。

似乎在印证她的担忧,尖锐的刹车声后,一辆香槟色豪华跑车停在安琪和大厦入口之间,刚好挡住了她进门的路。

安琪吓了一跳,低声咕哝:"怎么开车的?"

车子停稳,从驾驶位走出一个年轻男人,个子不算高,一身名贵的浅色西装,头发翻翘,五官冷硬,带着高高在上的神情,目光在安琪身上扫过,几乎未作停留,直接将手中车钥匙抛给一溜小跑来到他面前的大厦保安,抬腿扬长而去。

安琪只听保安问好时唤他张总,再看看那个不可一世的背影,安琪搭在背包上的手指不由得握紧。

张氏集团是做地产生意起家的,几十年下来,现如今早已呈多元化发展,但地产仍是集团的重点板块。安琪学的是建筑设计,这次在张氏应聘到的虽然不是设计岗位,却终于进到地产事业部,算是跟自己的专业打交道了,这也是她格外重视这份工作的原因。

早晨公司门口那一场小意外,很快被一整天的入职工作冲淡了。

一同入职的还有两名新同事,一男一女。男同事是市场推广组的新主管,一来就被请到会议室去跟进业务去了,有特派的助理辅助他熟悉公司,不用专门参加新员工培训;另外一名女同事是部门助理,负责行政工作;安琪是运营专员,负责合同整理。两人的工作性质说白了都是打杂的,安琪本来应征的也是助理一职,后来因为是建筑相关专业,被指派到更偏向业务口的岗位,职级上高了一层,待遇也比预想的更好一些。

上班第一天,经过简单的入职培训后,安琪来到运营组,还没接触到具体工作,就已到了午饭时间,她头昏脑涨地跟着大家去了食堂。

运营组算上安琪一共六个人,主管去参加大部门例会没回来,其余五人都是专员,虽资历有深浅,但职级大抵相当,彼此之间倒还和气。

由于手上工作都不少,他们午餐吃得很快,出了食堂还有人向安琪这个新人介绍食堂的日常菜单。正说笑着,电梯门开,一道熟悉的身影让安琪忍不住低呼:"张颖儿——"

她声音很小，正指着文件某处说话的颖儿没听见有人叫自己，只见身边人都移步出电梯，她连忙随着走出来，手上的若干文件来不及收起，慌乱之中散了一地。大家纷纷弯腰帮忙拾起，小小的电梯间瞬间拥堵起来。

　　安琪上前一步，拾起几页纸递到她手上，颖儿一味低头道谢。安琪叹口气，小声说："总是这么毛躁。"

　　颖儿这才发现是她，惊喜的笑容在脸上绽放："安琪！"

　　又有一摞文件递到颖儿面前，同时响起一道低沉中带着些许逗弄的嗓音："你却总是这么热心呢。"

　　安琪一怔，抬头对上一张男人的笑脸。

　　那双不算熟悉但很难忘的眼眸，正带着浅浅笑意，转也不转地望着她。

02 甲方与乙方

安琪没想到会在这种情况下再次遇到王子暮。

或者说,她根本没想过会再次遇到他。

张颖儿这个迷糊虫,向来是只知项目,不识甲方,居然在提案之后,才知道项目开发商是张氏集团的子公司,直属于安琪所在的地产事业部。王子暮是地产部的总经理,负责操盘颖儿参与设计的这个项目。换句话说,他是颖儿的项目主管上司之一,更是安琪的新东家。

那个不用加班的美好周末,童话般开始的清晨,安琪在最喜欢的游泳池里,邂逅了一个陌生人,一个有着让她心动笑容的英俊的陌生人;而第二次相遇,他竟然是自己的上司——完全是偶像剧情节。安琪毕业之后就很少看偶像剧了,一来是没时间,二来是觉得剧情离自己的生活太远。这种只适合发生在俊男美女身上的相识,安琪没料到有一天自己会亲身经历。

她甚至不记得自己在剩下的那半天里都做了些什么、是否出了错,她满脑子都在想接下来会发生什么,尽管她一再提醒自己:什么也不会发生。她与王子暮身份悬殊,即使在同一个公司,出入同一栋办公楼,也不会经常见面。可单是想着以后还会见到他,安琪的内心就已经狂跳不止。

周围的同事显然不明就里,见老板主动跟安琪说话,只当她是有高层背景的人,下意识地对她多了几分客气。

安琪的主要工作是合同的线上送审和线下归档,经常与财务、法务等多个部门打交道。公司规模庞大，业务众多，工作流程也很复杂，安琪免不了满楼乱跑，倒很快适应了新公司的环境，变得忙碌起来。

颖儿在设计院也总是闲不着的。设计是烧脑的工作，画图又是细致烦琐的活儿，以前都是领导谈好项目分工，她只负责按要求制图即可，往往可以在家办公，但这次接新项目，领导有意锻炼她，从一开始与甲方碰需求就让她参与进来。安琪每天在公司已经待到很晚了，颖儿却总是深夜才能回来。安琪早上出门，颖儿要么是没起床，要么房间已空空荡荡的，不知是起早走了还是彻夜未归。

难得一起吃顿晚饭，还是叫的外卖，颖儿吃得差点睡着，饭菜都剩了大半。安琪也无奈了，收拾完餐桌热了杯牛奶送到她房间。颖儿正靠在床头活动僵硬的肩颈，安琪过去帮她按摩。

这情形跟安琪在之前的公司时刚好反了过来，颖儿乐得感叹："风水轮流转啊！"

安琪同情地望着她："还转，看你都快转得晕头转向了，这样下去连恋爱都没时间谈了。说起来，林硕又去了哪个偏远山区，有阵子没出现了吧？"

颖儿闷声闷气地道："去了四川……还是云南的，估计要半个多月才回来吧，刚好我最近也没时间跟他约会。有时候想想，找个这样的男朋友也挺好，不用整天腻在一起，少了柴米油盐的纠纷，又时常有久别重逢的欢喜。"

安琪被她的对偶句给逗笑了："你这也算是随遇而安的最高境界了，把颠沛流离过成了诗。"

颖儿叹气："什么诗啊？建筑设计里没有诗和远方，只有眼前的图纸和甲方！甲方只关注你使用率，外立面要高端大气少花钱，绿化要又美又仙省面积，哪有那么好的事，嗯？安琪，你说说，哪有那么好的事？"

安琪目瞪口呆："哇，怨气好重……你就是这个态度去跟甲方谈的？"然后学着她半嗔怒半撒娇的语气，"'哪有那么好的事？你说你说！'"

颖儿失笑："那我哪敢……"想了想又回头瞪着安琪，"说什么甲方，不就是你们公司吗？"

安琪一时倒忘了这事，拍拍后背让她趴回去放松肌肉，看似漫不经心地问："你们最近都是跟王总碰方案吗？"

"要是王总还好了。"提到这个话题，颖儿也没心情享受按摩了，一骨碌爬起来，坐在安琪对面滔滔不绝，"据说啊，你们那位王总是拉夫堡大学的高才生，主修建筑专业，完全的内行人。图纸一翻，改哪儿不改哪儿、哪里有问题，当场就指出来，思路清楚，口令明确，我们高工都说，干了半辈子，总算遇到明白的甲方了。可惜啊，就开了两次会，明白人出差了，全由那位二世祖说了算，横挑鼻子竖挑眼，根本是搅和来了。草图都出 12 个方案了，也不知他到底想不想让这项目赶紧动工。"

安琪听得直皱眉："什么二世祖？是我们地产部的吗？"

"你不知道？"颖儿颇为讶异地抓抓脸颊，"不过我也不知道他具体是哪个部门的，只知道他和王总一起负责这个项目。看着年纪也没多大，顶多三十，跟王总差不多吧，名片上'Title'却挺高的：执行董事，张鑫。姓张嘛，我们就叫他二世祖了。"

"姓张的就是张氏二世祖啦？那你还叫张颖儿呢！我们董事长都七十多岁了，孩子怎么会那么年轻？"

颖儿耸耸肩："要不然——三世祖？哈哈！"

"那是小张总——董事长的侄子。"同事告诉安琪，"他爸爸张铭威是董事长的亲弟弟，公司元老之一，前些年因病去世了，董事会的位置自然由儿子来坐。"

安琪惊讶："真是二世祖啊？"居然被颖儿给猜中了。

她来帮同事打印材料，等着也是无聊，想起这件事就随口问问。

同事比安琪早入职一年，颇了解公司高层。说到这，安琪索性多问了一句："董事长兄弟两个年纪差很多吗？听说小张总也就三十多岁。"

"应该还不到30岁吧？老张总是年过四十才老来得子。说起来，张氏生意做这么大，子嗣却很单薄。董事长膝下无子，也就这么一个侄子，看来张氏迟早是小张总的天下。"

"张家子嗣单薄也轮到你操心了？"不知何时站在二人身后的主管突然出声，盯着那个八卦的女同事语带玩笑地问，"是想亲自去绵延一下吗？"

安琪二人先是吓了一跳，还是那个女同事反应过来，在主管手臂上轻拍一下："讨厌，丁姐，你说什么呢！"

安琪吐吐舌头，收起打印好的文件："我先拿去装订，剩下的等下再来帮你拿哦。"

望着安琪离开的背影，主管收起脸上的笑意，低声谨慎地说道："小刘，你不要再随便跟安琪说张家的事，又不是不知道她认识王总。"

小刘惯性地应了声哦，又笑道："放心啦，王总又不会跑去董事长面前说什么。"

"为什么不会？"

"毕竟是张家的家事嘛！"

"我看你是这阵子忙结婚忙昏头了。"主管斜瞥她一眼，"平常消息那么灵通的人，该不会到现在还不知道王子暮的身份吧？"

小刘一脸费解："王子暮？不就是空降到咱们地产部的新任总经理吗？而且还

要等交接完英国事业部的工作之后,才能正式任职。"她忽然想到什么似的以手指掩口,"听说董事长有一个领养的孙子,在英国留学……不会吧?"

张家老宅,野藤沿着墙面从楼下爬过二楼三楼,绕开窗子,一路攀至房顶。

二楼书房的根雕茶海前,张铭远姿态闲适地靠在太师椅里,看着对面专注于茶道的年轻人,目光中带着少有的赞赏。

热水自高点注入古朴的砂壶内,茶叶在壶内翻滚,茶香四散。茶壶微倾,茶汤从壶嘴缓缓流进茶盅,汤色金黄清亮、明净清澈。再次注水入壶,高冲低泡。第二泡与第一泡的茶汤在盅内混合,再行斟入小杯,连同杯托一并敬置张铭远面前,王子暮抬头微笑回视,关切地问:"我见您晚饭时没吃多少,是今天的饭菜不可口,还是近来胃口不大好?"

张铭远捏起茶杯,仔细闻过茶香,一饮而尽,方才点点头,满意之情溢于言表。他放下茶杯,没有回答孙子的话,而是靠回椅子里,反问他:"英国那边,都办妥了?"

"是。"王子暮没有详细说明,恭敬中带点歉意地答道,"耽搁这么久,让您费心了。"

"回来就好。"粗糙的手指在椅子扶手上轻轻摩挲,张铭远也不多说,只重复一句,"回来就好。"

王子暮俊朗的五官有一瞬的黯淡,随即恢复平常,又沏了一杯茶,说:"子暮不孝,没能经常伺候您老人家喝茶,这次回来一定好好陪陪您,不会再出去乱跑了。"

张铭远盯着茶水在杯中荡起的细小涟漪,若有所指地道:"我盼着你回来,可不是为了给我泡茶喝的。你虽然没在国内,但总归还是给公司做事,对公司现在的处境,多少也应当有所了解吧?"

王子暮没有开口,借由擦拭茶台的动作整理内心的想法。

张铭远观察着他的反应,见他并不表态,又说道:"公司现在不稳定的因素有很多,上到股东势力分割,下到业务资金周转,处处不容乐观。这个时候把你调回来,也正是给你建功立业的机会。"

"明白,我不会让您失望的。"

"嗯。地产一直是公司的业务重点,我力排众议把这块交给你,董事会反对的声音其实很高,尤其是从前铭威的几个亲信。那边的母子俩也已经找我好几次了。这么多双眼睛盯着你,可不要再让他们挑出毛病来。"

王子暮低笑一声:"放心,我不是当年那个争强好胜的毛头小子了。"

"争强好胜,没什么不好,不过——"老人横纹密布的眼眶中透出一丝精亮的光芒，"回来到现在，你也没喊过我一声爷爷，可是还记恨着我把你送出国？"

"怎么会？是我年轻不懂事，又目无尊长跟小叔叔顶撞，让您难做。"他笑容内敛，说话时却不着痕迹地抚摸着右手腕上的伤疤。

"鑫鑫虽说和你年纪相仿，但你到底要叫他一声叔叔。当年你铭威爷爷才过世，他在公司几十年，没有功劳也有苦劳，膝下就鑫鑫这么一个孩子，你同他多有磨擦，我总不能太偏袒自己孙子，落人话柄。让你暂时离开张家，也是权宜之计。"

书房外有人敲门，秘书进来提醒张铭远按时服药，又说："刚才叶会长又来电话了，我看您和暮少爷说话，没敢进来打扰。您看，要不要下周约个时间见一面？"

张铭远思考片刻，挥挥手："安排吧。"

秘书应声，又对王子暮微欠下身子，这才带了门出去。

王子暮把药给张铭远服下，闲问一句："是祥臻商会的叶老？"

"现在祥臻的会长是他大儿子文华。"

"哦，叶伯伯一直在商会做事，没出国之前您还带我见过他。"

"是，文华还算得力，老叶这才敢放手，前几年就退居二线了，这会儿不知道在哪里享清福呢。"

"听说叶老年轻的时候当兵受过伤，身体一直不太好。"

"他是没有后顾之忧，不像我，有时间死、没时间病呢。"

"生老病死人之常情啊，只不过您还没到忧心这些的时候。"

"我老了。"张铭远靠在椅子里，半眯起眼，重重地叹了口气，"现在想想，当年要是把你留在身边，你早就能独当一面了，我也不至于这么力不从心。"

"我经常听您讲，冥冥之中自有定数。小时候不懂，慢慢地才大致明白了这话的含义。这些年我虽然没能陪在您身边，但是，也正因为没有张家的光环庇佑，我才能得到平常孩子那样的磨炼，反而有了不一样的收获，学会了很多东西。"特别是隐忍，和等待——王子暮在心中补充了一句。

残余的茶汤浇在茶宠上，溅起浅浅的水雾，热气袅袅。背后的落地窗洒下暖阳一片，王子暮逆光的脸看不清表情。

窗外，几片藤类叶子突兀支出，在玻璃上形成小小的暗影。

这种植物有着极其顽强的生命力，天气寒冷时，地上叶片枯萎冻死，地下的根须仍可越冬，第二年春季再生。一生奋力向上，追逐阳光雨露，争夺最好的生存条件。

王子暮的办公室里也有几株不知名的藤蔓。

之前地产部的总经理是位五十多岁的女性，室内布置多是鲜花或叶片肥厚的绿植。王子暮调过来后，办公室换成了线条简洁的装修风格，这几株缠绕柔软的藤蔓，原本也是被换掉的下场，后来在王子暮的示意下留了下来。花匠将它们修剪一番，移种在一棵乔木盆栽里。

才个把月的光景，看似柔弱无骨的枝蔓已长出新叶来，紧绕着树干盘旋而上，眼看就要和茂密的树叶融为一体。

桌上内线电话响起，秘书通报："王总，设计院的高工和张小姐来了。"

"好。"王子暮的注意力从绿植上拉回，"张总到了吗？"

"还没，用我打电话到他办公室问下吗？"

"不用，通知其他参会的同事到会议室，我马上过去。"

去会议室路过员工办公区时，一道熟悉的背影映入眼帘，米色连衣裙，长发披肩。王子暮走近唤了声："张小姐？"

人回过身来，却是安琪。

二人都愣了一下，安琪退后一步："王总。"

见他一脸诧异，她抢先开口："我送合同来总办签字。"

王子暮不好意思地笑笑："从没见过你把头发放下来……从后面看和设计院那位张小姐很像，我记得她也穿过类似的裙子。"

安琪心说就是因为和颖儿身材相似，所以她们俩的衣服向来都是合买，今天你穿我，明天我穿你的，但嘴上没向他解释太多，只问："颖儿今天要来公司吗？"

"嗯，说是刚到。"

安琪知道自己这时应该说"没事的话我去忙了"，话一出口却是："王总什么时候回来的？"问完才觉得这话题过于亲密，更加有没话找话的嫌疑，于是尴尬地咬了咬嘴唇。

王子暮倒不以为意："昨天才回来。"

有同事经过，向他问了声好。站在走道上有些挡路，王子暮拉着安琪向旁边让了让。

安琪连忙躬个身："王总您先忙，我去工作了。"

看着逃跑一般火速离开的人影，王子暮一愣，随即摇头笑笑。

走进会议室，看见前来开会的颖儿正和其他几位设计师讲话，他想起刚才的一幕还觉得有趣，扬手打个招呼："'Hello'，张小姐。"

整个会议室瞬间安静下来，大家面面相觑，不敢光明正大地去看王子暮，结果颖儿无端端受了万众瞩目，一时莫名，连回礼都忘了。最后还是那位上了年纪的高工笑着开口："美女设计师就是关注度高，这满屋子人，王总就看见我们张小姐了。"

会议室里七八个人，除了颖儿，清一色的男士，听了这话不由得会心一笑。

王子暮也大大方方地承认："有美人如月，谁还看得到旁边的星星啊？"

一位年轻男同事起哄:"王总,我们不是猩猩,我们都是猴子。"

颖儿红着脸,嗔怪地瞪了一眼高工:"您让我熬夜画图纸的时候怎么不提美女了,还说:'拿图说话,谁看你脸!'"

大家哄堂大笑,会议前的紧张气氛荡然无存。

王子暮径自走向会议桌一头,顺手替颖儿将椅子轻轻拉开:"大家坐下说。"话落自己先入座,等众人落座安静下来之后,他才开口,"前些天临时有事没能参加例会,看了这几次的会议记录,发现进度似乎不明显,请问有什么问题吗?"

不等众人回答这个问题,横空里突兀地传来尖锐刺耳的一句:"问题就是群龙无首呗,王总经理不在,谁敢拍板定案呀?"

会议室门被推开,一个全身名牌的年轻男子大摇大摆地进来,也不同任何人打招呼,直接坐到离门口最近的会议桌这一头,懒洋洋地靠在高背椅里。望着一张长桌之隔的王子暮,他扬起单边眉毛,脸上满是鄙夷嘲讽的神情:"您说是不是啊,暮少爷?"

03 办公室里的硝烟

安琪在被王子暮错认成颖儿,又说了那么句不该说的话之后,心慌意乱地跑出了总办。在电梯间碰到运营组的同事,惊讶于她这么快就签完了合同,安琪才想起自己抱的这撂合同根本连一页都没签,但又不好意思承认,于是谎称少拿了一份要下楼去取。电梯门恰在这时打开,她一头扎进去,和里面走出的人撞了个正着。

对方双手插兜,被安琪直接顶在了胸口上,吃痛地倒抽一口冷气,没好声调地呵斥道:"跑什么!没个规矩!"

安琪捂着被撞痛的鼻子连说对不起,一抬头发现这人有些面熟,很快想起正是第一天来上班时,在大厦门口遇到的那个开着豪车险些撞到自己的男人,道歉声戛然而止。

"不像话!"男子上下打量过安琪,冷笑一声,"地产部没他妈一个上得了台面的人!"抬脚踩在安琪散落在地的合同上,狠狠碾过,走开了。

同事心有余悸地上前:"没事吧,安琪……"

安琪鼻子被撞得很酸,眼泪都下来了,再被人一关心,倒真想哭了:"真倒霉。"

同事同情地望着她:"是啊,你说你撞谁不好,偏得罪全公司最难惹的这尊混世魔王。"

此刻,这尊混世魔王坐在会议桌一端,两脚交叠搭在桌面上摇摇晃晃的。

王子暮面色如常："图纸都是决定好了的，只差个签字而已，不论是我来签，还是张总您签，都一样可以进行下一个流程。至于预算这块，张总是集团投资部的负责人，更有权限推动了。"

"哎呀，这么说，是我成心怠工喽？"张鑫抓抓光洁的额头，起身向王子暮走去，随手抓起一沓装订好的图册胡乱翻翻，"'图纸是决定好了的'，谁决定的？你？你决定的东西，为什么我来签字？我告诉你，只要我在张氏一天，这种烂大街的设计——"他啪地将图册摔在王子暮面前的桌上，"就别想挂上张氏的'Logo'！"

"张总！"身为主要设计者之一的颖儿实在听不下去了，"您现在说这种话是不是太过分了？当初贵公司也是认可了我们的概念设计之后，我们才出了进一步的细化方案。我们高工的设计理念，别说是本土，就是国际上也是很为同行称道的。"

高工咳一声，提醒过于激动的下属："颖儿！注意态度。"

颖儿抿抿嘴唇，不甘心地坐回自己的位置上，拢着图纸，不再开口。

王子暮慢条斯理地翻着草图："的确如张小姐所说，张氏是在看了贵院的概念图之后，才有意将项目设计交由你们的，只是——"手指在纸面上敲了敲，貌似犹豫地看看一旁沉着气的高工，"当前这版设计，从主建筑到周边裙楼的风格，甚至备注的选材，都与最初的设计相差甚远。我们张总是财务出身，向来要求严苛，别说是他，就连我也看不下去了。毫不夸张地说，如果按着这版设计出图施工，根本就不是我们想要的那个建筑群。"

"这……"高工顾忌地看向张鑫。

张鑫似满不在乎地回瞪他一眼，掏出烟盒，借着点烟的动作掩饰心虚。

王子暮对他的异样视若无睹，仍就图纸上的改动向设计院发难："还有这里。西侧这块地皮的所属权有争议，从一开始我就提过，一期项目不要考虑利用它，暂且只当作配套公园做设计处理，你们为什么将商业主体的酒店业态放到这里来？另外，虽然不属于你们设计的范畴，但是这横空多出了两栋住宅项目，又是怎么回事？这是张氏做地产以来的首个非核心区综合项目，重点在打造品牌影响力，如果可售的住宅面积过大的话，我们是很难保证项目的自持比例的，还谈什么后期运营？很奇怪，高工从业这么多年，这点基本常识，应该还是有的吧？"

会议室众人三两聚堆，对着图纸指指点点，不时有目光落在张鑫身上。

高工几次欲言又止，最终放弃地靠回椅子里："这些问题您还是和张总沟通一下吧。"

张鑫已经就近坐在王子暮身边的椅子上了，对众人指责的目光一律无视，被点到名字，他才正面回应："是我让改的。"他轻描淡写，烟灰弹落在一只干净的水杯里,"最初那个设计董事会不认可。"

王子暮皱了皱眉:"我不知道董事会连建筑设计这么基层的工作也要操心。"

张鑫冷笑:"你不知道的多了。"他看也不看一眼在场的几位设计师,"没错,董事会对设计没兴趣,但是房子如果按之前的图纸那么盖,投资回报率达不到要求,董事会关心的是这个。"他捏起三根手指搓了搓,"不建住宅,怎么快速回笼现金?"

王子暮沉声:"这是个长期项目,拿地之前董事会就应该做过回报率的评估了,怎么现在才开始提这个问题?"

"所以说啊,半路杀出的程咬金,只懂大刀阔斧一通乱砍,根本没弄懂战场形势。"张鑫越说越得意,夹着香烟的手指在设计院同事面前比画了一下,"想必你们心里也有数,这版设计不会最终落实,所以做出这么个东西来应付我,就等着王总回来做主,改回原来的设计,对吧?呵呵,我无所谓,耽误谁的工夫啊?我实话说了吧,之前做的那个设计没戏!规划要调整,肯定是我现在跟你们确定的这一版——这是董事长决定的。"

周围一片哗然。

张鑫很满意这个效果:"西侧临海的那块地皮已经在谈了,张董的意思是拿下来之后,一并做到一期项目里去;拿不下来,项目就延期开发。所以说,你们用心重做,皆大欢喜;如果还抱着原来那个设计不放,慢走不送。哦,对了,既然王总回来了,拿地的事,当然还是交给地产部来处理。"他站起来微微倾身,凑到王子暮耳边,用仅有两人能听到的音量说道,"还有不明白的,就回去问你爷爷。懂了吗,暮、少、爷?"说着将烟蒂摁灭在一张设计稿上,伸了个懒腰,昂首阔步地离开了会议室。

颖儿被烧焦的纸味呛得直咳嗽,旁边同事连忙倒了些水浇熄,又有人抽了纸巾上前来擦桌子。会议室里越发混乱,连一向稳重的高工也有些坐不住了。

王子暮的表情没有太明显的变化,心内却直犯嘀咕:项目西侧那块地皮的事,老爷子怎么从没和自己提起过?张鑫临走前说的那句话,又是什么用意?

"王总,真的要把西侧那块地放进一期来做吗?"盯着手中的设计图,高工稍感茫然,"占地面积倒是不大,但是位置太好了,正是最靠近海边位置狭长的一带,面朝大海,双侧临街,这栋建筑立起来,搞不好会成为整个设计的主体……不过,听张总的意思……"

王子暮点头:"目前还不属于张氏。虽然我们都知道这块地位置极佳,不论是做海景公寓还是酒店,都很有潜力,所以一直都在积极运作。问题这是块福利用地,手续很麻烦,即便是与住建部打交道多年的张氏,也没有十足的把握能拿下。"

众人闻言都陷入沉默。

王子暮略作思索:"稍晚我再跟董事长碰一下这件事。今天的会先到这里吧,抱歉让各位白跑了一趟。放心,不会太久,项目很快会启动的。"又嘱咐公司这边的项目对接人,"林组长,这两天我们找时间再去趟现场。"

高工也交代颖儿:"你现在手上就这一个项目,也跟着王总这边一起去看看,方便随时讨论设计方案。"

安琪简直不敢相信自己听到的:"所以说,你们画了快一个月的图,结果现在项目用地都还没搞定!喊!在哪儿施工?空中楼阁吗?"

颖儿都快郁闷死了:"那个张鑫就是个大坏蛋!"她把怀中枕头当搅局人奋力捶打。

安琪扑哧一笑:"毕竟是人家自己的买卖,肯定更注重利润方面的考虑。"

颖儿停止虐待枕头,仰头看她:"你问过啦,他果然是张氏的二世祖吧?"

安琪撇撇嘴:"听说是董事长唯一的侄子,在公司地位很稳固,怪不得那么嚣张!上午在电梯里撞了他一下,张口就骂人呢……你不说我也知道他是个纨绔子弟了。"

"真的吗,在公司里当众骂你?"

"是啊,还带上整个地产部,说什么'没有上得台面的',真是,地产部招他惹他了?"

颖儿忽然想起什么,托着小巧的下巴,迟疑地开口:"他会不会就是跟你们地产部有过节啊?今天开会时,我见他对王总也是冷嘲热讽的,一会儿叫'王总经理',一会儿又喊什么'暮少爷'。亏人家王总还站在他那边,为了他指责我们设计院呢。"

安琪笑了:"王总那么是非不分,你还帮他说话啊?"

"哪有是非不分?他又不知道是二世祖让把图纸改成那样的,单纯是就事论事嘛,说得也都在理。"

"傻丫头!你都说了他是学建筑出身的了,图纸一周改了好几次,已经面目全非了,他怎么会不知道需求是张鑫提出的!他故意在开会的时候当面指责高工,其实是给机会让高工将责任推给张鑫,这样就能光明正大地听张鑫解释,也让你们明白为什么会一直修改规划了;否则,他大可以私下里去问张鑫的。"

颖儿愣了一下,渐渐露出恍然大悟的样子。

她毕业后就直接进了设计单位,做的是技术工种,人际关系相对简单,没那么多钩心斗角,以至于二十四五岁了,对人情世故还知之甚少。不过,正是这种单纯的迷糊，造就了她性格的迷人之处。

　　安琪常常感叹，颖儿就像是这复杂的泥沙社会里的一股清澈溪流，她很庆幸自己能交到这样的朋友。

　　不过看到颖儿的呆相，她还是忍不住欺负，伸手揉乱颖儿那头顺溜的长发："笨死了笨死了！哎呀，居然还有你这么单纯的人。"

　　颖儿哭笑不得："你到底是在骂我还是在夸我啊？"

　　安琪在她脑门上一点："你说呢？林硕也算是捡到宝了。"

　　提到林硕，颖儿马上笑容甜甜的："嗯！"

　　"也不害臊……"

　　两人正闹着，床头柜上的手机响了，屏幕显示的来电人正是林硕。

　　安琪连声哎呀："这人是怕我横刀夺爱吧，赶紧来个电话刷存在感。"她将手机扔给颖儿，自己抱着叠好的衣服离开房间，"我回避一下，你们聊吧，裸聊都可以。"走到门口又停下来，"不会真的裸聊吧？"

　　回答她的是一个砸过来的枕头，安琪早有准备地关门挡住，大笑着逃开。

　　"精神病！"颖儿笑骂。

　　电话已经接通，林硕很冤枉："我怎么了？"

　　"哈哈，在说安琪！"

　　"下楼，颖儿，我在小广场的秋千那儿等你。"

　　安琪才坐进沙发打开电视，就见颖儿穿着睡衣披件外套跑了出去。

　　"喂，出什么事了？"

　　颖儿胡乱踩上一双鞋跑出去："林硕回来了！"最后两个字已经在门板之外的楼道里。

　　林硕是个自由摄影师，跟颖儿是在去年的一次公益摄影展上认识的。摄影展在颖儿母校举办，颖儿当天恰巧回母校图书馆查资料，顺便去参观了一下，在捐款时遇到了林硕。林硕对她一见钟情，随即展开追求。颖儿本不想太早谈恋爱，但最终还是接受了这个真诚热情的大男孩。安琪对林硕的印象也挺好的，高大帅气，人又善良，和颖儿站在一起很是般配。只可惜两人谈恋爱没多久，林硕就加入了公益摄影师组织，全国各地去搜集弱势信息，传递爱心资源。这下别说安琪，连颖儿自己都很少见到他了。

　　上个月林硕又去了西南山区，风尘仆仆，回来后连自己家都没回就跑来见颖儿。

　　颖儿看着秋千旁边那个陪他跋山涉水破得不像样的吉普车，又是感动又是心疼。林硕自己倒浑然不觉，还在滔滔不绝地讲着山区的穷困现状，很多学龄儿童都不能享受应有的教育，又掏出手机来给颖儿看照片。

重要作品当然都在相机里，手机只随手拍了少量的沿途所见。颖儿看得鼻子发酸，一张林硕和孩子的合影更是直接摧毁了她的泪腺——照片上的林硕没有了一贯的阳光笑容，而是脸色凝重地站在几个孩子旁边，孩子们都很瘦弱，显得眼睛很大，一个个衣衫褴褛，愣愣地盯着镜头，背后是破烂不堪的校舍……

林硕被滴在手机上的眼泪吓到了，结结巴巴地问："你……是不是怪我……太久没联系你了？颖儿你听我解释，那边信号不好，手机经常打不通，有时候干脆就不带在身上。颖儿？"

颖儿只能摇头打断他的话："不是因为这个。"平静一下情绪才勉强露个笑脸，"就是，看到这些孩子的模样，我会想起我自己小的时候。如果没有姨妈一家，我可能也和他们一样，吃不饱穿不暖，更不要说上学了。"

颖儿从小父母双亡，被姨妈收留，姨妈家还有两个哥哥，经济条件并不是那么优渥，但是姨妈和家人对颖儿一直都很好。

林硕松了口气，摸摸她的发顶："我拍这些，也是希望能有更多像姨妈那样的好心人站出来，帮帮孩子们。"

颖儿点头："你的工作很伟大。"

"可是却不能常常陪你。"林硕歉意地望着她，"还占用大量精力，没时间去拍商业化的东西赚钱，让你过上好日子。"

颖儿将头靠在他肩膀上："我现在的日子就很好啊，有你，有安琪，吃穿又不愁。倒是你，整天这么奔波，也不懂照顾自己。"

"也奔波不了几年了，眼看就三十了。我是想着，钱什么时候都能赚，趁现在年轻，还跑得动，多做点有意义的事，将来才不会后悔自己这一生的碌碌无为。"

"嗯，我一定支持你。"

两人又聊了一会儿，林硕的手机响了，他接起来听得直皱眉："……怎么会余额不足呢，我银行卡是自动转账的……嗯，我查一下，晚点回复你。"挂了电话后小声嘟囔，"说我这个月的定期扣款没有到账。"

颖儿问："什么扣款？"

林硕一边登陆手机银行查账，一边回答："之前加入的一个协会，每个月都要缴会费，用来做活动经费，还有为贫困山区捐赠助学款。奇怪，真的没钱了，上个月给杂志拍的那组照片他们还没给我结费用吗？"

颖儿看他又打了个电话问稿费的事，对方好像说要等几天再给结算。林硕想了想，要给家里打电话借钱。颖儿阻止他："这么晚了别折腾叔叔阿姨了，我先转给你吧。"

　　林硕刮下她的鼻子："算了，我自掏腰包做公益是为了完成自己的梦想，把女朋友搭进来算怎么回事？"

　　颖儿不高兴了："我说支持你，难道就是口头上的吗？"

　　"你当然不是口头上的！上次沂蒙山你就参与捐款了，还有一回是哪儿来着，也跟着拿了半个月工资让我买物资带去当地。谈恋爱这么久，我都没送过什么像样的礼物给你，把钱还你你又不要，再这样我以后都不敢在你面前提工作的事了。"

　　"你听我说，林硕。这些事情我也很想做，但是没有能力和勇气，幸好有你。这也是我接受你做男朋友的原因之一，你的梦想，也是我的梦想啊。"

04 复杂的家族

梦想，在很多人的字典里，可能都归类为一个虚词了。

反正安琪是完全不记得那些年少时的梦了，现在的她，能进到张氏这样的企业工作，已经有着梦想成真的狂喜。所以她在一开始知道颖儿给林硕钱的时候，多少是有点反感的，林硕的那些照片，也引发不了她的情感共鸣。她只觉得颖儿的生活也不容易，走到今天这一步，很多努力都是寻常女孩子无法付出的。一个满口梦想的成年男人，对她和颖儿这种忙着为生活打拼的人来说，是不切实际的，起码不够踏实。

但是颖儿喜欢。

颖儿只希望每天都能开开心心的，每个人都开心。如果说这也能称之为梦想，那么，林硕做的事，能让更多人开心，颖儿就觉得，他是在替自己完成梦想，觉得这个男人浑身充满了正能量，闪闪发光。所以尽管两人聚少离多，颖儿身边也不乏追求者，但她眼里心里除了林硕根本装不进别人。用安琪的话说：那叫一个死心塌地。

安琪有时会想，以颖儿的性格，如果生在个富贵人家，一定会是个不食人间烟火的大小姐，从事感性的文学或者高雅的艺术行业，就算做设计，也应该是做那些唯美的、浪漫的，让人一眼看不懂是什么东西的设计。

而之所以选建筑设计专业，颖儿清楚地对安琪说过，因为好就业。果然一毕业她就跟钢筋水泥打起了交道。可惜，人的性格对设计风格的影响太大，颖儿早期设计的作品常被批评太过艺术。高工说她握的不是鼠标，而是剪刀，把齐整整的一个建筑，剪得豁牙露齿的。

王子暮一过来，就见美人对着一片空地废墟兀自发笑，海风轻掀起她的长发，露出颊边的梨窝浅浅，煞是好看。他不忍打扰，又实在好奇："你这是苦笑吗？"

同行四人，三个是甲方的，颖儿见他们说话，便站远了几步——这还是出来之前高工特意叮嘱的，怕她听到不该听的事，自己又没意识到，将来胡乱说出去惹麻烦。颖儿绕着空旷地带越走越远，以为他们聊完了会叫自己过去，没想到王子暮会突然过来。

乍一听到他的声音，她猛地回身，脚踩在石块上，一下重心不稳。

王子暮眼疾手快地扶稳她："当心。"

海边气温偏低，颖儿穿着雪纺衬衫吹了好一阵的风，皮肤微凉，他温热的大手贴上来，让她结结实实地打了个哆嗦。

"抱歉，吓到你了。"他说。

颖儿连忙摆手："不不不，是我自己想事情走神了。"

王子暮没有细问，只是再次道歉："忙了这么久，项目却一点进展都没有，你一定也很烦躁了吧？"

"没有啊。"颖儿如实回答，"又不是我们的设计拖累了项目进展，我没觉得很烦躁。"

王子暮不由得失笑，对这女孩儿过于直白的讲话方式感到有趣："对了，上次来工地时主要是高工在讲，还没听过张小姐对这片地的看法呢。"

"我的看法？"

"嗯，尤其是西边这片地，之前不在规划范围内，现在很可能成为设计重点，你的第一感觉是什么？"

被突然考到技术上的问题，颖儿完全没准备，脑中尽是高工的讲话以及开会时大家讨论的内容："唔……会是个很棒的海景项目吧，这里虽然离市中心很远，但是一路开车过来还算顺畅，市政规划的景观大道也在施工中，交通设施正逐步完善……"

"我是说你的第一感觉。"她说话的语速不快，很容易被打断，王子暮以手遮光远眺大海的方向，"加上西边这一块，整片地，你觉得做什么样的项目更好？"

颖儿背书般的发言被打断，心里更加慌乱，一时竟想不到说什么好。好在王子暮似乎也不急着让她回答。同行的另外两人在不远处围绕一些残余建筑走走停停，不知在讨论什么。

迎风站了一会儿，颖儿的心情逐渐平静下来："其实，沿海这一片地，就如当初设计的那样做成景观绿化，更合理一些。就目前区域的发展来说，过高的建筑虽然很抢眼，但也有种突兀的违和感，容易破坏整片沿海地貌不说，也影响了我们项目里面的建筑视野。"

王子暮提醒她："不出意外的话，这块地的拿地成本会非常高，甚至会占到整个项目的一半以上。张氏虽然也热衷于社会福利事业，但毕竟不是慈善机构。"

"是，以它的占地面积，如果不做高层扩大体量，很难收回成本。所以，我个人的想法是，不如干脆放弃，不要去碰它，做好我们里面的项目就够了。"

王子暮摇头："我们不去碰它，不代表别人不会打它主意，到时候就被动了。"

"王总……或许我说这种话，对甲方不太负责，但是你问我想法的话，其实前几次来看地的时候我就想过，我希望能建成儿童福利院或者颐养中心。"

王子暮忍俊不禁："哦，原来，政府的规划建设是你提议的？"

"我坚决附议，如果我有资格附议的话。"颖儿也笑起来，将吹乱的发丝掖到耳后，"我们车川市可供开发的沿海用地面积非常有限，滨海别墅区和港口贸易中心之类的商业项目消化掉了将近一半，剩下的留给公共设施也无可厚非。现在的福利机构都太偏僻了，交通不便利，周边教育和医疗配套也都不够成熟。"

"你快说服我了。"王子暮告诉她。

颖儿眼睛一亮："真的吗？"

王子暮微微别开头，以拳掩口轻咳一声："很可悲，说服我没有用。我也想实现你的想法，让这里变成一个优质的福利机构。但是你看到了，我连原有的公园规划都不能保留。在这个项目上我只是一个执行者，而非决策者，首先要向董事会负责，他们的决定，就是我工作的方向。如果你是我，这块地必须拿下，要怎么说服对方出让？"

"我？我不行。"颖儿连连摆手，"我最不会强人所难了。"

他苦笑："拿不到这块地，我会很难做。"有人等着看他灰溜溜地离开张氏呢。

虽然他还没跟老爷子沟通过，但张鑫敢把话放出来，十有八九是董事会商量后的最终决定。这样的结果，不是他王子暮一个人能改变的。更重要的是，他并不想改变。董事会既然把这道题扔给了他，他就不带任何附加条件地接受好了，因为这是道众人认可的难题。

他必须亲自解开它，而且需要拿出一个绝对精彩的解题思路。

当然，不用想也知道，张鑫肯定会趁机做手脚，增加这道题的难度系数。

颖儿知道他为难在哪儿。张鑫的表现她在会议室也看到了，确实不是善类。想到王子暮这样一个能力高人品好的领导者，要被张鑫那种人给比下去，颖儿也很不甘心。但她只是设计院的一个小技术员，对这些大企业高层利益争夺的事完全没有概念。

"对不起，这些是我该操心的事，不该让你头疼的。"王子暮自嘲地笑笑。

"没有，是我太笨，帮不上你。"颖儿摊着手，叹口气，"如果我是这块地的主人，了解了你的处境和心情，肯定会愿意把地块转让给你的。"

王子暮眼神柔和："那你的福利院怎么办？"

"可以再选别的地方啊，这里虽然好，但肯定不是唯一的，而且——"她狡黠地眨眨眼，"卖给你这么大的人情，你不会不想着回报吧。张氏是个很优秀的开发企业，将来在建福利院的时候一定能帮得上忙的。"

一道方向不明的海风吹来，带着清新湿润的气息。

颖儿做个深呼吸，笑道："空气真好。"这个位置看不到海，但她眼中却似有了一片汪洋。

"嗯。"王子暮语焉不详地应道，"让人的头脑豁然开朗。"

回到老宅，王子暮发现自己的车位上停了辆崭新的跑车。果不其然，一踏进客厅就看见张鑫母子在沙发上窃窃私语。张鑫不知说了什么，惹得张许明珍开怀大笑，还不忘用手指压着眼角，生怕刚注射没多久的除皱产品出现反应。

王子暮的出现让张许明珍的笑声戛然而止，她翻了个白眼拧过身子，毫不掩饰厌恶之情。张鑫倒是不吝虚伪的客气："哟，暮少爷辛苦了，这么晚才回来，真是操劳，简直是张家新生代的楷模啊。"

王子暮避开话题不接："小叔叔的新车子不错，限量版的？"

张许明珍冷笑一声，阴阳怪气地道："这年头，狗戴了帽子都学人乱攀亲戚，也不撒泡尿照照自己毛褪净了没有。"

这种程度的讥讽王子暮完全不予理会，将手提包交给用人，顺便问老爷子的下落，得知老爷子在书房开视频会议，马上结束。他抬起头，就见二楼光线明暗变幻了一下，想来是房间门正巧打开的原因，于是他扬声问道："听说圣雪基金会最近在筹备一个规模空前的慈善晚宴，许会长怎么有空过来闲坐？"

张许明珍脸色一变，正待还口。

张鑫重重地咳了一声，给母亲使了个眼色。

张许明珍迅速往二楼一瞥，立马收起瘫靠在沙发背上的慵懒姿态，拢拢发根，换上公关式的笑容，声音也拔高了几度："你这孩子，之前还一口一个'奶奶'叫着挺乖巧的，出国待了几年，倒跟我生分起来了。"

张许明珍是张铭威的第三任太太，生下张鑫的时候才二十出头，让一个跟自己儿子相仿的人朝她叫奶奶，别提有多别扭，也亏她说得那么自然，不愧是演员出身。王子暮笑道："以前不懂事，只知道死守规矩，现在虽然尊敬仍在，可对着这么年轻的一张脸，实在叫不出'奶奶'了，还是叫一声会长吧。"

刻意的咳嗽声从楼梯处传来。

张鑫装作才看到的样子："大伯这么快就散会了？"

张铭远情绪不高，哼了一哼，语带双关地说："没一个能报出进展的项目，吵得还挺欢，听了头疼，不听了。"话落走到沙发正中坐下，仰头看着王子暮："你今天去沿海那块地看得怎么样？"

"刚要跟您谈一下这个。"王子暮坐下来，解开领口的一颗扣子，"刚好小叔叔也在这儿。"

张鑫坐在他旁边的扶手上，跷着腿，一手搭着王子暮的肩膀："怎么，收购谈妥，要我向董事会报批了吗？有前途啊小伙子，别人都要十几天才能办出点眉目的事，你一周就搞定了。"

听出儿子话里明褒暗贬的胁迫意思，张许明珍赶紧打蛇随棍上："当然，咱们子暮可是全球最顶尖的建筑专业出来的，集团上下也没几个有这学历的，出去谈块地皮还不是小菜一碟。"

张铭远心里明白，这对母子把人捧得高高的只是想往地上狠狠地摔下去，但他对王子暮一周没向自己汇报过工作进展的行为也颇有微词，便也没有指责他们的插嘴，只拧着眉毛注视王子暮，直到听出王子暮说"合同签约还要等几天"这句话后，眉心才舒展开："对方是已经明确表态肯转让了？"

王子暮毫不迟疑地点头："是。具体附加条款我稍后拿给您过目。"

这下轮到张鑫沉不住气了："你见到了那块地皮的所有者？"

"土地是滨海新区和个人联名持有的，以遗产捐赠及继承方式所得。政府这边开发成本不足，立项和定位也很模糊，倾向于委托有开发资质的企业来着手建设。很不巧的是，另一个持有者是新加坡人，也没有国内开发资质。我联系过了，他对张氏集团来接盘，还是比较有意愿的。"这番话真假参半，但王子暮说得大大方方的，即使老练如张铭远，也没听出有丝毫纰漏。

张许明珍弹弹指甲："光是倾向啊意愿的有什么用，合同没签，还不就是上嘴唇碰下嘴唇一句话的事。"

这话句虽不中听，却是实话，张铭远也颔首催促："还是尽快落实到纸质程序上来。"

"签约不是问题。"王子暮信心满满，"目前主要是地块用途的修改报批手续，这个时间是固定的，没办法压缩……我们刚好可以利用这段时间做规划设计。"

张铭远终于满意地靠进沙发里："哦。"

张鑫想了想，问："转让价格是多少？"

王子暮目露难色："可能会超出预算。"

张鑫揉揉额角："有点麻烦了。你们也知道董事会那些人的，之前的预算我已经给做到极致了……大伯您看这……"

张铭远沉吟道："这么大的项目，超预算也是常有的事，调整一下投资结构，前期拿地成本可以适当增加，后期再试着从开发或者运营上找回。"

王子暮也正是这个想法："而且前期规划如果做得漂亮，后期银行或者其他金融机构也比较容易跟进来，保证资金链的供应。这个地块本身位置的稀缺性，再加上所处区域大型综合体的匮乏，做出来肯定会在资本市场引发关注。"

张铭远连连点头："你自己把握。鑫鑫配合子暮重新修改下预算报表，董事会那边我来协调。"

张鑫目露难色："恐怕不只是董事会的问题……更大的困难在于，买地这种事，一旦谈妥就需要实时交易，而现阶段公司的现金流，不是很充裕。"

张铭远很意外，眉头又蹙了起来："英国那个旧楼改建的项目还没完成吗？"

"项目正处在关键阶段，跟着就要大笔资金投入，必须提前备出，不能挪作他用，否则项目无法推进，之前投入的资金就会彻底冻结在里面。现在英国那边跟进这个旧改项目的技术团队稳定性不够，不论在与官方谈判，还是自身运营方面的能力都很弱，急需派人过去处理一下。"他的视线刻意在王子暮身上一扫而过，然后继续演苦情戏，"本来子暮是最适合的人选，他在英国那么多年，熟悉当地市场，但是国内情况现在也不乐观……"

不但没解决资金问题，又抛过来一个烫手山芋，王子暮纵有绝佳的耐心也被张鑫折磨得烦躁起来，手撑额角靠在椅背上陷入思索。张铭远更是搓转着大拇指上的墨翠扳指一声不吭。

张鑫趁着祖孙俩走神的时刻，给母亲递了个得意的眼神。

张许明珍对王子暮之前意气风发的模样着实看不顺眼，这会儿见他为难才算解气，挑挑眉，一派温柔地开口劝道："大哥——您也别为这些事情太伤脑筋了，生意场上的事，难免曲曲折折的。鑫鑫在集团这么多年了，什么阵仗没经历过，就让他去忙活吧。他是张家人，这时候不冲上去，还等什么时候呢，是不是啊，张鑫？"

张鑫马上接道："没错，大伯，英国那边我会看着办的，您尽管放心，至于子暮手上这个项目……可能要他自己再想想资金渠道了。"

这一个回合的明争暗斗，在张鑫母子满脸笑容的告辞声中结束。临走时，张许明珍无限慈爱地对王子暮说："小暮啊，有空多来我家坐坐。你张鑫叔叔总是忙得不着家，奶奶一个人也无聊，你多来陪我说说话。"心里却说着：看你这么焦头烂额，也没那闲心和精力来我跟前儿碍眼。

她越想越痛快，要不是除皱药的副作用让她面部肌肉僵紧，这会儿的表情真正能用眉开眼笑来形容了。

05 总有个善良的角落

母子俩好不得意地出了门，张鑫哼着歌，手指在方向盘上打着拍子，不时哈哈笑出声。张许明珍出来之后倒恢复了几分清醒，待车子开出张宅大院，她回头张望一下，脸上浮现出忧心的神情："鑫鑫啊，妈妈刚才是不是多嘴了，英国那边乱糟糟的，你处理起来很麻烦吧？"

张鑫大笑："您不开口我自己也会揽过来的。其实根本就没事，我故意说得那么严重，一则为了将来好邀功，再来就是让姓王的小杂种断了念想，别想再从我们投资部调出去一毛钱。没有钱，他那个破项目寸步难行，说什么已经谈妥只差签合同，我呸！"狠狠唾了一口，张鑫咬牙切齿地道，"就让他在老头子面前出这一回风头吧，我看他接下来怎么收拾烂摊子。"

"万一他筹到钱了呢？董事会里有不少老头子的心腹，会不会从别的项目上给他拨款？"

"不可能。没见老头儿后来也不吭声了吗？他嘴上不说，但心里有数，美国的项目刚赔了好几个亿，英国这边又被我给堵死了，集团短期内根本没钱可用，我看他怎么拿地！原来的预算就是白菜价，无论如何也买不下沿海那块地。您等着瞧吧，好戏一箩筐，都在后头呢。"

张许明珍这才抚着胸口长舒一口气："那个姓王的，我看见他就恶心！你爸辛辛苦苦打下的江山，平白无故冒出个外姓人来惦记，要是你张磊哥哥活着，做到这份儿上，咱们也说不出什么，毕竟是你大伯的亲生骨肉，你的亲堂哥……"

张鑫搓搓胳膊："妈，我拜托您别老提我那堂哥行不行？我见都没见过他，人死到哪儿了也不知道，好好地提他干什么？"

张许明珍赶快哄他："好好好，不说就不说。总之，现在张家唯一的继承人就是你，他姓王的算哪根葱啊？老老实实混口饭吃得了，还想蹬鼻子上脸？哼，一个抱养的弃儿，还真把自己当张家少爷了。"

张鑫母子走后，王子暮就资金的问题又和张铭远聊了几句，是时天色已晚，张铭远很快在秘书的提醒下回房间休息了。

王子暮也探到虚实了：公司在经济上的确出现了危机，内有张鑫之流不怀好意，中饱私囊；外面还有一些竞争对手虎视眈眈，就等合适机会出手吞并张氏的业务。

张铭远正如他自己所说，人老了。

人老了，脏器慢慢老化，斗志也渐渐衰竭，只想坐稳江山，不想再沙场争战。连带地，也不允许底下臣子图谋扩张多生事端。

王子暮回到房间，大步走进浴室。热水浇在头顶，皮肤微微战栗，让他忽然萌生一种身心俱疲的退意，甚至想干脆称了某人的意，安分守己地在张家当个宠物犬度过余生。可再一想到自己这些年的努力，他甩甩头，将那个灰心丧气的想法甩出意识。

哗哗的水声中，母亲将他送去孤儿院的一幕再次浮现在眼前。

他从没见过父亲，母亲将他抚养到五六岁的时候得了重病，他被人送去了孤儿院。王子暮所有关于母亲的记忆，就是那间简陋的屋子，长年充斥着各种药丸药汤气味的屋子，那个孱弱得像一道幻影似的女人。

阳光从墙壁上方的小窗照到她身上，很多金色的灰尘悬浮在光束里胡乱飞舞。她就那么睁大眼睛看着，费力地抬起一只手去捕捉灰尘——那些像她自己一样微不足道，随时随地就会消失的渺小存在。

从孤儿院跑回家的时候，王子暮看到的就是这样一幅场景。

当天，母亲艰难地拖着病体，亲自带他回孤儿院。小小的5岁的孩子，默默地跟着母亲，一言不发。他将回来之前的那些委屈、受坏孩子欺负的恐惧、对母亲的想念、扎到母亲怀里大哭的冲动，统统憋在了心里，化成眼泪，一串一串，不受控地流了一路。

在孤儿院门口，母亲对他说：

眼泪只会把人的意志泡软。

不想别人欺负你，就要变得比他强大。

妈妈不能保护你一辈子，你要学会保护自己。

浴室昏暗的灯光照在王子暮脸上，泪流满面的小男孩，早已长成五官坚毅的大男人，水自头顶浇下来，他不畏水流地睁着眼睛，面无表情。

洗去一身疲惫，王子暮来到床边的工作台前坐下，拉开抽屉，里面摆着各式各样大小不一的八音盒。他的手指从八音盒上掠过，取出紧贴在抽屉边上的一张照片。那是一张微微泛黄的合影：两个咧嘴傻笑的大男孩，中间是一个笑容甜美却眼神空洞的女孩子。照片上三个人的年纪差不多，都是不到20岁的样子。

这是王子暮出国之前与周志成和林小美拍的唯一一张合影。

窗外夜色已经很浓，老宅外浓密的树木挡住外部的灯光，张铭远休息之后，宅子里的光源会尽量熄掉，不去打扰他。

王子暮选了个精致的水晶钢琴型的八音盒拿起来，上弦，机芯转动，八音盒发出纯净空灵的机械乐声。乐声停止，他起身换了衣服下楼，驱车离开张家。

车子开到城郊一段偏僻的公路上，只见迎面跑来一个人，大灯的照射下，王子暮看清是周志成，一群人追在他身后。他来不及多想，落下车窗喊他上车。

周志成却被灯光晃得睁不开眼，愣在原地走神的工夫，已被人追上揪打起来。王子暮无奈地下车，不由分说地抓住人就打了起来。对方五六个人，原本对付周志成也只是占着人数优势，并没讨到太大便宜，现在又冒出一个比周志成更能打的家伙，很快就落了下风，撂下几句狠话，掉头跑开。

以寡敌众，王子暮和周志成都挂了彩，呼呼喘着粗气，周志成干脆一屁股坐在地上，看着王子暮问："大哥你谁啊？"

王子暮又好气又好笑："我路见不平拔刀相助，不行吗？"

"英雄！受在下一拜。"周志成抬下手，当真一拜伏倒在地，根本是累得没力气起来。

"你小子又惹什么事了？"王子暮想踢他，一脚过去居然踢空了。

周志成连滚带爬地躲开："就知道你会偷袭，又想把我踹水里去是不是？"

王子暮笑骂："刚才被打坏头了吧，又不是在游泳馆，这哪儿来的水？"

周志成竟似才意识到，呆呆地哦了一声。

两人相视大笑。

王子暮在他身边坐下："说吧，为什么被人追着揍？抢人女朋友了吗？"

周志成一脸受宠若惊的样子："别闹了，我哪有那么大魄力。"说完就将自己与别人进行山路摩托车比赛的事讲了一通。

原来赛车前阵子就被人动了手脚，他一时气不过就动了手，也没管对方有几个人，打起来吃了亏才知道后悔。

王子暮说他的拳头总比脑子反应迅速:"好好的游泳教练不做,又跑出来飙车。"

"消遣嘛!你好好的富家少爷不做,大半夜地开车跑这荒郊野岭来干什么?"周志成揉着脸颊上的瘀青,歪头看着王子暮身上被拉扯得破掉的衣服,"可惜了,这么好看的衣服坏了,挺贵的吧……"

不等他说完,王子暮忽然低呼一声"糟了",双手在衣服口袋里一顿乱摸。然后噌地站起来,回到刚才打架的地方,借着车灯的照明,好半天才在地上找到了那个八音盒。

周志成紧张地跟过来:"什么东西丢了?"看到王子暮手里的东西,他愣了愣,小声地问:"你……这是要去见小美吗?喂喂,你可别告诉小美我飙车了啊!"

林小美从小就喜欢八音盒。离开孤儿院后,王子暮开始收集不同款式不同声音的八音盒,每次回来见小美,都会带一个给她。慢慢地,他房间里的八音盒越攒越多,见小美的次数却越来越少。

水晶钢琴被摔坏了一角,还沾了些泥土没擦干净,不再那么晶莹剔透了。所幸机芯相当结实,上了弦之后还能发出动听的乐声。

林小美心满意足地捧着八音盒:"没事,反正我又看不见,有声音就好。"她仰起漂亮的小脸,冲着王子暮的方向笑,眼睛黑亮却没有聚焦,"子暮哥哥回来了就好。"

她天生双目失明,这大概也是她会在孤儿院的原因。

王子暮小心地将八音盒从她手中取出,放在旁边的桌子上:"当心划破手,改天叫志成帮你修一下,把边角磨一磨。"

小美甜笑:"好。"

"下次再送你个更漂亮的。"

"好。"

周志成颇不是滋味地撇撇嘴:"好好好,我来了这么久,怎么没听你问声周大哥好?"

小美红着脸:"你不是经常来嘛!"

周志成好懊恼:"原来经常来就落不着好了,那我以后也三五年才来一次!"

小美摸到他的手臂轻轻掐了一把:"就知道捉弄我。"

不知情的她刚好抓在周志成的伤口上,周志成惨叫一声,下意识地甩开她,退到一边对着伤口猛吹气:"疼疼疼……"

小美被王子暮扶住,又惊讶又紧张地追问发生了什么事。

王子暮笑道:"这可是你自己暴露的。"

得知他们打架的经过后，小美果然担心得唉声叹气，眼看眼泪都要下来了。周志成慌忙岔开话题："王子暮你现在很能打呀！看刚才那几下子，恐怕我都不是你的对手了。"

王子暮也不谦虚："还不是小时候被你们训练出来了？"

周志成鼓着腮帮子瞪了他一会儿，笑起来："你小时候虽然打架不行，但也不好欺负啊！"

刚到孤儿院的时候，王子暮又瘦又小，话也少得可怜，不怎么跟同龄孩子沟通，渐渐地就被以周志成为中心的若干小朋友排挤起来。有一次，院长欧阳老师办公室的一块玻璃被砸碎了，竟是因为周志成起哄说王子暮是女孩子，王子暮辩称自己是男孩，他们非说这么漂亮的一定不是男孩子，要扒他裤子验明正身。王子暮反抗，被孩子们扑上来按倒，他忍着拳打脚踢，爬起来捡了块石头砸向周志成。周志成躲开了，石头正好砸在窗户上。

欧阳老师事后一边安抚受伤的王子暮，一边教训周志成他们几个。周志成指着王子暮大喊："不是我们，是他砸的！"可惜欧阳老师不信，认为他闯了祸还说谎，拿出戒尺打了他十个手板。周志成无奈地摊着手挨打，王子暮按着仍在流血的鼻子，看着他，眼神冷漠。

那一晚，孤儿院的孩子们都已经睡熟，只有周志成眨着一双大眼睛，滴溜溜地转着坏心思。寝室里一片静谧，他悄悄起床，叫醒旁边的几个男孩子，交头接耳一番，蹑手蹑脚地走到了新来的王子暮床前，脱下裤子在他的床单上小便，几个小朋友忍不住捂着嘴笑了起来。看似沉浸在睡梦中的王子暮翻了个身，虽然他还醒着，但被人包围的恐惧感告诉他：什么也不要做，装作睡着了。

第二天清晨，睡在王子暮旁边的孩子大喊："老师，他尿床了！"周志成和昨晚一起做坏事的小朋友迅速围拢过来，唱着儿歌嘲笑他。闻讯而来的欧阳老师搞清状况后，将王子暮带到办公室，亲切地问他，来到一个陌生环境，是不是住不习惯。王子暮委屈地告诉欧阳老师自己没有尿床，可是欧阳老师摸了摸他的头，没再说什么，却长长地叹了一口气。

很久之后，王子暮才明白，欧阳老师那声叹气不是因为他尿床生气，而是同情他。被人同情的感觉，孤儿院的每个孩子都有所体会，别的孩子怎么想，王子暮不知道，也不关心，但他自己非常反感。人与人的感情，他最不愿接受的就是被同情。

被同情，代表着你站在一个弱小的位置。

时间已经很晚，小美安排了房间让他们住下，周志成飙了半宿车，又打了一架，直嚷着肚子饿，张罗着出去吃夜宵，小美推说明天还要给孩子们上早课。王子暮也没勉强，答应过几天带她出去吃顿好的，和周志成一起离开了孤儿院。

路上，王子暮随口问起欧阳老师的近况："上次听你说他身体不太好，已经不做院长了，那还经常来福利院吗？"

周志成说自从欧阳老师把福利院交给小美之后，自己也没怎么见过他："偶尔也来吧，不过一般事情都是小美处理。小美的眼睛看不见，欧阳老师还特意给她请了个助理。哎，子暮，你知道吗，小时候咱都没发现，其实欧阳老师家里很有背景呢，他母亲家里好像是东南亚一带的大地产商。这么多年，除了政府拨款和社会捐赠，福利院基本都是欧阳老师自己拿钱维持呢。"

王子暮眼皮一跳："哦？"手指握紧方向盘，感觉话题离自己引导的方向越来越近了。

周志成点头："上个月有一个什么慈善基金会来给孩子们过儿童节，我帮忙布置场地的时候，听到基金会那个漂亮的副会长跟小美说话，提起欧阳老师。好像说他身体不好只是托词，实际是要回去继承家里的生意，否则他家里就要切断对福利院的资金支持了。"

"真是这样的话也好，欧阳老师直接控制资金，能更好地改善福利院的条件。"王子暮开着车看似漫不经心地闲聊着。

"是……小美也常常说，欧阳老师虽然离开孩子们了，但做的事情对福利院有更大的益处。听说他还给福利院找了一个新院址，更大更好，能收留更多的孩子，过两年建好了就会搬过去。"周志成有些不好意思地抓抓头发，"我以前从来没想过这个问题，瞧那些有钱人都不顺眼，觉得他们自私自利，现在看来，有了钱才能更好地做善事，像我们这样的，除了一片热情，能给福利院的孩子们什么呢？"

王子暮笑着瞥他一眼："每个人的力量不同，贡献也不同，用不着跟别人比。小美不是说你还经常带着孩子们去游泳馆玩吗？"

"我也只能做到这个程度啦，还不敢在人多的时候带他们去，被经理发现就糟了。唉，要是有一个自己的健身会所就好了，可以定期带孩子们来做运动，玩玩水。"周志成说着，转向王子暮羡慕地说，"你现在就不错呀，上次我们见面你拿了一大笔钱让我给孩子们买东西送去，后来我才听小美说这些年你一直都有给院里转钱……看来张家对你还蛮不错的。"

王子暮只是似笑非笑地轻哼一声，没说话。

周志成立刻双眉倒竖："怎么，他们欺负你？"

"你看你，小孩子似的。就算他们欺负我，你又能怎么样？去揍人家一顿吗？"

"唉，倒也是，人家有钱有势的……"

随着周志成这句意味深长的话，车里变得沉默起来。

王子暮纵有思绪万千，却没有哪一句是能说给周志成听的。虽然是从小一起长大的哥们儿，可说实话，从 12 岁被张铭远带出孤儿院开始，他跟周志成就变成了两个世界的人。他开始踏进上层社会，接受最好的教育，像一株野藤蔓，尽管是依附强势资源而活，但最终却越攀越高；而周志成则始终盘旋在社会最底层，并且随着年龄的增长，他能翻身的机会越来越小。

"子暮，"周志成突然开口，盯着好友那看不出表情的脸，"从回来到现在我都没问过你，这些年你过得究竟怎么样？当然吃穿上肯定是比我好了……可是，你过得开心吗？当年领养你的那个爷爷，他对你好吗？"

06 王子暮的内心往事

王子暮问："你所谓的好是怎么样的？"

周志成想了想，"起码，像欧阳老师那样对咱们吧。"

王子暮摇头："那不是起码……像欧阳老师那样不图回报的善行，应该算是极致了。"看一眼略显茫然的周志成，王子暮语气复杂地说，"张家爷爷收养我，从来就不是因为喜爱，甚至不是因为同情。我只是他在寂寞孤独的时候，恰巧遇到的能逗他一笑的小东西。他带我回家，让我按他希望的方向成长，以便能回报给他更多的利益。你问我过得开心吗？不知道。我只知道，相比留在福利院而言，我得到的更多，这就够了，世界上没有两全其美的事。"

周志成内心受到很大的震动，长这么大他也是第一次听到王子暮如此坦诚地提起张家。从他12岁被领养之后，一直到20岁出国留学之前，两人是有断断续续的联系的，也经常见面出去玩，那时候的王子暮虽然也不是非常活泼开朗的孩子，但是很爱笑，总是安静地坐在一边，看他和小美玩，等他们玩累了，他体贴地拿着食物过来和他们一起吃。

"志成哥，"将近十年后再次喊出这个称呼，王子暮的声音里有一点颤抖，"我穷怕了，不想再回到以前那种受人白眼的日子。你说得对，钱是很强大的东西，经济上强大了，才能真正过上自己想要的生活。"

周志成没念过几年书，听不懂太多大道理，但是，好兄弟这样掏心挖肺地跟他说话，他很感动，即使依稀觉得这番话哪里不对，但是细细想想，也没有错，于是忍不住用力点了点头。

王子暮将车停在路边，郑重地看着周志成："过来帮我吧，志成哥，我需要自己的势力。张家爷爷对我的养育，我会回报他，但是，他已经老了，我没有理由为张家付出一生……除非，这是我自己的家。"王子暮靠在座椅上，望着远处黑暗天空上零星的光亮，"到时候，你、我、小美，福利院的孩子们，都能过上更好的生活。欧阳老师也不用一个人撑得那么辛苦了，我们来帮他分担。"

掌握张氏的第一步，是取得张铭远的信任，那么首先就要做好手上这个项目，而这个项目的成败，取决于他是否能够拿下沿海那块地皮。

王子暮是在偶然情况下得知那块地皮的所有人是谁的。

那时他刚从英国回来，就被张铭远授权负责地产事业部，一直觊觎这块核心业务的张鑫母子心生不满，在董事会上多次兴风作浪，意图给他难堪。王子暮当然也不会让自己太被动，私底下收集了不少他们偷挪公司资产的证据，以备不时之需。这个过程中，他发现，很多账目是以张许明珍担任会长的圣雪慈善基金会为出口的，他让人进一步追查钱的去处，却发现涉及了欧阳老师的福利院。手下人不知道王子暮和福利院的关系，顺便把欧阳老师的资料也附上了一份。王子暮本来没关注这块，他随手翻翻，也只当了解福利院的现状，毕竟福利院已经由小美接手了，而且看起来也管理得井井有条的。

直到看到这份资料后，他才知道欧阳老师的全名叫作欧阳宇歌，身份是新加坡某地产大亨的私生子，之前在家族斗争中被流放到中国来，之后不知什么原因认祖归宗，成了数十亿资产的继承人。

当时看的时候，王子暮也只是感慨人的命运，后来在接手沿海项目开发时，他再次意外地看到了那个新加坡地产集团的名字。再一看，西侧那块地的所有人竟然就是欧阳老师，这个消息让王子暮不知该高兴还是该死心。

他是深知欧阳老师为人的，那是真正的淡看了名利，为了福利院搭进去了半生精力，现在有机会为福利院改善条件，他自然会不遗余力，当然不会轻易放弃那块地。

正是意识到这一点，起初做规划时，王子暮才完全没有把那块地考虑进去。可谁知道张鑫母子是如何煽风点火的，董事会和张铭远现在要求他务必拿下这块地做进一期项目里。

王子暮很清楚，他和张鑫的较量才刚刚开始，他不能就这么败下阵去。

如果还有人能说服欧阳老师让出地块，那个人只能是林小美。

欧阳不是周志成，没那么好拉拢，而且他肯定不会赞同自己图谋张氏产业的成功之道，王子暮心知自己去争取也是徒劳。但小美就不同了，她是能让欧阳放心地将福利院交给她打理的人。

只是，让小美帮忙也不是那么容易的事。

那是个善良但敏感的女孩子，虽然眼睛看不见，心里却比谁都清明。

颖儿一早接到王子暮的电话，问她是否愿意陪他去跟那块地皮的主人聊聊。

那天在现场讨论过这个话题之后，颖儿也知道这块地对他的重要性了，虽然不认为自己能帮上什么忙，但还是很愿意陪他去争取一下的。

王子暮开车到颖儿家楼下时，刚好看到她跟安琪出来，不免有些惊讶："你们俩居然住在一起。"

颖儿笑着挽起安琪的手："是啊，我们从大学起就住在一起了。"

安琪表情有些僵硬地冲王子暮打了个招呼，准备去坐地铁上班。

王子暮搓着下巴，看着她的背影："安琪看见我好像不太高兴。"

"有吗？"颖儿没发现，坐进车里想了想，"可能吧，她每天被闹铃吵醒的时候都不太高兴，哈哈。"

王子暮提醒她系安全带："你倒是成天笑呵呵的。"

颖儿吐吐舌头，板起脸郑重地表示："我待会儿尽量严肃点！"

王子暮失笑："你笑着就好，我们是去同人家协商，不是去抢地的。"

一句话惹得颖儿又哈哈大笑起来。

"你很像我一个朋友。"王子暮突然说。

颖儿微微侧过头，不解的样子。

"简单，知足，总是很开心。一会儿你就见到了。"

对于请小美帮忙说服欧阳老师的事，王子暮不想太迂回，让小美认为自己心机重重。他干脆直接找到她，将自己的处境原原本本地道来。

小美被突如其来的消息绕晕了，只知道王子暮这些年并非她想象中过得那么风光。上次深夜来访，听他说起这些年在国外的生活，已觉得不容易。

"福利院新址的事，我也只是听欧阳老师提起过，知道大致位置在哪里……"小美说着说着笑起来，"房地产什么的，我也不懂。要不然，我帮你约下欧阳老师，你自己跟他谈吧。"

王子暮摇摇头："如果跟他能谈拢，我就不会把你牵扯进来了。"

"为什么谈不拢？你有你的不得已，欧阳老师是很通情达理的人。"

"他和你我不同，小美，不知道你能不能意识到这一点。"

"你是指？"

王子暮将视线拉向不远处，颖儿正陪福利院里的孩子做游戏，不时传来欢声笑语。他向颖儿招了招手，这边对小美说："他不是孤儿，他其实有选择过哪种生活的自由，他有退路……所以，我的不得已，他不见得会认可。"

小美正要说什么，颖儿跑过来："什么事，王总？"

"你怎么比小孩子玩得还疯？"王子暮抽了两张纸巾让她擦汗，又拿起桌上的杯子，"帮我去倒杯咖啡好吗？"

颖儿接过杯子，疑惑地看着里面还剩下的大半杯咖啡，也没多说，向小美问过咖啡在哪儿后，就转身走了。

小美听着远去的脚步声，若有所思地问："这个女孩，只是你的同事吗？"

"不然呢？"

"感觉你很关心她。"

"有那么明显吗？"

"就说你怎么会无缘无故地带个女孩子来。"小美越发雀跃，"怎么，她不喜欢你吗？为什么还给我介绍说是同事？"

"因为，真的就只能是同事。"王子暮目不转睛地观察着小美的表情，"你知道吗，我已经有未婚妻了，在认识颖儿之前。"

"真的吗？你要结婚了吗，子暮哥哥？"

"你高兴吗？"

"我当然高兴！我好希望你和周大哥都早日成家立业。我们这样的孩子，最终能有自己的归宿自己的家，就是最大的幸福了，我当然会替你们高兴啊。"

"即使那个女人我甚至素未谋面？"

小美的笑容生生地僵在脸上。

"是张家长辈安排的婚事，对方是门当户对的千金小姐。想来也可笑，我的能力竟不在张家的事业上，而是能平衡利益关系，像是古代和亲的帝王子女。"

"子暮哥哥……"

"我这么努力，是为了娶公主吗？当然不是，我只希望哪怕是爱上一个卖花姑娘，也能够把她宠成公主。"

颖儿接了咖啡回来，放在王子暮手边，看了一眼小美，奇怪地问："小美院长，你脸色不太好，是不是早上风太凉了？要不然和王总进里面聊吧，我和赵老师看着孩子们就好了。"

"我没事，谢谢你。"小美摇摇头，原本就没有聚焦的眼神，因内心受到的强烈震动显得更加失神。

张鑫看着合同上的数字，揉了揉眼睛，连称不可能。

"没有不可能，只有做不到。"王子暮平静地从他手上抽回合同，放到张铭远面前，微笑着看向他，"这还是您老人家教我的。"

张铭远笑着点点头："说得好，不愧是我孙子。"

王子暮面上不带半点得意之色："当然对方的条件也很苛刻，除了要求总项目2%的股权之外，未来的福利院也要与张氏联合开发。股权的要求倒不算过分，远低于转让费差价等值的贷款利息。至于未来福利院的开发，虽然限制了规模，但总归是投入大于产出的项目，所以我做成了附加协议，拿回来给您裁夺。"

"这个问题倒不大，集团每年都要承接一些福利工程，做个排期就好。"张铭远欣赏地看着王子暮，"总之这一次的事情你处理得不错，我很满意。"

王子暮先一步离开董事长办公室，张鑫气急败坏地跟在后面，几乎是摔门而出，不顾周边人诧异的目光，一把拽住王子暮，"你一定是动了什么手脚，怎么会用比预算还低的价格拿到这块地？"

王子暮对他的说法表示很惊讶："做生意当然要动手脚，否则，就只能任人宰割了？"

张鑫一愣："你！"

"至于动了什么手脚，感兴趣的话，自己去查吧。我可以跟您透露一点，如果说这世上还有一个人能用你给的价格买来这块地——"王子暮毫不费力地甩开他的手，"那就是我。"掸掸衣袖，丢给他一个森冷的眼神，转身走开。

沿海地块成功收购的发布会暨庆祝酒会，在张氏集团大厦顶层的私人会所举行。当地主流媒体、集团的重要合作伙伴以及董事会、地产、家居、投资等相关事业部的全体员工都参加了庆祝会。宴会厅里欢声笑语，觥筹交错，室外泳池边也精心布置了乐队、茶点，供宾客随意享用。

安琪和颖儿以前都是各自参加公司的年会晚宴，还是第一次共同出现在这样的场合。活动又不受拘束，餐食也是自助形式，所以两人从进入会场就形影不离。和普通的基层员工一样，她们没有太多应酬场面，一会儿拿些美味点心，一会儿凑在手机前自拍，有说有笑，玩得不亦乐乎。毕竟难得来这么高级的会所，又都化了隆重的妆，还特地租了晚礼服，不能白白浪费。

媒体发布会结束后，集团高层陆续从VIP室回到宴会厅，现场音乐停止，众人也在主持人的提醒下压低谈话声。董事长张铭远致祝酒词，并郑重地向在场人士介绍了孙子王子暮，言语中寄予的器重和厚爱，让刚平静下来的酒会现场再次掀起议论声。

盛装出席的王子暮一派温文尔雅，面对闪烁不停的镁光灯，不见丝毫紧张怯色，仿佛天生就习惯了万众瞩目，一双耀眼黑眸不时地调整焦点正视镜头，嘴角始终噙着自然得体的微笑。

安琪一口果汁险些喷出来。颖儿端着碟小蛋糕，远远望着看不清脸的王子暮，惊讶地问："董事长的孙子为什么姓王？"安琪只差去捂她的嘴，紧张地四下张望。

好在颖儿很少大声说话，这句话也没多大音量，周围人又都被这个重磅消息震到，忙着交头接耳，似乎没人注意她们。安琪略微安心，亡羊补牢地叮嘱颖儿："你说话小心点。"

颖儿吐吐舌头："就是好奇嘛。认识王总这么久了，从没听过他说起自己的身份呢。"

安琪忍不住在她头顶敲一下："人家为什么要跟你说这种事……"

"倒也是。不过到底为什么董事长姓张，而他姓王？我刚才没听清，是外孙吗？"

"是孙子，不过是抱养的。"——优美低沉的女声并不属于安琪，而是从颖儿另一边传来的。

两人都吓了一跳，齐齐望过去。

只见一道高挑曼妙的身影款款而立，妆容精致，浓密的长睫下，颇具异域风情的深蓝色眼瞳正带着有趣的神情望着颖儿。

"对不起——"安琪下意识地道了个歉，说完之后又觉得为这种事道歉怪怪的，一时不知该说什么，僵在了原地。

颖儿倒是茅塞顿开一般，张大了嘴巴："原来是这样啊。"

"是啊。"混血美女勾起嘴角，托着高脚杯的手小幅地画了半圈，"这里的人大部分都知道呢，不算什么秘密……公开议论也可以哦。"说后面这句话时，她微微倾身，越过颖儿，对安琪轻轻眨了眨眼。

安琪仍有些尴尬，只出于礼貌地向她点了点头。

颖儿则坦诚地表示自己不是张氏集团的，只是负责这次项目的设计公司员工，末了又问："你是哪个部门的？"

混血美女刚要回答，有人走到身后拍了拍她："楠初？"对方呼吸有些急促，像是匆匆跑来的，"原来你站得这么远，难怪到处找不到你。叶会长叫你过去呢。"

混血美女向远处张望一眼，回头对颖儿耸耸肩："有机会再聊了。"她将酒杯放在侍者的托盘上，跟着来人走开了。

颖儿问安琪："是你们地产部的同事吗？"

安琪茫然地摇摇头："不知道。没见过。"

"好漂亮啊。"

"没有你漂亮。"

"哪有？人家个子比我高，背也漂亮，腰也好长，又细又长。嘻嘻，这是不是就是传说中的水蛇腰啊，安琪？安——琪？"说了半天她才发现安琪的注意力根本没在那美女身上，而是怔怔地望着另一边。那边人挨人的，颖儿也不知道她在看什么，手肘狠拐了她一下："喂！"

安琪一哆嗦，饮料溅在了衣襟上。

颖儿慌了："哎呀对不起对不起。"她手忙脚乱地想找纸巾，偏偏这会儿侍者离得都远。

"你看你……"安琪哭笑不得，掸掉没来得及被衣料吸收的液体，"别擦了，我去下洗手间。"她将杯子交到颖儿手上，拎着裙摆走到宴会厅出口，又回头看了一眼。

原本站在香槟塔旁边的王子暮已不见踪影，她却意外地看见刚才同她们说话的那个混血美女，和董事长张铭远站得很近，说说笑笑的，颇为熟稔。

安琪愣了一下，莫名觉得狼狈，猛地转身出门，结果被一道更凶猛的力道反弹回来——

她穿着高跟鞋稳不住重心，直接跌在地上，手抓到一位女士的裙角，惹得她夸张地尖叫起来。

07
孤独是一个人的狂欢

张鑫正一肚子火气。

他不想看王子暮那副春风得意的嘴脸，想要离开会场又被母亲拦住，劝他输人别输阵，他只得硬着头皮再回来，谁知才进门就撞上了个冒失鬼。

张许明珍拉着裙摆，嫌弃地撇撇嘴："怎么回事，没长眼睛吗？"

张鑫咬牙切齿地瞪着地上那个丧气的女人，只觉碍眼得让他连众目睽睽之下的风度都不想维持了："滚开，别挡路！"

安琪看一眼那对母子，快速低下头。周围注目的人越来越多，她也顾不上要道歉，只想赶快起来，离开这是非之地。

突然一只手扶稳了她，低沉熟悉的声音在耳边响起："不要紧吧？"

仰头望见那张关切的脸，安琪越发尴尬，眼中无端凝结出水汽，她摇摇头，也不敢出声，在一片议论纷纷中跑了出去。

王子暮则直接无视这场小小的骚动，转向张鑫笑道："张总这么晚才来？刚才开香槟的时候，董事长还在找您。"

张鑫若有所思地看着安琪的背影，听到他的话，正没好气地想说"找我干什么"，张许明珍突然挽住了儿子的手臂，抢着开口道："张总替我去参加了个活动，这不，一结束就赶过来了。哎呀，曲夫人，好久不见……"一边嫣然巧笑地同周边熟识的人打招呼，一边斜眼瞥视王子暮，小声嘱咐着张鑫："你先去跟大伯喝杯酒，我等下就过去，别让风头都被外人抢尽了！"

张鑫冷哼，看也不看王子暮一眼，大步向张铭远走去，经过王子暮身边时撞了他一下。

　　王子暮微微侧身，眉眼间和气清朗，似乎完全看不出眼前那二人的小动作。直到张许明珍也在众人的簇拥下离开，周边恢复平静，他的表情才有一瞬的凛冽，避开人群，来到走廊深处接起了手机。

　　手机那端传来的显然不是好消息，听着听着，他的眉头越蹙越紧。

　　安琪从洗手间出来，看到这副模样的王子暮，心里涌起一种奇特的感觉，她想回避一下，却挪不动脚步，整个人都被牢牢地吸引住。

　　他接完电话，并没有立刻离去，就在原地负手而立，出神地望着窗外的建筑。

　　霓虹灯光透过玻璃映在他的墨色瞳眸上，光影变幻，忽而幽蓝似古井深深，忽而亮绿似邪异教徒，忽而银光折射似天上繁星，忽而又魅红闪烁，危险莫测，一如他此刻的心情，终是让人难辨究竟。

　　而他这个人，也复杂到让人无法捉摸。

　　第一次见他，是明朗欢快的，他与朋友嬉闹，顽皮孩童一般；再次会面，他摇身一变成为企业精英，文雅持重；而眼前的他，形单影只，那边喧闹的酒会也仿佛在另一个世界，与他无关，他的世界里只有自己，寂寥得让她有一点……心疼。

　　安琪摇摇头，对心里这种想法感到可笑。

　　"谁？"他看到了墙后露出的亮色裙摆。

　　询问声不算严厉，可仍让有意躲闪的安琪一惊，她缓缓地从转角暗影里走出，结结巴巴地解释："看见您在打电话，怕打扰到您……哦，我刚才裙子上洒了果汁……"唉，她颠三倒四地说些什么啊……

　　目光随着她的话落在她杏色长裙上，看到腰身下摆那处明显的污渍，他的唇角泛起浅浅一抹笑意，抬腿迈向不知所措的她："酒会才开始，衣服就弄脏了，可怎么办？"

　　"就是说嘛……"安琪低头绞着十指，对他的靠近紧张得不敢正视。

　　他没再出声，脚下的影子却显示人并未离开。头顶上方窸窸窣窣的声音让安琪好奇地抬眼查看，就见他手中拿着那朵原本别在衣领上的嘉宾胸花，取下别针，将西服口袋里亮棕色的丝缎手绢抽出，胸花塞进口袋里，手绢展开，又反向折叠收拢，以别针固定成一大朵绢花，递到安琪面前。

　　安琪看他变戏法似的送出一朵花来，直接傻了眼。

　　王子暮呵呵一笑，弯下腰，将绢花别在她的衣摆上，恰巧挡住了被果汁弄脏的那块。原本过于素雅的淡色礼服，搭配了亮棕色的绢花，非但不显突兀，反而有种恰到好处的点缀。

　　"快去吧。"他盘手端详了整体效果后，满意地向宴会厅方向扬扬下巴，"颖儿好像在找你呢，好好玩。"

安琪乍然回神，向宴会厅门口望去，果然看见颖儿也跟了出来，她赶忙胡乱道个谢，提起裙摆，快步向门口走去，走了几步又慢下来，最终站定，迟疑地回头看了一眼。

他还是原来那个站姿，见她回头，他脸上的笑意更深了些，掸掸手指，做个赶人的动作。

颖儿找到安琪，对她裙摆上那朵绢花竖起大拇指，也不问哪儿来的，连声夸奖有创意，又细心地为她调整下花瓣的形状，挽起她重新回到宴会厅。

兜中轻颤一下，王子暮掏出手机，屏幕上是简短的一句话：消息压不住，恐怕很快就要公布了，只能尽快想对策。

他修长的手指长按文字，在弹出选项上点了删除。

手指左右滑动，屏幕上的照片随之翻过，不同角度、不同光线、不同大小的，反反复复却只是同一朵绢花，典雅的亮棕色，带着丝缎特有的迷人光泽，安琪感觉每一张都好看，每一张都舍不得删，再看挂在衣柜前礼服上别着的那朵实物，安琪举起手机，又拍下一张。

颖儿刚好推门进来，听见咔嚓的快门声，直接面露微笑，比出个剪刀手"Pose"："耶！"

安琪失笑："耶你个头！"她将手机屏幕朝下扣在床上，指着礼服说，"那上边的果汁都没弄掉，还回去会不会扣我们钱？"

"不会不会，干洗一下肯定能掉的。"颖儿摆摆手，走过去扯着裙摆看，"礼服店老板是我朋友，我经常免费给她当模特的。再说这绢花别在这里，根本就看不出污渍嘛。"

安琪猛地从床上跳起来："不行，绢花不能给她！"她不由分说地摘下绢花，又看一眼礼服，"要不然……你跟她说说看，这件衣服便宜点卖给我好了。"

"你要买下它？"颖儿有些惊讶，安琪从不会在这些华而不实的东西上头乱花钱，而且还是旧的，"没关系啦，老板真的不会计较的。之前我也弄脏过，她都没说什么。"

安琪无所谓地耸耸肩："也不是因为这个，就是……感觉张氏集团蛮正规的，经常会有些庆典要求穿礼服，老是去租也花钱，不如干脆买一件好了。"

颖儿理解地点点头："哦，也是。不过租的话每次都可以穿不同的，不是更好吗？"

安琪笑她："臭美妞儿！你是穿什么都好看了，我好不容易试到这么件合身的，就穿这一件算了。"

颖儿还想说什么，安琪耳尖地听到她手机响。颖儿嘟囔着"这么晚了会是谁"，又指着礼服跟安琪说，"你再想想要不要买，我明天还衣服的时候跟老板说下。"

安琪挥着手打发她出去了，才捧起一直握在手中的那朵绢花，将它摆在之前别住的位置，盯着它久久地发呆。

水晶杯塔、古典钢琴曲、蓝色游泳池，明知道那是不属于自己的生活，但是，当它们在这光华灿烂的夜里慢慢消逝的时候，第一次，安琪试图抓住些什么。

风从半启的窗子吹进，依稀有花香弥漫。

张铭远将另一个项目也给了王子暮，是一个物流港的竞标项目，而原本这个项目是该由投资部负责的。张鑫脸色铁青，一支笔攥在手中，关节泛白，咔的一声，笔杆被生生捏断。王子暮毫无推诿之意，从秘书手上接过资料，草草翻过就放在桌面。董事会上人人交头接耳，会议室的气氛微妙得难以言表。

有人敲门而入，小心地从后排绕行到张鑫身边，弯腰耳语。张鑫眯眼细听，眼皮一跳："确定？"下属点头，将手中的一摞文件交给他。张鑫迅速看了一遍，脸上乌云尽散，清了清嗓子，"看来——王总现在没时间去跟进这个项目了吧？"

众人停止议论，王子暮也将视线放在桌上多出来的那份文件上，表面不动声色，只微微调整下领带掩饰心头的一丝不安。张铭远靠在椅背里沉声问道："这话是什么意思？"

张鑫嗤笑一声："刚听王总对沿海综合体项目的规划，可谓精彩绝伦呢，只是不知这么精彩的设计方案，提交发改和规划部门批复了没有？"

王子暮答道："已经到可行性研究报告的评审阶段了。"

"恐怕没那么快。"张鑫笑脸一收，将面前那份文件推到他面前，"滨海新区最新的景观规划出台了，明确指出景区内不允许有超高建筑存在。我没记错的话，王总方案中的那栋海景酒店，刚好在规划的景区内。按照新规，起码要砍掉30个楼层。"

"30层？"董事中马上有人应声，"那还能达到之前的ROI吗？"

"怎么可能？怕是连拿地成本都很难收回。"

"没错，即使按照我们刚才那个方案中的楼层数，这块地的楼板价也已经远超市场价了，现在又要减楼层，开什么玩笑！"

复印的文件被发放到各位董事手上，众人纷纷摇头。张鑫的话并没有夸张，建高层不在规划允许范围内，但是降低楼层就意味着牺牲使用面积。而除去那一块狭长的地带临海，内部的住宅楼盘不能开发成海景房，没有市场竞争力，价格也很难再提高上去，无法弥补楼层减建的损失。

张铭远仔细看过文件，目光投向王子暮，却没得到回视。

张鑫用笔杆碎片挖着指甲缝，一副老神在在的样子，目光左右扫视到众人焦急的表情，不时哼笑出声。

"子暮，"张铭远终于开口，"尽快想出解决方案来，否则，做好地皮转让的准备。"

王子暮震惊得直接站了起来："董事长……"

张铭远下巴微扬，以一种不容置喙的态度表示："张氏不做赔本买卖！"

王子暮也不想敷衍地对待自己回到张氏后操盘的第一个项目，可是从庆功宴那天得知消息到现在，他组织设计人员开了无数次会，政府规划部门的门槛也快被他跑烂了，一时间还是没有太可行的方案。物流港的竞标，张铭远虽说没有马上收回，但是也没有催促他跟进，甚至在王子暮想主动汇报进度时，他都找了个借口岔开了。

在张宅二楼的书房前，王子暮第一次遇到了门禁，秘书说得客气："董事长刚吃了药，想休息一会儿。"

隔音良好的书房里传来笑声阵阵，秘书面无表情，不做任何解释。王子暮也不为难他："我没什么事，晚点再来。"转身下楼。

几分钟后，书房门开，张铭远和一个五六十岁的男人谈笑步出，紧随其后的是张许明珍，还有一个高挑俏丽的年轻女孩。

客厅沙发里的王子暮仰头看看，放下报纸，起身打招呼："叶伯伯。"

众人下楼，叶文华笑道："子暮在家啊。"

"也是刚回来。"王子暮随口称谎。

张许明珍阴阳怪气地道："还是小暮能力出众，公司的事打理得妥帖，才能这么早下班。我们家鑫鑫啊，哪天不是忙到半夜，又要出去应酬，我都多少天没跟他吃过一顿饭了。"

张铭远轻轻一哼，别开脸。

王子暮欠身："我也是回来取点东西，还要出门。"

"去哪儿？"开口的是旁边那位一直微笑着看着他们的年轻女孩，"顺路的话，送我一程？"

"楠初——"叶文华唤了一声女儿的名字，见她一派大方，反倒不好再说什么了，笑着对张铭远抱怨："远叔您看，我家这个野丫头，就是跟谁都这么自来熟。"

张铭远转向叶楠初时脸色舒缓了不少："也算不上自来熟，他们小时候就见过面。"

张许明珍急忙表态："楠初要去哪儿，我叫司机送你不就好了。咳，小暮那么忙，麻烦人家多不好。"

叶楠初挽着她的臂弯，嗲声嗲气地道："您不是还有个饭局吗？我要去新区，您送完我再过去肯定就来不及了，我爸爸也是急着要去机场，所以——"她歪头睇视王子暮，"你如果也赶时间的话，我只能坐出租车走了。"

王子暮笑笑："叶小姐就不用跟我客气了吧。"

"哇，好厉害，叶小姐！"叶楠初哼了哼，"你干脆叫我叶副会长算了！"

王子暮其实是要和张铭远谈物流港的项目，被张许明珍拿话一将，不得已又出了张宅。送叶楠初回家后，他开车在路上漫无目的地转了转，给周志成打电话。他正和兄弟们在吃大排档，想是已经喝了不少酒，兴致勃勃地叫王子暮也过去。王子暮推说约了别人，让大家吃好喝好，挂公司的账，就听周志成在电话那头大声重复一句老板请客，电话那头一片欢呼。

上次从福利院出来后，周志成便在王子暮的授意下辞去了游泳馆的工作，带着几个当年福利院的小兄弟，还有这些年打拼中交下的哥们儿好友，由王子暮出钱，加盟了一家快递公司。他们都是本市土生土长的穷苦人家的孩子，文化程度普遍不高，但脑子还算灵活，由于都换过不少工作，多少有些人脉，加上对地形熟悉，年轻力壮又肯吃苦，个把月下来，不但把加盟的业务做得有声有色，还承揽了一些社区写字楼的外卖和速送服务，收入远超预期。王子暮让周志成把赚的钱作为奖金分摊给兄弟，这下大家干劲儿更高了，简直把买卖当成了自己的一样，对王子暮这个幕后老板也更为尊重爱戴。

王子暮本来也没打算靠这么个小快递公司赚钱，名义上是让周志成和兄弟们有份稳定工作，实则是培养自己的势力，利用遍布全市的快递网点做眼线。他站在明处，被太多双眼睛盯着，很多事不好亲自处理，不能不留周志成这么个后手以备不时之需。也因此，他与周志成的接触不能太频繁，免得有人多想。

不能回张家，也没有别的安排，又不想回公司面对那个让他头痛的沿海项目……望着眼前的车水马龙、霓虹闪烁，王子暮将车子随便停在了一家酒吧前。

店里人不多，音乐低柔轻缓，只在最里面有几桌客人，总体还算安静。王子暮在吧台上坐下，要了一杯酒。手边隔着几个凳子的位置有两个年轻男孩，一高一矮，正在抽烟，高个子的那个不知说了什么，惹得小个子狂笑不止，笑声大得把酒保都吸引过去了："大伟，笑什么呢？"

叫大伟的小个子止不住笑意，指着高个子说："说他那个傻白甜女朋友呗。"

高个子撩了撩定型的刘海："靠，别说人家傻，是你哥我演技好。"

"得了吧，大哥，就您P那两张破照片……"大伟呛了一口烟，"咱不说P图技术，那你是专业的，就那背景图，百度上一抓一大把，居然还能把人哄得掉眼泪，我他妈也是醉了。"

酒保不明真相，但显然知道"傻白甜女朋友"这个称呼："那个桃花眼的美女啊？还没分手？"

"不知道了吧，咱哥是个喜新不厌旧的人！"大伟将烟咬在牙齿间，腾出两手掰着指头，"我给你数着啊，傻白甜、卖内衣那个34D、卡宴姐，还谁来着？哦哦，网红脸的那个，叫什么来着？"

酒保也跟着起哄："还有那个，喝龙舌兰的那个。"

"对对对，不算那堆小模特，也就七八个。"

"跟这个傻白甜在一起时间最长吧？"

"那倒是，她其实是最没油水的，某种程度上来说林哥对她也算真爱了。是吧，林哥？"说着拍拍高个子的肩膀，挤眉弄眼。

林哥对他揶揄的话不做回答，只是一脸得意掐了烟，往酒柜方向指了指。酒保麻利地倒了杯酒回来，趴在吧台上说："哎，林哥，我今天早班，这就收工了，哥儿几个今天什么安排，带我一个呗。"

大伟摸摸下巴："K歌去，怎么样？"

林哥喝口酒，眯眼看他："你请客？"

"请就请。"大伟无所谓地靠在吧台上，"不过，你得把傻白甜叫出来，那妞儿唱歌不错。"

酒保哈哈大笑："你小子别是没安好心吧……"

那边有人叫着调酒，林哥嫌吧台吵，拿着酒杯往里面去了："她那闺密唱歌更好听，就是人长得寒碜点儿，哈哈，你是没见过……"大伟跟在他旁边，两人一路小声说话大声笑。

笑声远去，周遭又恢复安静。王子暮在手机里翻翻找找，竟找不出一个能陪自己打发这无聊时间的人，不由苦笑，刚才还不如答应了叶楠初"喝一杯"的邀请呢。不过，也就是一闪而过的念头而已，那些名媛千金的社交游戏，他向来敬而远之。

那日与林小美的谈话中，别的或许真假参半，但有一句，却是他的真心话：我这么努力，不是为了娶公主，而是希望，即使爱上个卖花姑娘，也能够把她宠成公主。

一杯酒下肚，喉咙里甘冽辛香，他喝酒不经常这样纯饮，食道有微微的灼痛感，但很舒服，只觉一股热气自腹中缓缓散开，掩盖住了四面八方来的孤寂感。

08
好巧，你也在这里

"算我求你了张颖儿小姐。"安琪推推冰箱前的小公主，"能不能把头发上那个'Blingbling'的家伙摘下去？好刺眼。"

颖儿摸摸头上的皇冠发卡："不要，姨妈送给我的。"

安琪不禁露出个羡慕的表情："姨妈是真把你当成公主，你每次从她家回来都珠光宝气的。"

"是啊。她自己也说，虽然是些小玩意儿，不值钱，但是看到了就想给我买。"

"然后你就美滋滋地戴一整天？也算彩衣娱亲了。"

"哈哈，因为我自己也觉得蛮好看的。"

"你够了……"

"我去看姨妈，本来想拿些钱给她当家用，结果她说什么都不肯收，还做了好多小菜让我带回来。"颖儿将餐盒逐一摆进冰箱，顺便跟安琪聊着姨妈的近况，说她最近总觉得胸闷心慌，大概是换季的原因，膝关节也疼得厉害，两个哥哥都在外地打工回不来，她自己又不肯去看医生。

安琪忽然想起上次往家里打电话时，父亲也提到自己腿痛："找时间让我爸过来一趟，我们一起带他们去医院看看吧。"

颖儿欣然应允："叔叔都好久没来了，一个人在老家也没什么意思，干脆让他多住一阵子，我也好再向他学学厨艺！"

安琪摆摆手："家里又是牛羊又是鸡鸭的，他惦记着回去喂食，才不会留这儿给咱俩做饭呢。"

"咱们改天回你老家去玩吧，我好想去草原上骑马。"

"你就想吧……还骑马，项目设计又要整体重来不够你忙的?"

颖儿长叹一口气："我好累，真想辞职跟林硕云游四海去。"

安琪偷笑："你家林硕是老神仙吗?"

手机突然叮当一声，颖儿拿过来，惊喜地欢呼："真的是神仙，怎么知道咱们在说他!"她将手机屏幕朝向安琪，"叫我出去 K 歌。一起吧，安琪，去放松放松，明天的事明天再想了。"

安琪可没她那种吃饱再死也无悔的好心态，她要留在家里整理明天开会要用的文件，她还在试用期，好好表现都来不及，哪能让人挑毛病。

颖儿如约来到林硕发给她的地址，却不是 KTV，而是一间小酒吧。她进去找了半天没找到林硕，打电话又不接，最后还是酒保认出她，带她到里面的卡座。林硕正和几个朋友玩游戏斗酒，已然微醺，见到颖儿只扬手打了个招呼，就又投入到游戏里，指着输家大叫着"满上满上"。

朋友里有人过来招呼颖儿："小白!"

颖儿奇怪了："大伟? 你也喝多了吗，我不姓白。"

大伟拍下嘴巴，笑道："是是是。"

颖儿皱眉看着林硕："他怎么喝这么多酒，不是说去唱歌吗?"

"可不是嘛。林硕，别玩了，颖儿来了，我们去 KTV 再喝。"

"不行，你叫这臭小子把这杯喝光再说，别想耍赖……"

几个人吵吵嚷嚷的，准备离开酒吧时已经是半小时之后了。颖儿一手拿着林硕的手包和电话，一手吃力地扶着他。

林硕不算太醉，但脚步略微踉跄，路过吧台的时候撞到一个人。那人原本一手支额撑在台面，被他一撞差点摔下吧凳，面前的酒杯坠地碎裂。

颖儿连忙道歉，酒保跑出来收拾，也跟着赔不是。那个被撞到的人却只是换个姿势倚靠在吧台上，一声不吭。

酒保连忙比个手势，示意这人醉了，让他们快走。

颖儿反倒凑近一些，定睛看清了那人的脸："王总?!"回头向林硕解释，"他是我们甲方。"

林硕没耐心听："别理他，我们走吧。"

颖儿跟他走了几步，回头看一眼，还是不放心，叫大伟过来扶着林硕，自己则跑回吧台，轻轻推下王子暮："王总?"她喊了几声，王子暮却只是眼皮微掀，也不知看没看清她，就又合上了。颖儿无奈地望向酒保，"他喝了多少啊?"

酒保想了想:"哟,大半瓶吧,可是没少喝。别管了,一时半会儿醒不来呢。"

大伟在门口叫颖儿快点,颖儿应声"马上就来",又拍拍王子暮的脸,"喂,你住哪儿,我叫人送你回家吧?你醒醒,王总?王子暮?"

听见自己的名字,王子暮总算恢复一点神智,艰难地撑起头,看着颖儿。

颖儿伸出一只巴掌在他眼前晃了晃:"王总,还认得出我吗,我是张颖儿啊。"

王子暮盯了她半天,点点头,喃喃重复一句"颖儿……"

颖儿还来不及高兴,就见他再次跌回吧台上,这一次任她怎么叫都不管用了。林硕他们又一直催她,颖儿情急之下想到安琪,打电话过去说了这边的情况,问她知不知道王子暮住哪儿。安琪哪里知道老板的住址,听颖儿语气挺急的,只好说问问其他同事。

"总之他是你老板,醉成这样你也不好不管的,那就交给你吧。"颖儿说着,交代酒保多照顾一下,这才跑出酒吧去找林硕。

安琪对着挂断的电话,哭笑不得。她进了公司内网查找通讯录,对着一个个名字职位,感到深深的无力,入职培训的时候,并没有人告诉她,老板酒醉这个事情,该找哪个部门处理啊。

在酒吧里看到人事不省的王子暮时,安琪又想起酒会那天他在走廊窗前的模样,忍不住伸出手指轻抚他眉间的竖纹,失神地自语:"什么事这么难过……"

"你朋友啊?"酒保走过来问。

安琪犹豫地点头。

酒保上下打量她,一脸怀疑:"男朋友?"那表情好像她是夜店里把人灌醉捡尸的流氓一样。

安琪有些生气:"不行吗?"一咬牙扶起王子暮。

酒保见她吃力,伸手帮着扶了一把。

安琪斜眼:"闪开!"

"凶什么!"酒保缩回手,没好气地瞪着她,"这么丑还这么凶,难怪男朋友会一个人跑出来喝酒了。"

安琪又气又急,硬是生出一股蛮力将王子暮半拖半扶着带出酒吧,招了辆出租车,把他带回自己家来。

到家后,她把人往沙发上一丢,也顾不上他发出的闷哼声,浑身大汗地跌坐在沙发前的地板上,累得连起来开灯的力气都没有了。

黑暗中不知过了多久,沙发上传来虚弱的呻吟声:"水……"

安琪猛地回神,借着窗外的光线看他:"你醒了吗?"

他只低声重复:"水。"

安琪在茶几上摸索着倒了杯水递给他，他接过去一饮而尽，手垂下来，水杯咚一下掉落在地。安琪将水杯捡起来放回茶几，小心地回头唤他："王总？"他没回应。

也许是欺他酒醉后意识恍惚，也许是黑暗中看不清彼此，安琪莫名来了勇气，小声问道："为什么喝那么多酒？"依旧没有回应。

就在安琪以为他又睡着的时候——

"想喝。"他的声音在静谧的空间里清晰地响起。

安琪愣了一下："一个人？怎么不和朋友一起？"

"我没有朋友。"

明明只是淡淡的一句回答，安琪却似乎听到他话里的叹息，手臂上裸露的肌肤不禁泛起凉意，让她微微战栗："你有心事吗？"

他不假思索地道："有。"

安琪抿起嘴唇，意识到自己问了句废话。

他却翻个身，一手枕在后脑下方，仰脸躺在沙发上，望着一室黑暗，轻声开口："我的心事就是，我所有的事都只能压在心里，谁也不想告诉，也不知道能告诉谁。"

安琪说："你可以……试着跟人说说。"

"何必呢？"他轻声笑笑，"无关的人，说了也是白说；重要的人，说了只会让他们担心。"

"你不快乐？"

"不快乐。"

"人活着，总会有快乐的理由。"从前她也没有，现在却找到了，一个让她莫名想哭又莫名想笑的理由。

"我却连不快乐的理由是什么都不知道。"顿了顿，他说，"或者，只因为我不姓张。"

她不会懂，这样单纯热情的女孩子，想象不了他复杂冷漠的人生。王子暮没有再说话，屋子重新陷入沉默。

安琪弓起腿，将脸颊贴在膝盖上，歪过头专注地打量着他侧脸的剪影，无端想流泪。

"谢谢。"过了很久，王子暮说。

安琪摇摇头："不客气。"

对不起，她在心里说，虽然我很想，但终究没资格成为那个能听你心事的人。

王子暮是被直射在脸上的阳光刺醒的，他将手遮在眼睛上方，艰难地撑起身子，打量着周边陌生的环境。十多平方米的小客厅，落地窗洒下大把光束，照着屋内满满的摆设——杂而不乱的置物架、边角圆圆的桌几、身下的深米色沙发以及盖在他身上的水蓝色薄被。

"咦，王总，您醒啦？"随着开门声响起的，还有一道悦耳的女声。

王子暮揉着酸痛的颈子转过头去。

穿着简单居家服的颖儿，一头秀发随意扎起垂在肩侧，刚洗过的脸上还有水珠没擦净，甜美得像是晨曦中一朵花开，清新动人。

"你……"王子暮没懂心里那一丝的异样为何，就像是平静的湖面涌出了细小的水流，不明显，但是带起涟漪层层。

"'Hello'，我是张颖儿，还认得我吗？"颖儿半开玩笑地重复昨晚遇到他时的动作。

酒吧里断断续续的画面被忆起，他略显歉意地笑笑，坐起来舒展身体："这是你家？"

"嗯。"她去餐桌上取个干净杯子，倒了水递给他，又走到另一个房间看看，"安琪已经上班去啦？奇怪，今天走好早。"

"昨天，多谢你了。"他喝着水，声音像从杯中传出，含混不清。

颖儿愣了一下才听懂，摆摆手："刚巧遇上嘛，看你醉成那样，总不能放着不管。"看他与平日不同的憔悴模样，她叹口气，走去厨房，在冰箱和橱柜里翻找食物。

"我弄点东西给你吃吧，宿醉之后胃一定不舒服，牛奶麦片好吗？你哦，别再一个人在外面喝那么多酒啦，多伤身体，又危险。"

"知道了。"他黝黑的双瞳随着她的步伐移动，语气柔软得连他自己也觉得不可思议，"你说过了。"

"说过了吗？"颖儿想了想，可能说过了吧，她是比较啰唆，"哦，对了，你去洗漱下吧，我看卫生间有新的牙刷和毛巾，应该是安琪准备的。"

"她还蛮细心的。"

"是啊，你别看她讲话大声，又有点男孩子气，其实人很细心，在一起都是她照顾我多一些。"边说边踮脚去够吊柜上的麦片，盒子没抓牢掉了下来，她哎哟一声，闭上眼准备挨砸。

预期的疼痛没感受到，背后那副结实的胸膛倒是温暖异常。

"你确实是需要照顾的那个。"一只手掌轻按在她头顶，另一只手将及时接住的麦片盒子递到她面前，王子暮转身走到窗前。

这一年夏天罕见的炽热，清早就有艳阳当空，释放热浪侵袭大地，气压很低，高树鸣蝉。

颖儿一个上午都感觉暑气难挡，不时起身去查看空调温度。

沿海综合体项目按照新规需要调整设计方案，连日下来始终没有让人满意的进展，加上宿醉的余威犹在，王子暮头痛欲裂，对着项目图直揉额角，眉头紧皱，两个小时的会议里他几乎没说话。

他不吭声，会议室里所有人都坐立不安，连咳嗽也不敢大声。高工溜光的脑瓜顶上凝结出成串的汗珠，颖儿同情地看着他，将手边的纸巾盒推过去。

一阵手机振动的嗡嗡声打破了沉默，王子暮起身到会议室的玻璃墙边接电话，手指拨开百叶窗向外看了看。

会议室里的人不约而同地出口长气，高工抽了几张纸巾擦汗。颖儿想了想："我下楼去买些冷饮来吧！"大家纷纷感谢，报出自己要喝的饮料。

王子暮看着认真记录的颖儿，低声对电话里说："你到楼下咖啡厅等我吧。"收起手机走到颖儿身边，"我和你一起下去，我来请客。各位先休息一下，咱们稍后再继续讨论。"

颖儿按记录点好饮品，王子暮结了账，让她先上楼，自己则走到靠窗的位置朝不停地向他招手的周志成走去。

周志成将一包资料推过来："不知道哪些有用，总之按你说的尽量多收集了一些。"

王子暮没有立即打开看："我会自己处理。再以后让别人送来，你不方便频繁出入公司。"

周志成理解地点点头："知道了，这次是因为资料比较重要，我不放心他们。"

"嗯，你那边最近怎么样，还忙得过来吗？"王子暮漫不经心地问着，目光却不自觉地投注到取餐台前等饮料的颖儿身上。

"根本忙不过来，一直招兵买马呢！不过手头上的单子我们都按你说的，踏踏实实地处理着，没急于求成接更多的活儿。"提起快递公司的业务，周志成还挺得意的，"最近帮你收集文氏集团的资料时，我专门加派了人手过去，又把报价给得很低，结果误打误撞地把那附近写字楼的快递和外卖生意彻底给抢了过来，哈哈……"

他笑得大声，对面王子暮只是轻扯嘴角，露出个似有若无的笑，但是眼底的笑意满满，只不过，显然不是因为周志成说的话。

周志成好奇地顺着他的视线望过去，就见一个穿着T恤牛仔裤扎着长马尾的年轻女孩子，一手提着装有几大杯饮料的塑料口袋，一手端着杯冰咖啡走过来。"咦？"周志成抓了抓脸颊，总觉得这女孩在哪里见过。

"王总，您的冰咖啡。"颖儿将饮料放到王子暮面前，对周志成礼貌地点下头，笑了一下。

周志成忽然指着她:"你是不是住墨林小区?"

不只颖儿,连王子暮也被他这一嗓门吓到,讶然地看他一眼。

颖儿先是点头,又看了看王子暮,不明白他朋友怎么会知道自己的住址。

周志成激动地站起来:"是我呀,我在你们小区游泳馆上班的,教游泳的,不记得我吗?哎呀,你经常来游泳,我对你印象很深的,今天穿上衣服差点认不出来了。"

颖儿羞得恨不能找个地缝钻进去。

偏偏那大大咧咧的周志成完全没觉察自己的口误,还在兴奋地打量着颖儿:"每次见你都用泳帽把脑袋包住,原来头发这么长啊。哦,你在这家咖啡厅打工吗?真巧……哎,子暮,我之前上班那个游泳馆,就在她们小区……"

王子暮当然早就知道,因为第一次跟安琪见面就是在游泳馆,既然颖儿和安琪同住,周志成见过她也不奇怪,但是他这种夸张的表现实在让人不理解。视线在颖儿粉怯怯的小脸上扫过,再看向周志成那双有如探照灯般闪亮异常的眼睛,一丝了然在王子暮心间掠过。王子暮靠近椅子里,喝了口咖啡,轻声打断周志成的话:"颖儿你先上楼吧,我也很快就回去。"

颖儿如蒙大赦,不再敢耽搁,转身就走。

周志成被急转直下的场面弄晕了:"喂……怎么走了?"挠着后脑勺回头看王子暮,失望的眼神中重新燃出一星希望的火花,"你们认识?"

"同事。"王子暮避重就轻,打开纸袋翻看里面的资料,"这些都是在文氏收集到的?"

"嗯?哦,是。"虽然对颖儿的背影还恋恋不舍,但是谈到正事,周志成也只好迅速收回视线,坐了下来,"少量是来往文件的复印件,大部分都是从垃圾间翻出来的,碎纸机里的也整理了一些。不过,你知道,子暮,兄弟们都没多大文化,尤其是那些外文,根本看不懂,所以基本上就是对着你给的那些字词在找,很费时间,也不知道是不是你需要的。"

王子暮看着那些残缺不整的资料:"替我跟兄弟们说声辛苦了,还得继续盯着,直到我有把握从文氏手里拿到物流港那个项目。"

周志成挥下手:"顺手的事,无所谓辛苦,主要是……这些东西真能帮得上你吗?"

"现在还难说,关键时刻也许正用得上。做生意嘛,有备无患。"

"从前觉得有钱人的生意就是钱滚钱,现在才发现比小买卖多了更多诡道。"

"钱滚钱,黑吃黑,不择手段。想要把那些奸诈小人踩在脚底,只能比他更奸诈。志成哥,或者有一天,我会变成你最不齿的那种人。"王子暮凝视着面前的杯子,眼神有些直。

09 那些独自成长的岁月

杯中原本干净透明的冰块,浸在深褐色咖啡里慢慢融化,最终消失殆尽。咖啡杯旁边的电脑已进入待机模式,黑屏上映着一张愁眉不展的俏丽容颜。

安琪端着个小餐盘进来,看到电脑前盘腿静坐的颖儿,打趣地道:"你是聪明的一休吗?"

颖儿叹口气:"是就好了。"伸手在头顶打了个响指,"叮!就想出法子了。"

安琪把水果放到电脑旁边:"你呀,再这么熬夜,头发就先掉光变成一休的发型了。来,吃点橙子。"

"不吃了,喝太多咖啡,胃里有点反酸。"颖儿慢慢展开有些发麻的双腿,站起来做了几个拉伸的动作,不小心碰到了鼠标,触亮了屏幕。

安琪看到电脑上的图纸:"这是沿海那个项目?"

"嗯,多漂亮!豪华奢美的滨海之窗,可惜呀,"一通极富感情的赞美后,颖儿比个砍刀的手势,语调猛地沉下去,"要腰斩掉。"

对这项目的事,安琪也有所耳闻:"做成这样确实很影响整体视觉。"

"我早就说过了啊,可是甲方要考虑使用率的。"颖儿耸耸肩,"建这么高,对里面的住宅用户来说,哪里是什么滨海之窗,根本是一大片窗帘,把海天美景遮得严严实实的。"

安琪突然挑了挑眉毛,盯着设计图的眼神也多了几分琢磨的意味。

"水果就算了,再帮我冲杯咖啡好吗?"颖儿重新坐进椅子里,将咖啡杯举给安琪，半晌却没人来接，她仰起头，"安琪？"

安琪双手抱怀陷入思索："窗帘的话，把它拉开，露出窗框——不就能看到那边的海景了吗？"手指在楼体的中间画了个方块，觉得不够直观，她低头在颖儿的速描本上勾了个建筑草图，"这画得像个相框了，但大概就是这个意思吧。你看，把这里掏空，旁边再建高点都没问题。不过建这么高就不是窗子了，叫滨海之门还差不多。嗯……我倒觉得这个创意更有噱头，从门内向外看，是广阔蓝海，大有天地；从门外向里看，是新区盛景，嗯，繁荣昌盛，怎么样？"

次日例会上，颖儿将通宵完成的设计图展示出来，果不其然，"滨海之门"的创意让所有人眼前一亮，而那句大有天地和繁荣昌盛的标语，更是成功触到了新区规划部门的兴奋点，很快通过批复。

王子暮提出让颖儿来主导这次的方案，在董事会上介绍设计理念。

简单说来，建筑本身虽然减少了中间的体量，但可以在原有基础上增高楼层，实际使用率并没有降低很多。同时，由于中空设计让里面几栋住宅的视线得以拓宽，全部成为海景房，最大限度地提升了住宅售价，可以实现现金流的快速回笼，比自持酒店的预期回报更让股东们满意。这一次，张鑫也无话可说。

会议结束时，张铭远特意询问了物流港的竞标进度，王子暮只说主要忙着解决滨海项目。张铭远让他尽快着手准备，当着很多未离开会议室的董事的面，语重心长地对王子暮说："早晚也都是你的事。"

一场危险转成机遇，看似平静无波，实则暗潮汹涌。

董事会结束后，张铭远说要去滨海项目现场看看，王子暮陪同。车上，张铭远问："这段日子给你的压力，感觉怎么样？"语气俨然一个刻意磨炼子女，用心良苦的家长。

王子暮笑道："我对外界的刺激比较麻木，专心做事而已，至于结果如何，谋事由人，成事在天。"

张铭远缓缓点着头："你从小就是这个性子，知道自己想要什么，该做什么。"

张铭远是去参加张氏资助的慈善学校校庆时，遇到的王子暮。

那时司机跟在他身后，由于抱着很多书本，没看清路，不慎撞倒一个学生。孩子也没有哭闹，只是傻眼地看着面前被扣翻的饭盒，午餐洒了一地。张铭远扶起他，请他吃饭，又让人买来零食和玩具，当作赔偿的礼物，孩子却不肯收下。张铭远问他是不是不喜欢这些。孩子说喜欢，但是不要也可以。张铭远觉得有趣，就问他想什么。孩子想了想，说："我现在没有想要的，你能给我一些钱吗？等我有想要的东西了，就自己去买。"

于是张铭远将这孩子带回了自己家，承诺等他有想要的东西时，会买给他。

站在即将动土的高地上，张铭远再次忆起这段相隔近二十年的往事，只觉得，不过一个转眼而已。昔日的瘦弱孩童，已成长为身边这个目光坚毅的青年，不惧烈日海风，不过一个转眼。

听见张铭远的咳嗽声，王子暮关切地靠近一些："海边风大，我陪您去车里坐吧。"

张铭远摆摆手："我喜欢站在高处……"

王子暮望向远处海面，微笑："能掌控一切的感觉。"

张铭远侧过脸看他："站得高，看得远，不论是风景，还是自己的将来，所以这几十年我一路在向上爬。"

王子暮问："您希望我也这样？"

张铭远盯着他的眼睛："我希望张氏在你接手后，能走上更高的位置，看到更广阔的未来。"

像12岁时一样，王子暮依然没有正视张铭远直接的给予，尽管这次的给予是他喜欢，也想要的。但张氏不是一件玩具，不应该以这种方式给予。面朝大海，心潮澎湃，随口的许诺，仿佛恋人情到浓时的山盟海誓，不具意义。

从海边离开，将张铭远送回家，王子暮又返回公司。颖儿和设计院的两位同事已经正式到张氏大厦驻场办公，和滨海项目组的同事在同一个办公区，王子暮去打了个招呼，让秘书订些点心送过去。傍晚的时候，张鑫一身酒气地闯进了王子暮的办公室。

王子暮正在整理周志成送来的文氏集团的资料。无纸办公的时代，需要用纸张打印出来的信息，往往更加重要且正式。他让周志成利用快递公司的便利条件出入文氏，按照他给的一些关键字段，收集文氏没有及时销毁的二手纸。文氏多年来主攻产业和工业地产，是张氏这次物流港竞标的主要对手，王子暮之前对该领域就很少涉足，没有累积太多有效资料，而文氏又向来行事低调，所以这次竞标，王子暮相当于面对一个完全陌生的对手，知己不知彼，相当吃力。他不想太被动，才会一方面让公司的人分析文氏的项目案例，一方面派周志成去打听文氏近期的动态。

他正在过滤无效信息，门突然被人大力踢开，撞在门吸上发出巨大的响声。

秘书跟在后面想阻止又不敢，求助地望向王子暮："王总……"

王子暮向她摆了摆手："时间不早了，你先下班吧。"

秘书看着一脸挑衅的张鑫，不安地退出去。张鑫回头冷笑："别急着走啊，小美人，待会儿我送你吧。"说着走到王子暮办公桌上一屁股坐下，随手拿起桌上的几页纸翻看，痞痞地说道，"行政真是会看眼色啊，派给暮少爷的秘书都比别人的好看。"

"有事吗？"王子暮轻轻抽回文件，"没事我要回家了。"

"回家？"张鑫先是一愣，继而哈哈大笑，"你有家吗？那是我家，那宅子姓张！"

王子暮不与他做无谓地争辩，默不作声地收拾着桌面。

张鑫伸手抓住他的衣领，咬牙切齿地笑着："别装冷静！当年跟我叫嚣的张狂劲儿哪儿去了？怎么，连自己爹是谁都不知道的野种，喝了几年泰晤士河水，就学人家当起绅士来了？"

王子暮对他侮辱性的用词全不在乎，躲着他喷出的酒气，倒是很满意他那副气急败坏的表情："我记得小叔叔酒量一向不错，今天竟然醉成这样，看来是心情不太好啊。"整理好文件，拨开领口的手，王子暮站起来，眼珠向下斜睨着那个坐都坐不稳的富家子，脸上是赤裸裸的鄙夷，"啧啧，幸好已经过了下班时间，否则让员工看见你这副模样，还以为你在公司不得志，只能借酒浇愁，跑到我这里来撒酒疯。"

张鑫被他的反唇相讥气红了脸，踉跄着跟过去就是一拳。

王子暮轻松接住，狠狠甩开他："别想还用同样的手段对付我了。即使我们打起来，董事长也知道是谁先动的手。你猜，他还会不会像当年一样，将我送走？"

"当年我能让你像只狗似的夹着尾巴逃去国外，现在我照样可以让你滚出去！别忘了这里是张家！"他戳着自己的胸口理直气壮地宣布，"我张鑫才是张氏集团唯一的继承人！"

王子暮耸耸肩："那么，好好珍惜你的身份吧。可以让你继承的张氏，或许很快就要不复存在了。"

"什么意思？"张鑫打个冷战，诈醉三分的神志此刻全部清醒过来。

王子暮风轻云淡地表示："因为我不姓张。"

张鑫瞪大眼睛："张家喂你养你这么多年，你竟企图吞掉张氏？！果然狼子野心，你就不怕我告诉老头子？"

"怕啊！"王子暮差点笑出声来，"你可千万别告诉他，他万一相信了怎么办？"

张鑫词穷，只双目暴睁怒视着他，王子暮也无所畏惧地微笑着回视。许久，张鑫拉了拉原本就松松垮垮的领带，一手指着王子暮："你会为你这种非分之想付出代价，记住我的话。"

王子暮点头："我等着。"

王子暮坐进椅子里，舒服地闭上眼，耳边又响起了母亲的话：如果不想人欺负你，就要变得比他强大。

王子暮喃喃回应："没错。"

张鑫离开不知多久了，酒味还在屋里散不去，王子暮起身开了窗子。太阳早就落下，热气却迟迟不退，一开窗就涌了进来，伴着闷湿的潮气，扑在脸上，迅速堵住皮肤的毛囊，让人透不过气来。

无星无月的阴天，怕是要有场大雨了。

"……我不去了，还在赶图纸……你也别玩太晚，早点回去，快要下雨了……嗯，那我明天等你电话……"

走廊里传来的低语让等电梯的王子暮下意识地看了一眼，一道人影很快从拐角转过来，看到他有些意外："王总？您这么晚才下班？辛苦啦。"

"你这么晚还要赶图纸不是更辛苦？"瞥到她手里的电话，王子暮笑道，"男朋友电话？"

颖儿满脸娇羞："嗯，说要去唱歌。"

"去玩吧，图纸还有时间。"

"早做完早安心嘛。而且天气预报说今天有暴雨，我们几个打算定完这部分就早点回家。对了，您带伞了没？看这样子可能就要下了。"

"楼下前台有伞。"

"太好了。刚才我们还说都没带伞，担心一会儿下起来怎么办呢，这下放心了。那我先去忙了，王总再见。"颖儿说着摆了摆手，快活地跑开了，完全没有加班的疲态。

王子暮进了电梯，猛地看见镜壁里的自己，愣住了。那个无心的、类似宠溺的笑容，是他的？抬起手搓搓下巴，又想起颖儿那个娇羞的笑脸，他手指僵住，慢慢蜷成拳，摇摇头，重新恢复冷峻的表情。

值班保安将一把印有张氏"Logo"的大伞递给王子暮，套近乎地说："王总您运气真好，今天下班大家都来借伞，就剩这一把了。外边已经下起来了，您慢走。"

王子暮微笑着点头还礼，向车库走去。

雨下得不大，打在玻璃上的声音却很响，哗啦哗啦地很有节奏感。一个雀跃的声音忽然在他脑中回响：我们都没带伞……这下放心了。

不知道在发现雨伞被借光后，她失望的表情会是怎样。

王子暮怔怔地望着窗外的雨，步伐越来越慢。

颖儿和同事们最终确定分工后，又将当天的工作小结群发了邮件，忙完才发现设计组办公室里就剩她自己了，连忙收拾收拾下楼。快到大厦门口看见下雨了，想起王子暮说前台有伞,她又折了回来,结果被告知全借光了。

保安不忍看那一张漂亮的小脸皱成团:"要不然我借您件外套披着吧。"

颖儿谢过了他的好意:"没事,也许待会儿就停了。"

她慢吞吞地踱出大厦,站在雨搭下,看着外面车来车往,灰心地觉得这雨一时半会儿小不了。头顶光线忽暗,颖儿抬头,看见一把大伞遮住了灯光,温暖的男性气息笼罩,颖儿惊喜地眨眨眼:"你怎么在这儿?"

"等你啊。"林硕笑出一口白牙,抬手揉揉她的发顶,"迷糊虫,就知道你不会记得带伞。"

另一侧的大理石柱后边,王子暮听着他们的对话,大手无意识地攥紧伞柄。他正准备离开,余光看见玻璃上倒映的林硕的身影,眉头轻皱,似乎想起什么,又看了一眼。酒吧里那张扬扬得意的面孔与眼前这张脸渐渐重合,王子暮脚步一顿,又退了回来。

这边的一对恋人完全没发现他的存在。林硕说车停得远,让颖儿等他把车开过来,颖儿说干脆等雨势小点一起过去,林硕听话地收起伞,搂着她的肩膀,二人并排站在门口欣赏雨景。

"好美,你看,林硕,那些雨滴在灯光下闪闪发亮,像钻石一样。"

"是很美……唉!"

颖儿不解地转头看他:"怎么了?"

"没事。"

"没事叹什么气?"

"不说,扫兴。"

"说嘛,怎么了。"

"……其实也没什么,就是想起前阵子他们发来的照片,长江中下游,还有西南东部洪灾严重,山体滑坡,很多村庄都被淹毁了。"捏捏她的脸,林硕故意轻松地笑道,"你看你,脸揪成这样,就说不告诉你了。"

颖儿拉下他的手,担心地抓紧:"你又要去了对不对?"

林硕点头:"过一阵准备好救灾物资就出发。"

"会不会有危险?"

"小傻瓜,我会小心的。"

"什么时候走?"

"嗯,我是想尽早,救急的事哪里能等?不过上次去四川把钱都花光了,现在等着稿费到账才能买物资,不过也快了……这家杂志社老是压人稿费。"

"我这儿有钱,本来要给姨妈的,她没要,刚好我还没去存,先拿给你用吧。"颖儿打开背包,"有五千,够不够用?不够我再给你转点。"

林硕看她翻钱夹，嘴上推辞道："不用，我再催催杂志社，也不差这几天了。"

"先把这拿去吧，回头还我就是。"颖儿将钱塞到他手里，"你不都说了是救急嘛。"

"得一知己，人生无憾矣。"林硕拥着她，无比满足地叹一声。

颖儿将手伸出雨搭外："雨小了，咱们走吧。"

目送二人走远，王子暮一双乌瞳半眯，眼神如雨夜冰冷。

10 你闯入了我的世界

大雨过后，天气更加炎热，虽然被紧闭的窗子隔在外面，白晃晃的日光却耀武扬威地洒满房间。

笔尖在纸张上涂涂画画，停了片刻，又开始工作，然而很快就又停了，这一次整支笔都被搁下，王子暮靠进椅子里，长长地呼了口气，被脑中混乱的思绪惹得心烦意乱。

轻轻敲门声后，安琪抱着一摞文件出现："打扰了，王总，这些需要您签字确认后归档。"

王子暮接过来，在她指定的位置逐一签字，随口问："丁主管呢，怎么是你送来？"

"她前两天淋了雨，身体不太舒服，请病假了，特意交代我今天过来找您签字。"安琪一板一眼地回答。

"嗯。"他没再多说，看她将签好的文件收好要走，突然开口把人叫住，"安琪？"

安琪站住："王总还有什么吩咐？"

"你和张小姐很熟吧？"

"你说颖儿？当然。"

"我的意思是，她现在负责滨海综合体的设计，既然你们很熟，干脆你来跟进这个项目的合同文档吧。"

安琪吓了一跳："我还在试用期，王总。"公司规定试用期员工是不允许单独处理业务合同的。

"哦，你上班多久了？"

"两个多月。"

"才两个多月……"

这一句像是感慨的话让安琪更加莫名其妙，呆呆地站在原地，等着下一步指示。可他只是盯着签字笔把玩，眉头轻锁，似乎在思索一件相当棘手的事。安琪只得出声提醒："王总？"

他在同一时间开口："安琪，你有男朋友吗？"

心陡地一跳，安琪抱紧怀中的文件，紧张得说不出话，只幅度极小地摇摇头。

王子暮咳了咳："是这样，那次醉酒借宿你们家，第二天下楼的时候遇见个男人，好像是去你家的，年纪不大，个子高高的。"想起那天雨夜里看到的车子，他补充，"开一个墨绿色越野车。"

安琪松口气，尽量忽略心头那丝淡淡的失望："那是林硕，颖儿的男朋友。"

"是吧。"他貌似随意地用笔尖戳着桌面，想了想，还是说，"让颖儿小心那个人。"

安琪听不懂这话的含义，但仍郑重地点点头，这才离开。

他叫她颖儿……

靠在办公室外的门板上，安琪胸腔里的鼓荡久久未能平复。

第二天上班，安琪被主管叫到办公室，通知她说公司最近业务量激增，人手不足，特批她提前转正。"今天开始由你负责归档滨海地块的相关文件。"主管仍在病中，声音低哑得很温柔，"好好干，安琪，有不懂的就来问我。"

如果放在早几天，听到这样的消息，安琪一定会高兴得跳起来。可在昨天听到王子暮提起林硕之后，她忽然明白了，进到公司后与他的多次交集、自己受到的种种优待，原来都是因为颖儿。

对于王子暮，安琪从来不敢有太高的奢望，可每次看到房间里那朵亮棕色的绢花，她就会想到那个光华灿烂的夜晚，想到他为自己戴上那朵花的场景。那时他离自己是那么近，近得仿佛可以肩并肩，无话不谈，然则终究是一场唯美幻象，只是没想到，让她清醒的人是颖儿。

偏偏是颖儿。

幸好是颖儿。

刚上大学时，因为对容貌的自卑，安琪比较孤僻，没有什么朋友，连同宿舍的人也没过多交往。是颖儿主动接近她，在她一个人吃饭时过来跟她做伴，在她打工遭到不公平待遇时帮忙出头，在她被同学冤枉时据理力争……那时起安琪就想，美丽善良的颖儿，值得拥有全世界。

她不知道王子暮让颖儿小心林硕什么，但是显然他对颖儿的关注已不局限于同事之间。

　　由于项目方案确定，设计组开始细化图纸，颖儿又步入连夜加班的节奏。安琪连着几天没在家里见到人，只得去公司楼上抓人。
　　她刻意等到其他同事都走得差不多了，然后坐了两站公交去买了颖儿爱吃的卤肉饭，回到公司后就直奔设计组的办公区。设计组全员加班，独独没见颖儿，其他同事说她向总经理汇报制图进度了。安琪把晚餐留在颖儿的工位上，本想下楼离开，脚步却不受控地移向了王子暮的办公室。

　　颖儿例行汇报结束，老板没有像往常一样让她出去做事，只是一言不发地翻着图纸，明显有话要说。颖儿是第一次单独负责方案设计，虽然上头还有高工把关，但仍难免有些压力，尤其在面对这位连高工都赞赏有加的行家甲方时。看他这么深沉地盯着图纸，她也不知道是设计上出了错，还是图像的处理有问题。
　　王子暮坐在椅子里，面前的图纸根本没看进去，就见那绞来绞去的十根手指头，绞得他心烦意乱。
　　王子暮放下那沓他用来做掩饰，却令她不安到极点的图纸："颖儿？"
　　"哎！"颖儿脆声应道，似乎迫不及待地等他下令让她离开。
　　王子暮压了压手，指着办公桌对面的一把椅子："你先坐下来。"
　　看来这问题还不是一般的大，都需要座谈了！颖儿两眼一闭："王总我站着就行了，有什么事您就说吧。"一副豁出去了的样子。
　　王子暮艰难地重复一句："坐。"
　　颖儿猛地想起安琪的教导，什么话不要等领导强调第三遍，于是赶忙坐下来，腰板挺得溜直。
　　她的正襟危坐让王子暮也不由得紧张起来，借着整理桌面散乱的纸张来调整心绪，尽量以一种闲谈的语气开口："项目现在总算步入正轨了，我才想起一件事，当初你帮我去说服这块地皮的持有者，让她同意转让，我还没有好好感谢你。"
　　颖儿一脸的茫然："哪有这种事？"她怎么不记得有陪他去谈判拿地的事情？
　　王子暮叹口气："去儿童福利院那次。"
　　"哦，你说小美院长吗？"颖儿对这人有印象，"她真的是咱们项目这块地的持有者吗？不过我也没帮上什么忙啊，就是去看了看小孩子，送了点吃的和衣服——那些还都是你买的。"
　　"虽然你没和小美有太多直接的交谈，但是那天你在海边说的一些话启发了我。"这句话倒有大半是真的。如果不是颖儿那番话，他还想不到要从小美那儿进行突破，而且另行择地再建福利院的想法，也是她提出来的，这是最终让欧阳妥协的重要条件之一。所以于公于私，王子暮确实欠颖儿一个人情。

这话在颖儿听来多少有些牵强，她也实在想不起来自己说过什么启发他的话，不过既然老板都这么说了，她也没必要刨根究底："总之我也只是做了我的分内事，最终能顺利拿下地块，都是王总您的功劳，不用感谢我。"

王子暮失笑，揉揉眉心："你不知道，虽然我跟小美从小一起长大，但是她的防备心其实很重。我一直在考虑要怎么去说服她，用什么条件去说服。是你一句话点醒了我，我才想到，只有让她实实在在地体会到我的处境和心情，她才会对我有认同感，愿意把地块转让给我。而且最终打动小美的，也是你对孩子们的关心，让她看到我们张氏对福利事业的关注和诚意。"

颖儿惊讶得掩着嘴巴："你和小美院长一起长大？我记得她说她是在孤儿院长大的，你怎么会……啊，对不起……"突然看到王子暮皱起的眉毛，她连忙道歉。

"我是孤儿，你又不是抛弃我的父母，有什么好对不起的！"王子暮的确有些气结。他说了那么多，她却在听完第一句话之后就给他惊讶成这副鬼样子！亏他还绞尽脑汁地想出一番冠冕堂皇说辞，胡诌到最后语无伦次的，自己感觉逻辑都乱了，结果她根本从一开始就在开小差猜测他的出身，后面的完全没听。

"对不起……我的意思不是说那个对不起，我是说，你不是董事长的孙子吗……不不不……"他过于严厉的语调让颖儿不知所措，想解释却越描越黑，"唉！总之我真的没有恶意，只是单纯觉得意外……"说到最后词穷了，她徒劳地望着他难看的脸色。

王子暮彻底被她那个"拜托你懂我"的眼神给打败了，他缓和下语气，说："我在福利院长大，后来被张家领养，这不是什么秘密，我也从来没想要掩饰，所以你不用为这个道歉。"

颖儿想了想："哦。"眨着一双大眼，死死地盯着他的脸，似乎想从他的表情上分析这句话的可信度有多少。

他挑起一边的眉毛："我说的是真的。董事长姓张，我姓王，这不足以说明什么吗？"

"嗯嗯！"她忙不迭地点头，急得把两只胳膊都抬起来，手肘撑在桌子上，身体直往前倾，迫切地望着他，"那你也要相信我，绝对不是想八卦你的出身，因为我真的不觉得这种事情有什么好掩饰的，也不是同情你。"

王子暮生生被气笑了："张颖儿你知不知道什么叫欲盖弥彰？"

颖儿呆呆地："你说话好像安琪。"

王子暮告诉她："人哭笑不得的时候都是这样子。"

"我就是不太会表达自己的想法。"她一张俏脸垮成个苦瓜，"还希望你不要太介意。"

"好吧，我不介意。"他不想在这个话题上耽搁时间了，再被她绕下去，他肯定会忘了自己本来要说的话，"我相信你没恶意，因为颖儿小姐是个善良的人。"

颖儿摇摇头："因为我也从小就没有父母。"

王子暮愣住了。

虽然不是什么丢人的事，毕竟也不值得炫耀，她却丝毫不避讳，就那么平铺直叙地说了出来。

"我在姨妈家长大的，从来就没见过自己父母，连张照片都没有。"颖儿笑道，"你看，我就是刚才听你那么一说，有点奇怪而已，哎呀，这人不是有爷爷吗，怎么会在孤儿院长大？根本没有想别的。"

王子暮无奈地望着她："我也只是奇怪：我说了那么一大堆话，想感谢你帮我拿下地皮，而你就只关注我在孤儿院长大这件事。重点一抓一个错，你语文老师怎么教的？"

数秒的沉默后，颖儿扑哧笑出声。

仿佛一朵绷紧的花苞忽然绽开来，柔和了紧张尴尬的空气，惊艳了王子暮逗弄调笑的眼神，他眸中泛起浅浅水波，一丝成分难言的情愫，小蛇般透迤而入。

才走到办公室门前的安琪，正敲着脑袋暗骂自己精神病，转身要走，迈了两步又转回来，就听一阵笑声从虚掩的门内传出，夹杂着男子低沉好听的说话声。音量很小，安琪没听清他说话的内容，那笑声却是颖儿无疑，开朗不做作。

安琪只觉得胸闷得厉害，有什么压得她整个人直不起腰来，她深吸一口气，原本迟疑的步伐瞬间加快，果断离开。

屋内融洽的气氛全然未受屋外沉闷心情的影响。

颖儿边笑边说："难怪安琪老是提醒我听话要听完整。"

王子暮笑道："我猜她忍你也不是一天两天了。"

"是。"颖儿不好意思地承认，想想刚才的对话，还是觉得好笑，"这么说来你跟小美院长其实蛮熟的，怎么会那么难谈判？"

"自从被张家收养之后我就很少回去了，后来去了英国留学，更是几年都没有见过面。而且我说过，她是个防备心很重的女孩子。"想到小美那天真纯净的表情之下，是超于凡人的缜密心思，王子暮隐隐难过。上天残忍地剥夺了她用眼睛看世界的权利，却又给了她最为敏感的神经，让她轻易感知世态炎凉。

"即使是对你吗？"颖儿最不解的就是人与人之间莫名的防备。

"她认为现在的我，是个商人，只知累积个人财富，却不创造社会价值。"

"可是那天你给孩子们买的东西，都很用心，你知道他们需要什么，而不是随便扔一笔钱过去，看得出来你还是很关心孤儿院的。"

"但是在小美看来，我能做得更多，却没有伸手。很多孤儿院出来的孩子都会积极参加公益事业，做做义工之类的，我这些年却只顾忙着学习和工作。"他长睫半垂，将话题引导至想要的方向，"其实很多事不是我不想做，只是分身乏术，就像是今年南方的洪涝灾害，我总想着第一时间去参与救灾，结果项目这边接二连三地出事，拖到现在什么都没做。"

颖儿眼睛一亮："我有朋友正要去那边，不如你们谈谈，兴许可以帮到什么。"

"这么巧……"

"嗯，他是个公益摄影师，经常去贫困山区拍照片做报道，或是做志愿者，希望用自己的方式吸引更多人来关注社会弱势群体，这是他一直以来的梦想。"

王子暮微笑："很伟大的职业。"嘴角那抹好看的弯弧以及话里别有深意的讽刺，大概只有他自己才懂，"男朋友？"

她略一点头，薄唇轻掀："是。"

王子暮面带刺眼的笑容："方便的话一起吃个饭吧，我真的很有意向跟他谈谈。"

颖儿还怕林硕着急走，当天就给他打了电话。林硕倒是很积极，反催着颖儿尽快安排见面，他这边随时可以。颖儿也不敢耽搁，早上开例会之前就跑去跟王子暮定时间。

王子暮看下行程安排："我中午要出去，两点左右回公司，就在楼下的咖啡厅见吧。"

颖儿连忙微信通知林硕。她跟在王子暮身后，一同去会议室，边走边拿着手机发消息，后果是，完全没发现已经来到会议室门口，王子暮慢下脚步开门，她还惯性向前，直接撞上他结实的背肌，不禁捂着鼻子低呼，酸得眼泪都下来了。

王子暮回头看她，哭笑不得。

前来做文档对接的安琪坐在会议桌最末靠近门口的位置，听见开门声抬头，恰好看见这一幕，轻轻别开了脸。

王子暮到咖啡厅的时候，颖儿和林硕已经等在里面了，一个高大帅气，一个娇小可爱，有说有笑，那股亲昵羡煞旁人。王子暮打了通电话才走过去，站在林硕对面的位置，听颖儿热情地为二人做介绍。王子暮这边刚接过名片坐下，颖儿的手机也响了，同事说有份文件急用找不到，让她回去处理。林硕特别宠溺地拍拍她的头："快去工作吧，我跟王总谈就行了。"

当原木矮桌边只剩下两个男人时，王子暮敛去强装的笑意，将林硕的名片随手丢在桌面上，曲肘撑着椅子扶手，揉搓眉心缓解紧绷的神经。

林硕对他那个丢名片的动作微微皱了下眉，心说这些有钱的公子哥就是盛气凌人，完全不懂尊重别人，可一想到这是个大金主，他只得又挤出满脸讨好的笑容："王总，听颖儿说您想捐赠些物资到南方受灾地区，我觉得还是我们直接来沟通比较方便，免得还搭个人在中间传话，那丫头又笨嘴拙舌的……"

王子暮瞥他一眼："傻白甜是吧？"

林硕一愣，笑僵在脸上："王总您……说什么？我不大明白。"

"我们长话短说吧。"王子暮看看腕表，"我调查过你，名片是真的，不过所谓的公益事业，仅仅是你用来骗钱花的噱头。颖儿身上榨不出多少油水，你心里也有数，她也不是能玩得起的女孩儿，放她一马怎么样？"

林硕神色复杂，仔细打量对方一番："你和她什么关系？"

王子暮说："像她刚才介绍的那样。"

林硕冷冷地讥笑："这种关系，你觉得你有资格跟我说这种话吗？"

王子暮面无表情："那你觉得要到什么关系，我才有资格？"

林硕笑起来，斜靠进椅子里，跷起二郎腿，盘着手一脸无赖地看着他："王总真是个爽快人，那我也不拖泥带水了。你说得对，我从颖儿那儿的确捞不着几个钱，可话说回来了，苍蝇肉也是肉，而且就算她不好玩，但并不影响我跟别人玩，是吧？都是男人，你也懂，肉吃多了，偶尔来顿青菜豆腐也不错。"

王子暮挑眉："所以？"

"所以您这上下嘴唇一碰，"林硕伸出手指搓了搓，"就想让我离开颖儿，可能吗？"

"那就让她离开你吧。"王子暮作势起身。

林硕连忙阻止："别啊，王总。我是无所谓，但你跑去这么一说，不就成奸诈小人了吗？回头就算她离开我了，也得迁怒于你，认为你别有用心，你不是也落不着好吗？咱俩人都竹篮打水了，还惹人家姑娘哭一场，多不好。王总是生意人，这笔账还是会算的吧？"

王子暮平静地说："我有时候也会做些赔本生意，全看有没有这个必要。"

"当然没必要了。您要人，我要钱，各取所需，皆大欢喜，不好吗？"林硕左右看看，向前探着身子，低声说，"十万。对颖儿来说，可能是一年的工资，但对您来说，也就一件衣服钱。"

"钱，我是不会给你的。"王子暮直接把话说死。

他很清楚林硕贪得无厌的脾性，这种人是永远满足不了的，今天给他开了十万这个头，明天还会有接二连三的另外的十万二十万。更重要的是，一旦发现颖儿能带来这么大的好处，他只会更加纠缠不休。

11 谁是你的救世英雄

"编故事你最拿手,去找颖儿,随便编一个能让自己体面离开的版本,这是我给你最大的容忍。"

王子暮的这句话以及临走前留下的那个残酷眼神,让林硕有一瞬的惧意,但很快又被强大的愤怒所代替。光脚的不怕穿鞋的,林硕不在乎颖儿,也就不怕王子暮去颖儿面前揭穿自己,大不了鸡飞蛋打,他得不到的,那个富家少爷也别想轻易得到。

想到这儿,林硕又来到张氏集团楼下,给颖儿打了个电话后,对着大厦玻璃整理发型。

落地玻璃一尘不染的,一位保洁阿姨还在不远处费力地擦着,林硕照够了,等人也无聊,跟保洁阿姨开起玩笑:"阿姨歇会儿吧,这够干净了,再擦下去都看不见了,再撞玻璃上……"保洁还没等搭腔,就听砰的一声,真有人撞上了关着的玻璃门。

林硕扑哧笑起来,保洁阿姨都看傻了。

那是个又黑又壮的大个子男人,穿件半袖的衬衫,还扎了条领带,最不协调的是手里拿着的那束红玫瑰。刚才那一下子撞得不轻,他捂着鼻子,血从手底淌下来,但玫瑰花掐得还挺紧,只震落几片花瓣。

颖儿从旁边转门一出来,就看见这明晃晃的鲜血鲜花,哎呀一声跑过去:"你流血了,不要紧吧?"

那人显然自尊伤得比鼻子重,头也不抬,手挡着脸不好意思见人。

"喂,你流鼻血了!"颖儿急得追着他转圈,碰到了脖子上的丝巾,随手扯了下来递给他,"快擦一下。"

那人慌忙摆手:"不用不用。"

似乎觉得这声音熟悉,那人小心地抬头看了一眼,忽然就直起身来,满脸惊喜:"颖儿小姐!"捂在鼻子上的手也放了下来,原来是周志成。

颖儿微微一怔:"是你……"

周志成连连点头:"是是是,是我啊,周志成。我们前几天在那个咖啡馆还见过面的。"

颖儿想起来了:"先擦擦鼻子再说。"她将丝巾按到他鼻子上,"你是来找王总的吗?"

"啊,不是。"一听这话,周志成两眼一闭,将手里的玫瑰往颖儿面前一递,"我是来送这个给你的,请收下。"

半晌,花还在手里。周志成抬起头,却见一个斯文帅气的男人搂着颖儿的肩膀,两人都惊讶地看着他。林硕一看周志成的模样又笑起来:"这谁呀?"

颖儿用手肘拐他一下:"你别笑,人家都受伤了。"转向周志成时还是有些担心,反正丝巾也脏了,她索性将他脸颊上沾到的血迹也一并擦了,转脸看到旁边那束堪比血色的玫瑰:"你说这花是……"

周志成再迟钝,看到林硕对颖儿的亲密举动也猜出了他们的关系:"这花,这花……是别人订的,送给颖儿小姐的,麻烦签收一下。"

颖儿好奇地道:"谁订的啊?"

"我不知道。"周志成硬着头皮死撑,"我是送快递的,接了鲜花公司的单,只知道收件人是张颖儿小姐,不知道订花人是谁。"说着硬是将花塞到颖儿怀中。

花香满怀,颖儿看了看林硕:"奇怪。"

林硕眼睛一转,露出个万人迷的笑容:"有什么好奇怪的!你不是最喜欢红玫瑰吗?"

颖儿恍然,不疑有他:"你送的?"

周志成眼看心意被人冒领,有点急了:"不……"

林硕却大方地承认:"不然呢?嗯?"他捏捏颖儿小巧的下巴,"颖儿小姐,你还有别的男朋友?"

"当然没有!讨厌。"颖儿娇嗔地瞥他一眼,垂首埋在花束中轻嗅。

周志成斜眼瞪着林硕,心说怎么还遇着个吃白食儿的,但他也没办法,总不能当着人家男朋友的面表白。

颖儿还在关心他的鼻子,把丝巾塞给他让他堵住鼻血。她那个男朋友却一脸似笑非笑地看热闹，明显看出了这束花是他送的，故意欺负他不敢说出实情。

坏人！周志成偷偷咬牙，责怪自己没事先调查明白就鲁莽行动，白搭一束花不说，还让情敌捡了个现成的。看人家甜甜蜜蜜的，周志成眼睛刺痛，胡乱道了个别，揉着被撞破的鼻子，头也不回地走了。

路上越想越窝囊，他烦躁地扯开领带，连同手里的丝巾随便往垃圾桶里一丢，仰天干号一声。手机响起，他没好气地接听。电话里声音嘈杂，有人大声问："老大，嫂子点头没有啊？"

周志成气不打一处来："你嫂子谁啊？她点没点头我怎么知道，回家问你嫂子去！"

对面一听不对，连忙说些"女孩子脸皮薄，肯定不好意思第一次就答应"的话，然后再来几句"再接再厉""兄弟们挺你"之类的话鼓励加安慰。

周志成被哄得火气消了不少，但仍觉得丧气："别提了，人家有男朋友。"

电话那头的人大大咧咧地说："嗨，我当多大事儿，这算啥？有守门员还不让人射门啦！"

"简直……太有道理了！"周志成愣在路边，刚熄灭的爱情小火花重新燃烧起来。再说颖儿小姐对他还是很亲切的，看他受伤，紧张得不行，连丝巾都解下来给他擦鼻血了……丝巾！周志成一敲脑袋，急急忙忙地返回去把垃圾桶里的丝巾又掏了出来，珍重地叠好收起。

太阳已坠到天边，红彤彤的，像女孩子害羞的脸蛋。周志成痴痴地看了一会儿，手插在口袋里，摸着那条柔滑的丝巾，暗想，那个男朋友根本就配不上温柔漂亮的颖儿小姐！自己一定会让颖儿小姐发现他的好，然后离开那个坏心眼儿的男人。

夕阳斜斜地洒下余晖，路面上车子一辆接一辆，影子被拉得老长。开车的随行助理叹口气，又一次踩下刹车，回头对王子暮解释："这段路每周五晚上就塞车，过了前面路口就好了。"

王子暮漫不经心地应了一句，似乎也习惯了，并没有太烦躁的表情。

助理又多问一句："王总这么早回家，晚上还有别的应酬吗？"

"你没给我安排。"王子暮半开玩笑地说。

助理笑道："是。我看您这周实在太忙了，就把几个不太重要的饭局改约到下周了。您好好过个周末吧。"

王子暮专注地望着窗外的车水马龙："反正也躲不过，你看看有没有比较熟的，约到周末吧，我闲着也是闲着。"

助理小心地在上方后视镜里偷看他的脸："王总这么年轻，不跟朋友们出去玩玩吗?"

王子暮坦然回答:"我没有朋友。"

助理马上识相收声。他从王子暮回国就跟着,至今也有几个月了,对王子暮脾性多少还是有点了解的。

王子暮见状笑笑:"楚哥,我出国这么多年,以前的朋友早就不联系了。这次一回来就忙项目,也顾不上联系他们。"

助理理解地点点头:"哦哦,是,慢慢来。"

这位随行助理姓楚,是张铭远指派给王子暮的,比王子暮还大上几岁,老成稳重,在张氏多年,非常熟悉公司体系,有他从旁提点,王子暮确实省心不少。两人的关系虽称不上亲近,但也是为数不多能让王子暮闲聊上几句的人,但也就是闲聊而已,离说心事还差得远,毕竟这个助理是张铭远派来的。

王子暮想起那个酒醉借宿在颖儿家的晚上,黑暗中她告诉他"你可以试着跟人说说心事",那一瞬间,他真的差点就把满腹心事都讲给她听,可到底还是忍住了。酒精都没能作祟,清醒状态下,他更没有宣泄的勇气。

车开过拥堵路段,景物从窗外快速掠过,路过一家快递配送点时,王子暮让助理停了车。

这是周志成的快递公司的配送点之一。此刻已经是下班时间,但小库房里还有好几个人在忙着分包理货,把明早要配送的物品装上电动车。周志成并没在这里,其他人不认识王子暮,见有陌生人进来,一个小伙子擦着汗走过来招呼他:"您是取件还是发件?"

王子暮在狭小的空间内闲转了一圈,拿过一个文件袋,随手从名片夹里取出一张名片装了进去。小伙子立刻递了张发件单过来。王子暮坐在椅子上,一边慢悠悠地写上自己公司的地址电话,一边问他:"你们每天都忙到这么晚吗?"

小伙子咧嘴笑着:"可不吗?就这客户还一直打电话投诉我们压件儿呢,您看这小库房能装多少东西啊?我们比客户还急着送出去呢,没办法,送不过来。"

王子暮皱眉:"领导没给加派点人手?"

"领导也忙活得很,人手也不是说派就有的。不过忙点好,要是成天闲着才愁死人呢。"他说着拿起填好的发件单,手脚麻利地在一些分类栏里打钩写字,撕下不干胶贴在纸袋上,封好,收了快递费,又将一张底单扯下来交给王子暮,"得嘞,同城的,明天就给您送到。"

王子暮点点头,将椅子往边上挪挪:"我在这儿等个人行吗?"

"没问题啊。"小伙子毫不犹豫,又打量一番他身上看似价格不菲的衣服,"不过您就坐这儿别乱走动,要不我们干活容易碰着您。"

"好。辛苦了。"王子暮又看了看里面繁忙的景象,掏出手机给周志成打了个电话。

周志成也想找王子暮说说颖儿的事。

送花表白失败回去后，兄弟们连哄带劝地安慰了他一番，有人提议让王子暮把颖儿约出来，三人一起吃吃饭、聊聊天、慢慢混熟。周志成潜意识里不觉得这是个好主意，具体为什么他也说不上来，但是又想不到更好的办法，只能骑了摩托车出门兜风，不知不觉又来到了张氏集团的办公楼下。仰头看着朦胧夜色中的辉煌建筑，他猜想这个时间王子暮那个工作狂应该还在，运气好的话，也许还能碰到加班的颖儿小姐。

周志成摘了头盔正要上楼，王子暮的电话就打过来了。

周志成发动车子的时候还想呢，子暮一定是老天安排给他的救兵，否则平常都没什么联系的家伙，怎么偏巧在他举棋不定的时候约着他出去喝一杯？

于是，在一杯酒下肚之后，周志成直接说出了要追求颖儿的想法。

王子暮没什么表情地看他一眼："别闹了。"完全没当真似的。

周志成急道："什么叫别闹？我是认真的，从以前在游泳馆上班的时候，我就很喜欢她。"

王子暮说："她有男朋友。"

周志成惊讶："你居然知道？也不说告诉我一声！害我差点当她男朋友的面儿表白，丢脸死了。"

表……白?! 这下换成王子暮意外了："什么时候的事？你见过林硕？"

"林什么？是不是那个眼睛长这样的家伙？"他用手指提起两边的外眼角，模仿林硕的丹凤眼形状。见王子暮点头，周志成撇撇嘴："喂，子暮，你了解那家伙吗？看起来可不怎么样。"

王子暮犹豫了一下："见过几次，不是什么好人。"

"是吧，是吧！我就说！"周志成如遇知己般连声附和，想起他大模大样地冒领自己的花他就生气，"长得一副小白脸的样子，游手好闲的……不过，颖儿小姐好像很喜欢他。"

王子暮倒了杯酒，喝了一口，也不说话，就那么直直地盯着杯中荡漾的液体。

"子暮？"周志成唤回他的注意力，"你怎么心不在焉的？倒是给我出出主意啊。"

"主意我没有，我又没追过女孩子。"在他开口之前，王子暮伸出一只手打断他的抗议，"但是如果你对颖儿是认真的，我绝对支持你，好不好？"

周志成咧着大嘴傻笑："那是必须的啊！那个小白脸男朋友算什么，哥儿几个都说了，有守门员也不耽误咱们射门。"

王子暮瞥他一眼："我倒是没你们哥儿们那么流氓的理念。我说那个林硕不是好人，是因为我发现他对颖儿根本不是真心的。"他把那天在酒吧听到的林硕和朋友的对话，简单地给周志成说了一遍。

"天底下居然有这种浑蛋！"周志成怒不可遏地站起来，将酒杯重重地蹾在桌子上，"这种事你怎么不告诉颖儿小姐，眼看着她跟那浑蛋在一起？"

王子暮莫名其妙："那是人家的私事。"意思是跟他无关。

周志成看他那副淡定的表情，想说什么，瞪了半天眼睛，又无奈地坐下了："你对女人就不能别那么理智？你说你这样子怎么谈恋爱，眼看也快三十的人了。"

王子暮轻笑："我跟谁谈恋爱？我自己在张氏都如履薄冰，不知道什么时候就掉进水里呢，再拉一个女人在身边，哪顾得过来？"他摇摇头，"现在的我啊，不能有牵挂。一旦有了牵挂，就有了弱点，很容易被人攻破。"

周志成摸摸下巴："我怎么觉得你这话说得很有感慨啊？"说着斜着眼睛审视他，"你该不是有喜欢的人了吧，王子暮？"

"管好你自己吧！"王子暮笑着同他碰下酒杯。

"好！"周志成仰头喝光杯里剩下的酒，信心满满地道，"明天我就去找颖儿小姐揭穿那个骗子！"

王子暮皱皱眉，看着他，欲言又止。

周志成注意到他的表情："怎么？"

王子暮说："你喜欢她就去追，跑去说林硕的不是，会不会显得太居心叵测了？而且……"而且她会伤心。

她那么崇拜那个人，以至于提起来都带着满脸的自豪，如果他现在告诉她，那其实是个骗她钱花的浑蛋，她会怎么想？想到她提起梦想时一脸的向往，再一想象她梦想破灭后的失落，王子暮轻轻摇头："最好别去说。"

周志成想了一下："即使说了，颖儿小姐也不见得相信，对吧？"他脸色懊恼，"那就任由那个什么林硕欺负颖儿，一点办法都没有吗？"

王子暮冷笑："怎么会？每个人都有弱点的。"

周志成被他那个笑容吓到了："子、子暮，你要干什么？"

王子暮无辜地眨眨眼："我能干什么，又不是我追颖儿……想想你应该干什么。"

"我只想去揍那个浑蛋！"周志成气得趴在桌子上直哼哼，"要想揭穿他，我得在颖儿心中有一定的地位才行，而现在她根本连我的名字都叫不出……嗯，对一个连名字都叫不出的人，还那么友善，颖儿小姐真是个天使。"

王子暮漠然看向他："你这大块头满面桃花的样子还真怪异。"

"快30岁了都没个女朋友才叫怪异好吗？像颖儿小姐那么完美的女人，整天在你周围晃，你都完全没感觉，难道……"周志成捧着脸颊向他抛个媚眼，"喜欢男人吗？"

王子暮吐血："我踹你……"

"真的，像颖儿那么热心肠的姑娘，现在这社会很少见了，上次我被门撞了，她二话没说就用自己的丝巾帮我擦鼻血。哎？"说到这里他突然眼睛一亮，"你说我买个礼物送给她表示感谢怎么样？颖儿小姐喜欢什么？"

王子暮一怔，颖儿喜欢什么呢？

她喜欢吃卖相好的甜品；喜欢果汁多过咖啡；喜欢在加班的时候点楼下的卤肉饭套餐；喜欢穿素色裙子，披一头长发，但在画图的时候又喜欢把头发绾起来；她很喜欢花，经常从前台淘汰的花里挑拣那些还没有开败的插到自己工位上；她喜欢小孩子，喜欢帮助别人，喜欢打抱不平……

王子暮想，这些事，他怎么会知道得这么清楚呢？

周志成对他的沉默表示抗议："不是吧，大哥，一起工作这么久，你不知道她喜欢什么？"

怎么可能不知道呢？

越是了解，越是想要靠近，王子暮开始对自己的这种转变感到忧心。

第二卷
欲戴王冠，必承其重

　　妈妈以前告诉我，每个有身份的人，在天上都会有一颗星星和他对应。我妈没有星星，但是我要成为有身份的人，让天上也有属于我的那颗星星。

　　听说凤凰是自燃的，所以我一直怀疑，凤凰是磷做的，因为没有谁愿意浴火，除非是自己逃不掉的宿命。

12 不能承受之重

人们总是会下意识地抗拒不在预料中的事情，不管是好的坏的，乍一听到的时候，总是说："不会吧？"

散会时，领导宣布要给设计组派发奖金，颖儿就脱口而出："不会吧?!"

高工摸着光溜溜的脑瓜顶打趣她："我也觉得不会，那我留下做团队经费吧。"

"别别别！"颖儿赶紧捉住高工的手臂，好像那是一口袋现金，"项目还没结束就有奖金领，之前怎么没有这种好事？"

"那要看是给谁做项目了。"高工语焉不详，"再说你也不是每次都能出这样的好活儿啊！这次的创意真是不错，从设计角度给甲方解决了一个致命的问题，适当的奖励也是应该的，所以说张氏是业界良心。"

颖儿想了想："这可不是我一个人的功劳。"

高工满意她谦逊的态度："奖金是给整个项目组的嘛，只是你的功劳最大，给你分配得就最多，是吧，王总？"

王子暮合上笔记本起身："我还有事，先走了。"

高工愣住了。

颖儿还跟在他身边给安琪邀功："都跟您说了，这次要不是安琪的提醒，我才做不出这么棒的设计。"

"那是你们小姐妹的事。"高工更关注王子暮不同以往的冷漠态度，"王总今儿是怎么了？"

颖儿撇撇嘴,"总之,功劳最大的应该是安琪才对!"

想到这儿,她特地早早收工,打算回家给安琪做顿烛光晚餐。走到公交车站后边的商场前,橱窗里的一条围巾吸引了她的注意。

有一次她跟安琪路过这里,安琪看到这条围巾就很喜欢,还说等过了试用期,一定把它买下来奖励自己。现在她提前转正了,却并没来买。颖儿想起来还问过她,她只说现在天气热,等秋天再说。颖儿知道她到底还是舍不得,这个牌子的任何一个小物件都不便宜呢。嗯,等奖金发下来,她就买这个送安琪当礼物好了。

王子暮以前想不通男人追女人时为什么那么喜欢送礼物,可在看到商场橱窗前痴痴地望着一条围巾的张颖儿时,他真的很有冲动为她买下来。

玻璃上映出一个熟悉的人影。"王总?"颖儿回过头,果然是他,"您也下班了吗?"

王子暮移开目光:"出来买杯咖啡。"

"怎么不叫秘书来买?"

"让她先下班了。"

"哦,可惜我今天也要早回家,否则打发我来给你买就好了,哈哈。"她摆摆手,"那我先走了,王总,拜拜。"

王子暮注意到,她临走前又回望了橱窗一眼。他忍不住仔细地打量起那条围巾来——米色拼浅灰色方块图案,类似开司米绸的材质,普通的款式,颜色也不特别,看来看去他也不知道是哪里吸引了她。

那样光洁白皙的脖颈,更适合颜色鲜艳的丝质围巾。

他今天的确有点奇怪!颖儿回头看了一眼那道挺拔修长的身影,平常很有礼貌的人,今天居然连句再见都没跟她讲,同她说话的时候,也心不在焉似的。更奇怪的是,人行道的绿灯已经亮了,他也不过马路,就端着咖啡站在原地,不知道为什么,表情看起来有点呆。

安琪下班到家,一开门差点吓到,客厅昏暗,没开灯,餐桌上摆了几支蜡烛——是颖儿在家居卖场买的那种带精油的蜡烛,烧起来满室熏香。但安琪更喜欢夹杂其间的淡淡的饭菜香气,她皱皱鼻子,高兴地望向坐在餐桌旁边那个表情呆呆的家伙:"糖醋排骨?"走过来掀起盘上的盖子揭晓答案。

"洗手去!"颖儿拍拍她的手,委屈地抱怨,"怎么才回来?菜都凉了。"

"你回来做饭也不说给我打个电话。"

"想给你个惊喜呗,谁知道你这么晚。我问过你们组的人,明明说今天不加班的。"

安琪眼光闪了闪,不敢回视颖儿的目光:"临时有点事。"她胡乱找了个借口搪塞过去，"好了，我饿得要死，咱们吃饭吧。话说你今天为什么下班这么早，图纸不是正报审呢吗？"

"是报审啊，就难得能偷几天闲嘛。"颖儿一边将菜端回厨房回锅，一边兴奋地告诉安琪，"你知道吗，院里过几天要发商场的购物卡，我打算去给你买那条围巾。"

"哪条围巾？"安琪想了一下，"你说我们公司对面那家商场？少来了，没听说那种奢侈品商场还有购物卡的，你以为是家乐福呢。"颖儿真是连谎都不会撒。

"真的！不信你问高工去。"这是吃准了安琪不会真无聊到去找高工求证。

安琪根本不吃她这套："我信你才怪。是不是发的奖金啊？我告诉你不许乱花钱，那么贵买条围巾，还不得挂衣柜里供着，坐公交出门再让人给挂了。"

"你不是喜欢嘛。"颖儿将热好的菜端过来，顺便给她一个背后抱，"千金难买心头好，你看我多疼你！"

"那么贵的东西谁不喜欢呢？"安琪笑得唉声叹气，"不过啊，不是所有喜欢的东西都能拥有的，配不上的，勉强了自己不说，也委屈了人家。"

颖儿都无语了："你这是在说围巾吗？"

"可不是吗？人家围巾本来可以有高档衣服、名牌包包搭配的。"抬头看看颖儿，"起码，也得配个你这么漂亮的脸蛋啊。"

"奇怪的理论。"颖儿打定主意了，也不理她的怪话，"总之我已经预订，你就等着戴上它美美地过秋天吧。其实夏天也能戴哦，又没有很厚，你们办公室空调低，我看很多女士穿高领衫，我前几天还戴了小丝巾……"

安琪正在考虑，是捂自己的耳朵，还是直接去捂住她的嘴切断噪声来源呢，手机就适时响起，打断了颖儿絮絮的讲话，简直不能更及时了！安琪连来显都顾不得看一眼就将电话双手奉上，低眉顺目地道："小主请用。"

颖儿嘻嘻笑着接了电话，几秒钟后，脸色骤变："什么？！林硕被人抢劫了！"后面这句话是对安琪说的。

安琪也紧张起来："他现在人在哪儿呢？受伤了没有？"

"你在哪儿呢……好，我跟安琪都在家，你快过来吧。"挂上电话，颖儿急得眼泪都快出来了，手机攥在手里，坐立不安，一会儿又要下楼去等。

安琪好说歹说才哄住她待在屋里。

林硕很快就开车过来了。他伤得不重，但伤势可怖，嘴角也破了，眼眶也青了，半边脸肿得老高，说是才一出城就遇到几个骑摩托车的人问路，结果他一停车就被那群流氓拉下去，用刀逼着他交出财物。林硕同他们撕扯了几下，到底是寡不敌众，钱被抢走不说，还落了一身伤。他不敢这副模样回家，怕父母看了会担心，只好跑颖儿这儿借住。

颖儿在旁边心疼得直哭，安琪抱来急救箱帮他处理外伤，忍不住数落道："他们那么多人,你明知打不过,就别反抗了!真把他们逼急了,荒郊野岭的再把你……"说着顾忌地看了颖儿一眼,叹了口气,没再说下去。

林硕气呼呼地道:"如果是我自己的钱,被抢也就算了,那是要拿去救灾的钱,意义重大,怎么能那么轻易让那帮王八蛋抢去?还有你给的钱呢。"他仰脸看着颖儿,五官肿胀变形,说不出的可怜。

颖儿骂他是傻瓜,理着他额前的发丝,眼泪噼里啪啦地往下掉。

安琪看得难受,支她离开:"你去把汤热一热,给林硕喝点压压惊。"

颖儿马上抹了把脸,去厨房热汤。

安琪把林硕的伤口擦洗干净,看他疼得龇牙咧嘴,手上的动作放轻了些,擦到嘴角的伤时,安琪忽然皱眉:"你身上好大的酒味……"

"哪有?"他拉开二人的距离,"是你用的消毒酒精味吧?好了,别弄了,不要紧。"

安琪的嗅觉向来灵敏,怎么也分得清酒精味和酒肉味,更何况家里的酒精之前用光了,她用的是双氧水,根本不可能有酒味……她慢吞吞地收拾着药箱,王子暮的话蓦地在她耳边响起:让颖儿小心那个人。

安琪看着林硕跟进厨房的一瘸一拐的背影,想起前几天听颖儿说起王子暮有意捐赠物资,委托林硕去支援受灾地区建设。那时安琪正因为猜测到王子暮对颖儿的心思,感到心烦意乱,不想听颖儿提起王子暮。现在想想,好像就是那前后几天,王子暮突然迂回地问到林硕。

王子暮多精明的人,难道是跟林硕谈捐赠的时候,发现了什么?

颖儿把饭菜热了,陪林硕边吃边聊,刚还哭哭啼啼的,这会儿也不知林硕说了什么,哄得她又咯咯笑起来。

安琪扬声问:"林硕,你报警了没有?"

正说话的二人被打断,颖儿也才反应过来:"是啊,要报警的。"

林硕颇不耐烦地瞄她一眼:"报警也没用,黑灯瞎火的,我都没看清那些人长什么样。"

安琪郑重其事地道:"那也得去立个案啊。除了钱还有什么被抢走了?对了,你刚在哪儿打的电话,是用你的手机吗?那些人没把你手机抢去?"

筷子啪地拍在桌子上,林硕挑高一眉望着她:"大姐,我是被抢劫了,不是去抢劫了!你现在是替警察给我录口供呢是吗?"

安琪一脸无辜:"问问怎么了?"

"你这是问吗?你这是审问?!"

"奇怪,你没把自己当犯人,怎么会觉得别人是在审问你?"

"不是你有意吗,安琪?这事儿跟你有什么关系啊,没完没了的!"

"好了好了！"颖儿连忙按住林硕，"安琪也是关心你。万一有什么证件之类的也被抢去了，报警的话总有个说法……"

林硕甩开她："狗屁说法！我他妈还不知道自己被抢了什么东西吗？一个两个的，都有病吧！"

颖儿从来没见过这样的林硕，一时愣住了。

安琪怒道："林硕！你别不识好歹！冲我来不要紧，颖儿是你女朋友，你怎么说话呢？"

林硕脾气没压住，看着颖儿惊诧的表情，后知后觉地想要去哄她，但刚伸出手，颖儿就下意识地往安琪身边退了一步，躲开了他的碰触。

"对不起，亲爱的。"林硕放轻了语气，向颖儿挤出一丝僵硬的笑，"钱被抢了，我心情不太好，刚才说话急了些。"

安琪护住颖儿："你心情不好就吼她一顿？！这是女朋友，不是出气筒！"

颖儿看着神情狼狈的林硕，再看看不依不饶的安琪："算了，安琪，你先回房间吧。"

安琪气呼呼地瞪着林硕，越发觉得他不像好人。在颖儿的半推半送下回到房间，她冷静了一会儿，又想起林硕身上可疑的烟酒气味，以及在面对自己质问时，他的闪烁其辞。

刚才进门时，安琪隐约看到，他拿的是最新款的手机，国内没现货，网上朋友圈里各种转，炒到一两万块一部，安琪才不相信那些抢劫犯会留给他打电话。

还有，林硕是个公益摄影师，每次去这儿去那儿都会拍很多照片回来，这次去肯定也会带着摄影器材，安琪可是见识过那些器材的，看起来就贵得要死，抢劫犯不会那么不识货吧。如果相机都被抢走了，林硕不会只字不提，但刚才可没听他抱怨。

事情一旦有了苗头，就很容易剥茧抽丝地看到更内里的东西。

颖儿和林硕这一年多的恋情，谈得也算细水长流，到底给了林硕多少钱，可能连她自己都不记得了。她工资虽然不高，但项目奖金还算可观，开销又不大，虽然偶尔会买些华而不实的小玩意儿，但也花不上几个钱，结果上个月换台电脑居然要用信用卡分期，可见手里没什么积蓄。安琪最早得知颖儿拿钱让林硕去扶贫救困的时候，就有些反感。后来颖儿不再跟她多说了，但还是会断断续续地给林硕钱，安琪也不好阻止，毕竟这是人家情侣间的事。而每次林硕拿了钱，都会消失一阵，之后再出现，又会哄颖儿心甘情愿地拿钱给他。

安琪觉得这事细思极恐。

不知是跟安琪发生了争执，还是本身就有安排，林硕晚上并没留下来。安琪听到防盗门响，出房间一看，颖儿送林硕下楼了，过了好半天才上来，一脸的愁苦。

看见安琪在沙发里坐着，颖儿偎过去靠在她身边："你别生林硕的气，他就是遇到事了心里烦，平常他是什么人你也知道的。"

安琪心说我现在还真不知道他是个什么人了，但看着颖儿紧锁的眉头，她到底还是把一肚子话压下去了，只轻轻安慰她一句："嗯，我也是替他着急。"

"我知道。"颖儿把头埋得更低了，支支吾吾地道，"安琪啊，你现在……卡里有钱吗……"

安琪不动声色地问："多少？"

"八千吧。"

"你之前给了他多少？"

"五千。"

"是给你姨妈那笔钱？"

"嗯，姨妈不肯要，刚好他要用，就先拿给他了。他下周会一起还给我的。"

安琪搂着抱枕转了下眼睛："他下周有钱的话，下周再去，不可以吗？"

"林硕说……朋友已经先过去等着他了，这边不好拖得太久。"颖儿说着说着也忽然觉得没有底气，她自己拿钱给林硕不觉得有什么，但用安琪的钱，确实不太说得过去，"算了，我跟他说一下，让他下周再去吧……下周……"

"我转给你。"安琪看出了她的为难，"我们刚发的工资，要给我爸打回去的，不过他不着急，下周再给他也行。"

颖儿犹豫了一下："还是不用了，你先给叔叔。"

"没事，他不着急用钱。"安琪拿过手机，一边转账一边告诉她，"不过你必须跟林硕说好，下周一定要还我。我们下周还要交下季度的房租呢。"

最后这句话也是给颖儿个提醒。安琪想，如果这次林硕还不还钱，颖儿多少也该有个防备了，但她哪里知道下周颖儿会发奖金。

奖金一到账，颖儿立刻给安琪转了过去。安琪在微信上问她：林硕还你钱了？

颖儿：嗯嗯。

安琪：就还了八千？我们这周要交房租，你还有吗？

颖儿：有有有。他还给钱让我请你吃饭呢！

安琪回她个"一脚踢飞"的表情。

一万块的奖金，还了安琪八千，又留出两千的房租，还有这个月信用卡的分期……颖儿站在橱窗前，看着许诺要给安琪的那条围巾，掰着手指头算了算，肩膀垮下来："这下糟了。"

眼前光线一暗，一个大块头出现在颖儿面前。

13 揭穿真相

颖儿下意识地退了一步，抬头："你是周……周……"支吾了半天想不起名字，她也不为自己的坏记性尴尬，咧嘴一笑，"周周！"

"是我是我。"周志成被这朵笑容迷得七荤八素，什么名字都认了，总之认出他来就好。

颖儿看他手里精美的购物袋："你来这儿买东西吗？"

"嗯。"周志成也不掩饰，将纸袋往她面前一推，"是买给你的！"

"我？为什么给我买东西？"颖儿疑惑地看着那个纸袋，上面的"Logo"和旁边橱窗里的一样，她知道这牌子随便什么东西都不便宜，连忙摇头拒绝，"我不要。"无功不受禄。

周志成强行把袋子塞到她手上："上次你帮我止血，把好好的一条围巾弄脏了，我拿到洗衣店，人家说洗不出来了，这是赔偿给你的。"

"可这个太贵重了，我的……咦？"看到纸袋里的围巾，颖儿惊讶了一下，好巧，居然是她要送给安琪的那条围巾。

"你不喜欢吗？"周志成抓抓后脑勺，紧张地看着她的反应。

这围巾是他求王子暮帮忙挑的，毕竟他们相处得时间长，就算再不知晓颖儿的喜好，也能看到她每天穿什么衣服。围巾是搭衣服用的，听子暮的建议总好过他自己胡乱选的好。事实上，就连买条围巾做礼物，也是子暮的想法，说是当借口比较顺理成章。

不过王子暮这家伙真是个公子哥啊，眼光高得离谱，他刚才结账的时候吓了一跳，一条围巾而已，居然要两千多块。

颖儿愣了一下，还是把纸袋推还给他："喜欢也不能要，这太贵重了。你拿回去退掉吧。"

周志成松了口气："你喜欢就好！毁了你那么漂亮一条围巾，我实在良心不安，你就当让我安心吧！"

颖儿摇头："我那条丝巾才几十块钱，这个……不行不行。"

"有什么不行的？"周志成提高了音量，"几十块解救我于危难之中，那就意义重大了！万一我因为失血过多死了，你说我这条命值多少钱。"

颖儿扑哧笑了："哪有那么夸张？"

周志成也觉得自己诌过头了，不好意思地咧咧嘴："总之你就收下吧。一方面是赔偿，更多的是感谢，贵不贵的有什么啊，不是有句话叫'千金难买心头好'吗？"

这句话倒是让颖儿彻底心动了，她当时说要给安琪买这条围巾的时候，说的就是这句话。

周志成一瞬不瞬地盯着她看，一看到她露出妥协的迹象，赶紧趁热打铁："好了你就留着戴吧，我还有事，先走了。"说着把袋子往她怀里一推，转身就走。

颖儿看他往路边的摩托车走去，记起他说过自己是送快递的，想想赚的也是辛苦钱，却买了这么贵的围巾赔她，大概是个很看重人情的人，当下心生好感，快走几步跟上他。"周周?！"她冲他招招手，"改天请你吃饭吧！"

周志成两大步跑回颖儿面前："真的吗？你要请我吃饭？"

颖儿笑道："当然是真的。"她举起手中的纸袋晃了晃，"这份谢礼，你说是平常，可我还觉得太贵重了。"

周志成皱起眉头："怎么又说这个，不是都收下了吗？"

"我不收，你又会惦记送别的吧？"

"那当然了，我是绝对不会欠人家人情的。"

"嗯，那我不如就收下了，毕竟你买的这条围巾我还蛮喜欢的。"

周志成猛点头："像颖儿小姐这么坦率的人太难得了！"

颖儿被这么坦率的人夸奖坦率，感觉有点好笑："我都没叫你周先生，你也别叫我颖儿小姐了，就叫颖儿好啦。我请你吃饭，我们交个朋友吧，这样，收你这份礼物我也就不会感觉有压力了。"

周志成心里都乐开花了，哪有不答应的道理，而且生怕她说完不记得，直接连吃饭的时间地点都定好了。

颖儿当天有会，拖得比较晚，吃饭的时候本想叫上安琪一起，结果赶上运营部清点档案，安琪每天忙得觉都没时间睡，直接回绝了她。

散会的时候，颖儿看见王子暮因为接电话落单，于是追过去说了约周志成吃饭的事，问他要不要一起："这段时间也承蒙王总多关照了，一并表示感谢。"

王子暮眼睫微垂，嘴角挂着一丝公式化的笑容："张小姐客气了，我不会特别关照谁的，就算你是志成的朋友也一样。"

那疏离的表情、冷淡的语气，让颖儿僵在原地，愣愣地看着他步伐优雅地消失在视野中。

安琪和秘书整理好会议记录，分别发送相关邮件，最后才离开会议室。一出来，就见颖儿傻站在门口："哟，这是公司新买的盆栽吗？"她跟秘书说笑着，伸手拉了拉颖儿的白色裙摆，"头回见到这么大棵水仙花，怪好看的。"

秘书也知道她们是好朋友，笑着走开了。

颖儿回过头："我最近工作是不是很差劲？"

她的一脸严肃吓了安琪一跳："没……没听说啊，怎么，领导批评你了？"

颖儿把刚才跟王子暮的对话重复了一遍："王总一向对我挺和气的，今天为什么这么凶？我想半天也想不出哪儿做错了。"

安琪一本正经地告诉她："也可能是王总最近工作太忙，所以心情不好啊。"

颖儿认真地考虑了一下这个可能性，听到安琪咯咯的笑声才反应过来："你又逗我。"

安琪笑着揽住她往电梯间走："好啦，不逗你。你也别乱想了，被领导凶几句不是很正常的吗。"

"是吗？"颖儿沮丧地垂着头，"你说王总会不会以为，我是在借着周周跟他拉关系？"

安琪倒愣了："这话怎么说的？"

颖儿想到王子暮的态度就觉得很尴尬，还有点隐隐的难过："他故意强调什么即使我是他朋友的朋友，也不会特别关照。"

安琪笑着拍拍她的发顶："难得你这小脑袋能想出这么复杂的事情，还拉关系……"

颖儿急着解释："我只是刚好看见他，就想到都这么晚了，他反正要吃饭，跟周周也是朋友，那干脆一起吃好了，根本就没别的意思。"

"那你担心什么呢？"安琪敷衍地结束话题，"我就没听出王总有故意强调什么，别多想了，啊，快收拾收拾走吧，不是还有人等你吃饭吗？"

颖儿原也不是爱自寻烦恼的人，听安琪这么说了，便不再多想："那我晚上带好吃的回去给你。"抬头看见她颈间的围巾，顺手为她理了理，"看，你戴这个多好看。"

　　安琪无奈地斜瞥着她："告诉你别买，就不肯听，下次不要再乱花钱了。"

　　"知道了知道了。"颖儿打断她的絮叨，抱着电脑欢快地往自己工位跑去。

　　她怕安琪不肯要，没说这围巾是周志成送的，死撑着硬说是院里发的购物卡买的。安琪不信，但是她连商标都给剪了，安琪也只好接受，但逮着机会就会训她一通。

　　颖儿的工位就在本层，过了电梯间的另一个半区就是，安琪嘱咐她早点回家后，自己坐电梯下楼。在电梯里，她又想起颖儿的话，说王子暮态度冷淡，安琪没看出来，倒是今天在会议室见面时，王子暮看着她，眼神很怪，近乎是——厌恶。

　　安琪为自己想到的这个词感到浑身发冷。

　　他可以不喜欢自己，哪怕当作陌生人也行，但安琪真的不希望他厌恶自己。

　　周志成知道自己是个粗人，在王子暮面前他习惯了，有什么说什么，可在颖儿面前，他常常语无伦次。这顿饭也不知道自己说了些什么，颖儿却听得津津有味。

　　看着她笑，周志成也跟着笑，颖儿就问："怎么不说了？你笑什么？"

　　"高兴。"他真是乐得喝酒都找不着嘴了。

　　颖儿劝他："你不要喝这么多酒，我好像看见你摩托车停在外面，喝了酒骑车不安全。"

　　周志成说好，当真不再喝了，但整个人依然是一副醉相。

　　颖儿问："我是不是多管闲事了？你看起来很能喝啊，这点酒应该完全没关系吧？"

　　周志成说："是是是……啊，不是不是，没有没有，你没多管闲事，你说得很对，骑车就是不能喝酒。"

　　颖儿大笑："明知道还喝那么多！"

　　周志成不好意思地笑笑："以前瞎混，总是喝点酒就出去跟别人赛车。大半夜的，去滨海那边的盘山路，几十辆车，跑起来只听见马达响，完全看不见车子。跑赢了拿到钱回来胡吃海喝，输了就勒紧腰带过好几天，哈哈……"

　　颖儿筷子都伸不动了，呆呆地看着他："不会有危险吗？"

　　周志成老实地承认："也摔过几次，不过都是些皮外伤。我们这些人皮糙肉厚的，命又贱，没那么容易出事的。"顿了顿，"说这些是不是吓到你了？我现在不会这样了，现在摩托就是个代步的工具，我不会再那么玩命了。"

　　颖儿若有所思地摇摇头："只是想起一些事……"她犹豫了一下，还是决定跟周志成打听一番，"我朋友前几天被人抢劫了，他说是几个骑摩托车的人，我在想，你会不会认识……"

周志成忽地涨红了脸："颖儿小姐，我们就是赛赛车、喝喝酒，虽然穷点，但绝不会做那些违法的勾当，拿不义之财！"

"你别误会，周周，我不是在说你。"颖儿连忙安抚他，"是想你也许会见过……算了，反正林硕也说没看清那些人的长相。"

"林硕？你说那个……"骗子浑蛋小白脸等称呼在周志成嘴边轮番转了一圈，最后他只是哼了一声，"你说你……男朋友，被人抢劫了？"

"是啊，就是上周的事。"颖儿倒没察觉出他语气的变化，也没奇怪周志成居然知道林硕是谁。她一想起林硕受伤，又被抢了那么多钱，就心疼不已，"他开车去贵州，跟那边的公益组织会和，结果这边才出城就被抢了钱，他还挨了打。"

周志成听得直瞪眼睛："上周？周几？"

颖儿想了下："周三吧？对，我那天没加班，回去给安琪做饭……"

"可恶！"周志成一拳砸在桌面上，酒杯餐碟原地跳起又落下，发出哗啦啦的脆响。服务员经过时看了他一眼，被他迁怒地瞪了回去，没敢再看。

颖儿只当他的义愤填膺是因为听到林硕遇到坏人的事，赶紧安抚："还好伤得不重。"

周志成站起来："他人呢？"

"谁？林硕？"颖儿莫名其妙，"在贵州了啊。"

"钱不是被抢走了吗？他还去干什么？"

"我跟朋友借了钱让他先拿走的，那边都约好了的，等他过去补给呢。"颖儿想起就担心，"唉，伤都还没好，就急匆匆赶去了。这几天也没来个电话，不知道他情况怎么样了。"

周志成的脸色越发难看，再看颖儿双眉轻锁，愁云满面的可怜模样，忍不住从牙缝里挤出一句："我看他活得很滋润呢！"说着猛地站了起来，"服务员，结账！"

颖儿吓了一跳，被他推着出了餐厅："周周！喂，你怎么了……"

夜晚带着些许凉气的微风迎面吹来，可完全吹不散周志成的火气："颖儿，你相信我吗？"

他什么都没说，可看着他那张憨厚认真的脸，颖儿不由自主地点了点头。

周志成内心又挣扎了一番，掏出手机打了个电话："小皮吗？还记不记得上周在酒吧被我打了一顿的那家伙……给我找找他在哪儿……还不就那几个夜店，你不是说经常看见他吗？让兄弟们一起找……对，有消息立刻给我打电话，我现在就要见到他。"

呸！什么公益人士、什么爱心摄影师！狗屁！那个林硕根本就是个游手好闲的小混混！看上去还挺人模狗样的，谈吐也不像他们这群大老粗，周志成实在没想到他是那么个无赖。

上周三晚上，周志成犒劳兄弟们一起去喝酒时，在酒吧里遇见了林硕。林硕对周志成没多大印象，但周志成可是一眼就认出情敌来。看他春风得意地搂着个衣着暴露的女孩，周志成更是气不打一处来，上前痛斥他"有女朋友还在外面乱搞"。林硕说你管得着吗，"少跟我这儿撒酒疯"，搂着那女孩就走。

周志成拦住他："子暮说你是个骗子，我还不太相信，现在看来还真是个浑蛋，你对得起颖儿吗？"

林硕站住了，眼神轻浮地看着他："哦——原来你和那姓王的是一伙的。怎么，舍不得拿钱打发，派几个流氓来吓唬我啊？"

周志成哪里受得了这种挑衅，想也不想地扑上去扭打成一团。林硕也有朋友在场，不过远不及周志成兄弟众多，下手又狠。林硕见势不妙，趁乱溜出酒吧。周志成被几个人围住，等追出去才发现林硕已经开车跑了。

没想到他挨了揍还不肯老实，居然又跑到颖儿那儿，编了个故事演苦情戏骗钱花。

打听到林硕所在位置，周志成把手上的头盔递给颖儿："我带你去个地方！"

林硕这周的日子过得也不舒心。原本想着颖儿这么个乖乖女，没事逗逗也挺开心，还能哄点零花钱，谁知道半路杀出个不好惹的硬角色，先是出言胁迫，接着又派流氓打他。一个礼拜了，他脸上的瘀青也没散，嘴角咧大了都痛，恨得他牙根痒痒。

那天被打之后他立刻回到颖儿那儿，也不完全是为了骗钱，而是泄愤。

你们不是怕伤害颖儿，所以不敢跟她说实情，只敢打我吗？好，我就偏去坑她钱。结果安琪那个丑八怪又抽风似的疑神疑鬼，想想就烦。

几个身材曼妙的女孩从舞池里回来，其中一个偎到林硕身边，眼神纠缠地望着他："怎么不去跳舞，一个人在这儿扮什么忧郁？"涂了大红指甲的手指从他手里拿过杯子，喝光里面的酒，仰头凑近他的嘴角，舔了一下。林硕伤势未愈，沾到酒精，吃痛地倒吸了一口冷气，刚想发火，低头却迎上了那女孩的媚眼如丝，干脆捉住她亲了下去。那女孩也不闪躲，大大方方地勾住他的脖子回吻。周围一干人等打着口哨，嘘声起哄。

颖儿脸色苍白地看着这热辣香艳的一幕，脚下踉跄了一步。周志成一脚踩在林硕面前的茶几上，酒瓶酒杯倒成一片，打断了那二人的亲热。

林硕不高兴地抬起头，看到面前站着的几个人——

酒吧镭射光转来转去，转到最亮的角度，林硕看清了颖儿脸上的眼泪以及站在她旁边捏着拳头的周志成。

大红指甲攀着林硕的肩膀，敏锐地瞪着漂亮的颖儿："这人谁呀？"

林硕的脸色像灯光一样快速变幻着,他舔了舔隐隐作痛的嘴角,轻啐一声。

　　周志成一脚蹬在茶几上,在几个女孩的尖叫声中,伸手揪住林硕的衣领,冲他大吼:"你倒是给我说话啊——"腾出一只手指着颖儿,"你他妈敢不敢在这儿大声说出来:她是谁!"

　　林硕的一个朋友要冲上来制止,被周志成的人挡住了。

　　喧嚣的舞曲音乐中,林硕的声音真切地传来:"不认识!"

　　周志成一拳就挥了下去,再要打第二拳的时候,被人抱住了手臂。

　　颖儿也不知道自己哪儿来的力气,能拉住盛怒下的周志成,她只觉得好丢脸,想要赶快离开这个让她头晕目眩的地方。"我们走!"她摇着头,拼命喊道,"你带我走!快点带我走……"

14
谁还不遇到几个渣男

在去酒吧的路上,周志成就把王子暮之前告诉他的关于林硕的事,原原本本地跟颖儿讲了。颖儿开始听了还说是误会,后来就沉默了,直到看见酒吧里的林硕。从酒吧出来后,她就没再说过一句话,也不哭了,周志成带她走路,她就走路,扶她上车,她就上车。

周志成心里很乱,他完全没想到会这么巧刚好撞上林硕跟女人鬼混,他只想让颖儿看到拿了她救灾款的林硕根本就没去什么灾区,让她知道这人是个骗子,但这个场面超出他的控制范围了,颖儿肯定深受打击。

面对把自己封闭起来拒绝沟通的颖儿,周志成有点手足无措,他注意力不集中,没敢再骑摩托,拦了辆出租车回到颖儿小区,却不知道她具体住在哪栋楼。周志成知道自己闯大祸了,但事已至此,后悔也没用,而且让颖儿看清那小白脸的真面目,也算解决了一件心腹之患,只是——看看呆坐在身边的漂亮的颖儿,周志成烦恼地抓着头发,怎么办,两人总不能就这么在小广场上坐一晚上吧?他倒是很乐意奉陪,可颖儿这个状态显然不对,再说这天儿,眼看就要下场大雨了。

唉!要是子暮知道了,肯定会骂他办事不经过大脑。

想到王子暮,周志成眼中亮出一道闪电,迅速掏出手机把电话打了过去。他特意走远几步避开颖儿,小声地把事情向王子暮和盘托出。预料中的责备没得到,电话里一阵沉默,周志成看着那边端坐如雕塑一般的颖儿,心里越发焦急:"子暮,喂?你听见了吗?不是说安琪跟她住一起吗,你有没有安琪的电话,问问她们住哪个单元……"

　　王子暮听着耳机里周志成的叽哩呱啦，缓缓将车子停到路边，无语地扶着方向盘，呆愣良久，他终于开口："我过去一趟吧。"

　　周志成松了一口气。

　　楼宇后边，一道闪电将夜空划成几片，周围倏然明亮又暗下，比之前更暗了，闷雷声响从遥远的天际滚滚而至。

　　感到有雨点落下来的时候，周志成看到不远处的亭子，就想带颖儿过去避雨。他轻拉一下，颖儿没动，周志成低头看她的脸，又说一遍："下雨了，我们过去躲躲好不好？"

　　颖儿依旧不回答，不看他，也不起身。

　　周志成无奈，又不敢硬来，眼看雨点连线，他脱下衬衫遮在颖儿头上，身上的棉质背心很快就被雨水黏在了皮肤上。衬衫也不防水，没几下也湿透了，周志成整个人都挡在上面，也无济于事，雨越下越大，从四面八方落下。

　　颖儿的长发被打湿，一缕一缕地配合着地心引力垂下，轻轻晃动。肩头的衣物早已湿透，她不躲，也不擦，任凭雨水从颧骨滑到脸颊、下巴，像是眼泪的痕迹，周志成忽然有种说不出的酸楚。

　　"颖儿……"他唤了一声，想说你不要为那种人难过，想说他不配让你掉眼泪，想说你值得更好的人，但又觉得这个时候更不该提到"那种人"。他正矛盾着，远远一束灯光照射过来。

　　雨势在车灯的光柱里显得更大，王子暮在光和雨中的剪影也显得格外高大，像是某个传说中的神祇。

　　周志成挥挥手："子暮——"他低头轻声对颖儿说，"子暮来了。"不知道为什么，相较于自己，他觉得王子暮是更能让颖儿安心的人。

　　王子暮冒雨跑过来，看着眼前的一幕，皱起眉："怎么不去躲躲雨？"

　　"她不肯去。"周志成心虚地抖抖衬衫上的雨水，"车里有伞没有？"

　　王子暮抹把脸，压着火气告诉他："后备厢。"

　　周志成赶紧收起衬衫拧了一把，然后就这么将湿漉漉的衬衫套在身上，直奔王子暮的车而去。

　　望着眼前木偶般呆滞的颖儿，王子暮叹口气："回家吧。"脱下西服外套披在颖儿身上，弯腰正对着那张狼狈的脸蛋，他表情费解地问她，"你在这儿淋雨能改变什么呢？"

　　突来的温暖让颖儿打了个冷战，仿佛才意识到自己身在何处。视线聚焦在王子暮脸上，她问："周周说你早就知道了。"

　　王子暮点头。

颖儿问:"是上次和他谈捐赠的时候?"

王子暮想了一下:"你在酒吧遇见我那次,我听见他和他朋友说话。"

颖儿忽地站起来:"那你为什么不直接告诉我?"

王子暮伸手扶稳她,却被她甩开。

颖儿满脸愤怒:"为什么还要我约他出来?为什么做这种事?为什么?"

"你冷静点。"王子暮很头疼,"我就怕你知道了会这样,才不说。"

"为什么不告诉我?就因为我傻,就活该被骗?亏我把你当朋友,真心实意地待你,你却不如才认识我几天的周周!看我到处炫耀自己有个伟大的男朋友,你心里肯定在笑我蠢死了对不对?对不对?"她越吼越大声,柔弱的身躯似乎已禁不起嘶喊的音量,摇摇欲坠,随时都要跌倒。

"你这个样子我怎么告诉你?!"王子暮紧了紧她身上的外套,"上楼,我送你回家!"

她鼻头一酸,眼泪兀地夺眶而出:"我不要你可怜!"一把拉下外套甩回他身上,太过用力的结果是自己脚下一滑,重心不稳地向后倒去。

王子暮上前勾住她的腰身:"小心!"

"为什么不告诉我……"颖儿仍在挣扎,这回却没那么轻易甩开他。

王子暮将她紧搂在怀里,安抚地拍着她的背,任她拼命喊叫扭动也不再放手。颖儿终于耗光了所有力气,捉着他的衣襟,软软地靠在他怀抱里,号啕大哭。

天知道她有多难堪,那个温柔善良对她呵护备至的林硕,居然是个骗子,他跟她在一起,只是为了钱!那些个她以为的山盟海誓,竟然全是台词;那些让她向往崇拜的理想事业,全是编造的;他消失不见的那些日子,她为他的安全担忧,又为他的行为骄傲,而他却在灯红酒绿下夜夜笙歌。这算什么?她自己省吃俭用,拿钱养小白脸?真是讽刺。

王子暮一筹莫展地拥着她。心里想说:哭吧,哭出来就好了——以前他不知道这句话是什么意思,现在明白了,哭出来,就代表着一个人接受了现实。

接受现实了就好。像是一块食物,只要你肯咽下去,再难吃,也变成了过去式,剩下的就是慢慢消化了。

周志成找到伞拿回来,雨大得已经快看不见人了,他边跑边撑开伞,催着那边的两人:"雨太大了,上楼去说吧。"待跑近看清眼前的景象,他猛地收住脚步,站在了原地。

将颖儿送回家,王子暮让她去洗热水澡免得感冒,然后去安琪房间敲了敲门,半天没人应,他猜她还在公司加班,于是转去厨房烧了壶热水,这才抽了几张纸巾擦拭脸上的雨水。周志成全身湿透地站在门口,看着王子暮熟门熟路地在房间内走动，心里有种说不出的异样。

王子暮回头看他，只觉得这小子罕见的安静，以为他还在为弄哭颖儿的事愧疚，走过去把纸巾盒递给他："没事了，长痛不如短痛。"

周志成愣一下才知道他说的是什么意思，连忙点点头，接过纸巾盒。

王子暮拍下他的肩膀："你留在这儿陪她吧，安琪可能要晚点回来，我先走了。"没容他反应，拿了车钥匙就准备下楼。

周志成在后面叫他，他只当没听见，几步就走下楼梯。

楼门口，安琪倒退着收了雨伞，退进了王子暮怀里。

"这么晚才回来。"王子暮看着她沾着泥渍的高跟鞋、被雨打湿的肩膀，以及被她小心翼翼地护住的围巾，扶着她的手不着痕迹地收回。

"……跟财务做盘点。"安琪没忽略他手上的动作以及突然转冷的眼神，她低头看了一眼自己的围巾，不知道问题出在哪里。

王子暮看一眼楼上，直截了当地说："林硕是个骗子，颖儿知道了。"

安琪脸色一变，拔腿就往楼上跑，鞋底沾水滑了一下，她也顾不上站稳，抓着楼梯扶手继续上楼。

王子暮叫住她："等一下。"

安琪有点急："你把她自己丢在家里？"

"周志成陪着呢。"王子暮问，"林硕的事，你一直就知道？"

"你之前不是提醒过我吗？"安琪倒想问问他是怎么知道的，还想问他为什么在这里，颖儿跟周志成出去吃饭，又怎么会扯上林硕……她脑子里有一连串的问题要问，但眼前更重要的显然是颖儿。这么大的雨，看王子暮都淋了一身，颖儿肯定也好不到哪儿去。虽说周志成在楼上，但毕竟是个男人，照顾起来不方便，颖儿难过是肯定的，别再生了病。

"你早就知道，为什么不告诉颖儿？"这话并非质问，他只是想知道，自己知情不说，是不是真的错了。

安琪直觉地辩解："我没有早就知道。"她上楼，走了两阶，回头对仍站在门口的人说，"不过，即使早就知道，我也想不出要怎么开口。"

他是在等这句话吧，颖儿怪他瞒着她了吗？

安琪进门就看见周志成，大概是怕弄湿沙发，就在屋子中间站着，拧着衣角的水，一盒抽纸已用去大半，但完全擦不干他身上的雨水。听见门响，他回头尴尬地打了个招呼。安琪从阳台拿了条大毛巾给他，就走到浴室前轻轻敲门。

里面只有淋浴的水声。安琪大声说："颖儿，是我。"等了一会儿，里头没什么反应，她又说道，"你洗好就出来哦，我要用卫生间……"

话音没落，门猛然被打开，颖儿裹着条浴巾直接扑到安琪身上："安琪，我看见他跟别的女人接吻！"她哭着说，"他骗我，说是去做公益，根本没有……"

周志成乍听到颖儿的声音下意识地看过来，一见她的穿着又赶紧扭开脸。

安琪想到这场面了，但还是有点慌，抱着她安慰："我知道我知道，林硕那个大浑蛋。"

颖儿哭了一夜，絮絮地说着今天发生的事，又回忆起跟林硕交往的种种，直到天亮才终于昏昏睡去。安琪一直陪着她，看她睡了，才起身去洗个澡。周志成居然还在客厅，小心地问："睡啦？"见安琪点头，他才松了口气，"那我走了。"

安琪客气地同他道个谢："要不是你，颖儿还被蒙在鼓里。"

周志成连忙摇头："不不不，是我太冲动了，害她这么伤心。子暮明明告诉过我，先不要颖儿知道的，他一定有更好的办法。"

安琪说："她早晚得知道，拖越久，对她的伤害越大。"想了想又说，"也帮我谢谢王总，这么大雨还赶过来。"

提到这个，周志成想起一件事："对了，子暮之前是不是来过你们家？"

安琪点点头："有一次他在酒吧喝多了，颖儿让我去接他，他醉得厉害，我就把他带回来了。哦，应该就是他遇到林硕那次。"

周志成没再多说，拿着晾得半干的衬衫出门，换鞋时看到安琪还穿着进门时的衣服，正在解领口的围巾，他的神情更加低落："这个，颖儿送给你了？"

安琪一怔："你怎么知道？"

"没什么。"他不想多解释，眼中流露出淡淡的失望。

安琪送他出去，合上门，视线落在那条围巾上，隐约猜出了什么。

浴室里有一件男式西服外套，被雨淋湿了，满是褶皱。安琪拿了衣架撑起，手指小心地抚过衣领上的司徽，心里想的是：王子暮，颖儿的"Mr. Right"是你吗？

肿着一双眼的失恋小女生，决定给自己放个弹性假，但跟高工打电话后，高工说今天跟甲方汇报返图，你主讲不能不来啊。安琪又是冰袋，又是土豆片、煮鸡蛋的，轮番试了一通，颖儿被折腾得直笑，眼睛红得更厉害了，肿势总算消去大半。正洗了脸准备出门，高工来电话说王总那边临时有事，汇报会议取消，她实在不舒服的话就休息一天。颖儿看看安琪，安琪也没多说，彼此都心知肚明这是王子暮的体贴。

安琪不能请假陪她，但又不放心她自己在家，颖儿说去看看姨妈，安琪这才妥协，亲自送她去了姨妈家，又跟姨妈简单交代了几句。她只说颖儿跟男朋友分手了，让她尽量不要在颖儿面前提起林硕，更没提林硕做的那些混账事情。

姨妈其实没正式见过林硕，只有一次远远地看见他送颖儿来家里，看着阳光帅气挺不错的一个小伙子,还想颖儿眼光不错。再看颖儿那满是血丝的眼睛,姨妈也忍不住酸了眼眶,想着安琪的叮嘱又不敢安慰,只能把冰箱里食材都翻出来做了好大一桌佳肴。

颖儿跟着姨妈忙活着饭菜,若无其事地问这问那,倒像是故意逗姨妈开心,可明显走神得厉害,不是烫了手,就是摔了碗碟,被姨妈赶出厨房后,又闲不住,帮着收拾房间。

颖儿在姨妈床头看到了一本快被翻烂了的旧相簿,枣红色封面在时间的摩挲下微微泛黄,灯芯绒布摸上去手感柔软。里面大多是她和姨妈家两个表哥小时的照片,也有几张姨父在世时和姨妈的合影。

姨妈年轻时候很漂亮,安琪常说颖儿的眉眼很像姨妈,说不出有多精致,但非常耐看。颖儿翻出一张妈妈的照片,觉得自己更像妈妈,尤其是眼睛,弯弯的,不笑自喜,她忍不住想把照片拿到镜子前去对比,但照片一抽出来,带落了原本插在这后面的照片。颖儿疑惑地弯腰拾起,她以前也见过这照片,只有半张,照片上是一个神情严肃的年轻男人,也就二十来岁的样子。姨妈说这是颖儿的父亲,至于另外半张照的是谁,姨妈没说过。颖儿只知道那是被人刻意剪掉的,边缘很整齐,依稀是半边身子的轮廓,她问是谁剪的,姨妈也没说。

"吃饭了,颖儿。"姨妈在客厅没看到颖儿,来卧室叫她,看见她手上的半张照片,她解围裙的动作僵了一下,不太自然地说道,"怎么又把这照片翻出来了?"

颖儿看着照片上的父亲,感觉陌生得好熟悉:"总觉得在哪里见过一样。"

"父女连心吧。他去世的时候你才几个月大,怎么可能有印象?"姨妈走过来抽走照片,看了看又叹口气,"要是他活着,你现在也不用过这种日子。"

颖儿听不懂:"哪种日子?"她现在的日子有什么问题?姨妈的语气好奇怪。

姨妈乍然回神:"你爸爸是个严厉的人,有他管着啊,你性子就不会这么野了。"说着伸手在她头上轻戳一下,收起照片,"好了好了,快洗洗手吃饭去。"

颖儿亲昵地挽着姨妈的胳膊:"您不是说我妈妈从小就调皮,那我肯定是随妈妈。我爸爸妈妈是怎么认识的?"

"大人的事,小孩子打听什么?"

"我几岁了还小孩子?再说是我爸妈的事我才会打听,姨妈明明知道,却从来都不跟我说。"

"没什么好说的嘛,就正常交往、结婚,生你的时候你妈妈难产……哎哟,不说了不说了,先吃饭吧。说到这个事情姨妈心里不舒服,胃口都没了。"

晚上安琪来接颖儿回去,姨妈惯例准备了许多小菜点心让她们带回去,安琪抢着帮忙分类装盒,颖儿则在旁边不时地偷吃几个。姨妈笑着骂她,又责怪安琪平时太让着她，眼神中却是满满的感激。

安琪笑道："都是因为姨妈宠她，她才像小孩一样。"

"在我眼里你们当然都是孩子。"姨妈看了颖儿一眼，"如果有可能，真希望你们都长不大，一辈子都开开心心的。可惜姨妈照顾不了你们一辈子，所以你们还是得学着长大，懂得自己照顾自己，或者找个能照顾好你们的人，姨妈才能安心。"

颖儿把一整颗糯米丸子塞进嘴里，面颊鼓鼓地贴着姨妈，含混地说道："我才不要别人照顾，就要姨妈。"笑嘻嘻抛个媚眼给对面，"还有安琪。"

安琪冷着脸："我欠你的？"

安琪其实没错过颖儿那个揉肚子的小动作，知道她是故意多吃哄姨妈开心，其实早就吃不下了："你快别伸手了，一边待着去吧，装得都没你吃得快。"

姨妈也打她的手，赶她去收拾自己的东西。

颖儿捧着肚子走开，坐到飘窗上的小桌前倒了杯茶消食。

姨妈家在比较偏僻的郊区，到了晚上周边没什么灯光，趴在窗口能看见满天星星，天气好的时候，一整条银河都可以尽收眼底。

还有漂亮的大三角：皓亮的织女星，略暗的牛郎星，还有护送这对恋人来见面的小仙女天津四……安琪说给牛郎织女搭桥的不是喜鹊，而是天鹅，因为天津四是天鹅座的主星。

15
阴谋与阳谋

夏天的星空并不热闹，但是安琪最喜欢的那颗星星在夏天特别好看，那就是处于银河中心的那颗神秘阴森的暗红色星星。

从姨妈家离开，要步行一段距离才能坐上大巴车，两人一路上就在讲星星的故事。

安琪能识别很多星座，南天有什么，北天有什么，都很清楚。颖儿转向得厉害，却对每个星座的传说张口就来。安琪找到天蝎座，颖儿就给她讲各种版本的天蝎座传说，从中国古代到希腊古代的，都是跟报复有关的故事。这是一个记仇的星座，安琪倒没发现自己有多记仇，她只觉得颖儿是个真正的闲人，古人就是晚上闲着没什么娱乐节目，只能仰头看星星编段子玩。

颖儿眼神发散："大概是吧，忙起来，哪还会有胡思乱想的时间？"

汇报会议结束后，颖儿彻底恢复忙碌，加上她自己给自己找活儿干，想不忙都难。安琪看着心疼，又自顾不暇，勉强抽出些时间盯着她吃饭。有安琪陪着，颖儿的胃口倒也不错，每餐都能吃下不少，安琪若不来，她则像生命里没有吃饭这事儿似的，弄得这一段时间安琪经常出入她们楼层。

有几次碰见王子暮，安琪想说些什么，哪怕说说颖儿也好，但他每次看见她都会微笑，就像遇到陌生员工一样的微笑，礼貌而疏远。

安琪逐渐怯懦起来。

拎着饭盒走进电梯,她忽然想到,像王子暮这样的人,如果不是入职之前那一面的偶遇,在公司里,她可能也只会看到他这样的微笑吧。

"麻烦,17层。"

身后有人说话,安琪这才发现自己挡住了电梯按钮,条件反射地按下17层后,她才后知后觉地发现自己也要去17层给颖儿送饭。手指僵在亮起的按钮前,她回过头,小心地唤了一声:"王总。"

王子暮点点头,没有说话。

安琪硬着头皮开口:"还不下班?"

他依旧只是点头。

安琪也只好点头。

头顶斜上方的楼层指示灯一格一格地变化着,安琪从没觉得公司的电梯这样慢,更是从没觉得跟王子暮在一起的时间,过得这样慢。电梯仿佛在用一种她察觉不到的速度不断地向中间压缩,原本狭小的空间几乎让人透不过气来。她拉了拉围巾,想让呼吸变得顺畅。

旁边突然传来他的问话:"天气很冷吗?"

"还好。"安琪不明所以地答道,扭头看了他一眼,发现他的目光落在自己的围巾上。安琪忍不住用手背贴了贴滚烫的脸颊,"公司冷气开得比较足。"

"你很喜欢这条围巾。"是肯定句。

"是……"安琪低头看着这条不符合自己身价的奢侈品,声若蚊蚋,但还是忍不住解释,"颖儿送的。"

电梯终于随着叮的一声到达17层,安琪向后靠了靠,让上司先走。他却伸手挡着门,给她个"女士优先"的手势。

安琪刚走出去,想了想,又将手上的外卖袋子递到王子暮面前:"王总,能不能麻烦你把饭交给颖儿,我突然想起有东西落在餐厅了。"

王子暮愣了一下,接过来。

安琪道个谢,又说:"那个……里面有两个人的饭菜,如果您没吃,可以跟颖儿一起吃。"

"我吃过了。"他说。

"哦。"她应一声,却没有立刻离开,不似着急下楼取东西,倒像有话要说。

他也没有马上走,也没有催她,凝视着她发旋的形状。

安琪不敢迟疑太久,很快就抬头看着他:"我其实也跟同事吃过了,不过颖儿最近心情不好,没人陪着她就会忘了吃饭。"她再说不出更多的话,转身从步行梯下楼。

靠在楼梯门上,安琪似乎用光了全身的力气,紧捉着领口的围巾,胸膛剧烈起伏。

一道门之隔的这边，王子暮拎着饭盒，落在门板上的视线复杂无比。她刚才做了什么？在把他和颖儿凑对？

滨海项目开始按排期进展，王子暮的工作重心几乎全放在物流港上，这个让他头大无比的项目几天后就要开始竞标了。望着桌上最终确定的标书，他脑中却始终翻飞着与项目无关的思绪，一会儿是颖儿在雨中大哭的脸，一会儿是安琪那天将饭盒交给他时，类似决绝的眼神。

为什么是那种眼神呢，看起来好像在饭菜里下了毒一样。

结果他到底也没敢陪颖儿吃这顿饭，只远远地看了她几眼，果然如安琪所说，颖儿加班到凌晨三点多，但饭盒就搁在一边，碰都没碰过。

王子暮知道自己现在不应该将精力放在女人身上，可感情就像叛逆的孩子，越打压，就越是反抗；越禁足，就越是关不住。

周志成每次来电话都会问起颖儿的情况，王子暮想骂他，但他又很识相，每次都是顺嘴一问，王子暮不回答，他马上转移话题说正事。

王子暮的注意力却没那么容易转移。

手机屏幕上周志成三个字亮起的时候，他的第一个反应是拒接，直到那部小小的机器震得他虎口都麻了，他才极不情愿地接通："你最好有正事。"

"嗯。"周志成认真无比，"我查到文斯洛竞标当天的出行路线了。"

本市的工业地产市场近两年才开始火热起来，而早已驻足此业的文氏地产可谓是资历颇深，凭借多年来在工业地产领域的建树，这次东区放出的物流港项目，文家势在必得。而作为涉水工业地产的第一步，张氏对这个项目，也是觊觎良久。文张两家的大动作大手笔，成了数十家投标企业中，最为吸引业内话题和媒体聚焦的所在。

王子暮也因此成为张氏集团最受关注的人物。

自从上次滨海项目打了个败仗后，张鑫一时间安分了不少，被张铭远派到英国去处理那边的旧改项目去了，和王子暮的项目错开了。随着物流港竞标时间的接近，他按捺不住地找了个借口回到国内，飞机一落地就直奔公司，推开地产部总经理办公室的大门，将一只包装精美的礼品盒丢在王子暮桌上。

"礼物。"他大大咧咧地坐在会客椅上，跷起二郎腿，"听说你只戴这个牌子的领带。别的没见什么长进，挑剔劲儿倒挺像个有钱人家的少爷。"

王子暮将刚签好的文件交给脸色微变的秘书，示意她出去，这才瞥了一眼礼品盒，笑道："之前在英国时是这样，现在没那么挑剔了……小张总的情报过时了。"

张鑫嘴角抽搐一下："我情报过不过时无所谓，倒是你手上那些文家的情报早就过时了……哼哼，明天之后，看你还笑不笑得出？"

王子暮自然笑不出，可也不会在人面前哭出来就是。张铭远问及时，他只表示事情一朝未见分晓，结果就总是耐人寻味。他没有信誓旦旦地说肯定能拿下，张铭远倒觉得他态度端正，对这次的竞标更多了一分信心。

张鑫说："暮少爷现在是被架在火上烤，是金子就没问题，要是包草，啧啧，可要糟糕了。"

王子暮对物流港项目组说尽力而为，转而对周志成说，不择手段。

以文家的专业和张氏的资金，物流港项目的其他投标企业，基本是抱着重在参与的态度来到招标现场的，但众人期待上演的文张大战，从一始就让所有人跌破了眼镜：文氏地产没有派出代表参与竞标。

文氏现任总裁文斯洛带着标书，愣是连招标现场都没赶到。主干道频发的堵车事件、临时交通管制，逼得他不停地更改路线，不知不觉间竟离目的地越来越远，足足绕到了几十公里外，情急之下他在路边借了一辆摩托车，却因驾驶技术不熟练，加上车速过快，半路上出了事故，被送进了医院，生死未卜。

最终，张氏集团以底价摘得东区物流港项目。媒体报道铺天盖地地涌出，持续数月，出尽风头。当然作为配菜话题的，还有昔日产业园霸主文家的落败。

文斯洛受伤入院是事实，但后续发展就无人详知了，有说他不治身亡的；有说他昏迷不醒被秘密送出国治疗的；还有传闻说他截断了双腿保命，今后无论是他本人，还是文氏地产，都难以再立足……各种版本，大抵不过是文氏易主，人们看到的，也是各方势力趁机瓜分文家原有的市场份额。文氏，一个叱咤本市数十年的地产大鳄，在文斯洛这个年轻的掌门人消失之后，逐渐成为过去式，留下的仅是几个地标性建筑，以及业内的一声叹息。

文家出事，有不少人怀疑到张氏头上，毕竟时间点过于凑巧。然而猜测始终是猜测，虽然张氏此次中标招人指点，但项目却已纳入囊中，若说有不正当手段，也必然没触及法律。

张铭远将一沓报纸扔在桌面上，缓缓拨动着大拇指上的墨翠扳指。

王子暮识相地不多出声，只将一杯沏好的茶放到他面前。

张铭远终于垂眼瞥他一下："这些报道，你还要任它们发酵多久？"

这些日子以来，物流港的每篇报道都含沙射影地指责张氏，王子暮不用看也知道："现在的财经媒体很有娱乐精神。"

张铭远沉声："我不希望张氏成为人们娱乐的话题。"

王子暮轻抿一口自己杯中的清茶："您经常教育我不要做多余的事。控制舆情并非必要手段，尤其是为了一些我们没做过的事，反而会让人觉得欲盖弥彰。"

　　"好一个'欲盖弥彰'……"鹰隼般锐利的视线射向对面，"做没做过，怕是只有你自己知道。"

　　"我知道的，就是您知道的。"王子暮放下杯子，目色如茶汤一般温润，神情坦然。

　　打开书房门，就见张许明珍慌乱地直起腰，以她和门板不足十厘米的距离看，也不知站这儿偷听多久了。王子暮并未点破，只笑着打了个招呼，侧身让路。

　　张许明珍向楼下唤了声"鑫鑫"，不太自然地拢了拢鬓发，款款走进书房。

　　楼梯上王子暮和张鑫走了个擦肩，张鑫鼻腔里冷哼："心狠手辣的狼崽子。"

　　王子暮恍若未闻，信步走下楼梯。

　　书房里，张许明珍正与张铭远就物流港的报道抱怨着："……圣雪基金多年来做着慈善、公益，为张氏赚了多少正面形象，全被这孩子给败光了。唉，不是我说，到底不是张家血脉，看到的总是眼前利益，不会设身处地为咱们子孙后代着想。"

　　张铭远不以为然："生意场上，不光彩的手段多得是，彼此都心照不宣。子暮不过是年轻，把事情做得太张扬了。"

　　张许明珍恭维道："大哥您这一辈子可是光明磊落过来的，铭威活着的时候也总告诫鑫鑫，不要踩人肩膀上位。如今一个外姓人，给张氏做出这样一个名声，再往后啊，谁能料到还会发生什么事。"

　　张铭远两道花白的眉毛微微拧起，不知是厌恶张许明珍危言耸听，还是被说中了心事。

　　张鑫见时机差不多了，赶紧倒了杯茶水递过去："大伯，您别动怒，这次的事不至于对咱们家有多少实质性影响。"

　　那水已经凉了，泡不出茶香，张鑫自然不懂这些。张铭远只斜瞄下杯子，并没伸手接。

　　张鑫讨了个没趣，将杯子放在茶海上，清了清嗓子："我前些天去英国，除了解决那边项目的问题，还听到一件有意思的事。据说子暮之前在伦敦和别人开过一家公司，规模虽然不大，但在当地还算小有名气，利润也不错。"

　　张许明珍语带酸意地说："到底是老爷子一手带出来的，离了张家也一样会做生意。"

　　"是不是离了张家做的生意，可不好说。"张鑫话里有话，谄媚地望着张铭远，"子暮和您提到过这件事吗？他挣的钱，最后划进张氏了吗？"

　　张铭远想也不想地哼道："张氏难道还差他那几个钱？"话里是对王子暮开公

司的事不甚在意，但语气中的怒意显而易见。

张许明珍慢悠悠地开口："我倒觉得这件事啊，可大可小。他上学的时候在外头做点小生意，赔了赚了，咱们全当他闹着玩就是了……如今他正式进入集团了，一举一动可就是张氏的脸面，如果还那么不知收敛，可就不好看了。这知道的，是说他玩心重；不知道的，还以为咱们张家容不下他，逼得他出去自谋生计，寻找退路呢。"

张铭远听出些端倪，皱眉望向张鑫："他英国的公司还在？"

张鑫这时却摆出一副不太关心的模样："说是早就让一家大企业并购了，谁知道呢？左手卖到右手，也很正常，我没仔细打听。"

"唉，不是亲生的就是隔条心，养不熟的。"张许明珍叹了口气，"咱们掏心掏肺地待他，他却早早地给自己做了别的打算。张家现在还在鼎盛期，万一哪天出了点问题，人家肯定会拍拍屁股走得利索，根本靠不住。"

"可恶！"周志成将手中的报纸一扯几片，揉烂了扔到地上，还觉得不够解气地上前狠狠碾了一脚，"这些破报纸为了吸引读者，完全不求真相，一通乱写，真应该去告他们！"

王子暮在他后边的沙发上闲闲地坐着，好笑地开口："你以前就最讨厌看书看报了。"

周志成差点气结："你不生气吗，子暮？上面写你为了竞标，指使人开车撞伤文斯洛，害他公司倒闭家破人亡什么的，完全是诬陷！"

"你都说了是诬陷了。"王子暮淡淡一语。

警察都调查过了，文斯洛是自己骑摩托超车撞上防护栏的，至于公司倒闭，文氏如果内部运转正常，怎么可能老板受伤就出现这么致命的问题？这些天他没查到文氏关于物流港项目的提案信息，倒发现他们公司股权斗争严重，自从上一任董事局主席，也就是文斯洛的父亲去世后，几个主要股东就开始各自为政，相互打压异己，新启动的项目资金缺口也很大，总之不稳定因素很多，物流港的失标，不过是压倒骆驼的最后一根稻草而已。

说起来还是他王子暮倒霉，无缘无故地背了一顶黑锅。

对文斯洛，他确实动了些手脚——在周志成查明文斯洛的住处后，他派人把文斯洛去竞标现场的几条路线给封锁了。快递公司的那些小弟，在路上造几起剐蹭事件恶意拖延一下时间，还是很容易的。至于文斯洛强行抢摩托车，出了事故，这确实是意外，不在王子暮的计划之中。而且，如果不是周志成第一时间把人送去了医院，他恐怕真的会没命。

所以周志成看到报道里的恶意猜测，气得说什么也要去报社搞事。王子暮劝他别不打自招，他要真去一闹，倒给报社提供了更多的新闻素材。周志成只得作罢，心里却仍窝火，盘算着私底下找到那个写报道的家伙拍黑砖："他心黑，就别怪老子手黑！"

王子暮觉得这小子愈发匪气，好在对自己倒是没有二心。想到这儿，他又想起那天在书房外听到的张鑫母子的谗言，那番话虽然挑拨意味很明显，但字字击中要害，张铭远向来疑心颇重，听后心里不见得毫无芥蒂，想来自己这一阵子的努力又要白费了。

其实张铭远不止一次地提到会让他接手张氏，可王子暮心里清楚得很，从一开始，他就没被冠上张家的姓，到最后，他也不会成为张家的人。当年他曾表示过愿随爷爷姓张，当他的家人，可被他称为爷爷的那个人，却明确地告诉他，不会给他改姓，不希望他忘了自己的根。从那天开始，王子暮会朝路上扫大街的老头叫爷爷，却再没叫过张铭远一声爷爷。

一通电话将王子暮从旧日思绪中拉回来，是楚哥打来的。王子暮不想让张家知道自己和孤儿院的朋友还有联系，来周志成这里时总会刻意支开楚哥。

这个张铭远派给他的随行助理，年纪比王子暮大，但总是以下属身份自居，态度向来恭敬，这次却一反常态，开口便问："你现在在哪儿？"语气非常急促，甚至等不及他回答，"张董住院了。"

16 张家秘辛往事

王子暮早就听说张铭远有个儿子。

刚被收养到张家的时候,他在书房里看见过一张照片,上面是年轻的张铭远和一个比王子暮当时大几岁的男孩子的合影。张铭远拿着那张照片看时,眼神是王子暮从没见过的温情,他亲口告诉王子暮,这是张磊,是他的儿子,是最让他心爱,也最让他伤心的人。

张磊20岁的时候因反抗家里安排的商业联姻,跟着比自己大三岁的家庭女教师私奔了。几年后张铭远才打听到他的下落,准备向儿子妥协,接受那个家庭教师做儿媳,这时张磊却出了车祸意外离世。

说起来已经是二十多年前的事了,别说王子暮,张鑫那时候都才出生没多久,对这个大堂兄一点印象都没有。倒是张许明珍跟张磊年纪相仿,她嫁过来的那年,张铭威还住在张家大宅,因此她和张磊接触比较多。

这些陈年往事当然不会无故被翻起,尤其是张铭远本人,独子早逝是他一生最大的痛。这次他主动提及,是因为今天外出时,偶遇了儿子昔日的好友。

这位好友曾收留过离家出走的张磊,当时张家四处查找,他劝张磊回家,张磊一气之下带着女友离开了本市。此后他只知道张磊和女友在外地落了脚,找了工作,没多久还生下个女儿。后来这朋友出国了,他们就断了联系,甚至不知道张磊早已不在人世。这位朋友如今也已年过半百,听到友人去世,不胜感慨,又问起那留下的小女孩可好。

张铭远这才知道自己还有一个孙女儿。

回到家里，他又忆起当年种种，不由得百感交集，悔恨、伤痛、惋惜兼有，顿时气血翻涌昏了过去。幸亏秘书发现得及时，将他送进医院，否则后果不堪设想。王子暮赶来的时候，张铭远已经清醒过来，情绪依然激动，拉着他的手，反复地说："把那个孩子给我找回来。"老爷子口齿含混，眼神却闪闪发光，"把我的孙女儿，找回来。"

病床前，张许明珍母子面面相觑，王子暮郑重地点头。

王子暮出来时，在医院大门口看见张鑫坐在他的敞篷跑车里抽烟，张许明珍在旁边正不知说些什么，忽然眼神微变，扬着声音说道："鑫鑫啊，你可得尽快帮你大伯找到孙女儿，咱们家连外人都养着了，哪能任由张家的血脉流落在外边。"

张鑫听出母亲语气不对，一扭头看见了王子暮的车，轻嗤一声。

王子暮本想直接离开，念头一转，开车贴了过去，同那母子两人打过招呼，又问："许会长相信有那么个孩子的存在？"

张许明珍笑得很端庄："我信不信无所谓，但老爷子信了，那就是真的。"她说话的时候并不正眼看王子暮，而是低头欣赏摆弄着自己左手腕上那块价值连城的名表，"暮少爷不相信，可以不去找啊。也可以直接回去告诉老爷子，这是有人想谋取张家财产使出的伎俩，其实根本没什么孙女儿，让他死心，咱们大伙儿也都省得折腾了不是？"

王子暮听懂了她的意思："只怕说这话的人，在董事长看来，才是居心叵测。"

张许明珍瞥他一眼："你明白就好。"

王子暮意味不明地笑笑，驱车离开。

张鑫始终没开口，皱着眉毛听母亲和王子暮唇枪舌剑，直到王子暮离开，他才抬手弹开烟蒂，低咒一句："晦气。理他干什么？"张许明珍不作声，张鑫也不管她在动什么心思，把丑话说在前边，"什么孙子孙女儿的，要找您自己去找吧，我没闲工夫去满天下找人。再说了，你真相信老头儿还有个孙女儿？我反正不信，这么多年，以张家的势力，要查早就查出来了，还用等到现在？"

张许明珍笑道："不是说了嘛，老爷子信了，那就是真的。"

张鑫挑眉："什么意思？"

"儿子啊，你还是太单纯了！"张许明珍宠溺地拍拍他的脸蛋，"你那个大侄子都明白的道理，你这小脑袋瓜怎么就想不通呢？"

"我懒得想，气都气死了。"张鑫推开母亲的手，"这老家伙越来越过分了！你刚才听到他说什么没有？一定要找到他的亲孙女儿，回来好好补偿她。张氏能有今天的成就，有我爸尽心尽力的付出，有你和其他董事的资助，但有那个张磊什么事？一个私奔的浪荡子，他的孩子凭什么回来继承家产？"

"你这话说得不对，鑫鑫。因为是张磊的孩子，所以她就有资格继承张家，不凭什么。"张许明珍的视线再次落在自己的腕表上，精心保养的脸上露出一丝隐约的得意。

张铭远纵横商界数十载，怎么会仅凭他人一句话，就轻易相信自己会有个二十几岁的孙女儿在世？但是他却在得到这个消息后，激动到病发入院，且一出院就将律师叫到书房，修改了遗嘱。

张鑫只觉得大伯是老糊涂了。

张许明珍倒认为，人是老了，糊涂可不见得。

对张铭远这个风烛残年的老人来说，不论是侄子，还是养孙，显然都不完全称心，如果有一个嫡亲的孙女儿在身边，那肯定是不同待遇。而这个消息之所以让他这么激动，应该是消息源可靠，或者他已经调查证实过。换个角度想想，张铭远当然有自己的消息网和调查渠道，但他却把找孙女儿这么重要的事交给王子暮和张鑫来做，大概是想通过这样一个机会，去试探他二人的反应。即使最终找不到孙女儿，也能在两个小辈中确立一个可以信任的人，交付张氏的未来。表面上看来，修改遗嘱是为了加进孙女儿的部分，至于具体内容如何，恐怕只有他本人和律师才知道了。

张铭远与律师谈了两个多小时，期间只有秘书和护士偶尔出入书房。

张宅门外，律师的车才一开走，另一辆车子就开了过来，停在门口，驾驶位上的人咬牙切齿："老东西居然真找了律师来改遗嘱！"

坐在后座的张许明珍却扑哧笑出声来："估计有人比你还急呢！遗嘱再改，你该拿的那份也少不了，可真正的孙小姐一回来，这宅子里那位名不正言不顺的孙少爷，可就难说了。"说着，她将脸向副驾的位置偏了几分，"你说是不是啊，咱们张家的大小姐？"

"当然。"副驾上传来娇俏的嗓音，一只纤纤玉手搭在张鑫的肘臂上，"小堂叔也别生气了，一切等我见了爷爷之后再说。"

张鑫斜眼看着搭在自己臂上的手，光洁的肤色和她腕上那只有些年头的旧款男式手表形成强烈的视角反差："就靠这么块手表，能行吗？好像不是什么名贵牌子。"

"你不知道这手表的名堂，当然这么说。"张许明珍拉过那只手，如珍似宝地抚摸着表镜，"这表是你大伯在张磊 18 岁生日那年送给他的，纯手工打造，后壳上还刻了字，全天下就这么一块，绝对造不了假。"

这块表落在张许明珍手里也是巧合。当年张鑫刚两三个月大，张磊抱着他玩的时候，张鑫抓着手表不放，他就把表摘下来逗堂弟玩，走的时候却忘了拿。张许明珍知道这表的重要性，就给收了起来。跟着没多久张磊就离家出走了，所以连张铭远也不知道手表在张许明珍这儿。

换句话说，张铭远以为儿子离家出走时还戴着这块手表，那么，现在能拿着这手表出现的人，自然是张磊最亲近的人。

张鑫催促道："那我们还等什么，直接进去认亲吧。"

张许明珍摇头："不急，很多事还得交代她去学。"虽然这件事穿帮了他们也可推说是这个女孩子拿着手表冒名顶替，把自己择得一干二净，可找这么一个女孩子来也不容易，既要长得像当年拐跑张磊的那个家庭老师，又要肯听话，照她的安排办事。张许明珍希望自己在有十足把握的时候，再把她送到张铭远面前。更何况，老爷子前脚才说让他们去找自己孙女儿，他们后脚就找到了，也难免让人起疑，更重要的是——"那姓王的小子找不到人，也不会乖乖地等着让咱们立功，搞不好，他会抢先带个冒牌货回来，咱们就等着看大戏好了，等时机成熟了再拆穿他，让'正牌'公主出场，一举两得。"

律师来的时候王子暮也在家，他刻意待在自己房间里，不去打扰，直到律师离开，他从窗口看着驶出张宅的车子，拨了通电话给周志成，问他这些天调查的结果如何。

周志成亲自来到当年张磊带着女友落脚的宇字市，也查到了他们当初大致的住址，可那一片已经拆迁重建了购物中心，线索就此中断。王子暮似乎早料到是这样的结果，只吩咐他再多待几天。周志成反倒急了："张鑫那边有动静没啊？我看还有别人在这边调查，应该是他们派过来的。"

王子暮只说："我相信你，你查不到的，他们也不会有什么收获。"

没收获是没收获，但他知道，以张鑫母子的性格，绝对会搞小动作。王子暮这时还没想到，他们这么快就已将自己算计在其中了。如果一早知道，他宁可不去争抢这一仗的胜利，也好过把颖儿牵扯进来。

王子暮萌生让颖儿假扮张铭远孙女儿的念头，原因其实是周志成的一句闲话。在被王子暮派去宇字市打听张家孙女儿消息的时候，周志成说他曾听颖儿提起，她的老家就在宇字市，父母去世后，她才随姨妈家搬来本市。

宇字市，就是当年张磊落脚的那个城市。

颖儿姓张，生在宇字市，父母双亡，这些巧合已足够她出现在张铭远面前。

周志成坚决反对："为什么非得是颖儿?!"

王子暮只专注开车，车速快得让周志成不敢吭声。车子一直开进颖儿家小区才停下来。熄了火，王子暮手仍没离开方向盘，甚至攥得更紧，手背上青筋毕现，好半天才松开，他下了车，重重地关上车门。

周志成还握着头顶把手，门关上的震动传来，他才缓过神来，跟着下了车，小心地开口："子暮……颖儿是我们朋友，我们不能利用她做这种事！"

"哪种事？谋取张家财产吗？"王子暮冷冷地瞥他一眼，"不是你说的，与其大海捞针寻找真正的张家小姐，还不如找个人假扮来得容易？"

周志成一时结巴："我那是……那不是找不着人，一时着急说的气话吗？"

王子暮扯下领带，解开衬衫领口的扣子，深呼吸一口气："不是说急中生智吗，有时候，情急之下想出的办法，往往是最有用的。"他微微眯起眼，仰头看看向颖儿家的楼层，"那边的母子俩早晚也会想出这个主意，等他们把一个精心打造的孙女儿送进张家后再想对策，我们会很被动。"

"可是，"周志成还是那个问题，"可是，为什么非得是颖儿？颖儿她……"

"还有更合适的人选吗？"王子暮打断了他的话。

的确，如果真要找一个人来冒充张家小姐，颖儿无论从年龄到出身都是最合适的。周志成哑口无言，想了半天才说："颖儿会同意吗？"

王子暮摇摇头："我打算先不告诉她实情。"

周志成皱眉："你要骗她？"

"不算骗，只是晚些时间再跟她说。这件事你不要管了，我来处理。"王子暮想了想，抬眼看了周志成一眼，"不过我得提醒你一下，控制好你对颖儿的感情，如果她成了张铭远的孙女儿，和现在就完全不一样了。"

周志成愣了一下，垂下头："不因为这个，我和她也不可能……林硕的事，都怪我太莽撞，害她那么伤心……我现在完全不知道怎么面对她。"他抓抓后脑，抬头又是一脸大大咧咧的傻笑，"其实能和颖儿做朋友我就很满足了，她那么好，我配不上她，连送个礼物都得让你帮我选……不过，可能是因为礼物是我送的，颖儿都转送给安琪了。"

原来是这么回事……安琪用力攥住围巾，站在车后边，咬紧毫无血色的嘴唇。

得知颖儿今天提前下班，她特意请了几个小时的假，想早点回来给颖儿做饭，但才到家楼下就看见了王子暮的车。安琪以为他是来看颖儿的，正犹豫着自己要不要上楼做电灯泡时，就听见了他和周志成的对话。

没头没尾的一段对话，却不知怎的，让她心生不安。

王子暮让周志成开车先走，自己则整理下心绪，准备去说服颖儿。他站在楼门前，正要按电铃，身后突然传来哗啦啦的钥匙声。

安琪开了门，冷着脸堵在门口，并没给王子暮让行的意思，可一抬眸迎上他惊讶中掺着费解的眼神，她的态度又软了。

曲肘看下手表，王子暮奇怪地喃喃："这么早就下班了？"

安琪直截了当地说："颖儿不会同意的。"

"什么？"王子暮没懂。

安琪望着他，缓缓开口："我说，颖儿不会去冒充董事长的孙女儿，谋取张家财产的。"

王子暮神情一凛："你知道了什么？"

他这个反应让安琪身体一阵发冷，显然，她猜得虽然不中但亦不远了："我知道你有你的苦衷，但你不能把颖儿卷进去。"那晚他酒醉后的落寞让她心疼，也让她心动，可是颖儿也有颖儿的伤处——"别看她整天笑呵呵的，其实对于没有父母的事很难过。我不明白，你怎么会想到让颖儿去做这种事，你应该能体谅她的，你和她都是……"

她猛地收住声音，王子暮却笑了笑，接道："我和她都是孤儿，对，没错。我是一个孤儿，但我也是张家少爷。所以，没人比我更清楚，什么样的孤儿能进到张家。"

本以为他只是临时起意，想不到是早有预谋，安琪不敢置信地瞪大眼："这就是你找颖儿来冒充的原因？"

王子暮没有辩解，只说："颖儿会让董事长喜欢的。她不会有损失，只会多一个疼她的亲人。"

安琪摇头。楼门口有人出入，安琪让开通道，拉着王子暮退到门外不挡路的位置："你听我说，颖儿太单纯了，她受不了一丁点儿的欺骗，更不可能去欺骗别人。林硕的事给她的打击很大，她现在已经开始怀疑自己了，你还让她去冒充别人?!你这么做跟林硕有什么区别？"

"我没想让她去冒充谁，她就做她的张颖儿就可以了。"

"你刚才和周周说的话我都听见了……"

王子暮猛地打断了她的讲话，声音很大："我和张鑫在公司的日常你也都看见了不是吗？"

安琪呆在原地。

为了夺取物流港项目，他斗垮了文氏，本来是战功一件，却在张鑫母子别有用心的挑拨下，意外地失去了张铭远的信任。媒体上没完没了的报道，篇篇倾向于文氏，篇篇拷问张氏良心，热度持续不退，当然是有人在背后支持。张铭远一直不看好张鑫的办事能力，如今对王子暮的凌厉手段又颇有微词，突然得到孙女儿的消息，无异于让他多了一个更好的选择。没有可靠的外人，他迫切地需要一个血亲的出现，来继承自己多年打下的江山；而王子暮和张鑫则迫切地需要拉拢这么一个帮手，来稳固自己目前岌岌可危的地位。

王子暮深呼一口气，放缓语调："我不找一个人出来，他们也会这么做的。我需要时间，颖儿只是暂时帮忙，我不会让她去认亲，我会找到张家真正的孙女儿。"

安琪不知道该不该相信他的话，这个人的城府和心机她早已领略到，不论是商场上的尔虞我诈，还是豪门里的争权夺势，他的手段都不是她们这种平头百姓能想象的，可看着那双黝黑得仿佛不谙世事的眼眸，她又很想去忘掉他的身份，只把他当成那个和她一起救起溺水孩子的热心人。

一双灼热的手掌扣上安琪的肩头，他盯着她的眼睛："相信我，让我和颖儿谈谈，我不会做伤害她的事，我保证。"他的声音轻柔温和，如同夏日午后被暖风撩起的薄薄窗纱。

17 急病乱投医

明知道他什么也保证不了，安琪还是不由自主地点下头，或者只是为了看到他在看到自己点头那一刻嘴角微掀的模样。

回到楼上的时候，王子暮已经离开，茶几上还摆着两只水杯。颖儿披散着头发坐在沙发里，抱着个靠垫，出神地盯着其中一只杯子，连安琪回来都没发现，直到身边一沉，她才呆呆地转过脸，咕哝了一句"你回来了"。

安琪看着她，叹了口气，伸手将她的长发拢起："大热天的头发也不扎一扎。"

颖儿任她摆弄，不忘交代："王子暮刚才来了。"

安琪手上的动作顿了一下："干什么？"她没说两人已经见过面了。她想知道王子暮对颖儿说的话，和对自己说的，是不是同样的版本。

颖儿却忽然皱起眉，摇了摇头，一副不大懂的样子。

安琪有点紧张，随便将头发一绾，坐下来捉住颖儿的手臂："他说了什么为难你的话？"

颖儿一怔，看着安琪笑了，"不是不是。他就是路过来看看我，说因为他多管闲事，害我和林硕闹成这样，感觉很过意不去……也蛮傻的是不是，林硕的事，还多亏了他，我才没有继续上当受骗，他还过意不去。"

安琪松口气，食指在她额头上轻轻一戳："还不都是你这一副死不起活不起的样子，让人看了以为你多舍不得林硕呢。"

"也没有多舍不得了，不过，毕竟是初恋。"她将下巴埋进靠垫里，只露出两只大眼睛眨啊眨地，像一个被人抛弃不要的洋娃娃。

安琪在她发顶摸了摸："好了，不想他了，不是对的人。"

"嗯。"颖儿重重地点下头，将身子拧过来正对着安琪，"啊，差点跑题了，刚说王总来着。他跟我说了点事，是关于他爷爷张董事长的。你不是也听说了，他是董事长领养的，并不是张家的小孩。刚才他跟我说，原来董事长有一个儿子，不过很早的时候因为家里反对他谈恋爱，他就带着女朋友离家出走去了宇字市。在那边结了婚，还生了个女孩，但孩子出生没多久，夫妻俩就在一起事故中去世了。那个小女孩，也就是董事长的孙女儿，至今下落不明。"

安琪沉吟："宇字市不是姨妈家以前住的地方吗？"果然和颖儿的身世出奇相似。

"是啊，而且巧的是我也是很小的时候父母就过世了。"

"那又怎么样……他和你说这些干什么？"

"他说……董事长的身体越来越不好，前些天还晕倒住院，现在连公司都不能去了。上了年纪的人，说不准什么时候就一病不起了，这么多年唯一惦记的就是那个还没见过面的孙女儿。王总想让我去陪陪董事长，就假装是他的孙女儿。"

"你答应了？"安琪直接问结果。

"想不到理由拒绝。"颖儿老实承认。

安琪连连摇头："你们这么欺骗一个老人，好吗？"

颖儿赶紧声明："我也是这么说的，我不想去骗老人家，虽然是好心，可是一旦被揭穿，岂不是很尴尬？然后王总就说，他会跟董事长说明情况的，我虽然住进张家，但还要照常上班下班，其余时间就当一个护工……"

"住进张家！"安琪惊道，"还当护工？你堂堂一个建筑设计师跑去当护工！姨妈养你这么多年，供你念书，就是为了让你长大后去给有钱人家当护工的吗？"

颖儿似乍然被提醒，连忙警告她："你可千万别告诉姨妈。再说也不是真的护工，我又不会收人家钱，只是觉得董事长很可怜。"

王子暮这家伙，亏他想得出来！安琪气得满地乱转："张颖儿你能不能别这么爱心泛滥！你又不是小孩子了，一个成年人，无缘无故住别人家里算怎么回事？董事长虽然身体不好，但也不是马上就……那个什么了，你住到哪天是个头儿？"

"是啊。"颖儿托着下巴犯起难来，"王总倒是说，他会尽快找到董事长真正的孙女儿，可这么多年都没找到，可见不是那么容易的事。唉，我也是看他太紧张太心疼董事长了，病急乱投医。"

"所以说，你这个假医生，"安琪用手指着她，劝道，"就别跟着凑热闹给人家乱开药了。王总也好，董事长也好，家家有本难念的经，你又不是救世主，帮不过来的。"

"我知道。"颖儿想了想,"其实,也不全是为了帮他们。滨海项目前期设计基本结束了,我是驻场设计师,又不能再接别的项目。这阵时间挺充裕的,闲下来就会想起……那个坏蛋。"

"去旅游吧,你不是很想去欧洲看建筑吗?"

"哪有钱?"颖儿蹙着眉,"……都被林硕骗走了。"

安琪恨得牙根痒痒:"我好想报案抓那诈骗犯!"猛地想起什么,在颖儿身边坐下,"我问你,林硕根本就没还你钱,你哪儿来的钱给我买围巾?"

颖儿不察,脱口就说:"才不是我买的,是周周送的。"话刚落就捂住了嘴巴。

两人大眼瞪小眼互视半晌,安琪抬手在她脑儿门上一拍,转身去包里取出围巾丢给她:"你怎么能这样?"

颖儿心虚地抓起围巾在脸上蹭蹭,又绕在脖子上系着各种花样:"你和我谁戴还不一样?本来就是因为要送给你才收下的,要不然非亲非故的,我怎么会收人家这么贵的东西。"

"傻丫头,那是东西吗?那是情意。"安琪很想暴打她一顿,"难怪周周看我戴这围巾的时候,一脸的心痛。"而王子暮的眼神,就更复杂了。

原本他挑来是送给颖儿的,结果却戴到了她的脖子上。不过,也真是巧,居然就挑中了她喜欢的那条……所以,在他看来,这条围巾更适合颖儿吗?

"安琪?安琪!你手机响了!"颖儿把围巾在空中挥舞着才吸引来她的注意力,"想什么呢,那么投入?"

"想你真是够傻的!"安琪骂她一句,拿过电话看了一眼,回到自己房间接起来。

颖儿不高兴:"骂人干什么?"

电话一接起,王子暮的声音就冷冷地传来:"我说服颖儿了,但是刚刚想到,你回去之后,她会不会又改变主意?"他的声线在电波里有一点走样,比平常更沙哑一些,显得有些讥诮。

安琪叹气:"王总,她如果很容易就改变主意,只能说明根本没被你说服。"

他嗤笑一声:"好吧,安琪,你可以不帮我,旁观就好,我不希望连你也站在我的对立面。"

挂了电话,安琪盯着别在床头小熊身上的那朵亮棕色绢花,久久说不出话。

第二天早上,安琪看到餐桌上精心准备的早点,以及颖儿飘飘忽忽的眼神,心里就有数了。她喝了口豆浆,气定神闲地开口:"什么时候去看张董啊?"

颖儿啃着面包痴痴发笑:"你怎么知道我要去?"

安琪无奈:"我就不知道你去了要跟人家说些什么。"

颖儿眨眨眼,似乎从没想过这个问题:"就是哄他开心啊,老人和小孩子其实一样的。"

安琪摇头："那不是老人，那是张氏集团的董事长。"

"但是在你面前，他就是个想念孙女的爷爷，一个普通得不能再普通的老人。"王子暮告诉张颖儿。

颖儿靠在座椅上呆呆地看着车前方："也是哦……"安琪说得虽然没错，那是张氏的董事长，是自己的甲方，可她现在要去见他，又不是去讨论图纸，不过是以一个晚辈的身份去拜访长辈而已。

王子暮看她莫名紧张的样子，颇觉好笑："你听没听过小马过河的故事？"

颖儿此刻真的感觉自己就像站在湍急河流前的小马，不知道该相信松鼠还是老牛的话，不禁又羞又急："你还笑……"

前方红灯，他踩下刹车，顺便语气温和地告诉她："如果真特别为难，就不要去了。"

"你说真的？"颖儿眼神期待，"可是你都跟张董说过我要去了吧？"

"说是说了，但没说今天就去。"他如实答道，"等你做好心理准备也可以。"

"真的？"

"真——的。"

颖儿长出一口气。

王子暮发动车子上路，不知想到什么，又轻笑了一声，摇摇头。

看了他一眼，颖儿不好意思地摸摸下巴："也没有那么紧张啦——要不然还是去吧，反正公司那边我都请假了，不去也没别的事。"

他思索了片刻："是，我也请假了。"

颖儿稀奇地问道："你也用请假吗？"

"我为什么不用？"

"你不是老板？"

"张董才是老板。"

"你怎么叫他张董，不应该叫爷爷吗？"

"有什么区别？"

"就是因为你一直张董张董地叫他，我就会不时地提醒自己他的身份啊。如果你叫他爷爷，那我就会想：啊，不过是去见你爷爷，也许就没那么紧张了。"

王子暮对这种说法感到挺新奇的："那是什么道理？明明是同一个人。"

颖儿嘴硬："换种说法，就容易接受呗。"

王子暮笑道："那——颖儿小姐，接下来是想跟我去上课，还是约会呢？"

筝曲，沉香，假山，流水，翠竹，茶师跪坐在茶海前，将一只盛满茶汤的砂碗放在颖儿面前。

颖儿不知所措地看看王子暮，他回以浅浅一笑："尝尝。"

茶碗端起来，带着浓浓茶香的水蒸气熏得颖儿舒服地眯下眼睛："嗯，好香。还有点甜甜的，是蜂蜜茶吗？"她小口轻啜，抿了抿嘴，才将剩下的一饮而尽。

"这是黄山金毫。"王子暮代为回答，阻止正要给自己沏茶的茶师，"我来。"

茶师微笑着还了个礼，放下茶具退了出去，将空间让给了他们两人。

王子暮起身坐到茶师的位置，慢条斯理地挽起袖子，将品茗杯翻过来盖在闻香杯上，送到鼻下嗅嗅茶香，倒掉了第一泡的茶水，又重新提壶加水，用杯盖刮去浮沫，再将茶水倒入闻香杯中，恰好七分满。"这个季节其实更适合喝绿茶，但是张董肠胃不太好，日常喝红茶的时候比较多。这茶是他平时最喜欢的，产自茗洲，古时被叫作'金玉香茗'，是祁门工夫茶的一种，明前无雨期采摘的茶叶芽芯细嫩完整，加工好的成茶在香气和口感上也最为上乘。"

娴熟的动作配合专业的讲解让颖儿看得目瞪口呆："想不到你居然喜欢喝茶。"

将杯子放到她面前，王子暮露出个捉弄的笑容："什么叫想不到？"

她先是贪杯喝光了茶水，才回答道："每次开会看你喝的都是咖啡啊。"

他笑意更深："你每次开会，不专心看图，就研究我喝的什么是不是？"

"才没有！"颖儿大窘，"你拿的那个杯子就是楼下的咖啡杯，一眼就看出来了。"

他也没有再逗她，只是把玩着一只烫手的小茶壶，目光望向茶室外的景物，问道："觉得这里怎么样？"

"很好啊，安静又雅致，还有这么好喝的茶。"

"你喜欢？"

颖儿理所当然地点头。

"比起楼下咖啡厅呢？"

"当然是这里好，我又不喜欢喝咖啡。"

"喜欢喝茶吗？"他追问。

她认真地考虑了一下："与其说喜欢喝茶，不如说我更喜欢看你泡茶的过程。感觉很享受、很放松，这个应该就叫茶道吧？"

王子暮略显意外："刚才来的路上我还在担心，像你这么年轻的女孩子，可能不会喜欢这种枯燥的事情，没想到你居然把这当成享受。"

颖儿有样学样地用他刚才的话反问回去："什么叫'居然'？"

王子暮笑笑："张董喜欢茶，所以我就想，既然你怕和他见面不知道聊什么，干脆学学茶道，陪他喝喝茶打发时间好了，没想到你很喜欢这个，确实让我意外。"

颖儿怔了怔，偷笑："你的语气好像个老头啊。怎么，只有你们上了年纪的人才可以享受茶道吗？"

"我并不享受，只是张董爱喝工夫茶，我就去学着做，尽孝而已，无所谓喜不喜欢。"

"嗯，看得出来，你很孝敬张董。"

"对我来说，养恩更大于生恩。"

颖儿更用力地点头："我懂的，对我来说，和姨妈一家的感情，也比和我亲生父母更深。"

他盯着茶壶微微出神："颖儿，你愿意讲讲你小时候的事吗？"半晌没听到回答，他抬头补充一句解释，"就当是，提前练习和张董见面的场景。你知道，张董错过了孙女儿的成长过程，如果找到自己真正的孙女儿，他也一定很想知道这个孩子是怎么长大的，经历过什么事情。"

"所以这还是上课吗？好可惜，我更喜欢跟你约会呢。"颖儿幽幽地叹了口气，斜眼看到他一愣，马上恶作剧得逞一般大笑起来，"你看，你总选择一个我不喜欢的说法！"

短短数日，颖儿跟着王子暮学习了系统的茶艺课程。对王子暮而言，这是为了讨好张铭远而进行的特殊训练，但在颖儿看来，不过是打发时间排解负面情绪的休假节目，虽然初衷不同，但几天的私下相处，也让两人对彼此的印象有所改观。

不同于颖儿熟悉的那个亲切礼貌的上司，生活中的王子暮沉默寡言，偶尔的笑容格外难得。虽然茶室不是个高谈阔论的场所，但看到他专注于泡茶讲解的样子，颖儿总会有那么一瞬的走神，会想起他说的"并不喜欢，只是尽孝"。只要想象着一个被人收养的小孩，为了讨好和报答收养他的人，孤独地做着自己并不喜欢的事，她便觉得心里像堵了什么似的。颖儿最见不得那些对着外人开心、暗自里却背负重重心事的人，就像安琪一样，会让她感到莫名的心疼。

而颖儿的开朗活泼，则让王子暮觉得，这些天的训练是多余的，这个女孩子根本就是那种天生可以和任何人打成一片的性格，天真坦率，毫无城府。

正是最能让张铭远放下心防的那种人。

王子暮对张铭远说的是，基本可以确定张颖儿就是张磊的孩子，但是她本人和收养她的人完全不知情，现阶段最好不要贸然前去打扰，希望张铭远能沉住气，先和颖儿培养培养感情。

这一说法合情合理，张铭远欣然接受。

某天清晨下楼，看到跟保姆一起插花的那个年轻女孩儿时，张铭远的眼睛一刹那湿润了。

几十年装潢未变的中式大宅里,这个穿着碎花连衣裙的女孩儿的出现非但不显突兀,反倒与周边的摆设十分的契合,像是这些年都这么欢笑着生活在这里一样。大朵向日葵金灿灿地盛放着,映着她脂粉未施的恬淡脸庞,一双笑眼弯弯,眉也弯弯,嘴角两个小梨涡的位置,跟少年时代的张磊如出一辙。

老人撑着手杖,另一手扶着楼梯栏杆,身躯还是不可避免地摇晃了一下才险险站稳,他抬手阻止秘书的搀扶,不想让人看到他的老态龙钟。

然而当颖儿直起腰,想拢起屡屡滑到脸侧的那缕恼人的长发时,一个侧眸正看到了楼梯上那个白发苍苍的老人,步伐不稳却坚持着自己行动的逞强模样,一瞬间她又是可怜又是心疼,还有一种她自己也形容不出的感情于胸口强烈翻涌,以至于她不禁脱口喊道:"爷爷,小心!"

18 颖儿的身世

父母的事，颖儿自己也不是很清楚，姨妈每每说起都含糊其辞。但不管怎样，她从没想过自己会跟张氏这样的大家族扯上关系，那声爷爷不过是对张铭远这个年纪的人的一个尊称，不料却叫得老人热泪盈眶。颖儿心里愧疚，好一阵子都主动跟随王子暮出入张宅，哄张铭远开心，以弥补自己的无心之失，不过心里认定是这个称呼勾起了他对孙女儿的思念，于是她再没开口叫过爷爷。但在叫了几次张董后，她自己也觉得别扭，又改叫张爷爷。

张铭远从不对她多加挑剔，只半开玩笑地说："我姓张，你也姓张，这个姓氏不如就省了吧。"他靠坐在红木椅里，宽阔的座椅衬得他整个人异常瘦小。

颖儿看着，就感觉自己拒绝不了他的任何请求，何况是这样一件无足轻重的小事。

张铭远亲手往她面前的壶里添了些茶叶，估摸着分量够了才示意她注水，看着她被热气熏得微微发红的小脸儿，他暗示道："我的孙女儿，如果能陪在身边，大概也就是这样的情景吧。"

颖儿迟疑了一下："即使不在您身边，知道有您这么个爷爷，她也会很想念的。"

张铭远轻叹："我倒不求她多想我，只希望她能活得开心就好……像你这样。"

颖儿笑道："您说这话好像我姨妈呢。每次提到两个表哥，她就总是说：'我才不用他们想我，过好自己的日子就行了。'哈哈，很骄傲是不是？"

张铭远不置可否："做长辈的，想法都一样。"想了想，他又问，"你的哥哥们，现在还在宇字市吗？"

"大表哥还在，他是在宇字市读的书，毕业后直接留在那儿工作了，又在当地找了个女朋友结婚，现在小孩都7岁了。小表哥在北方做生意，经常各地跑来跑去的，反正也不怎么回来。他们都比我大得多，我读大学的时候，他们就已经工作了。说起来，大表哥家刚生宝宝的时候，姨妈还想过去照顾，结果正赶上那年我高考，为了照顾我，她去待了一个多月就回来了。"

"你姨妈对你很好。是你母亲的亲姐妹吗？"

"是和我妈妈从小一起长大的邻居，姨妈常说她们跟亲姐妹一样的，只是没有血缘关系而已。"

"那你母亲也是宇字市人？"

"不是啊，姨妈是本市人，姨父是宇字市的，姨妈结婚了才去的宇字市。姨父去世得早，姨妈一个人带着我们三个太辛苦，这才搬回来住，毕竟她在这边长大，更熟悉这边。"她讲着自家的事情，手上还摆弄着茶水茶具，不时提上几句茶艺相关的问题。

张铭远一一给她讲解，巨细靡遗。

这些天张铭远经常问起她小时候的事情，有时问的是同样一件事，只是换了个问法。颖儿不厌其烦，只当老人家记性不好，又多少有些唠叨，却不知这老爷子是在有意无意地以各种角度求证，听到她的回答前后没有出入，基本与自己调查的结果相符后，他才欣慰地点了点头，心中的想法渐渐确定。

王子暮回家看到小花园里的祖孙二人，并没有立刻走近，只远远听着张铭远不动声色的审问，面上泛起鄙夷的笑容。

颖儿在尝试着调制王子暮教给她的一种茶，吃不准比例，正歪着头回想，一眼看到师父就站在远处，连忙冲他招招手："快来快来。"

张铭远回过头，王子暮已快步来到他身后，在他肩膀上揉了揉为他放松肌肉："太阳这么大，您一直待在外面吗？"

"这孩子说书房里太闷。最近天气凉快些了，出来坐坐也好。"张铭远语气宠溺，看着颖儿的目光也无比慈祥。

颖儿丝毫未察，指着一罐茶叶问王子暮："这个要加多少？"

王子暮看都不看，笑她："你问过几遍了？自己配来喝喝吧，味道对了就记住了。"

张铭远笑着拍拍他放在自己肩头的手，指着颖儿旁边的椅子让他坐。

颖儿吐吐舌头："你不说也有人告诉我，是不是，爷爷？这些茶方都是你教给他的吧，哼，拿来跟我神气……"

王子暮坐下来，取了个空杯子倒些清水递给她："喝点儿水，老远就听见你说个没完，口不干吗？"
　　颖儿秤着茶叶腾不出手，就着他的手喝了一大口水，又继续问："到底放多少？"
　　王子暮掀开盖子确定过茶叶，又看了看她之前放在壶里的分量，拿过茶勺舀了少量茶叶，同时又跟她重复着相关的配比问题。
　　颖儿乖乖听着，不时插科打诨。
　　夏末午后温暖的阳光在藤叶的过滤下，细碎地洒在院落一隅，背后是浓翠的植物，眼前是一双小儿女言笑晏晏，晕着淡淡的蒸气，像一幅将画未干的人物水墨。
　　张铭远的视线在两人身上缓缓扫过，眼前变得有一些模糊。

　　因为颖儿的出现，张铭远很久不太过问公司的事，众人只当他是病体未愈，没精力操心公事，直到有一天投资部的例行汇报会，王子暮代为出席，张鑫才终于意识到情况不对，他费了大心思让媒体炒作王子暮对文氏用不正当手段竞标一事，张铭远才开始对王子暮有意见，怎么转个脸就让他代理起董事长的部分职权？
　　当天会议结束，张鑫驱车去了张家老宅。
　　王子暮坐在会议室里，还在为张鑫今天的表现感到不适，自己的出现居然没能激起他的任何反应，这就奇了怪了。但见他不等散会就火急火燎地离开了，他才恍然明白这人是吃惊过头，以至于有点手足无措了。冷笑之余他不忘打电话给颖儿，想把她从张家支开，听到她与张铭远在外面他才放心，于是临时约她吃饭，充作打电话的理由。
　　他不指望颖儿的事能瞒过张鑫母子，只是尽可能拖着他们晚点出来捣乱。这段时间张铭远对颖儿的依赖与日俱增，那些质疑声来得越晚，就越容易被打消。

　　颖儿正陪张铭远挑选做西装的衣料，接到王子暮的电话不由得有些好笑："你们祖孙两个还真有默契，爷爷也说今天晚上不回家吃饭了，让我找个喜欢的餐厅带他去吃呢。哈哈，我常去的那些地方哪里适合他老人家去啊，正头疼呢，既然你要请我吃饭，那这个任务就交给你好了。"
　　颖儿挂上电话，对一边的张铭远说："王子暮说要请我们吃大餐。"
　　张铭远哼了两声："是请你自己吧？没听到提起我这糟老头子。"
　　颖儿不好意思地笑笑："他说感谢我这阵子能抽空陪您。我还感谢您教了我那么多茶艺知识呢，还有好多工作上的事。"张铭远本身也是建筑专业的，才会将房地产做成张氏主业，"所以就借花献佛，带您一起去吃喽。人多吃饭热闹！"
　　张铭远一脸嫌弃："他请吃饭，挑不出什么有新意的地方。"想了想，他摇摇头，"不去了，没意思，你们年轻人吃吧。"

颖儿挽着他央求："去嘛去嘛，大不了餐厅我来挑，嗯？"

张铭远勉为其难地点点头。

颖儿这才高兴地拿起之前挑好的布料："您看这块料子好不好？"

"颜色太鲜艳了，子暮穿还差不多。"

"他年纪小，穿深色的才能压住气场。爷爷本身就气场十足，什么颜色都驾驭得了！"说着扯过布料往张铭远身上比量，"您看嘛，这么温暖的颜色，多适合做秋装。"

旁边给张铭远测量尺寸的老裁缝笑道："这姑娘可真会做生意，比我店里的伙计强多了。"

这边正说笑着，颖儿手机又响了，她没细看来显，接起来就说："这么快就挑好餐厅了？王总可真是雷厉风行哪。不过爷爷嫌你找的地方没创意，坚持让我来挑，等下我们定好了再给你打电话吧。"

电话那头沉默了一下："颖儿，我周志成……"

颖儿慌乱地看下屏幕，才发现自己的乌龙，大笑着解释："正在等王总电话，哈哈，莫名其妙说那么一大堆，你都听晕了吧？"

周志成听得可是再明白不过了，王总果然是雷厉风行，已经将颖儿推到张老头面前了。听她一口一个爷爷地叫着，显然还很乐在其中，周志成心里不是滋味，一时倒忘了自己正打着电话。

"喂，周周？"颖儿等了半天听不见他说话，奇怪地催促，"听得见我说话吗？"

周志成猛地回神："哦，听得见听得见。是这样，小美的福利院这周末举办公益活动，需要多些义工去现场帮忙，我看你最近因为那个……坏蛋，心情不太好，就想着问你要不要来参加，全当散心……我记得你说过很喜欢小孩子……"

颖儿连连点头，想起他根本看不见，赶紧说："嗯嗯嗯，我要去。这个周末吗？"

周志成松口气，还以为她当上千金大小姐就不会再来做这些事呢："真的，太好了。那周末我去接你。"

"不用你来接，我自己找得到的。大概几点钟开始？好，我早一点到。那不见不散哦！"

张铭远已经量好尺寸，走到了她身边，看她兴高采烈的样子，忍不住问："有约会吗？"

颖儿咧着嘴："嗯，一个朋友，周末要带我去福利院做义工。"

张铭远不理解她的兴奋："做义工有那么高兴吗？张氏有很多福利机构，你想做义工每天都可以去。"想了想，又问，"男朋友？"

颖儿害羞："我哪有男朋友！"话落免不了又想起林硕，神情就有些黯淡。

张铭远多犀利的眼神："怎么，我张家的……这么漂亮的姑娘，还愁找不到男朋友？"他本想说"我张家的孙女儿"如何如何，又及时改了口。

好在颖儿也没注意他话里的毛病，只快快地笑了一下："不是找不到，是找不到好的。算了，过去的事了，不提那个扫兴的家伙了。"说起来自己也感到不可思议，看到那么心碎神伤的一幕，还淋了一场雨，那么绝望的大雨，绝望到让她以为这个夏季都不会有晴天了，但分明只是两个多月以前的事，现在想想，那些生气和疼痛的感觉，似乎已经很遥远了。

是天气转凉了，人的感情也跟着凉下来了？还是那场大雨浇醒了她，让她看清了林硕这个人并不值得留恋？又或者，自己对林硕的感情，从来就没有想象中的那么深？

张铭远盯着她的表情，试探着道："原来是过去的事啊，我还以为是子暮的事。"

颖儿从思绪里回到现实，老半天才听懂他的话："您说什么呢？"她捂着滚烫的脸颊，"我跟王总不是您想的那种关系！"

张铭远倒绷起脸装出一副无辜相："我没说你们有关系啊，就是以为他太专制，不允许手底下员工谈恋爱呢。"

颖儿觉得自己又闹了个笑话，直接把手上的一块布料举过头顶，恨不能将全身都挡住，听见老人爽朗的笑声，她才放下布料露出羞红的脸："你捉弄我！"

张铭远也是太久没有这么大笑过了，笑得轻轻咳嗽起来。

颖儿又急又气，一边上前抚着背帮他顺气："看您笑得……"一边让店员去接杯水。

"好好好，不笑你，不笑你。"张铭远摆手示意自己没大碍，但脸上笑意犹在，"那个扫兴的家伙又是怎么回事？"

颖儿长长地叹了口气："我是不是很好骗？"

张铭远凛起脸："怎么，有人欺负你了？告诉爷爷是谁，爷爷去给你报仇。"

林硕的事提起来当然是一肚子委屈，颖儿想想就够了，不打算细谈，只撇撇嘴，一副早就不放在心上的样子："不提也罢！安琪说得对，他不是对的人。"

张铭远听得好不服气："又是安琪！整天安琪说安琪说的，这个安琪改天一定要带来给我看看，她怎么这么多话？"

颖儿笑弯了腰："这个安琪真的很多话！"

安琪打了个喷嚏，捂着鼻子，含糊地向办公桌对面的人道个歉："不好意思。"

王子暮瞥她一眼，注意到她裸露的脖颈："着凉了吗？"

安琪摇头，接过他签好的文件："没其他吩咐我出去工作了。"

"稍等，"王子暮唤住她，弯腰从办公桌底下取出一个包装精美的小盒子，"这个给你。"

安琪费解地望着他。

他想了一下："谢谢你没有对颖儿说出我利用她的事。"

安琪神色漠然："你怎么知道我没有？"

他没回答。

安琪笑了笑："这是什么，口罩？"封住她的嘴巴。

王子暮眉头微蹙："我是很有诚意地表示感谢，如果让你误会，这份礼物我收回。"

安琪不着痕迹地叹了口气，取过礼品盒，看也不多看地放在文件夹里一并抱起，一如往常地欠欠身："王总没其他吩咐我出去工作了。"

望着她倔强挺拔的背影，王子暮的眉头皱得更深。

周末一大早，颖儿就跑去安琪房间想拖着她跟自己一起去做义工，结果竟扑了个空。颖儿望着草草整理过的房间直犯嘀咕："又不上班，大清早地跑哪儿去了？"她走过去把床铺平，又拾起落在地上的抱枕拍拍，摆回床头，正要转身离开，视线却被枕头下边的一抹亮色吸引住。

好奇地抽出来一看，是条图案精美的丝质领巾，已经被压得起了几条褶皱。"安琪这家伙，居然把这么好的东西压在枕头底下！"她本打算替安琪叠好收起来，叠着叠着越看越喜欢，"美人儿，你的主子不懂怜惜你，不如跟了大爷我吧！"

"美人儿"羞于应声，颖大爷只当它默认了，捧着清晨扫荡意外得来的战利品，笑嘻嘻地溜回了自己房间。

王子暮陪着几个董事打球回来已经快中午，就见张铭远一人坐在客厅里，修剪着一盆叫不出名字的植物。听到有人进来，他快速向门口张望了一眼，一看是王子暮，又不感兴趣地垂下头继续摆弄盆栽。

从落在茶几上和附近地板上的叶片数量来看，这盆东西起码已被折腾个把小时了。也难怪，这一个多月来，颖儿几乎有时间就会过来陪着张铭远，几乎不用他找借口邀请。今天这大周末的，怎么半天过去了都没见到她的人影？

将球具搁在一边，王子暮扬声打个招呼："张董今天怎么这么清闲？"

喉咙里咕哝了些奇怪的声音，老人家头也不抬地说："老了，没你们年轻人那么多节目。"

这语气……王子暮笑着揉揉鼻子，走过来抓过茶几上的小喷壶闻了闻："这里面灌的是水还是醋，我怎么闻到好大的酸味呢？"

"孙子起早陪别的老头子去打球，孙女儿忙着关爱小朋友。"张铭远眯着眼审视着盆栽造型，咔嚓一刀剪去看不顺眼的那枝，"儿孙满堂有什么用啊，还不是要摆花弄草打发时间？"

"关爱小朋友？"王子暮听不懂这是什么节目，"她忙什么去了？"

"说是去儿童福利院做义工去了，搞什么特卖会筹集善款呢，也不知有多少东西要卖，一个上午都没回来……"话说到这儿，剪刀忽然停下，张铭远扭头看着王子暮，"你去看看卖的什么，派几个人赶紧买光算了。"

王子暮扑哧笑出声，还是应下了这无理的要求："我洗个澡换件衣服就出去。"

王子暮上楼进了房间，拨个电话给颖儿问清情况，脸上的笑容早已消失得无影无踪，果然是他知道的那家儿童福利院！

19 有一点点动心

才从绿草满满的果岭回来,又到了植被丰富的郊区山麓,这个周末的行程简直是羡煞旁人的氧吧清肺之旅,王子暮却感到一口气堵在胸口,连呼吸都不顺畅了。

王子暮好不容易在人群中找到颖儿,忍住当场拉她离开的冲动:"周志成呢?"

颖儿对他的到来惊喜万分,完全没发现他难看的脸色,还拿了个义工的绶带帮他戴好:"他跟小美去搬东西了,你也过去帮忙吧。"

他顺着指引来到临时搭建起来的小库房,看到周志成大汗淋漓,刚跟几个小伙子把最后几件货物搬出来,正坐在木箱上休息。

看到王子暮,他雀跃地起身打招呼。

"跟我进来。"王子暮脚步未停,直接走进小仓库。

周志成抓抓头发,虽然觉得这家伙态度诡异,但也没多想就跟了进去。

待仓库里其他人都出去,王子暮转过身,冷眼望着周志成:"你带她来的?"

"谁?"周志成想了一下,"哦,你说颖儿啊。哪用我带她来?我一说福利院的地址,她自己就找来了,小丫头还真厉害……"

王子暮不耐烦地打断他的话:"你知不知道她现在有更重要的事情?"

周志成愣住了,慢慢明白他这话的含义,一张脸迅速涨红。

"她和张铭远的关系刚刚稳固,张鑫那边已经有所察觉,肯定不会毫无作为,这个时候她应该在张家大宅,争取尽早认祖归宗。"王子暮扯下肩头上的绶带,随手丢在一边,"这种事情,等她成为张家的孙女儿,有的是时间和精力来做。"

看着如同破抹布般被丢开的绶带，周志成咬牙还口："要不要成为张家孙女儿，是她的决定，你这是在左右她的人生。"

王子暮眼神凛冽："她的人生从一出生就定好了。"

周志成惊道："你是不是太入戏了？她并不是真正的张家孙女儿！"

王子暮说："我说她是她就是。"

"你……"周志成语塞，瞪了半天眼睛说不出话，气得干脆转身就走，在门口险些撞到不知何时进来的林小美，他说了声"小心"，扶她站稳，又恼火地瞪了王子暮一眼，大步离开。

"子暮哥哥？"门口传来略带疑问语调的声音。

王子暮平复下情绪，扬起笑脸："是我，小美。"走过去牵了她的手，以免她被脚下随意摆放的杂物绊倒。

小美侧着脸，将耳朵对准他声音传来的方向，小心地问："你又和志成吵架了？"

"你都说是'又'了，从小吵到大，早就习惯了吧？"王子暮不否认。

小美叹道："我听他说了一些你和颖儿的事。这种骗人的方法虽然不可取，但可能也只有这样，才能给颖儿一个配得上你的身份，张家才不会反对你们。"

王子暮不作声，默默回想当初让小美去说服欧阳老师转让土地的事。

那次他恰好也是带着颖儿来，并暗示小美：颖儿是他喜欢的女孩子，但由于自己在张家不得志，连感情的事都不能自己做主。小美这才同意出面帮他拿下沿海的地块，以巩固他在张家的地位。

当时那张苦情牌也是他急中生智打出去的，想不到现在还能用得上。

听不到王子暮说话，小美以为他心里压抑，忍不住摸索着拍拍他的手："子暮哥哥，你别着急，志成也是一时转不过来，以为你只是单纯地利用颖儿，慢慢来，我会帮你劝劝他，让他明白你的苦心。"

王子暮垂眸看看她宁静的表情，不禁有些动容："谢谢你，小美。"

"如果只有这样，才能让你们在一起，就不要顾及太多，放手去做吧。"小美露出天使般的微笑，"早上跟颖儿聊了一会儿，觉得她真是个很不错的女孩子，善良单纯，又积极乐观。志成说她被人骗过一次，希望你能给她一个幸福的结局。"

回去的路上，林小美的话反复在王子暮脑海中打转。

颖儿这张牌现在看来胜算很大，虽说目前不会被张鑫母子掌控利用，但也有一定的不稳定性，就是颖儿那轻信他人的性格。他之前没有具体想过这个问题，毕竟张鑫他们还没有正视颖儿的存在，眼下最要紧的，是让张铭远彻底认可颖儿这个孙女儿。今天被小美无意中提醒，王子暮才发现，原来还有这么个简单的方法，能够确保颖儿始终跟自己站在同一阵线。

"你怎么了？"颖儿观察良久，终于按捺不住，怯怯地开口。

他稍稍侧过脸："什么？"

"一路上都不说话，表情好严肃……"颖儿皱着眉，想起刚才离开福利院，跟周志成打招呼时，他的脸色也不怎么好，"周周也是，之前还好好的，后来跟他说话都不理人了。"

王子暮笑笑："我和他拌了几句嘴。"

颖儿紧张："为什么？"

王子暮一本正经地道："我说下午有雨，他偏说天气预报不可信，我说你不信就自己在这里等着淋雨吧，我带颖儿回家了，他说如果不下，就让我浇冰桶，我说他是精神病……"

颖儿越听眉毛越紧，最后哭笑不得地瞅着他叹气："好幼稚！"话落却呵呵笑起来，又低声重复一遍，"两个幼稚鬼。"

他也跟着低声失笑，斜睬看她一眼，车速放缓了些，又看她一眼，忽然伸过一只手轻轻拉了拉她领口的丝巾。

颖儿身子发僵，脸颊不由得泛红，被他突如其来的举止吓得连呼吸都屏住了，安静的车厢内，几乎听得见自己扑通扑通的心跳声。

"这是安琪的吧？"他收回手，专注地开车。

"哦。"颖儿松口气，"是她的。"

他点点头，似漫不经心地说："见她戴过。"是他送给安琪的谢礼。

颖儿轻拍着胸口抑制着心跳的速度："我们的衣服首饰包包经常互相用啊，花一份钱，两个人享受。哦，这种事你们有钱人家的少爷不能理解吧？"

王子暮没什么表情变化："在福利院，所有差不多大的小孩子都会互穿对方的衣服。"

"对不起，我不是那个意思。"她偷偷看他，见他并没有生气的意思，才吐吐舌头，放心地开口，"你居然注意到女员工戴了什么领巾。"

他笑起来，轻挑起一边的眉毛："因为这是我参与设计的品牌，当然会注意到。"

颖儿很意外："咦，王总还是个时装设计师？"

"设计本来就不分领域。"他说。

这点颖儿倒是同意，她自己的设计兴趣显然就不在建筑上。"那这岂不是很贵？"她抚了抚领巾，"我都没问一声就给戴来了，糟糕，包装盒子还放在旁边，该不会是她准备送人的吧……安琪不会花很多钱给自己买这种不实用的小东西。"

王子暮冷哼："这么不实用真是抱歉了啊！"不高兴自己的设计被贬损，他抬手在她头顶凿了一下。

颖儿缩下脖子，抱头还以嘻嘻一笑："不对哦，你说见她戴过的。"

"虽然不很便宜，但也值不了多少钱，起码没有她平常戴的那条贵。"

"你说米色那条吗？别提了，那是周周送我的，我转送给安琪，结果被她知道了，把我骂了一顿，再说什么都不肯戴了。"

王子暮轻声批评："你也是大大咧咧，别人送你的东西，怎么能随便转送？那是志成精心挑的，再不喜欢也要心怀感激地收下。"

"没有不喜欢！"颖儿赶紧强调，"也不是随便就转送给别人的，而是因为安琪特别喜欢……她很早就看上那条围巾了，本来说转正之后要买的，结果她爸爸病了，她把钱都寄给了家里。我想买来送给她，但当时钱又都借给林硕了。那么巧周周把我的丝巾弄脏了，赔了这条，我当然会送给安琪了。"

"好吧。"他听着这番没什么条理的话，忍不住老实交代，"我这种有钱人家的少爷不能理解你们平民姑娘的友谊。"

颖儿一怔，继而大笑："为什么我以前总觉得你是个严肃的人？"

王子暮想了想，告诉她："所以说看人不能太注重内在，像我，就觉得你是个漂亮的人，以前是，现在也是。"转过头看她一眼，"以后也是。"又轻轻转回去盯着前方的路况，整个过程都没太大的表情变化。

颖儿的笑容却慢慢收起，不知所措地盯着他棱角分明的侧脸。

不知道是那句话令自己的心态发生了改变，还是这人慢热的个性只有相处久了才能发现，颖儿越来越觉得和王子暮在一起不再那么拘束了。他依然是个大部分时间都沉默寡言的人，但是同她说话幽默风趣，不时带着逗弄的语气，惹得颖儿时常会忘了两人工作上的身份，与他拌嘴笑闹。

有一天颖儿在张宅的客厅里插花，王子暮坐在旁边的沙发上专注地摆弄手机，颖儿几次捧着花瓶问他意见都没得到积极回应，一时玩心大起，悄悄绕去他身后，将一枝剪坏的花朵别到了他头发上，然后趁他惊讶地扭头，没来得反应的时候，用手机拍下了他头顶一朵小百合满脸迷茫的滑稽模样。

王子暮摸到头上的花朵，再看看她笑不可支的样子，后知后觉地去抢她的手机。颖儿才想到要跑开，却被他长臂一揽，隔着沙发靠背，整个人被他箍在臂弯里……

他抢去了手机，又气又笑地翻找着照片就要删去。颖儿突然扑过去，两只手臂从后边一左一右地绕过他的脖子，胡乱抓着想夺回手机。

一声刻意的咳嗽，让争抢中的二人同时停止动作，望向声音传来的楼梯这边。

这是颖儿第一次看到张铭远那种不笑而喜的眼神，瞬间呆住了，甚至忘了起身。她忽然想到，如果她是真正的张家孙女儿，那么她和王子暮该以兄妹相称的。在张铭远眼中，儿孙嬉闹的场面想必很是温馨。

王子暮不慌不忙地拍拍她的手背，颖儿这才收回手，直起腰不好意思地笑笑，一转念又迅速趴到王子暮肩上抢回自己的手机，得意扬扬地朝他晃了晃，跑过去扶张铭远："今天午觉怎么睡这么一会儿就醒了？"

张铭远笑道："口渴，想尝尝我孙女儿今天准备了什么好茶。"

颖儿挽着老人到沙发上坐下："上次晒的小月季花苞都收了呢，刚才插花的时候就想喝，正巧您就醒了。"

"月季花？"张铭远撇撇嘴，"那是小女孩喝的东西，我不喝。还有什么？"

"喝嘛！"颖儿软言相求，"都是我亲手摘的，换了十几种茶叶窨制，弄了一个多月才提出来。您尝尝再说嘛，好不好？我这就去准备。"话还没完人就跑开了，根本是不等他拒绝。

张铭远摇摇头，再看另一边的王子暮也是一脸的无奈，不禁好笑道："你这个时间怎么在家？"

王子暮指指满茶几凌乱的花枝："正要走，被抓住了帮她插花，结果您一下楼就要喝茶，这花也没插完。"

张铭远转着花瓶打量下半成品，赞道："也还不错，待会儿送我书房去吧。"

王子暮应声，拉过花瓶看了看，又将几支剪好的花枝选个角度插进去完善一番，假装没注意到对面那两道若有所思地盯着自己的目光。

张铭远沉默良久，终于开口："就选在我生日那天吧。"

王子暮垂着头，嘴角一丝不易察觉的弧度轻轻掀起，抬脸来看着张铭远时却是稍带茫然："您是指……"

"让颖儿回来，她是张家的孩子。"老人说着靠进沙发的椅背上，视线落在半空中，焦距不明，喃喃又重复了一句，"是我的孙女儿。"话尾的叹息落在空气里，让听者也不禁叹息。

王子暮问："要不要……做个鉴定再下结论？"

张铭远摆摆手："我相信自己的判断力，更相信血缘的直觉，当然，我也相信你不会草率地，将一个不相关的人带到我面前来。"

张宅人多嘴杂，张铭远寿辰上的安排，很快传了开来。继承这片令人艳羡的张氏江山，无论是养孙，还是侄子，都不如嫡亲的孙女来得名正言顺。张鑫第一个坐不住了，不顾张许明珍的反对，打算提前亮出手中的王牌。

既然是王牌，留到最后虽说是更有娱乐性，可在张鑫看来，早打早结束，也免得夜长梦多，有些人不愿意醒来。

王子暮带着颖儿离开张宅，但没走多远，颖儿就想起手机忘拿了，又折回去取。她本想不惊动张铭远，直接绕去花园取，结果空手而归，原来是被园丁拾到送回屋里了。王子暮等了半天没见她回来，以为这丢三落四的丫头根本就忘记把手机放在哪儿了，怕是要找上好一阵，索性将车子熄了火，跟进宅院来，却意外地看到了张鑫的车子。他的步伐停顿数秒，嘴角勾起个嘲讽的浅笑。

　　颖儿从侧门回到客厅，去茶几上取手机的时候还心虚地朝张铭远吐了吐舌头，等着他骂自己小迷糊。不料却看到老爷子面容严肃、心事莫测的样子，她不由自主地问了句："爷爷您怎么了？"

　　"爷爷？"一道满是讥诮与质疑的声音重复着她对张铭远的称呼。

20 真假孙女之争

颖儿这才看到背对着侧门的沙发上还坐着两个人，一男一女，女的妆容甜美，跟自己年龄相仿，男的正是方才开口的张鑫。

张鑫说话的同时缓缓起身，将颖儿上上下下狠狠打量了一番。

颖儿对这人心生畏怯，低声唤了句："小张总……"

张鑫眼珠子一转："刚才听你叫爷爷，子暮的女朋友？"

颖儿摇头，又不知从何解释，求助地望向张铭远。

张铭远淡淡地瞥她一眼，似乎只愿静观其变，全然没有替她介绍的意思。

张鑫越发肆无忌惮，走近几步，略低下头细瞧颖儿的脸，笑道："模样不错，考虑一下做我女朋友怎么样，还能长一辈儿……"话落抬手撩起她垂落在耳畔的一缕发丝。

颖儿直觉地后退，背抵上一堵温热的胸膛。

王子暮扶她站稳，不着痕迹地挡在她前头，对张鑫扬起唇角："张总这辈分排得倒是随意，很符合您的个性。"

张鑫面色一凛："放肆！你还敢跟我提辈分，别忘了论辈分我是你叔叔！"

张铭远咳了一声："子暮，你先送颖儿回去。"话是对着孙子说的，视线却落在对面的陌生女孩身上。

贾丽云似对这屋里的异样气氛毫无察觉，略略起身取过水壶，在张铭远的杯子里补了些热水，又将杯子往张铭远面前推了推。她穿着一件浅色连衣裙，剪裁得中规中矩，唯独两只灯笼袖的设计略显夸张，随着推动水杯的动作，袖口露出她秀气的手腕，一枚老旧的男款手表，极不协调地暴露在众人的目光下。

张铭远的身躯微微震动了一下，怔愣着望着那只表，眼睛忽然混浊得厉害，像是一潭死水被剧烈地翻搅起来。

王子暮在看到这个长得和颖儿有三分相似的女人时，就明白张鑫的动机了，那块与她一身装扮不搭的男装手表，突兀得简直刻意。而张铭远的表情，更是昭示着这块手表的来历非凡。

果然，缓缓舒了一口气之后，张铭远语气亲和地开口："贾小姐？"

"您叫我丽云就好。"贾丽云微笑。

张铭远点头："你这块手表很别致。"

"这是家父的遗物。"贾丽云眉眼一低，面上涌起淡淡的悲戚之色，"是他留给我唯一的东西。"

张铭远问："你父亲可有告诉你，这手表是哪儿来的吗？"

贾丽云想了想，摇头："我只知道父亲很在意这块表，否则也不会特意将它留给我。"

张铭远伸出手："能不能借给我看看？"

贾丽云做出颇费解的样子，慢吞吞地把手表摘下。

张铭远用发颤的手接过来："这是他18岁的生日礼物，指针和表盘都是老工匠手工磨制的，底盖上，还刻着他的生辰和名字。"他翻过表盘轻轻摩挲着上面几乎看不清的刻字，那是他亲笔所写，再翻刻上去，送给儿子独一无二的生日礼物。他猛地收紧五指将手表攥在掌心中，抬起头时双眼寒光逼人："你说这表，是你父亲留给你的？"

尽管一早就被告知会受此一问，贾丽云还是忍不住哆嗦了一下，瞟了张鑫一眼才鼓足勇气，结结巴巴地说出事先准备好的台词："是……我妈妈临终前告诉我的，她说我爸爸一直到去世的时候都戴着这块表，所以让我好好保管它，戴着它，就像爸爸陪在我身边一样……"

王子暮脸色阴沉地望着那个像背台词一样讲述自己家史的贾丽云，在听到她说自己原本姓张的时候，他斜瞥了张鑫一眼。张鑫对贾丽云的演技很有信心，此时正目不转睛地欣赏着王子暮的表情，见王子暮看向自己，他当即勾起个得意扬扬的笑容，以口型告诉他："你、输、了！"

"还希望您不要怪我今天唐突地拜访。妈妈去世后，我在这世上就已经没有亲人了。"贾丽云说着，小心而又期待地抬起头看着张铭远，然后从背包里取出一张照片，放在他面前的茶几上"我姓贾，是跟了妈妈的姓，妈妈说我本来应该姓张。他们说，您有可能是我的爷爷……"

颖儿听到这里不由得低低地咦了一声，因为她也是母亲姓贾、父亲姓张。再看贾丽云拿出的那张照片——照片里的年轻男人眉眼俊朗，分明是颖儿的父亲。

从前在姨妈家时，颖儿常拿着那仅有的半张照片反复地看，父亲的五官早已深深地刻在颖儿的脑海里。和姨妈家那半张被剪切过的照片不同，这是张单人半身照，照片上只有她父亲一个人，五官是那么清晰，连唇角浅浅的梨窝都能看见。

颖儿一瞬间如受蛊惑，全然忘了身处何境，怔怔地就朝着放置那张照片的茶几走了过去。但她才迈出两步，手臂就被人轻轻拉住。

张铭远俯身拾起照片，凝视着上面的人，半响才低声问道："这是你父亲？"

贾丽云毫不迟疑地点头，颖儿费解地拧起眉，指着照片看向拉住自己的王子暮："那个人是……"刚看到照片时她还有十二分的笃定，可话一开口忽然又没了底气。那是别人的照片，照片上的那个人，是那位贾小姐的爸爸。应该只是长得相似的人吧，颖儿想，是自己看错了，可眼前这若干的巧合，让她心底涌起莫大的疑惑。

王子暮沉默地开着车，从张家出来后他只提醒颖儿一句"系上安全带"，此后就再没说过什么。颖儿脑中乱成一团，也没心情与他闲聊，直到看见车窗外面熟悉的招牌，才发现不知何时已回到自己小区附近。

"那位贾小姐，才是爷爷……才是张董真正的孙女儿吧？"下车之前，颖儿终于还是问出了这句话。

王子暮嘴唇微抿，没有回答。

颖儿笑了笑："那以后，我不用再去假装张家孙女儿了吗？"很奇怪，完成了一件任务，她却没有任何轻松感。

王子暮轻轻摇下头，含意不明。

是不用了，还是她说得不对，颖儿没有追问下去，而是重新将脸转向窗外："能麻烦你送我去姨妈家吗？"

有些事她需要问个明白，否则都不知道今后该以什么样的心态面对张铭远和王子暮。又或者，根本就不需要再面对了吧？

客厅里电视机放的声音很大，餐桌上摆满了面胚，与颖儿搬出去这几年的平常日子一样，姨妈一边看着电视剧，一边做些手工点心，或烤或炸的，做好晾凉，用纸袋装起，等颖儿回来的时候拿走，让她加班时当零食吃。

许是电视的音量太大，姨妈没有听见开门声，也没注意到颖儿进来。电视剧演到搞笑情节，姨妈笑得很大声，额际有一缕发丝垂落下来挡住了视线，她用手背蹭了一下，又掉了下来。颖儿走过去，伸手帮她掖到耳朵后，就势抱住了她的肩膀。姨妈先是一惊，在察觉到来人是谁之后，拍拍横置在自己胸前的手臂："哎哟这丫头，怎么这个时间跑过来了，不上班吗？"

颖儿用下巴抵着她的肩头，瓮声瓮气地道："想姨妈了。"

姨妈笑笑，继续捏着一只小面点，任她吊在自己身上撒娇。

日头暖洋洋地照着窗台上一只用旧包装盒剪成的简易花瓶，里面是新插的绿萝，白生生的根须远比叶片来得茂盛，给这个三十几平方米的小屋平添了几分生气。

颖儿盯着那一簇绿叶发了会儿呆，然后不带任何感情色彩地问了句："姨妈，我爸爸是个什么样的人？"

"你爸爸？"姨妈敏感地扭头看她。

颖儿点点头："他做什么工作的？喜欢穿什么颜色的衣服？他戴手表吗？"

"为什么忽然问起这些？"

"没有忽然，以前就很想问，但是每次才提起个头，就被您岔开了。"

"姨妈不说你就不要问了。"姨妈说着又取过一块面胚，专注地揉起来，显然不想谈下去。

颖儿叹口气，松开姨妈，认真地看着她："您是不想我和爸爸那边的亲人有联系吗？"

姨妈震惊地看着她："你说什么？"

"我知道，一直以来，姨妈不想骗我，但又不愿意告诉我真相，就老是避而不谈。因为姨妈讨厌爸爸家的人，讨厌我爷爷。"

"什么爷爷，你在说什么啊……颖儿，什么你爸爸那边的亲人，我不是告诉过你吗，在这世上除了我和你两个哥哥，你再没有其他亲人了。"

"为什么不肯跟我讲？您觉得是爷爷害死了我妈妈，对吗？"

"颖儿！"失控地吼了一嗓子之后，向来温柔和气的姨妈变得异常激动，"对，你说得没错，就是他！以为有钱就可以操纵别人的人生。什么爷爷，那是刽子手！还有你爸爸，通通都是刽子手！如果不是招惹了他们张家，你妈妈怎么会年纪轻轻就累得一身病？我是看着你妈妈长大的，那么好的孩子，原本大好的前程……"

颖儿失神地跌坐在沙发上："居然是真的……"她的猜测都是对的，这个假身份，这场她以为的假戏，居然都成了真。

可是张鑫带去的那个女孩又是怎么回事？那块手表，董事长确认是真的。张家到底有几个儿子？想到那个女孩与自己相似的五官，颖儿又是一阵胡乱猜测，莫非自己还有一个姐妹？

一直以来，颖儿都以为自己的不幸只在于父母双亡，比别的小孩子不幸，但她也没有太过不幸，起码她曾有过完整的家庭，有相爱的父母，还有爱她的姨妈。但是现在，她才发现父母的结合是双方亲人都不认可的，所以她的出生，必然也得不到任何人的祝福吧，不但不是锦上添花，反而是雪上加霜的存在。姨妈出于对朋友的承诺，抚养她；爷爷出于对儿子的想念，寻找她……

颖儿又想起了王子暮，他那么缜密周全的一个人，是不是一早就查清了她的身份？要不然怎么会独独找上她？那么，他对她的这些好，是因为她是张颖儿，还是因为她是张家的孙女儿呢？

这是个无解的问题。

颖儿自己想不出来，又不能问王子暮本人，习惯性地想去找安琪求助，让她帮自己分析分析，又不想坦白那个连自己都不愿承认的身份。

那天从姨妈家回到她与安琪合租的小公寓时，看见她失魂落魄的模样，安琪开了个不大好笑的玩笑："失恋啦？"

颖儿真的感到自己失恋了，她为之欣喜的感激的心动的，所有对她好的人都不是真的好，姨妈、爷爷、王子暮……王子暮……颖儿大哭起来，哭得比得知林硕是骗她的还伤心。

安琪看着那个蹲在玄关处哭得像个孩子似的女孩，满头大汗，也不敢问原因，只好陪她一同蹲着，徒劳地哄着："不哭了，好了，乖。"

颖儿缩成一团："安琪，你为什么对我这么好？"

"什么？"她哭得那么凶，鼻音十分浓重，安琪听她又重复了一句，才确信自己没有听错。

"什么为什么，因为你是张颖儿啊。"

结果她哭得更大声了。

安琪手足无措，拍着她的背又哄了一会儿，忽然一个念头闪过，脱口问道："是不是王子暮做了什么？"

颖儿果断地摇头，抹了抹眼泪，又点了下头。

安琪蒙了："是，还是不是啊？"

颖儿抬头，漂亮的桃花眼已哭肿成两只小桃子："安琪，我好像喜欢上他了。"

王子暮这几天变得非常易怒，在工作上通常会因为一些小事情对下属发火，决策上也出现了明显的判断失误，幸亏楚哥从旁提醒才没有弄出大的纰漏。

看着后座上神情疲惫的王子暮，楚哥忍不住建议他取消接下来的行程，回家休息："也不是必须出席的场合，您这都熬了好几个晚上了，铁打的身子也吃不消。"

王子暮揉着眉心，摇摇头："我不放心他们交上来的数据，想重新整理一下。马上要开董事会了，千万不能在这个时候再出差错。我去看一眼，吃点东西就回来，权当休息了。"

楚哥无力再劝："那您眯一会儿吧，离晚宴开始还有些时间，到了我叫您。"

王子暮含糊地应了一声，闭目养神了片刻，忽然想起什么似的："打电话告诉那边我不过去了，你送我去另外的地方。"

他之前送颖儿来过她姨妈家几次，也是从公司出发的，所以王子暮对这段路程还算熟悉，很快就指挥楚哥驾车到了目的地。正是晚饭时间，沿途经过的几个小吃摊子倒比以前几次来的时候热闹了许多。

王子暮买了些水果和营养品，自称是颖儿的朋友，路过这附近，顺便来拜访。姨妈虽然奇怪颖儿的朋友为什么会特意来串门，但看王子暮一派斯文也不像是坏人，本着来者是客的心态，将他让进了屋里。

姨妈端了杯水回来，见王子暮还老实地坐在沙发上，也不打量屋内的摆设，也不好奇地乱看，一副规规矩矩的样子，不由得心生好感。她想问他是颖儿的什么朋友，是不是男朋友，再一想到颖儿前几天哭着从家里跑出去，她的胸口便又是一阵发闷，轻轻捶了几下，长出了口气。

王子暮多大的眼力见儿，立马明白了："阿姨身体不舒服吗？"

姨妈摆摆手："人上年纪了，器官就不大中用了。"她抚着沙发靠背缓缓坐下，把刚才翻看了一半的旧相册随意合起放到茶几上。

王子暮饶有兴趣地问道："这里面有颖儿小时候的照片吗？"

姨妈笑道："大部分都是她的，我们家就这么一个女孩子，自然从小到大都是她的照片最多。"

王子暮点头："颖儿现在这么漂亮，小时候也一定很可爱。"

这话正讨了姨妈的喜欢："这可不是我夸自己家孩子……"翻开相册指着里面的照片，"你看这些，是她6岁生日那天，跟着两个哥哥去照相馆拍的，当时只想拍几张做生日纪念，结果照相馆给免费拍了好多张，说是要挂在橱窗上当样片……"

相册一页页翻过去，的确大部分都是颖儿的照片，看得出她的童年虽不富足，却被百般疼爱。两人边看照片边回忆颖儿小时候的事，王子暮很顺其自然地问起颖儿的父母，姨妈没有防备，将颖儿的身世择择拣拣地说了一通。提到颖儿的爸爸时，她的语气神态尽是不满，一口一个那位少爷如何如何，又说才生下颖儿没几个月，两口子就扔下孩子走了。颖儿最是无辜，小小年纪就没了爹妈，心疼得她提起就要掉眼泪。

话说到这里，相册也翻到了最后几页，一张被剪切的半张照片出现在王子暮眼前。姨妈皱了皱眉："怎么又把这个摆出来了……"说着抽出来，想要塞到其他照片的后面。她的神态略显激动，动作幅度也过大，迫不及待地想把那不愿见到的人像隐藏起来，反倒塞了几次都没能塞进去。

王子暮不动声色地将一杯水挪到相册附近，姨妈专注地摆弄照片，没留神，相册碰翻了杯子，水从茶几流到地面上。姨妈惊呼一声，赶忙放下相册去拿清洁工具。王子暮从容地取出那半张照片揣进口袋里，眼睛一直望着姨妈的方向，等她拿出拖把，他主动接过来擦去地上的水渍。

姨妈弯腰擦着茶几，视线又落在那本相册上，不知想起了什么，眉头再次蹙起，抹布停了片刻，再度用力擦拭几面，非常用力，泄愤似的。王子暮擦净地板，一抬头就见她有些反常，上半身竟然因为用力而微微颤抖，双手的动作也很僵硬。

"阿姨？"他小心地唤了一声，没得到回应，却见她停止了擦桌的动作，肩膀剧烈起伏，大口喘气的声音一声紧过一声。王子暮暗叫不妙，矮身查看，将晕倒的人接了个正着。

颖儿和安琪赶到医院时，姨妈还在抢救室里，王子暮站在门外不远的地方低声打电话，看见她们俩，也没有过多的表情变化，只淡淡的一个对视，便移开了视线，继续讲电话。颖儿跑过去，紧贴着抢救室的门，明知道看不见里面，但还是不肯离开，她又紧张又害怕，更多的是懊悔，认定是自己那天同姨妈的吵嘴，才害的她心脏病发作，性命垂危。

安琪脸色凝重，走到王子暮面前，抬手挡在了他的手机上，声音不大却不容反抗地说："先跟颖儿说下情况。"

王子暮愣了一下，依言挂掉电话："阿姨有陈旧性心梗，这次发病很急，左右心室都有堵塞。溶栓针没有效果，医生建议做搭桥手术，虽然创伤大一些，但能最大限度地稳定病情。"

颖儿的眼泪哗一下流了满脸，安琪走过去安抚地拍拍她，将她带到椅子上坐下。

"这家医院里有本市最权威的心脏外科，我已经联系了科室主任，阿姨的手术他会亲自主刀。"王子暮并没有做"别担心"这类无用的劝慰，但这番话却无疑让颖儿放心不少。

看她哭势渐歇，安琪帮她擦了擦脸，回头将纸巾丢进垃圾桶，对王子暮打了个眼色。

绕到走廊的拐角处，安琪问："你为什么会在姨妈家？"颖儿最近的情绪都很低落，姨妈这一病倒更是让她慌了心神，完全想不到这个问题，但安琪可是看出了很多不对头的地方。当初他让颖儿假扮张家孙女的时候她就强烈反对，如今不知道又闹出什么问题，竟然波及了姨妈。

"如果姨妈有什么三长两短，你怎么面对颖儿？"

王子暮虽不认为是自己刺激到颖儿姨妈使她发病，但他总归做了些小动作。面对安琪的质问，他没有为自己辩解，只说："我会为她安排最好的医护资源。"

事已至此，安琪知道再多说也无异于落井下石，她叹了口气，看看王子暮："是不是张鑫那边又有什么动静了？"

王子暮不意外她的话："颖儿都告诉你了？"

安琪摇头："颖儿这两天很不对劲，我没敢问她什么。看你在公司的状态……也不大好，所以我猜，是不是张鑫他们找到了董事长真正的孙女儿？"

王子暮沉默了一会儿，告诉她："颖儿就是董事长真正的孙女儿。"

21 谎言是最恶意的伤

他从姨妈家拿到的那半张照片上的人正是张磊，王子暮当年在书房里看到过完整的照片，也知道裁掉的那半是张铭远。这张照片出现在颖儿家，已足可说明她的身份。

然而张铭远将这半张照片审视了一番之后，只笑了笑，一并收起夹到一本书里。"事到如今，你还是只能拿出照片这种力度的证据吗？"他说这些话时，甚至没有抬头看一眼王子暮，"你太让我失望了，子暮。"

王子暮震惊地看着他："您不是说，确信颖儿是张家的孩子吗？"

"在张鑫没带来丽云，在我没见到那块表之前，我是确信的。"

"现在您相信他们？"

"同样是信物，他们显然比你更花心思。"老人摇摇头，"我从来就不相信他们母子，但也不代表仅凭一张照片就能让我对你尽信无疑。"

这话说得再明白不过。

照片可以合成，手表却不易造假。张铭远明明确认那手表是张磊的遗物，但仍然没有深信贾丽云的身份，全因对张鑫母子的防范。在这一点上，王子暮还有机会，只要他能证明这半张照片的真实性。

张铭远的冷酷，王子暮早已领教过，并没有因此遭受多么大的打击，只是张铭远既然对他起了疑心，就算他现在拿了颖儿的 DNA 鉴定结果出来，他也会怀疑其中有水分。让颖儿的姨妈来说明真相倒不失为一个好办法，毕竟当年颖儿父母的事，除了张铭远，姨妈是最知情的人。但是一来她人仍在重症监护室尚未脱离危险期，再来，从她对张磊的那些说辞，甚至连他照片都不愿看的行为上分析，她大抵是对张家人没什么好感，这么多年来她刻意隐瞒颖儿的身世，想必也是不愿让她认祖归宗。如今，也只剩让颖儿自证身份这一条路能走了。

王子暮说她有权知道自己的身世，颖儿摇摇头，她现在非常后悔逼姨妈说出真相。

姨妈那么伤心气愤，大概是认为她更关注自己在世上还有亲人，实际上她不过是被张宅发生的那一连串的变故搅得心智大乱，才会去跟姨妈求证。她不过是想弄清楚真相而已，并无意改变现状去过另一种生活，尤其那还是一种与自己这二十几年的生活格格不入的张家。

假扮张家孙女儿的这段日子，除了与张铭远相处的日常，其他的事情都让她感到不自在，更找不到任何乐趣。如果不是王子暮陪在身边，她根本不想出入那些高档餐厅、参加连主题是什么都搞不懂的宴会。与其去做慈善拍卖，她更愿意去做义工。做这些事，她原本只是想着帮王子暮的忙，圆一个老人的孙女梦，直到张鑫又带来一个"张家孙女"。

颖儿单纯，但不傻，王子暮和张鑫的明争暗斗，她也不是看不明白，那些个豪门恩怨，她原以为只是电视里的戏码，不料有一天她自己会参与其中，但颖儿无意于此。她现在只想好好照顾姨妈，等姨妈病愈出院，她再恢复到从前的平静生活，不想再卷入那不属于自己的纷争中去。

"这总归是你的家事，你逃得了一时也逃不过宿命。"王子暮提醒她。

颖儿叹气："你为什么一定坚持让我回到张家？如果只是想找一个人讨爷爷的欢心，我相信那个贾小姐也会做得很好。"

王子暮说："这世界上，也就只有你，是真正为了让爷爷高兴而去讨他的欢心。"

颖儿想了想才明白他这话的含义，却问他一句："你不也是吗？"

王子暮摇头："我只是报恩，这就是我很少叫他爷爷的原因。我今天所拥有的一切都是他给予的，他改变了我的人生，但我始终不是他的亲人，你明白吗，颖儿？"

颖儿不明白："怎么会不是亲人？我记得你也说过，生恩不如养恩。"所以在爷爷和姨妈之间，她的选择一定会是养育自己多年的姨妈。

"因为你才是他的亲孙女儿，是他在这世上血缘最近的人，我永远给不到你能带给他的那种感情。所以，为他寻找真正的继承人，守住他苦心经营一生的张氏，就是我对他最大的回报。"察觉到颖儿的动容，王子暮继续游说，"你希望爷爷的毕生心血落到别有居心的人手里吗？张鑫和他带去的那个女人就是骗子，我不知道他们是怎么得到那块表的，但是你父亲只有你一个女儿，这一点姨妈也应该清楚，你可以等她醒了问她。"

"我不想再刺激姨妈……她不喜欢我提到张家人。"

"无论她喜不喜欢，都不能抹杀你是张家人的事实。"

颖儿的心绪因着这句话更加烦乱如麻，望着病房里浑身插满管子的姨妈，她再次摇了摇头："对不起，你守护爷爷的心意我很感动，但是我也有我要守护的人。"不管她是不是张铭远的孙女儿，不管贾丽云是不是她的姐妹，不管有多大的一个张氏等着她去继承，她都没有兴趣。

"那么我呢？"王子暮眸色深深，"和我相处的这段时间，对你来说，什么都不是吗？"

颖儿鼻子一酸，扭过脸回避了这个问题。

王子暮突如其来的坦率，让颖儿难以适从。

一直以来她都以为两人的感情只是她的一厢情愿，他对自己的好，都是因为张铭远的关系，但颖儿没想到他会说出这种话。

"什么都不是？怎么会什么都不是呢，傻瓜。"

安琪拿着叠好的衣物送进来就听她在喃喃自语："骂谁呢这是？"

颖儿一惊，才发现自己不知不觉中将烦恼都唠叨出声了，于是向安琪投以一个惨兮兮的笑容："骂自己呗，连姨妈有心脏病都不知道，还惹她不开心。"

安琪摸摸她的头："好了，姨妈自己可能都不知道。"

颖儿越想越后怕："幸亏子暮去了姨妈家找我，否则后果真是不堪设想。"

"别想了，大表哥也回来了，有他照顾姨妈你就放心吧。今天好好在家里休息一天，我上午开完会就回来陪你去医院看姨妈。"

颖儿点头："路上小心。"看着安琪出去，她一身强撑的精气神顿时荡然无存，脑中反复回想王子暮那句意味深长的问话，以及他漆黑的眸子，眼神子夜一样幽静。

突然门铃大作，打断了她的思绪，颖儿吓了一跳，慌忙跑去打开门："忘带什么……"

门外几个陌生人不由分说地冲进来，颖儿只来得及尖叫一声，就被推进屋里，倒在地上。两个男人箍住她的身体，另有一个抓起她的手刺破了指尖。颖儿拼命挣扎，但完全不是几个五大三粗的男人的对手。

陌生男人抓着她的手指挤出血来，在一块纱布上涂抹了几下，这才放开她。

"什么人？！"周志成站在敞开的房门口，震惊地看着屋里的混乱。

颖儿吓得一点力气都没有了，看见来人连忙求救："周周！"

周志成骂了一句，与那伙人撕打起来，抽血的那个男人被保护着，淡定地将沾有血样的纱布装进纸袋里，收拾好后就出去了。余下的人也不恋战，周志成担心颖儿受伤，没有追出去，弯腰扶起颖儿："怎么样？那些人……"

颖儿说不出话，只顾缩成一团大哭。

周志成慌了："你别哭啊……"他在心里暗骂自己，子暮明明交代了让他就近保护颖儿，她以为她在家里不会有问题，早上就多睡了一会儿，怎么也没想到就这么一会儿竟然出事了。

王子暮接到电话赶过来时，周志成正收拾着地板上摔碎的花瓶，见王子暮进来，他向沙发的方向看了一眼。颖儿已经平静下来，呆坐在沙发上掉眼泪。

听了周志成的叙述，王子暮在地上找到了用过的采血器，又拉起颖儿的手。颖儿被碰触时哆嗦了一下，手指僵硬，抬头对上他温柔的目光才放松下来，小声问："他们在做什么？"

王子暮看了看她指尖的针眼："可能……是提取你的DNA做亲子鉴定。"

颖儿面色发白："是董事长派来的？"

王子暮摇头："他没必要这么大动干戈，我怀疑是张鑫的人。"

颖儿不懂："他不是带了一个女孩儿说是董事长的孙女儿吗？为什么跑来采我的血？"问完自己就明白了，"他想用我的血样充当别人的？"

"如果鉴定结果是没有血缘关系的，那标本还会被贴上你的名字。"王子暮揉揉鼻梁，张鑫这招先发制人倒是很聪明。

化验结果肯定是会与张铭远存在血缘关系的。

王子暮奉命带着颖儿回到张宅，看到的就是张鑫母子得意的嘴脸，张铭远坐在沙发上，贾丽云站在他身后正帮他按摩肩颈，显然已尽起了孙女儿的孝道。

"都坐下吧，我有事要宣布。"张铭远拂开贾丽云的手，指了张鑫身边的位置给她，见颖儿还愣愣地看着这一屋子人，他有些惆怅，"颖儿，你坐过来。"语气温和，与对贾丽云说话时的冷硬判若两人。

张许明珍微微皱了下眉头。

"你看看这个，子暮。"张铭远指指桌面的文件袋。

王子暮不用看也知道那是什么："如果我说这个结果其实是颖儿的，您相信吗？"

张鑫抢白道："你胡说什么！大不了现场采血送去化验，反正两个人都在。"

"你都打点好了吧？"王子暮斜眼看他，又看向张许明珍。

张鑫怒极："你……"

张许明珍拉住儿子，悠然道："就让他自说自话好了。"然后鄙夷地哼了哼，"跳梁小丑。"

不理他们的争执，张铭远的视线再度落在颖儿身上："听说，你姨妈病了？"

姨妈已经没有大碍了，可被他这么关切地问起，颖儿又有点想哭了。

张铭远拍下她的手以示安慰，仍觉得不够，又说："需要什么尽管跟子暮开口。"

颖儿快速看了王子暮一眼，小声汇报："他已经安排了最好的医生给姨妈做手术。"

张铭远点头："嗯，不要担心，我的心脏都能活到现在。"

颖儿忌讳地瞅着他："爷……您不要乱说话。"

"大伯？"张鑫终于意识到气氛诡异，怎么老头对贾丽云这个"真孙女儿"不闻不问，反倒对那个"冒牌货"关切频频，"您不是说有事情要宣布？"

张铭远似才想起这个，拍拍脑门，吩咐用人："你去把书房里的客人请下来。"

书房里的客人并不重要，重要的是他手上的东西——两份照片，一份是颖儿的行踪，一份是贾丽云的行踪；两份报告，是二人分别与张铭远的 DNA 比对结果。这都是很简单的事情，张铭远不是没做，而是想看看王子暮和张鑫能做成什么样。

私家侦探将东西逐一拿出，张鑫母子和贾丽云顿时无所遁形。张铭远只说："毕竟还是张家人，我不会把事情做绝……今后，你们就尽量少出现在我眼前吧。"

张鑫一行人灰溜溜地离开了。

张铭远来不及收起眼中的寒光，看颖儿脸色难看，他喟然道："如果你能一早认了张家的姓，也不会给这些人可乘之机了。"

颖儿这才真正意识到眼前的老人是张氏集团的董事长，是叱咤商界的张铭远，她惊恐地向后挪了挪，求助似的望向王子暮："我……我要去医院看姨妈了。"

王子暮点点头："我送你去。"给张铭远递了个眼神，二人心照不宣，张铭远挥了挥手。

车上，王子暮问："害怕吗，颖儿？"

颖儿点头，不自觉地抓着安全带，她很害怕，害怕刚才发生的一切，害怕那间奢华的宅院。张铭远、张鑫、张颖儿，同样的姓氏，甚至证明血缘关系的医学报告还摆在茶几上，可在那里，颖儿感受不到丝毫亲情，她所感受到的只是争财逐利、尔虞我诈。王子暮告诉她，这就是金钱的魔力，可颖儿不想要钱："为了钱，人能做出来的事情太可怕了。"

王子暮说："为了不失去自己能够得到的东西，人做出来的事情才可怕。"

颖儿回到家里，整夜做着噩梦，安琪在自己房间里都能听到她的尖叫声，她跑过来看，发现颖儿蜷在被子里，哆嗦得像被剥了毛皮的动物。安琪哄了好久，她才松开被子钻出来紧紧地抱着安琪。她还不知道安琪已从王子暮那里得知了她与张铭远的关系，只觉得这些事总归是自己的烦恼，她不想让安琪太担心她，便说家里白天进了小偷吓到她了。

这小区的治安向来不太好，安琪也看到家具损坏了一些，却没有完全相信颖儿的话。她想了又想，还是在第二天上班的时候，去见了王子暮。王子暮如实交代了张鑫的所作所为，趁机又说："张鑫母子没捞到甜头，怒极之下怕是会对颖儿做出更大的伤害，只靠志成他们几个很难护她周全。"

安琪也相信，以张鑫的为人是很有可能做出鱼死网破这种事的，预感到局面已无可挽回，她彻底没了主意。似乎不管自己如何阻止，冥冥中，颖儿的生活注定是要被打乱了。单纯善良如颖儿，进入那深深宅院，就像一条柔软漂亮的小金鱼被放进了满是食肉类鱼群的水族箱里。

"你可以吗？"安琪问王子暮，"你可以保护颖儿吗？"

王子暮说："我尽量。"

安琪觉得这就够了，她本来也无可奈何，王子暮这句话已是对她最大的安慰。

这时的安琪怎么也想不到，最终让颖儿陷入万劫不复的，也正是面前这个信誓旦旦的男人。

22 你能成为我的亲人吗？

颖儿的两个表哥闻讯都赶了回来。大表哥有意将姨妈带走照顾，又担心颖儿多想，委婉地拜托安琪代为传达，表示他们并没有责怪颖儿的意思，只是觉得她一个女孩子，将来总归是要嫁人的，他们兄弟都在外地，于情于理都应该将妈妈接过去。这话安琪却也不好同颖儿说，那傻丫头本来就自责得要死。

姨妈手术之后精神状态一直不大好，又或许是药物的原因，这一阵子贪睡得厉害，偶尔醒来一会儿也总是糊里糊涂的，离不开人。颖儿还要上班，确实分身乏术，表哥们一跟她说要接姨妈走，颖儿顿时无地自容。她始终认为是自己粗心没有及时发现姨妈的病情，愧对两个表哥的信任，更对不起那么疼爱自己的姨妈。现在表哥们要把姨妈接走照顾，她什么话也说不出。

一个风和日丽的好天气，大表哥开车将姨妈接回了宇宇市。

颖儿在空无一人的家里坐着，看着满屋子熟悉的摆设默默伤感。敞开的房门被轻叩两声，王子暮站在门口的身影在泪水中变得模糊而虚幻。颖儿望着他，只觉得眼眶更加酸楚。

王子暮叹了一声，走过去将手掌贴在她的头顶上，轻轻揉了揉。"别哭，"他说，"你怎么老是哭呢？"原本多开朗的女孩子啊。

颖儿仰头："姨妈不要我了。"

"怎么会？"他笑她孩子气，"她生病了，怕连累你而已，那边的毕竟是她的亲生儿子。"

"亲生"两个字微微刺痛了颖儿的心,时隔二十几年,她才真正意识到自己是个孤儿。从小到大,她都扬起笑脸去讨好每一个人,希望能融入对方的生活,成为对方生命的一部分,可是到这一刻,她仍然是以个体为单位的存在,就像眼前的这个男人一样。

"我现在才明白,为什么你会说永远无法成为董事长的亲人。"

放在她头顶上的手顿了顿,王子暮笑道:"你不一样,他是你的爷爷,是血脉至亲,是你在这个世界上,最为亲近的人。"

颖儿摇头:"可是我很怕。他的一切我都害怕。"

"别怕。"他蹲下来与她面对面,"有我在。"

"会一直在吗?"她问。

抬手擦掉她眼角的泪迹,王子暮点下头。

颖儿吸吸鼻子,吐字清晰地问他:"子暮,你能成为我的亲人吗?"

"好。"他说着,闭上眼,缓缓覆上她因惧怕孤单而变得冰凉的双唇,"我来做你的亲人。"

考虑到颖儿的心情,王子暮没有再开口让她回到张家,尽管张铭远给他的压力越来越大。

张铭远原本是想在颖儿面前维持自己慈祥的长辈形象的,因此对王子暮办事不力最终还得他老人家亲自出手的事心存不满,可到底颖儿还是王子暮找到的,既然事情已经走到这一步,无论如何,他都要颖儿回到张家来,绝不允许张家的骨血流落在外。

颖儿听到王子暮一直对电话道歉,又说:"回不回去,她也始终是您的孙女儿,您何苦强迫她……她不开心,您看着也难过。"电话那头的怒吼声,在封闭的车厢里非常清楚地传进了颖儿的耳中。她紧张地拉了拉他的衣摆。王子暮看她一眼,握住她的手,缓和了语气:"再给她一些时间,好吗?"

挂上电话,他出神地盯着车窗前面好一会儿,才喃喃道:"其实他也没多少时间。"

颖儿一怔:"你说什么?"

王子暮骤然回神:"没什么。你不想回去,我们就不回去。"

颖儿心里发堵:"爷爷……"她想了一下,还是坚持了这个称呼,"爷爷他,身体不好吗?"

王子暮犹豫片刻,从车后座取出一摞文件:"我上午就是去给他取这些检查报告的,医生说他年纪大了,病情这么反复,恐怕不是好现象。"

颖儿急匆匆地拿过来翻看,有些完全看不懂,有些则是即使看不懂也知道情况不太好:"为什么不早点告诉我?"

伸手抚平她越皱越紧的眉心,王子暮轻叹:"你太善良了,我怕你知道后会委屈自己。"

"很糟是吗?"

"比你想的还要糟。他自己也有预感,所以才会这么着急地让你回去。也许你并不看重张家的钱,但是对他来说,张氏集团是最重要的东西,他想把它交给你,用来弥补自己当年犯下的错。"

短短数日不见,张铭远整个人像是老了好几岁。虽然刚才还在电话里凶得要命,但此刻看在颖儿眼里的,那个缩在藤椅里,摆弄着几朵干花的,不过是个风烛残年的老人罢了。她耳边又响起王子暮的话:多疑并不是他的错,那么防备地对待别人的人,其实是最可怜的。

"给我拿个绒布盒子。"张铭远指着桌上的干花吩咐用人,"把这些都收起来。"

那是她前些日子无聊时做的干花。颖儿眼圈发胀,走过去坐在他脚边的地毯上,头枕着他的膝盖:"对不起,爷爷。"

久久地,一只温暖的手掌压在了她的发上:"回来就好。"抬眸对王子暮点了点头,目光中满是激赏之色。

王子暮不着痕迹地松了口气,默默地退出花园,将空间留给那祖孙二人共处。

才回车上他就接到了楚哥的电话:"颖儿小姐的姨妈已经安置妥了,房子在宇字市最好的医院附近,她两个表哥也都给了一笔钱,对别人不会说是您的安排。"

"辛苦了。"王子暮简单道句谢,挂了电话,驱车离开张宅。路过转角的垃圾桶时,一袋文件从车窗里被抛了进去,正是他刚才给颖儿看过的那份张铭远的病历。

董事长亲孙女回到张氏的消息不胫而走,自张铭远生日宴上颖儿正式亮相那天起,各家酒会晚宴的邀请函纷沓而来,颖儿不知如何面对,更加疲于应付,张铭远却一再鼓励她挑些感兴趣的去参加,话里有话:"这些个人脉资源,早晚你都用得到,年轻人嘛,多交几个朋友总没有坏处。"

说到朋友,颖儿才想起已经有很久没见到安琪了。

姨妈出院后,为方便照顾她,颖儿去陪姨妈住了一阵,安琪正值工作调动,出差去了外地。等她回来,颖儿又搬来了张家,工作也辞了,上班下班都不得见,两人近期几乎没有联系,想到这儿,颖儿拨通了安琪的电话。安琪压低了嗓子匆匆说道:"我现在在医院,不方便和你说话,晚点给你打过去。"

颖儿想问你在哪个医院,是哪里不舒服,要不要我过去……一肚子的话还没来得及说,那边已经挂了电话。她躺在床上越想越担心,发消息问安琪她又不回,她实在待不住了，胡乱换了件衣服就让司机送自己去了安琪家。

安琪还住在她们原来的公寓，颖儿找了半天也没找到任何与医院有关的物品，她闲着无聊，干脆把房间收拾了一番，意外地找到了一本以前练习手绘的写生本，上面速写了几幅她与安琪的日常。她选出一张两人的合影，拾笔修了修，撕下来压在餐桌上新插的那瓶玫瑰花底下，想了想，又在人像旁边添了一句话，这才深吸口气，把剩下的本子装进背包里，恋恋不舍地离开了公寓。

颖儿下楼来，司机为她打开车门，她矮身正要坐进去，就听背后传来一个惊喜的声音："颖儿?!"

颖儿回头看，却是愣了一愣才叫得出他的名字："……林硕?"

大夏天的，林硕却穿着一件怪异的高领衫，一脑袋头发不知多久没剪了，乱蓬蓬的，显得头特别大；两颊深陷，眼圈青黑，瞅着颖儿的目光发直，哪里还有从前那个开朗大男孩的影子？

"你怎么瘦成这样？"待他走上前来，颖儿忍不住问。

林硕咧嘴一笑："想你想得呗。"油嘴滑舌的腔调倒是一成没变。

颖儿皱了皱眉。

司机很懂眼色，看出她的反感，故意提醒了一句："您不是赶时间吗，再不走就要迟到了。"

颖儿感激地看着司机："对对对，我们走吧。"

林硕眼疾手快地挡住她的路，回头看看车子，吹了声口哨："车不错嘛！"手肘支在车门上，吊儿郎当地打量着颖儿身上的名牌服饰，"有阵子不见了，钓上大鱼啦？难怪那么迫不及待地甩了我。"

颖儿对他的倒打一耙简直无语："你做了什么事自己清楚。"

"我做什么啦？什么也没做啊……啊！"车门突然被人踹了一脚，随着林硕的一声惊呼，重重地合上了。手肘没了支点，他整个人失重地撞上车身。

颖儿惊吓地掩口后退，躲开跌倒的林硕，抬头才看到将车门踩了个大脚印还一脸无事状的王子暮。司机下意识地护在颖儿面前，对他略一欠身："暮少爷。"

王子暮点点头，牵过颖儿的手，吩咐道："你先走吧，待会儿我送她回去。"他斜睨一眼地上的人，又说："这人以后再靠近，你就当他是劫车的处理。"

颖儿上了王子暮的车，还好奇地回头看林硕："他好像是得了什么病，瘦得好吓人。"

王子暮哼了一声："心疼啊？"腾出一只手捏着她的下巴让她面向自己，酷酷地说，"不许看他。"

颖儿好笑地撇撇嘴，不再理会林硕："你怎么知道我在这儿？"

"回家没看到你，他们说你回来取东西了。"瞥她一眼，他懊恼地说，"提前结束会议，刚想给你个惊喜，结果却扑了个空。"

颖儿本来想跟他说安琪去医院的事，听了他的话立刻追问："什么惊喜？"

看她雀跃的样子，他也不禁嘴角上扬："带你去参加一个晚宴。"

颖儿失望地靠回椅背："哦。"

"怎么，不感兴趣？"王子暮明知故问。

颖儿认命地拍拍脸颊，强打起精神的样子："没有，先回去换衣服吧。"

随意地看了看她的装扮，王子暮说："不用换了，就这身挺端庄的。"

就这身？颖儿疑惑地拉着T恤下摆，端庄？

半小时后见到同样休闲打扮的林小美、趿拉着双人字拖的周志成，以及满院子背心短裤的小毛头，颖儿才同意王子暮的话，自己穿得确实是几个人中最端庄的。

周志成把烤架上的鸡翅膀举起来："来得正好，马上就能吃啦！"惹得周围的小朋友欢呼声阵阵，他连连出声警告，"散开散开，都别靠太近！"

小美向颖儿声音的方向笑了笑："颖儿来了吗？"

颖儿连忙坐过去捉住她的手："是我，小美院长。"

小美反握住她的手："子暮哥哥说你还不太习惯现在的生活，一直都不开心，特意带你出来透透气，还让周大哥过来给孩子们烤肉吃。"

颖儿佯怒剜了王子暮一眼："还说什么晚宴……害我以为今天又要去扮洋娃娃。"

小美好奇地眨眨眼："什么叫扮洋娃娃？"

颖儿失口了，吐吐舌头，再一看小美关心的脸，索性和她诉起苦来，抱怨自己对豪门生活的不适应，就像是个突然有了意识的洋娃娃，虽然能说话会走路，但是完全不知道要做什么。

小美很理解她的感受："其实，子暮哥哥也是这样过来的。"

颖儿想了一下，确实，她现在起码还有他从旁照顾，他当年被张家领养的时候，只会比她过渡得更艰辛。

小美忽然低声问："颖儿，你和子暮哥哥……"

颖儿连忙收回望向王子暮的目光，想起小美眼睛看不到，她又大方地转头看过去，露出个幸福的微笑："他对我很好。"

小美欣慰道："那就好。哥哥不是轻易付出感情的人，他对你好，就会一生一世的。"

颖儿正为"一生一世"这个词微微发怔，就听到小美又说"你也要好好照顾他，他在张家并不容易"，颖儿不由得想到张铭远生性多疑的为人，点点头："我会的。"她会尽自己最大的努力，在那个凶险的宅院中保全她和子暮两个人。

几串食物举到她面前，王子暮笑道："吃吧。看你望着烤架眼睛都直了，饿了吧？"

小美偷笑："她怕是看的不是烤架吧……"

"你拿的没我喜欢吃的！"颖儿不好意思地打断她的话，拒绝了"嗟来之食"，大步朝烤架走去，"我自己去烤，小美你想吃什么？"

王子暮担心地喊她："小心烫到。"将手里的食物交给小美，"你慢慢吃，我去看着她。"

周志成也拿了一堆吃的过来，跟他走了个擦肩："火急火燎地干什么？"

小美笑道："他担心颖儿受伤。"

"哦，那丫头是毛毛躁躁的。"周志成讲起第一次和颖儿吃饭，她不是把饮料弄洒，就是碰掉了手机。说着说着，目光不自觉地落到了烤架前那两人身上，只觉得郎才女貌，早已没了自己的位置。

小美想让周志成帮她拿纸巾，唤了两声没人理，直到摇动他的手臂才拉回他的注意力，她略略一想就知道他在想什么，毕竟之前周志成跟她说过对颖儿的感觉："你还放不下她吗？"

"不会。"周志成摇摇头，"她只把我当朋友，这就够了，她幸福就好。看得出来，她很喜欢子暮，只是不知道子暮……"

小美脸上露出个羡慕的笑："你忘了吗？哥哥曾对我们说过，他永远不会伤害真心对他好的人。"

对于王子暮来说，这个世界上，早已没有真心可言。

他看着在副驾上熟睡的张颖儿，心里再明白不过，自己于她，也不过是张家这片名利深渊里的一根浮木罢了。然而，被依赖攀附、被信任，这已然是很难能可贵的感情了。

车子刚驶入张宅，颖儿的手机忽然响了，王子暮以为是张铭远的电话，瞥一眼屏幕上却显示"天使"二字。

颖儿迷迷糊糊地接起："喂……"只几秒钟，她蓦地瞪大了眼睛，睡意全无。"我有。你现在在哪儿，我马上给你送去！"挂了电话她急匆匆地对王子暮说，"安琪的爸爸生病了，需要住院，好像很严重。"

安琪父亲的腿疾也不是一天两天了，本来只是想去医院开些药回家吃，不料一检查竟是骨癌，医生说尽早手术，再配合放化疗还是能够控制病情。安琪一听就傻了，不敢跟爸爸说实情，也没个人能商量，晕头转向地办了住院手续，直到护士提醒她去交手术押金的时候，她才想起这个现实的问题。手术费她勉强能凑出，但后期的药物和治疗费用也是一笔不小的开销,她这才想到向颖儿求助。

颖儿乱七八糟地翻出一堆卡,都是张铭远给她的,她没用过,也不知道哪个里面有钱、有多少钱。最后还是王子暮拿着单据去交了费用,又自作主张地换了间单人病房,都安置妥当后已经很晚。安琪等爸爸睡着之后才出来,一整天下来她已经是身心俱疲,看着颖儿竟想不出要说什么话好,只长长地叹了口气。

颖儿把一杯热牛奶递给她:"你先喝了这个,让子暮送你回去早点睡吧。"想了想,她又看看王子暮,"我今天跟安琪回去住,你待会儿帮我跟爷爷说一声,好吗?"

不等王子暮说话,安琪直接反对:"你快老老实实回家吧,我明天一早还要出差呢。"

王子暮看着她:"用我安排别人暂时接替你的工作吗?"

安琪连连摆手:"不用不用,等手术之后再说吧。"

王子暮也不勉强她:"嗯,有需要直接跟我说。"

"谢谢王总。"安琪眼神游移,不敢直视他。

颖儿拉住她的手:"你就别这么客气了,子暮他……又不是外人。"最后几个字虽然说得小声,却难掩甜蜜。

安琪牵强地扯出个笑容:"真的不用。我不去上班,爸爸一定会怀疑自己病得很重,我不想让他东想西想的。"

颖儿点头:"还是你想得周全。"

王子暮的手机响了,他走开去接电话。安琪问颖儿:"还好吗?"

颖儿本来就因为安琪爸爸的病情难过,再听她这么一问,想到自己在张家的种种不适应,又不得不为了爷爷去拼命习惯,委屈得当场就红了眼圈,她摇摇头,说:"我好想回到从前咱们两个一起生活的时候。"

"我看见你留给我的画了。"安琪帮她擦擦眼泪,"对不起,最近公司实在太忙,都没时间跟你好好说说话。现在爸爸又病了,更顾不上你了,你要照顾好自己。"

23 张氏大厦将倾

手术那天，颖儿去医院陪安琪待了一会儿。再后来很长的一段日子，两人都没机会像那天一样面对面地聊过天。安琪越来越忙，父亲的手术效果并不算理想，虽说暂时没有生命危险，可仍需要大量的后续治疗，安琪天天公司医院两头跑，颖儿不忍打扰。

安琪爸爸这一病，也让颖儿更觉世事无常，一时间对张铭远的芥蒂放下不少，不再那么刻意回避他。

张铭远很敏锐地感受到了这种变化，不知原委，只看她对王子暮言听计从地，以为是王子暮从中劝说的结果。季度末的董事会上，他以管理不善为由，提议将张鑫管理的两个分公司业务交给王子暮打理。王子暮完全没理会张鑫发青的脸色，自顾自地道了谢，却说自己才回国没多久，不太熟悉地产以外的业务，拒绝了张铭远的指派。张铭远颇觉意外，倒是愈加满意他的自知之明。张鑫则是一散会就跟进了董事长办公室。

张铭远皱眉："不是让你没事少出现在我面前吗？"

张鑫开门见山地道："我要张氏百分之三十的股份。"

张铭远哼道："滚出去。"

张鑫捏着拳头又松开，又捏紧，最后勾起一抹冷笑："张氏有今天不是您一个人的功劳，我爸是怎么死的，您心里有数。既然您不仁，就别怪我不义了。"

张铭远一拍桌子站了起来："混账！你说什么？这是你该说的话吗？"

既然已经撕破脸皮，张鑫也就无所顾忌了，丢下一句"走着瞧吧，我迟早会拿回属于我爸的那份财产"，愤然离去。

张铭远气得咬牙切齿，连声骂着"混账东西"，只觉悲愤难当，将桌上的摆设胡乱扫了一地，突然感觉呼吸急促，胸脯剧烈地起伏，他正想按电话内线叫人备车回家，手抬到半空忽然控制不住地哆嗦起来，嘴角也怪异地向一边连续抽搐。意识到这是病发前兆，他慌乱地坐回椅子稳住身体，用另一只能动的手艰难地拉开抽屉，找出应急药品。单是这几个动作已经累得虚脱，脑门渗出大滴的汗珠，嘴唇发紫，一个不慎，才倒出的药片连同药瓶一起掉在了地上。他弯腰去捡，椅子失衡翻倒，他整个人跌了下去。

王子暮看到张鑫怒火冲天地离开，一丝笑意在眼底弥散，转身敲敲董事长办公室的大门，走了进去。偌大的办公室里空无一人，他疑惑地叫了声："张董？"没人回应，周遭静得吓人，王子暮很快就听见异常剧烈的呼吸声，于是不动声色地将门关好，走到办公桌前，俯视倒在地上用尽全身力气去够药瓶的老人。

张铭远颤抖着，指尖一寸一寸接近救命的药瓶，眼看就要触及，一只鞋突然踏在了药瓶上，头顶传来了王子暮的呼唤："张董？奇怪，人去哪儿了？"张铭远脸上一阵欣喜，求生的渴望让他奇迹般地来了力气，一抬手竟抓住了王子暮的裤脚。令他绝望的是，手中的布料缓缓挣脱开去，近在咫尺的药瓶也被他一个转身踢远了。

王子暮什么都没看见，只弯腰掸了掸了裤子上的细褶，带着比进来时更深的笑意出去了。

张铭远感觉全身的血液都冷了下去，他看着几米开外的药瓶，几经挣扎，彻底失去了意识。

因为治疗不及时，又是二次中风，张铭远睁眼之后，肢体仍没有任何知觉，甚至连话也说不出了。颖儿之前看过他的病历，现在这样的结果，虽在意料之中，伤心却是一分没少的。

坐在疗养院张铭远的病床前，握着他的手，颖儿喃喃道："对不起，爷爷，是我不懂事，没有早点听您的话回家。现在公司出了这样大的事，我却什么也做不了。"

昔日犀利的眼风不再，张铭远望着哭哭啼啼的孙女，目光中满是心疼和悲切，听到后面的话，他的眼神转为疑惑震惊，死死地瞪向她背后的王子暮。

王子暮不想刺激他，但当前的局面还真是让他不吐不快："小叔叔对外公布了您的病情，张氏现在股价大跌，董事局无人主持，也是一片混乱，我手上的几个项目发展计划都停止了。不过您不要担心，只要您安心养病，尽快好起来，一切都会恢复正轨的。"只要您还好得起来，他在心里默默地加上一句。

张铭远痛苦地闭上眼，眉心乱跳。半晌，他睁开眼，冲颖儿眨了眨，颖儿回头困惑地看看王子暮："爷爷他想说什么……"

王子暮走近一步，俯身对上张铭远的视线，一字一顿地问："您，需要请律师来吗？"

张铭远憎恨地盯着他，王子暮面无表情地回视，最终，张铭远还是无奈地缓缓眨了两下眼。王子暮满意地点点头："我明白了，您先休息，我会尽快安排。"

出来的时候颖儿问出心中的不解："爷爷真的是要找律师吗？律师能干什么？"

"宣布你的继承权。"王子暮告诉她。这一点倒确实是张铭远的想法，他没胡乱理解。

"爷爷握有张氏最大的股份，他这一病倒，张氏群龙无首，其他几个大股东相互牵制，暂时还做不出什么出格的事，但毕竟不是长久之计。颖儿，你是董事长的第一继承人，这个时候，需要你出面维和。"

"我？我不行。那些人，张鑫他们的手段……"颖儿紧张地捉住他的衣袖，"子暮，我应付不来。"

"有我在。"王子暮坚定地覆上她的手。

在紧急召开的董事会上，张颖儿代替张铭远坐上了张氏董事会的主席位，并以超过半数股份的投票权使王子暮成为新任 CEO。王子暮一副事不关己的模样坐在自己的位置上，没有发表任何言论，也没有对集团的任何人员架构做调整，包括张鑫的，但在场所有人都清楚，张氏的实际控制人，已变成董事长下手位那个看似温文尔雅不争不抢的男人。

一个小型的庆祝仪式在两只酒杯的碰撞声中开启，周志成诚心诚意地道了句恭喜，只有他知道，王子暮走到今天付出了多少努力。王子暮只是淡淡地说了句："这段时间辛苦你了。"

周志成叹口气："我还好，只是看颖儿挺难过的，有点于心不忍……我们是不是该多留出些时间让她跟她爷爷相处？"

王子暮轻啜一口酒："就是要趁她和张铭远的感情还不深，否则她会更伤心的。"何况机不可失，王子暮绝不会放过任何一个让张铭远倒下的机会，这次是秘书进去得早，抢回了他一条命，下次他不会让他这么幸运了。

周志成略一思索也认可了他的想法，又汇报了自己近日监视张鑫的结果："他们母子暂时没什么动作，不过肯定没这么容易善罢甘休。"

王子暮冷笑："我倒想看看他们还能折腾到什么程度。你多派些人手跟进，在我没拿到张氏的股份之前，不可掉以轻心。"

周志成微微错愕了一下："股份不是已经在颖儿手里了吗？她有和你有，不是都一样吗？"

王子暮面无表情："怀璧其罪。张氏的决策权，在没有自保能力的颖儿手里，只会给她带来无穷的麻烦。"

周志成一时无语："的确，颖儿那么善良，对所有的人都没有防备。"

王子暮别有深意地看了他一眼。

周志成连忙解释："我的意思是她这种性格，实在不适合在商场上生存。"

王子暮点点头。说来也怪，从前工作时，他还觉得颖儿颇有天斌，她的一些设计方案和对地产行业的领悟力都不错，甚至看待一些问题的视角也很独特，可自从回到张家，她那些想法和灵气就泯然于众人矣。或许是没有展示的机会，或许是自己要求太高，又或许是张家这座豪华奢侈的宅院，足以令所有人纸醉金迷，不思进取。

成为张氏 CEO 这天，王子暮放任自己和周志成喝了很多酒。

王子暮酒量并不好，周志成却醉在了他前面，拉着他反复反复地说"要对颖儿好""对颖儿好"。王子暮知道他对颖儿的感情，周志成帮了自己很多，别的，王子暮或许可以作为谢礼送给他，但颖儿不行。

王子暮始终记得有一次在酒吧，她将自己带回家照顾的那一夜。

她说他的心事可以讲给她听，她说：人活着，总要有快乐的理由。

在那之前，他不知道人还可以为了寻找快乐的理由去活着。也没有人像她那样，一整夜，什么也不说，什么也不做，就那么安安静静地陪着他。可就是那样沉默乖巧到几乎使人感觉不到存在的她，却让他几次都有将自己的一腔心事全部告知的冲动。

从那时起，王子暮就常常想，或者，颖儿是老天在为他安排了这么残酷的人生之余，唯留的一丝温存。

回到张宅时已经很晚，颖儿还守在客厅里等他。天花板上富丽繁复的水晶吊灯将夜晚照得宛若白昼，颖儿略显困倦的双眼猫儿一样半眯着，望着他，不说话，却有无尽的风情。

王子暮期待她再问一次自己快不快乐，这次他会告诉她，虽然没那么快乐，但他已经知道要如何找寻快乐。然而她只是嘟囔着他不该喝这么多酒，又问："下午在会议室里的时候，我的表现是不是很丢脸？他们一看我，我就结结巴巴地，不会讲话了。"她一边碎碎念叨，一边为他脱去外套，温润的指尖碰到他颈部的皮肤，像是小小的火苗，灼烧出他心底压抑良久的欲望。

王子暮被她动来动去的嘴唇诱惑得神智全无，敷衍地应道："还好。"

颖儿听他声音含糊，只当他是醉得厉害，也不再回味自己白天的表现："反正出洋相也不是一回两回了，每次被你带到那些高级会所，我就感觉自己是只丑小鸭。"

王子暮发出一声几不可闻的叹息："只要你曾经在一只天鹅蛋里待过，就算生在养鸭场里也没有什么关系。而我，就算长在漂亮的天鹅湖里，也不过是一只羽毛干净的丑小鸭。"抬起手，抚上她的脖子，"没有这么细长的脖颈。"拇指划过她的唇瓣，"也没有这么鲜艳的嘴巴。"他的眼神凝滞，晃着薄薄的水汽，盯视自己手指抚过的地方，嘴唇轻如羽翼般压上去。

颖儿被这个突如其来的吻震惊得僵在原地。

所幸他只是蜻蜓点水般地一啄便离开了，他望着她，声音低哑地问："在想什么，颖儿？"

颖儿红着一张俏脸，眼珠子骨碌碌地转了半天，最终才问："你抽烟了吧？"

王子暮失笑："我没有，是周志成抽的。不信你闻……"再次俯身在她嘴角低语，"我嘴里没有烟味。"舌头快速探进她因惊讶而微启的口腔中，只有浓烈的酒气，不带丝毫烟味。

颖儿抵在他胸口的手掌轻轻推了推，却被他反手握住，跟着拦腰一揽。她整个人失去重心，倒在他的臂弯中，低呼一声搂住他，笑道："你会把我也弄醉的。"

"陪我一起醉不好吗？"他认真地望进她的眼底，眸光似高度纯酒一般，使人微醺。

这一夜，他并没有因酒精而放纵地对待她，那细致的温柔和妥帖，是疼惜，是呵护。

要相信它们的意义，颖儿告诉自己。

成为张氏的 CEO 完全没有打乱王子暮的生活节奏，可就算纵横商界数十年的张铭远，在集团还没有如今这么混乱的时候，行程也总是排得非常满——公司的业务要顾看，还有必须亲自到场的社交活动和考察项目，有时一天会飞三个国家……即使在家，也是视频会议开到深夜。但王子暮倒没比从前忙碌多少，面对这么大的一摊家业，他似乎很从容。闲时还会带她去海边吹风，去福利院找小美聊天，甚至安排一到两天的短途旅行。

颖儿也想相信他是能力卓绝，应付张氏的业务游刃有余，可几次夜里醒来不见枕边人，却在书房看见他对着电脑愁眉不展。她从小到大其实都没什么伟大的抱负，也没什么工作理想，一个疼她呵护她的老公，一个她未曾有过却即将拥有的家，就是颖儿全部的幸福期待，而现在，这些都与王子暮有关。

看到他的手指在太阳穴轻揉的模样，颖儿只觉得自己也跟着头疼起来。她不懂做生意，便也不懂王子暮这么头疼的原因是什么。

某次应酬结束，颖儿原本是要跟王子暮一起回公司谈一个项目合作的，但途中她咳嗽了几声，王子暮担心她是起早受了风寒，让助理先送她回家，一个人去了公司。路上，颖儿把心中的疑惑问了出来。

楚哥虽是张铭远派给王子暮的人，但因懂得良禽择木而栖，现已逐渐成为王子暮的左膀右臂。颖儿的疑问在他看来根本不算问题，只是他不知该不该说给她听："王总不是不忙。有很多事，他其实想去做，但是……算了，我这么说您也不懂。"

似是感受到他的为难，颖儿将态度放得更低："是不方便告诉我吗？"

楚哥摇摇头，犹豫片刻："您如果身子好点了，我带您回趟公司吧。"

颖儿根本没有大碍，因为王子暮坚持，她自己又确实不愿意去参与谈生意之类的事情，这才打算回家，听楚哥这么一说，她果断又折回了公司。

今天要谈的这个合作很重要，颖儿早就听王子暮提起过，张氏拓展的新的业务单元，迫切需要他们的技术和资金支持。之前他们已经谈得差不多了，对方这次来一是参观一下集团环境，二是最终签署合作协议。王子暮让颖儿出场，主要是因为她董事长的身份，显得更有诚意，其实对项目进展并无影响。不料对方见到这边只有 CEO 主持签约，当场就换了副脸孔，谈到后来更是直接撂了话："以王总的身份，对于这么大笔的交易，似乎还做不了最终决策吧。"

颖儿站在门外，眼睁睁地看着对方一行人拂袖而去，隐隐明白了王子暮的尴尬和辛苦。

"楚哥？"她平静地开口，"麻烦您让律师来一下，我在办公室等他。"

楚哥并不多问："好。"转过身正对上王子暮深沉的目光，他当即露出个不易察觉的笑容，缓缓点了下头。

王子暮仍旧没什么表情，只是背在腰间的一只手用力地攥成了拳头，像是在抑制某种不可外露的情绪，比如，窃喜。

24 风雨将至

颖儿将名下的股权全部转给王子暮的决定，一经报出，从张氏内部到整个商界，都惹来不小的议论。张鑫首当其冲在董事会上发难，指出王子暮对股权的继承名不正言不顺。王子暮纠正他这不叫继承，而叫受让。张鑫怒道："我不管你用什么花言巧语哄骗了张颖儿，但诸位董事可不是那么好骗的，没人会承认你的股东地位。"

律师从旁力图解释："王总名下的所有股权都是正规途径取得的，受法律保护……"

王子暮抬手阻止了律师，笑吟吟地望着张鑫："我并不需要您的承认。"视线在会议室内略略扫过，"还有哪位和小张总一样想发表看法？"

张鑫立即向几个亲信打眼色，其中一个稍年长者沉着嗓子开口："张氏成立几十年，从董事长到大股东无一不与张家有血缘关系，如今你一个外人，如何叫人信服？"

又有几个人连声附和，张鑫愤怒的脸色终于有所好转。

王子暮轻声笑道："好一个'无一不与张家有血缘关系'！这种本应诟病的机制，居然堂而皇之地在一家上市企业的董事会上被讲出来。"他的目光转向张鑫，"以你对集团的所作所为，现在还能出现在董事会，只是因为你姓张，而这之前，集团也姓张。"

此话一出，满座哗然。

王子暮悠然起身，双掌撑在桌面上，身子微向前倾，逐字逐句地对会议室里的人说道："从今天起，张氏，只是一个符号，集团的实际决策人，是我——王子暮。楚哥？"他唤了一声立在身后的助理。

楚哥马上将手中的一摞文件分发到每位董事面前。

王子暮看也不看地说明："这是小张总近一年来利用职权之便涉及的违规项目。"他再次强调，"只是近一年内的项目，其中包括伦敦旧改地块招标期间的暗箱操作，以及国内几项大型投资的受贿行为。因为数量众多，有几件只是罗列了项目名称，具体说明如有感兴趣者，可以用各位的账号登录公司内网查看。"

"你！"张鑫不可置信地抓起文件快速阅过，脸色铁青地跌坐在椅子里。

张鑫被彻底踢出张氏之后的半年之内，王子暮又接连清退了三位元老级的董事，亲自任命了新的资产部总经理以及其他几个重要事业部的高管。张氏的血液被整体清洗更换后，重新在四肢百骸内流淌运作。

王子暮来到张铭远的病床前，尽职地汇报了张氏的近况，成功地将张铭远的血压升到一个足以使仪器报警的数字，才在一群医护人员的忙碌中满脸担忧地离开了。

周志成问他是否有必要报复到这个程度，王子暮告诉他，自己并不想报复什么人，只是想让张铭远和张鑫体会到他当年的委屈。

抚着衬衫袖子下面的伤疤，王子暮讲了一件周志成未曾听过的儿时往事。

当年，张铭威刚刚过世，张许明珍还没有搬离张家大宅，张铭远收养王子暮这件事，使张许明珍感到了巨大的威胁，她虽然不敢忤逆张铭远的意思，但背地里对王子暮心怀憎恨。

虽然同是寄人篱下，但张鑫毕竟是真正的张家孩子，而王子暮却因为张铭远没有给他更改户籍上的名字，时常受到各种排挤。不但有张鑫母子的鄙夷，连家里的下人都对他白眼相待。张铭远在家时还好些，一旦不在，王子暮连吃饭都需要自己动手。一次，王子暮才将煮好的面条盛出来，张鑫一脚将球踢进锅里，热汤四溅，王子暮及时伸手挡住脸，才没有被当场毁容，但是手腕上却被烫起一串水泡。他不敢告诉张铭远，直到伤口溃烂引起高烧，才被送去医院治疗。烧退病愈，王子暮的手腕上却留下了一块显眼的疤痕。

在那之后，王子暮本以为张铭远会将自己的隐忍看在眼里，可是在张鑫污蔑王子暮偷了他的限量版四驱车时，张铭远只是说："把东西还给人家。"张鑫不断羞辱谩骂王子暮是小偷，争执中，王子暮把四驱车往地上一扔，表示自己根本不喜欢这种东西。心爱的四驱车被摔坏，张鑫气急败坏地骂他是野种，这让王子暮一直压抑在心里的仇恨爆发出来，第一次动手打了张鑫。结果，依然是王子暮受到惩罚。张铭远事后对王子暮说，成大事者，应该能控制住自己的情绪，不能被那些眼前的诱惑所奴役——等你长大以后就会明白。

"这是个诡辩的世界，真理掌握在强者手里。所有人都认为我没有四驱车，就会去偷一辆来，殊不知二者根本没有因果关系。"王子暮嘴角泛起冷漠的笑容，"你说我报复张家？或许是吧，我只是想找一些能让自己快乐的理由。"

如果说张鑫的落魄能让王子暮快乐，那么没多久，王子暮快乐的理由就又多了一个。

与母亲离开张氏之后，张鑫的日子可谓举步维艰。按理说瘦死的骆驼比马大，可张鑫这只不自量力的骆驼竟然用上了全副家当去另起门户，他以为在张氏多年，对房地产市场也算是了如指掌，又做惯了投机的买卖，于是一口气接盘了两个大型商业地产，远超他的资金承受能力。结果两个项目的招商情况都没能如他预期的一样理想，其中一个达不到60%，连开业都成问题，不但要赔偿已入驻商家的违约金，还要应付各项基础设施的运营成本。另一个刚开业，还在养商期，现金流远达不到填补亏空的程度。银行贷不出钱，又没有外来资本主动进入，无奈之下，张许明珍瞒着儿子，约见了张颖儿。

颖儿虽然生气张鑫当初诓骗张铭远的举动，但对于为了儿子不惜放下身段来求自己的张许明珍，还是同情多过记恨的，于是答应提供一笔钱给他们进行周转。但这么大一笔钱，颖儿总是要跟王子暮报备一下的，因为张许明珍反复叮嘱她不要对王子暮说是资助他们，颖儿也不想多生事端，只说是自己想用钱，没提具体用处。

没想到王子暮直接回绝了她。

颖儿第一次这么下不来台，晚饭也没吃，回到房间独自生闷气。

王子暮处理完当天的公事才跟进来："钱是给张鑫的吧？"

谎言被戳穿，颖儿瞥了他一眼，小声道："是奶奶来找我的。"

王子暮冷笑："你倒认亲。"

颖儿有些羞愤："不管认不认，他们毕竟是我的亲人。"

"你的亲人？你不是只要我一个亲人就够了吗？"

"王子暮！"颖儿真的生气了。

王子暮不为所动，表示自己不会资助他们一分钱。

"他们也得到应有的惩罚了，现在落到这个地步，你难道真要看着他们走投无路吗？"见王子暮没再吭声，颖儿以为他有所动摇，又加了一句，"权当看在我的面子上，帮帮他们，可以吗？"

王子暮冷着脸："一千万不是小数目。"

颖儿伤心之下口不择言："张家养育你这么多年，如今一个张氏集团都给你了，你还计较一千万？"

张家给他的？张家没有他，早就不知成为谁家的了！王子暮很想冷笑几声："我今天的一切都是自己争取来的，绝不会轻易地白给任何人，尤其是曾经想置我于死地的人！"

颖儿不想再强迫他，只问："我的账上有一千万吧？"

王子暮已经不想理她了，反正这丫头被人骗钱也不是一次两次了。

颖儿追问："钱就那么重要吗？"她着实不理解他的怒火。

王子暮实在没办法跟她沟通，丢下一句"随你便吧"就上床睡觉了。

最终颖儿还是凑足了一千万打给了张许明珍，后者千恩万谢，颖儿却并没了从前帮助人的那种开心，因为这件事她已经跟王子暮冷战很多天了，只觉得身心俱疲。

颖儿发现自己身体状况的异常时，经期已经晚了两个月。从医院出来，她控制不住内心的喜悦，直接去了公司，想第一个告诉王子暮。但他不在，她打通他的手机却是楚哥接起，说董事长喝多了，此刻楚哥正在送他回家的路上。

王子暮的应酬越来越多，像这样烂醉如泥醉地回家，已经不是第一次了。颖儿没让用人服侍，亲自给他换了衣服、擦了脸，累得满头大汗地回到床上时，王子暮已再次睡熟。颖儿不以为意，趴在他的胸口上，小声告诉他："子暮，你要当爸爸了。"

颖儿孕期嗜睡，一觉醒来王子暮已经出门了。颖儿摸摸肚子，自我开解道："没关系，小乖，爸爸是为了我们在努力工作呢。我们去看太爷爷吧！"

她想把这个消息告诉张铭远，让他高兴高兴。到了疗养院，张铭远仍在睡觉，颖儿对着双眼紧闭的老人笑道："爷爷，我有宝宝了。""我会跟子暮商量，让我们的第一个孩子跟随您姓张。""子暮最近特别忙，婚礼可能要晚一点才能办，到时候一定会让您到现场观礼的。""等您的病情稳定一些了，我就接您回家，亲自照顾。""记得给宝宝取个好听点的名字哟，我希望是个女孩。"她自言自语了一阵，张铭远还是没醒，颖儿抚了抚他的额头，提前离开了。

病房门一关上，张铭远的眼睛就睁开了，一滴眼泪顺着他眼角的褶皱缓缓滑下。

回到家里时间还早，她打电话问王子暮中午能不能回来吃饭，却被告知他在另一个城市处理事情，结束得晚的话晚上有可能不回家住了。颖儿有点生气，问他为什么连出差这种事都不跟自己提前知会一声。王子暮只说事发突然，他也是临时改变行程的,再说有可能下午就回去了,又不是很远的地方。

颖儿觉得委屈,她知道王子暮正处于接手集团的关键时期,十分忙碌,她可以不管他每天在做什么,但是不能接受他连招呼都不打一个就飞去了外地。她也不用他时时刻刻都陪着自己,但是万一她有需要的时候,希望他能第一时间赶回她身边。

午饭颖儿独自在偌大的餐桌边享用,因为胸口闷着气,加上早孕反应,吃了没几口,她就哇一下吐了个干净。她也不再强迫自己继续吃,戴上个遮阳帽就出去散步了。

正午的太阳异常毒辣,颖儿边走边想着这阵子终日不见人影的王子暮,不知不觉已出了院子,被晒得后背湿透,正要转身往回走,一辆车在身边戛然停下。

周志成探身看看:"颖儿?真是你啊,出来怎么不坐车?不怕中暑吗?"

颖儿乐了,跑过去趴在他车窗上:"你来干什么?"

周志成吓得直往里躲:"给子暮送点东西。"

"他没在家。"

"我知道,我们俩刚分开,他出差去了,让我把一些重要文件送回家里。"

"那你送完东西没事的话送我一趟吧。"

"怎么没事啊,喂喂……"看着从车头前一溜小跑着过来坐进副驾位置的美女,周志成苦着脸,"系好安全带。"

颖儿敬个礼:"遵命!"美滋滋地依令行事。

周志成摇摇头:"你不是有司机吗?"

颖儿老实地答道:"又不熟,指使人家东奔西走的多不好。"

周志成满脸甜蜜的无奈:"去哪儿啊大小姐?"

一句话惹得颖儿又犯了难,是啊,去哪儿呢,她只是觉得家里太闷,不想再回去:"……你随便开吧。"

周志成一脚刹车踩下去:"你真是不拿我当外人……"

"就当载我兜兜风好了。"颖儿降下自己这侧的车窗,热浪从外面涌进来,黏糊糊地腻在了裸露的皮肤上,堵死了所有毛孔,让人透不过气来,"上班的上班,应酬的应酬,每个人都有自己的事,就我游手好闲的。"

周志成听她语气消极,小心地赔个笑脸:"我这不也闲着?"车子调了个头,"我们去找小美吧,她也一定闲得给小朋友编辫子呢。"

结果大闲人小美还真难得地没在福利院,据说是带着孩子们去看画展了。

颖儿正攒了一路关于王子暮的牢骚想说给小美听呢,这下可好,全憋回肚子里了。

周志成看出了她的烦闷,想了半天:"你要不要……去看看子暮的妈妈?"

王子暮母亲的墓地就在离福利院不远的山上，颖儿带了鲜花放在墓碑前，蹲下来，和周志成一起将墓地旁边的野草清理干净，又仔细擦了擦墓碑，这才郑重地鞠了一躬："阿姨……"顿了一下，"我能叫您妈妈吗？我肚子里有了子暮的孩子，马上就要成为他的妻子了……"

周志成震惊地瞪大了眼，在墓前，他没说什么，回到车里之后，他马上问颖儿："子暮知道吗？你……有宝宝的事。"

"我还没有告诉他。"颖儿情绪低落，但还不忘叮嘱，"你不要说，我要亲口告诉他。"

周志成点点头，想了想，又问："你和子暮，是不是吵架了？"

颖儿扁嘴，将王子暮近期的表现大致说了一通，不安地问："我知道他很忙，可是……安琪又照顾生病的爸爸，又要上班，我真的很想子暮抽时间陪陪我。他是不是觉得我太黏人了？"

周志成抓抓头发："我听说，女人怀孕之后情绪会比较敏感。"

颖儿长长地出了一口气："是吧，我也觉得是我想多了。"

"恭喜你，颖儿。"周志成衷心地说，"子暮一定会很高兴的，他在这个世上终于有亲人了。"

颖儿也勾起嘴角，摸了摸肚子，是的，亲人，她和子暮共同的亲人。

白天的小小不快逐渐烟消云散，回到家又看到她最想见的人正在门口站着，颖儿高兴地扑到他怀里："你不是说晚上不回来了吗？"

"我说可能不回来。"王子暮纠正她，平静无波的眼中看不出情绪，"所以你倒比我回来得还晚，去了哪里？"

"你猜。"颖儿调皮地眨眨眼。

王子暮看到了熟悉的车子离去："周志成送你回来的？"

颖儿不再卖关子："嗯，他带我去给妈妈扫墓了。"

王子暮狐疑地看着她雀跃的脸："你妈妈的墓不是在宇宇市？"

颖儿摇摇头："是你妈妈的墓。我们原打算去找小美的，但是小美她……"

"谁让你去的？"王子暮冷冷地打断了她的话。

颖儿呆住了，靠在王子暮胸前，傻傻地望着他，一脸的笑容都来不及收起。

王子暮推开她，转身进屋："我警告你这一次，也是最后一次，不要再去打扰我妈妈。"

颖儿这才意识到他在生气，连忙追上去解释："我们不是快结婚了吗？那也是我的妈妈啊。"

王子暮进来，却是拿了件外套又出去，没再多说一句话。

颖儿跟到门口，停住，王子暮已经发动了车子。她不明白他为什么会是这种反应，也不知道他现在要去哪儿，她还没来得及告诉他自己怀孕的消息……

王子暮静静地看着母亲碑前的花束，许久，还是默许了它的存在。"你喜欢她吗？"他问，脸上露出自己都没察觉的笑容，"是不是觉得太漂亮了？不过心地很不错的……我最近总是觉得有点烦，忍不住对她发脾气，大概是生意上太多不顺了吧，我会道歉的。"

从墓地回来，经过福利院，他进去和小美聊了一会儿，回到家时颖儿已经睡下，王子暮站在床边看着她绝美的容颜，伸手帮她抚平睡梦中微微拢起的眉头。

次日，王子暮将所有行程往后移了几个小时，打算用时间来弥补自己的过错，但醒来后不见颖儿，用人说她在花园里和客人聊天。

25 最后的温柔

花园里的客人是周志成。颖儿昨天下车时比较匆忙，将钱夹落在了他车里，他早上洗车时才发现，连忙跑来送还。一晚不见，颖儿的两只眼睛有轻微的水肿，像是哭得厉害，周志成吓了一跳："你们还没和好吗？"

颖儿没什么力气地摇摇头，不知该从何说起："我怎么好像越来越不懂他了。"话落就已哽咽，端起热茶还不等喝，眼泪就先扑簌簌地落了下来。

"颖儿……"周志成看得心疼，伸手拍拍她的肩膀，"别这样，身子要紧。"

颖儿虚弱地靠着他的手臂："周周，我觉得我快坚持不住了。子暮他现在完全变了个人似的……到底要怎样才能回到从前的样子？"

周志成抿下嘴唇，安慰她说："事情没你说得那么严重。他是一个很重情义的人，相信他，也相信你自己的眼光。"

王子暮站在客厅的落地窗前，拒绝了用人端过来的咖啡，看着花园里那两个人的举动，神情漠然。

周志成如果知道王子暮此刻的心情，就绝不会再特意对他提起颖儿的事。

但周志成实打实是个本分人，情史接近于零，长这么大唯一动过心的女孩成了好哥们儿的未婚妻。问题是他还曾对王子暮坦白过对颖儿的感情，按理说眼下这种情况应该回避才对，可大概是看颖儿哭了一早晨，他脑子一热，竟主动质问王子暮，为什么要这样对待颖儿："你不是答应过我，永远不会伤害颖儿？"

他们二人各开一辆车飙至海边吹风，夜晚的海风格外大，吹得人的说话声都断断续续地。周志成是个大嗓门，再大的风声都阻止不了他乱说话。

王子暮告诉他："我不会伤害颖儿，但不是因为答应过你。"言外之意是提醒他注意身份。

周志成愣是没听出来，还在替颖儿抱不平，说颖儿如何为了他回到张家，弄到现在连一个朋友都没有，而他王子暮居然在张氏到手后就开始冷落她，颖儿失去了笑容，再也不像原来那个开朗乐观的小姑娘了。他越说越火大，最后更是口不择言地说了句："我是因为你喜欢颖儿才肯轻易放手……"

王子暮问："不然呢？"

他没什么明显的表情，语调也是平平常常的，可周志成就是生生听出了里面的寒意，他猛地意识到自己说错话了，又不知道怎么找补，脸憋得通红，直愣愣地杵在王子暮面前。

王子暮没有动怒，也没有为难他，仍是用没有起伏的语调说道："我最不希望你也和其他人一样，质疑我、否认我，偏偏今天就是你对我说这种话。"

周志成明白自己触碰到兄弟的底线了，心虚地嘟囔了一句："你知道我不是那个意思。"他掏出盒烟来，递给王子暮一根，自己也点了一根，蹲在地上默默地吸。

王子暮接过烟和火却没有点燃，只是掐在指间把玩。他靠在车门上，身体微微后仰，看着头顶斜上方模糊不清的星辰："你还记不记得，我们小时候经常在院子里看星星？"

周志成抬头看看天空："那时候也没别的玩的。"他索性坐在地上，一手夹着烟，一手撑着身体，望着遥远的天幕，很多往事就那么清晰地浮现在眼前，"我还记得你跟我说，你妈妈告诉过你：每个有身份的人，在天上都会有一颗属于他的星星。"

王子暮的目光因回忆变得深邃："那时候我妈刚去世，我很希望她能变成一颗星，让我每天晚上都可以看见她，让我在天黑时也能看着她找到方向。但是我知道，像我妈那样的普通人，是不会成为那么耀眼的存在的。所以当时我对着星星暗暗发过誓：总有一天，我会让天上也有一颗星星是属于我的。"

周志成撇撇嘴："你虽然没有星星，却有妈妈给你讲这些事，但我连我妈是谁都不知道。"

"当时你也是这么说的。"王子暮看他一眼。

周志成一怔："是吗？"

王子暮点点头："我知道，这么多年过去了，你都没变，是我变了，变得无法信任任何人，包括你。"

周志成觉得很冤枉，他自认为没做过任何对不起王子暮的事，却让他把"不信任"三个字直接说到了明面儿上。他跑去跟小美诉苦，小美那副水晶心肝，一听就知道问题出在哪儿了，笑着告诉周志成："你啊，跟颖儿嫂子保持距离吧。"

这话说得再直白不过，更何况她还特意在颖儿的名字后面加了个称谓，等着周志成这个粗线条反应过来自觉尴尬呢。不料周志成反应是反应过来了，但脾气也上来了："他怀疑我不要紧，颖儿一心一意对他，难道也不值得他信任？"

小美听他气得直喘粗气，摇摇头，心说你这个样子，换成我也会误会的："志成，你带颖儿来跟我聊聊天好不好？"

小美看不见颖儿的形容，只听她说话的语气，感受到她时不时走神的精气神儿，就知道她一定憔悴得很。她没提王子暮的事，却问："怀宝宝是不是很辛苦？"

颖儿如实地回答："有一点。"

小美又问："但是也很幸福吧？"

颖儿哽咽得发不出声音，只点了点头，想到小美看不见，她强挤出个鼻音浓重的嗯，偷偷压了下眼角。

小美只当没发现她在哭，仍旧兴致勃勃的模样："太好了，你幸福，子暮哥哥也会幸福的。我听志成说，哥哥现在很忙，就连你怀孕都不能好好陪你。"

"没有，他还不知道我怀孕。"颖儿吸吸鼻子，尽量让自己的声音不带哭腔，"我不想……我不希望他因为我怀孕，而对我负责。"

"颖儿，你不要去钻牛角尖。早点告诉他，让他承担起父亲的职责。"小美侧过头来，"像我们这种在福利院长大的孩子，其实特别在乎血脉羁绊，也很渴望家庭生活。"

颖儿虽然不在福利院长大，但也是从小父母双亡，小美的话就像是一阵清风，吹散了她心底积郁多天的阴云。从福利院一出来，她就给王子暮打了个电话，他不接，颖儿于是发了条消息给他，告诉他自己怀孕的消息。

片刻后，王子暮回复：结婚吧。

没有钻戒，没有捧花，没有跪地起誓的承诺，只有三个字，甚至也不是颖儿想听的三个字，但是两个人总算走到了这一步。

颖儿攥着手机，潸然泪下。

小美说得对，只要结果是对的，过程有时候真的没那么重要。

王子暮依然忙碌，公司事务、酒会应酬、海外投资……他没再提过该有的婚礼。颖儿也不关心婚礼，她把所有的心思都用在了期待孩子的降临上——她去参加早孕课程，并严格按照课程内容安排生活。家里孕婴用品如山，她甚至已经开始面试月嫂和保健医生。王子暮对此完全不过问，直到颖儿有天趁他回家换衣服的时候谈起孩子的姓氏问题。

颖儿向张铭远说过，她的第一个孩子会姓张。

王子暮很想还能同往常那样对她说一句"随便"，可是嘴唇张了又张，话一出口却是："你不用费尽心机了，如果想跟我结婚生下这个孩子，他必须姓王。"

颖儿也知道姓氏对某些人非常重要，但王子暮的情况或许是不同的："当初如果爷爷坚持，你也会改姓张的，但你还是你，不是吗？"

王子暮正在挑选领带，闻言将一整排领带架都狠狠地推倒在地上："用我再强调一遍吗？这个孩子如果让我养，就得跟我姓王。你去告诉周志成，他现在反悔还来得及。"

颖儿满脸困惑："周志成？关周志成什么事？"

王子暮一把抓住她的手臂："我告诉你，张颖儿，我可以跟你结婚，可以让你生下这个孩子，也可以把他养大，但是你给我摆清楚自己的位置，不要再提一些过分的要求。"

"你是说……孩子不是你的？"颖儿震惊地瞪着他。

王子暮鄙夷地回视："你放心，我既然同意娶你，就会认下这个孩子。"

颖儿不敢置信地摇着头："真没想到你……"

"没想到什么？没想到我早就知道周志成喜欢你，没想到他会为了你跑来对我大加指责？"他停顿了一下，"还是没想到我这么包容，可以和哥们儿共用一个女人？"

颖儿一巴掌甩到他脸上："你浑蛋，王子暮！"

颖儿冒雨来到安琪家的时候已经是半夜了，不幸中的大幸，安琪竟然在家。看着颖儿的模样，安琪什么都没问，只把她拉进屋里，让她洗了澡，换了干净衣服，颖儿也始终没有言语。一直到躺到床上，安琪给她热了杯牛奶端过来，颖儿靠在床头，目光涣散地盯着半空："你说，他会不会来找我？"

安琪帮她盖了被子："睡吧，明天再说。"

颖儿一手握着温热的杯子，一手轻按着小腹："安琪，我怀孕了。"

安琪感觉喉咙发干，一开口竟没能发出声音，她清了清嗓子："他知道吗？"

颖儿点点头："他说孩子不是他的。"

安琪皱眉："所以不想结婚？"

颖儿木讷而缓慢地摇了摇头："他要结婚，也让我生下孩子，也愿意把孩子养大，他只是……他只是……"她想笑，眼泪却掉了下来，"他只是说孩子不是他的。安琪，他说我背叛他，说我和别人有了孩子！他怎么敢说？"

"有误会你就要解释清楚啊！"安琪替她着急，想问又怕触动伤疤，只能抱着她，任她在自己怀里大哭。

"没用的。问题不在误会本身，而是他居然可以这么误会我……你明白吗，我那么深爱着的男人。"颖儿神情绝望，"我好想要一个和自己血脉相连的亲人，但是我又不能要这个孩子，他生出来我就会因为他的父亲而憎恨他，这是我们家的诅咒吗……"

安琪想象不到发生了什么，会让那个曾经坚定无比地向她承诺会保护颖儿一生的男人变成这样。她没多想就拨通了周志成的电话，以他和王子暮的关系，怎么样也要比自己知道得多。

周志成第二天一早就来到安琪家，颖儿见到他，连声让安琪赶他出去，声称都是他多管闲事惹的祸，否则王子暮也不会误会自己。周志成闷头不反驳，安琪明白了个大概。

颖儿在安琪家足不出户地待了三天，王子暮到底没有出现。

安琪工作上可以请假，医院那边却不能不去，她让颖儿跟自己去陪父亲做化疗，但颖儿说想去疗养院看看爷爷。

这天张铭远的精神很好，护工推他出去晒太阳，看到王子暮远远走来，护工识相地把空间让给祖孙俩。王子暮温文尔雅地道声谢，接过轮椅推着张铭远走了一圈。路上王子暮没说话，张铭远显然是有一肚子话，却只能斜着眼睛怒视他。

王子暮蹲到他面前，恭敬地仰头望着他："恨我吗？当初您把我从孤儿院接出来，我却将您送到这种地方……但有什么好恨的呢？您早该料到如此。我就从没怪过您不把我当成家人，因为我也一直当您是资助我上学的陌生人而已，这很公平。您利用我这么多年，任何危机发生时都会最先选择牺牲我，却连个姓氏都吝于给我，我难道不会自己动手拿？所以，药瓶掉了，你也应该要自己去拿才对，我是不会给你任何东西的，就像你对我一样……还攥得这么紧有什么用？"王子暮拍拍他紧握的拳头，站起来，"年纪大了，要学会放手……"

话落，他看到张铭远身后不远处，脸色如白纸一般的颖儿。

颖儿边摇头，边后退，脚踩在给草坪浇水的胶管上，向后倒去。

王子暮一惊："颖儿！"大步跑过去。

颖儿用力推开他，过激的动作让她感觉下腹一阵剧痛，她弯下腰捂住肚子，惊恐地看到细细的血流从短裤里迅速蔓延到膝盖上。

"子暮，"她猛地捉住王子暮的衣袖，"救他，他是你的孩子……求求你，他真的是你的孩子，你相信我，救救他……"

张铭远听着背后的异响,拼了命地想转身,额角青筋突起,也只能直直地看着眼前。

安琪接到电话赶来的时候,只看到王子暮坐在病房外的长椅上,弯着腰,脸埋在双手掌心里。安琪跑过去:"颖儿怎么样?"

王子暮抬头看她:"她没事……"

安琪看到他明显的欲言又止已不抱希望,但还是期待奇迹地追问:"孩子呢?"

他用一双充满血丝的眼睛与她对视,半响,又恢复到之前的那个姿势,声音从指缝里含混地逸出:"她情绪很激动,不肯见我,也不接受治疗,医生刚给她打了镇静剂,等她醒来,你去劝劝她吧。"

"我怎么劝她?"安琪陡然拔高声音,意识到是在医院,她跌跌撞撞地扶着椅子坐下,平复了一下情绪,才再次开口,"她需要的是你!你到现在还不相信孩子是你的吗?还是不相信颖儿爱的人是你?"

王子暮的肩膀猛地一震,他缓缓直起身,看向安琪。

安琪专注地回望着他:"你呢?你得到了一切,却被欲望淹没了真心?你有没有问过自己,当初对颖儿心动,只因为她是张铭远的孙女吗?"

颖儿醒来的夜里,疗养院传来张铭远病发过世的消息。

张铭远的葬礼极尽奢华,人们都道他活得风光、死得体面。王子暮作为长孙,披麻戴孝,向数不清的吊唁者逐一行礼。即使与张铭远没有交情的,也都趁机来会一会王子暮这位张氏集团年轻的董事长。

颖儿一袭黑裙,在安琪的搀扶下,虚弱地走到王子暮身边,同他一起操持葬礼。

葬礼结束后,新立起的墓碑前只剩下王子暮和颖儿。王子暮看着颖儿,颖儿看着石碑上张铭远的照片,勾起一抹惨笑:"真难得他还有这么慈祥的照片。"

王子暮低声道:"回家吧。"

颖儿说:"好。"

王子暮扶起她,终于有机会对她说:"对不起。"

颖儿轻声叹息:"一天之间,这世界上两个与我血缘最近的人相继离去,总算换回了我的清白,换来你这声对不起。"

"不要恨我,颖儿。"他声音粗哑。

"我不恨。"她语气平淡,不含半分怨气,"我原来就是一无所有,现在也仍然一无所有罢了。你给了我一次当孙女、当妈妈的机会,我还应该谢谢你。就当是做梦也好,既然醒来了,也没必要再计较梦里过得好不好。"

"这不是梦，颖儿。是我对不起你，"王子暮激动地扳过她的肩膀，"再给我一次机会，让我好好地照顾你，我会给你一个家，我们还会再有孩子的。"

颖儿轻轻拉下他的手："给我点时间。"

王子暮郑重地点下头。

颖儿搬出了那个带给她奇迹同时也夺走了她所有希望的张氏大宅，安琪让她回到她们共同居住过的小公寓，颖儿却早已有了别的主意，最终只带着轻便的行李和一本素描本，落脚到小美的福利院。她想和孩子们在一起。

来到福利院没多久，颖儿接待了一位意外的访客。

张许明珍将一张两百万的现金支票交到颖儿手上，这是张鑫转掉一个项目还完债务后能凑出的全部财产。张许明珍转达儿子的原话，说是张家人的钱他随便花，但不会接受那个外姓人的施舍，剩下的钱他也会尽快还上。

颖儿只是惊讶那个败家子突如其来的骨气，却不客气地收了钱，捐给了福利院。

王子暮经常过来，每次都送来很多衣物食品，有时还会组织孩子们出去游玩和旅行。小美知道他的用心良苦更多的还是为了感动颖儿，但是这种时候她也不能再替他向颖儿说什么好话，何况能做的她都做了，他这次实在是伤颖儿太深。

大半年过去了，颖儿仍然沉默寡言，别人不跟她说话，她基本上不会主动开口，大多数时间都是埋头写写画画，好像把自己封闭进了另外一个空间，不与外界沟通交流。有时同在一个房间里，甚至连小美都感觉不到她的存在。

只有安琪来的时候，颖儿才会将她整天抱在手里的素描本拿出来，指着上边的图画说上好一阵子。安琪的时间没那么宽裕，总共也只来过三次，最后一次，安琪走的时候，把小美单独叫到了一边，表情怪异地说："颖儿不大对劲，麻烦你多费心照顾她。"

具体是哪里不对劲，安琪形容不出来，小美和颖儿相处得时间尚浅，更茫然不知。倒是这天周志成来了，在看过颖儿的画后随口嘟囔了一句："你这花草树木的根须怎么比枝叶画得都完整……"

颖儿倒没注意到这点，翻了翻本子，还真是，她抿嘴笑笑："可能因为根部是想象着画的，比较顺手吧。"说着又在一棵大树底下涂了几道粗黑的线条。

周志成这个粗人也不懂艺术，只觉得画画不应该是陶冶情操的事吗，怎么颖儿的画看得他很压抑，完全领略不到情操被陶冶了呢？不过颖儿高兴就好。久违的笑容又回到了她脸上，周志成感到弥足珍贵，如果颖儿不能再这么笑，他一定会再和王子暮打上一架。

说曹操曹操到，周志成抬头，看到王子暮远远地走过来。

颖儿住院的时候,周志成已经跑去揍了王子暮一顿,王子暮没还手。单方面的殴打让周志成事后有些过意不去,几次见到王子暮,他甚至不敢拿正眼看他。王子暮只是笑他:"要不然你扇自己几个嘴巴好了。又不是第一次打架了,有什么难为情的?"

原以为走到尽头的兄弟情分,没想到还能像这样开几句玩笑,也算他这顿打没白挨。

但周志成还是有些尴尬,他狠狠地看了颖儿一眼,逃也似的走开了。

王子暮摇摇头,一低头见颖儿抱着画本坐在草地上看着自己微笑,走到她身边坐下:"笑什么?"

"有笑吗?"颖儿颇觉意外地摸摸嘴巴,又笑了笑,"只是看见你笑,觉得很好看。"

王子暮心头一暖,望着她苍白但依然美丽的脸看了许久,定了定神,目光落到她手中的画本上:"都画了什么?"

"随便画画。"她笑道,"树根什么的。"

"有我吗?"他问。

颖儿不好意思地翻到一页:"我画得不好。"

他看了看,竟然赞同她的话:"嗯,没有我本人长得好。"

颖儿扑哧一笑,别开脸,回头看看他,又忍不住笑起来。

王子暮伸手将她鬓角的头发掖到耳后,触碰到她的面颊,指尖冰凉。"头发又长了。"他说着,贪恋地凝视她,喃喃道,"待你长发及腰,我来娶你可好?"

颖儿侧首将一把长发拢在胸前,比了比腰线位置:"你看,已经及腰了。"

颖儿不愿回到张宅,王子暮于是在滨海项目购置了一套公寓。那是整个住宅项目的楼王,正对着前边酒店的建筑,站在客厅窗前,透过"滨海之门"可以遥望远处的碧海蓝天。那是他和颖儿回忆的开始,也是他们共同为之努力过的地方。

他还记得颖儿向大家展示图纸时的说辞:"从门内向外看,是广阔蓝海,大有天地;从门外向里看,是新区盛景,繁荣昌盛。"声音像山林间跳跃的小溪,充满了活力。那是王子暮第一次仔细打量颖儿,从前只是看到她五官动人,那时才注意到她满满自信的笑容,明眸善睐,亮得似乎能照射出人心。

正是因为解决了这个项目的设计问题,他才初步获取了张铭远的信任,进而在张氏打稳根基。王子暮觉得是这个姑娘给自己带来了好运,公事上私下里忍不住对她多加照顾。而那夜酒醉之后,她不动声色的开解劝慰,更让他相信,她不仅是株幸运草,还是一朵解语花。

安琪的话点醒了他，他的心动，从来就只是因为她是张颖儿，而不是张氏的继承人。

如果说上次的求婚带有泄愤成分，那么这一次的求婚，则是他王子暮由衷盼望的，与所爱的人共度一生的仪式。楼盘才一封顶，他就安排人手将自己挑选的房间和样板间一起装修，想着如果赶得上，就将这里作为他和颖儿结婚的新房。

婚期渐近，王子暮几乎把所有时间都用在筹备婚礼上，他事必躬亲，每一个细节都追求极致。婚礼前一天，几个好朋友特意赶来亲手帮忙布置会场，花台像童话中描述的那般美丽，站在上面彩排的二人更是完美到如同童话里走出的。每个人都是发自内心的高兴，仿佛回到了什么都没经历过的从前。

然而，没长好的痂皮，强行揭去的后果是，只会再次露出鲜血淋漓的伤口。

天色将晚，朋友们陆续散去，王子暮催促颖儿早点回去休息。颖儿却让他再等一会儿，自己神神秘秘地回到更衣室。王子暮一个人站在精心布置好的会场中央，心潮澎湃，不能自已，竟有点隐隐想哭的感觉。母亲过世前曾对他说过：眼泪没有用，只会把人的意志泡软。从那以后王子暮就没再哭过，此刻的感觉很陌生，但他并不抗拒。

当身着婚纱的颖儿再次出现时，王子暮不禁双手合十，以指尖压住了眼角的微酸。

白色是个矛盾的颜色，它包含了光谱中所有的颜色光，但竟然象征纯洁。在明暗层次中，白色最为明亮，但又代表宁静，让喧嚣和浮躁沉静下来。颖儿被这团纯洁宁静的颜色包围着，却更加楚楚动人。

像大多数女人一样，颖儿穿上漂亮的衣服就不想脱下来，她扯着裙摆，决定就这么穿着回家。王子暮只说："当心跌倒。"颖儿向他伸出一只手，王子暮会意一笑，上前握住了她。

两人相对而立，彼此都没言语，时光如初见般静好。

一直到车子开上了高速公路，在王子暮想说些什么的时候，颖儿抢先开口叫了声他的名字："子暮，你爱我吗？"她问，声音淡淡的，又有一点点的颤抖，似乎为即将听到的答案感到紧张。

王子暮投以一记坚定的目光，告诉她："我爱你，颖儿。"

"我也爱你。"说着这句甜蜜的告白，颖儿的嘴角却勾起一个凄美的弧度，"可是你毁了我的一生。

"你的出现，让我万劫不复，让我最向往的亲情变得可笑又可怕。

"我恨我的姓氏，我恨不得让我认祖归宗的你。

"从你杀了我的孩子的那一刻起，我对你有多少爱，都演变成双倍的恨。

"有多少次看着你对我笑,我都想亲手杀了你,可是我做不到。

"我恨你,王子暮,更恨爱上你的我自己。

"如果来生还要再遇见你,我希望我的轮回到此为止……"

王子暮愕然看着颖儿决绝的笑容,直到听见最后这句话,他猛然惊醒:"不要,颖儿!"用力踩下刹车。

车身打滑转出的同时,副驾驶室的车门被迅速推开,洁白的婚纱随风飞扬,颖儿的身影已经消失不见,只剩突然闯入的夜风,将空气中爱与恨的宣言通通吹散。

| 第 三 卷 |

斯德哥尔摩之恋

现在,只是现在,我才理解。当人们陷入爱情时,是最容易受骗的。

26 爱情的骗局

时光不会因某一个体的消亡而静止，依旧沉默且匆匆地行走于自己的轨道上，年复一年。一千多个日夜更替，将很多自以为是的刻骨铭心磨平冲淡，也将一些不复存在的往事尘封。

三年前的那场婚礼还没有开始，就以一场惨剧结束——穿着婚纱的颖儿在高速公路上跳下车，被后面来不及刹住的车撞得当场身亡。虽然那辆车上的行车记录仪拍到颖儿是自己跳车的，解除了王子暮的杀人嫌疑，但是，在那之前还幸福地准备婚礼的颖儿，为什么会突然从王子暮的车里跳出去？他们之间究竟发生了什么事，也只剩王子暮清楚了。

安琪辞去了张氏的工作，从前和颖儿合租的公寓也退掉了，至于搬去了哪里，没有人清楚——颖儿不在了，也不会有人再去关注她那个其貌不扬的好朋友。

颖儿死后的第二天，安琪收到一个快递，是一本素描图册，正是颖儿住在福利院的那段日子里终日不离手的那本，里面已经画满了画。有安琪看过的她与颖儿从前的日常速写，有周志成看过的根须茂盛的花草树木，还有他们没看过的：小美和福利院的孩子，画中小美的头上有光圈，背后有翅膀；还有各种叫不出名的动物简笔画，有着人类眼神的动物们，一只只散发着疯狂绝望的气息；而她画得最多的，是王子暮的肖像画，或光感细致的素描，或线条简单的草图，图画形态各异，却同样在人像的眼睛位置，用铅笔重重地打上了粗线。

素描本的最后几页更是诡异，每一页都画有同样的眼睛：一只流着泪的眼睛，眼珠没有涂黑，只用线条勾勒出球形。球形里面，是一个穿着婚纱的女人——有从楼顶跃下的，有沉入海底的，有躺在浴缸里割腕的，有倒在一片药片之中的，当然也有伏在车轮底下的——就像她最终选择的那样。

她画的是她自己，她早就想到了要死，并且是让王子暮看着她去死。

安琪只怪自己太疏忽，她本来有机会走近颖儿的内心世界，画本里颖儿对死亡的犹豫、对王子暮的恨、对这个世界的绝望，都明明白白地绘于纸上……

周志成找过王子暮几次，想问出个究竟，但是王子暮什么都不说。大家便只看到张氏集团的董事长去世，董事长的继承人也去世，张氏大宅的主人只剩王子暮一个，从此高枕无忧。他照常工作、生活、应酬、社交，一切如同以往。没过多久，还交往了一位女朋友，并很快举办了一场声势浩大的订婚仪式。对方是知名商会会长的独女，真正的名媛，财貌双全。二人订婚的消息公布后，张氏集团的股票一个月内涨停了三次。

周志成暴跳如雷，大骂王子暮是眼里只有钱的冷血怪物。小美虽然也觉得逝者已矣，王子暮应该继续自己的生活，但这般高调确实惹人非议。

由圣雪基金举办的助学慈善拍卖会，在车川市著名的高端私人会所祥臻汇开槌，正在叫价中的是这次拍卖会的压轴拍品——由圣雪基金会主席叶楠初个人捐出的珍稀黄钻一枚。

拍卖师念完拍品介绍和起价，目光直接落到坐在贵宾席上的王子暮身上："这位，可以出价了。"

在一片笑声中，王子暮摇头笑笑，象征性地举了举手中的号码牌。

还不等拍卖师唱价，不起眼的角落里突然传来竞价声。众人哗然，王子暮也挑了挑眉毛，缓缓回头看着声音传来的方向。

这场拍卖会并非面向社会的，而是小范围的私人邀请，受邀嘉宾大多彼此认识，也都知道这最后一件拍品的捐赠人叶楠初，正是王子暮的未婚妻。对于未婚妻的东西，他当然势在必得，别人也不会做无谓的拼抢。因此意外举牌者的出现，几乎吸引了全场人的目光，大家都想看看是哪位熟人，在跟王子暮开玩笑抬价，想让他多耗些银子来哄佳人开心。

可那举牌者完全是一副生面孔，没拿号码牌的手上掐着部手机，完全是听令行事。

拍卖师到底是专业人士，愣了一下之后尽职地唱价。

王子暮若有所思地回过头，再度举牌。

受益于竞拍者的频频抬价,最后这枚黄钻以高出底价数倍的价格落入王子暮囊中,远远高于王子暮的预期。看着那个收起手机匆匆离去的男人,王子暮小声对身边的助理说道:"去查查他的来历。"

楚哥还在望着那捣乱者消失的方向出神,竟没听见王子暮的话。

王子暮不悦地扭头看了他一眼。

楚哥笃定地说:"我见过那个人。"

王子暮一愣,楚哥的记忆力是他最看重的能力之一。

楚哥努力回想了好久,王子暮没有催促他,但他还是被人打断了思绪。

盛装下的叶楠初美艳不可方物,亲自托着王子暮刚才拍下的黄钻走过来,深蓝色的眼瞳中满是调笑,似乎颇为乐意见到未婚夫往外撒钱。

楚哥果断地放弃了回想:"二位先聊,我去看下那个号码是谁的。"他恭敬地退下,兀自念叨着,"肯定在哪里见过。"

王子暮斜睨着叶楠初:"不会是你安排的人吧?"

她倒不吝背这黑锅:"是又怎样?"

王子暮笑道:"这么无聊的事,倒像是你能做出来的。"

叶楠初抿嘴而乐:"我是安排了人到场,不过不是那个人。"

王子暮不解。

"如果你不肯出价呢,当然得有人帮我买回来。"她低头凑近钻石亲了一口,"这可是我的订婚礼物。"

王子暮被她气笑了:"那你还拿出来拍卖。"

"好玩啊。"她任性地扬着下巴,任性而美丽。

"好玩……"王子暮伸手将钻石连同盒子一起往她怀里推了推,"给我小心收着,它的身价已经抵得上一所学校了。"

叶楠初愉快地挽住他的手臂:"待会儿留下来吃晚饭吧,我爸预订了位置又不来,菜品都备好了,我们刚好捡个现成的。"

王子暮咋舌:"没见过你这么爱贪小便宜的白富美。"

"主要是美。"叶楠初倒是很有自知之明,"那你吃不吃吗?"

他摇头:"等下还要回公司处理点事情,可能会很晚,就不折腾了。你不是还在筹备一个什么舞会,正好约人谈事情用吧。"

叶楠初也无不快,反正她从不缺人陪餐,只是不放过机会勒索:"那说好了,下周你一定要来陪我跳开场舞。"

对着她热情期待的眼神,王子暮只是淡淡地回应:"嗯。"

"好吧。"叶楠初则似早就习惯他的不承诺不拒绝,二话没说地放开他的手,"你看,每次都是我来约你,你还总是想来就来,不想来就让我落单……到哪儿还能找到这么疼你的女朋友？"

王子暮受宠若惊："啊，你最疼我。"

她打蛇随棍上："那给个奖励？"

又来了。王子暮点点她手里的那颗钻石："这还没捂热呢，又要什么奖励？"

她眼珠一转，嘟嘟嘴，大庭广众下提出要求："亲一下好了。"

王子暮不肯陪她表演："我怕控制不住，一下不够怎么办？"话没落，脸颊已被吻了一下，她露个偷香得逞的奸笑，捧着钻石大摇大摆地走开了。王子暮哭笑不得。

和其他富家女不同，叶楠初的妩媚外形下是搞怪耍赖的个性，与她交往相当轻松，前提是得有着与其旗鼓相当的家境。话说回来，如今的王子暮，跟什么样的女人交往都不会太吃力。

只需花点钱和时间，不需要用心的事情，有什么难的呢？

城郊疗养院的贵宾病房外面，一位长相不逊于叶楠初的明艳佳人，正专注地看着房内做检查的病人。

旁边一位男医生絮絮地汇报着病人的近况，汇报结束，面前的病人家属却看都没看自己一眼，医生忍不住轻咳一声："江小姐？"

江若彤骤然回神："不好意思。"

医生只当她是担心父亲的病情，安慰道："别太担心，他身体素质不错，治疗虽然有些痛苦，但还在承受范围内。"

江若彤点点头："我还有事就不进去了，我父亲麻烦您细心照顾，需要的话随时联系我。"

医生应了一声，看着佳人离去的背影，越发感到奇怪。

这位出手阔绰的漂亮女子，几个月前将她癌症康复期的父亲转院到此，期间经常来探望，但每次都只站在门外，从不进去与病人见面。医生想不通原因，默默地摇了摇头，进去查房了。

刚刚离开疗养院，江若彤的手机就响了，接通后传来个男人轻快的声音："在哪里？"江若彤迟疑了一下，答："刚看完父亲出来。"对方的语气果然变得冷硬："任务没完成之前，别露太多破绽。"

听到"任务"二字，江若彤忽然有些不耐："知道了。倒是你，还要让我在那酒吧里卖唱多久？"

男人呵呵笑了几声："权宜之计而已，你又不是真正卖唱的，不要贬低自己。"

江若彤自嘲地勾了勾嘴角："我真正要做的事，还不如卖唱体面。"

男人还是那副愉快的语气："体不体面，你已经是这副样子了，有后悔的时间，不如多想想见到他之后要怎么做。"

抬头看一眼镜子里那张熟悉又陌生的美丽脸孔，江若彤沉声道："万事俱备，只欠东风。"

"耐心点，那家酒吧是他最常单独去的地方，服务员里有我的眼线，一看到他出现就会打电话通知你。"男人胸有成竹地说完，顿了一下，又说，"而且，即使他一段时间都不去那个酒吧也没关系，我还帮你安排了一个万全的机会，一定能借到东风。"

万全的机会？江若彤皱起两道好看的眉毛："你不会是想让我进张氏吧？"

男人朗笑："太聪明会让男人倒胃口的，你就是这一点，永远学不来张颖儿。"

王子暮翻看着刚交上来的业绩报表，紧皱的眉头显示出对数字的不满意，办公桌对面的几个事业部负责人面面相觑，都不敢作声。王子暮的确很不满意，他甚至没心情看完，就将一摞文件扔到桌面上，往椅子里一靠，不动声色地望着他们："谁先来说明一下。"

一阵沉默之后，几个人中唯一的一位女士开口了："我们这个季度本来有四个意向比较明确的并购计划，但都在最后的关键阶段不明原因地失败了。"

王子暮第一次听到这种汇报："不明原因？"

"是……"她硬着头皮继续说下去，"西山那片废旧厂房的收购合同都拟好了，对方却突然中止了洽谈，即使我们提出可以再提高价码，对方都不愿再合作。其他几个情况也都类似，有一家在我们的连续质问下，明确表示已将项目转手给他人了。"

另外一位负责人接着说道："我这边也是，前期进展非常顺利，结果空降了个第三方买家，生生把业务给撬走了。这一个月以来我派人四处打听，但都没搜集到什么有效资料，也不知道到底是何方神圣。"

其他几位也纷纷表示自己负责的业务上出现了神秘竞争者。

王子暮突然想起上午在拍卖会上的小插曲，脑中不成形的猜想刚刚浮现，办公室的门就被敲响了。楚哥一脸焦急地走进来："几位，打扰了。"

楚哥向来懂分寸，不是紧急事件肯定不会在此时进来，王子暮挥下手："你们先出去，明天季度会上自己领罚吧。"

办公室只剩下他们二人时，楚哥才再次开口："拍卖会上跟您竞价的人查到了，他拿的曲氏医疗院院长夫人的邀请函。曲夫人是圣雪基金的老会员，非常热衷于慈善事业。"

"曲氏医疗？"王子暮茫然地重复着这家企业的名称，"我跟他们打过交道吗？"

楚哥摇头："但曲夫人娘家弟弟的女儿嫁到了许家，这个您一定不陌生了。"

王子暮孤家寡人惯了，理不清这复杂的亲戚关系，被绕得一个姓许的熟人都没想到："哪个许家？"

楚哥一字一顿地说："张许明珍的许。"

一丝了然在王子暮眼中闪过，他拖了个不屑的长音："我当是什么人呢……随她去吧。"

本来还以为能顺着这条线索查下近期与集团作对的神秘竞争者，这么看来是两回事了，毕竟要切掉他的生意，一定是资金实力不俗的对手，单是西山那片钢厂旧址，就已经和当年滨海新区的开发规模差不多，他不相信以那对母子的本事能吞掉这么大的盘子，更何况还有别的大大小小近十个项目。

这么想着，他又拿起桌上那一沓惨不忍睹的报表，暗忖着是什么人如此大张旗鼓地来针对自己，余光看见楚哥还留在屋里："还有事吗？"

"是有一件事……"楚哥语速缓慢，似乎在纠结要不要说，"我刚收到消息，说西山钢厂旧址的新买家，是鑫起地产。"鑫是张鑫的鑫，这个没有那么多七拐八弯的关系了，就是张鑫被赶出张氏之后经营的地产公司。

翻看文件的动作僵住了，王子暮抬头望着楚哥的眼神中带着笑意："你说什么？"

楚哥显然是说完了自己也觉得不可思议："我再去确认一下。"

王子暮摇摇头，直接把这当成笑话处理了，埋头继续看报表，可翻了一会儿又停下来。楚哥当然不会真的跑来跟他开玩笑，那么是确有这消息？可即便是谣言，也是希望传出来有人相信的，多少应该编得差不多点才是，这么离谱的消息是哪儿来的？那数十亿的项目，张鑫拿什么与自己竞争？就在三年前，他还落魄得连日常开销都成问题，为了区区一千万竟向颖儿求助。也就是颖儿不计前嫌，肯帮他……颖儿身着婚纱的模样毫无征兆地浮现在他眼前，跟着是那抹凄美决绝的笑，王子暮的心脏剧烈收缩了一下，所有思路都被打断了。

"我恨你，更恨爱上你的我自己。

"如果来生还要再遇见你，我希望我的轮回到此为止……

"我恨你……"

王子暮放下手里的东西，缓缓靠进椅背里，瞪眼望着头顶那一方天花板，好一会儿才恢复正常心跳，却再也看不进去任何文件，起身出了办公室。楚哥见他出来，正想要跟上，被他一抬手阻止了。

江若彤到了酒吧还在想着刚才的电话，进入张氏？也不知道那家伙说的是真是假，一时思绪乱飞，过了演唱时间都没注意。一名服务生在经理的示意下进休息室叫人，江若彤这才缓过神来，应了一声："就来。"

她乍一开口声音有点发哑，服务生傻眼了："苏珊姐，您嗓子不舒服啊？"

江若彤咳了两声说没事，让他先去跟乐队打招呼，自己随后就到。她对着镜子补补妆，又喝了点水，尝试着唱了两句。她的声带动过手术之后比原来低沉一些，倒是颇贴合当前主流女歌手的声线，只是不能唱太久。

不过确实，唱歌只是权宜之计，她只需要掳获一个听众就够了。

27 初见却像久别重逢

王子暮有一阵子没来酒吧了,也不知什么时候招了个歌手,坐在乐队前边的高脚凳上,把一首首情歌唱得缠绵悱恻。

他坐在这个酒吧里本就睹物思人,再听她唱的这些歌,只觉无边烦躁,一颗心上仿似密实实地匝满了丝线,渐渐连呼吸都有障碍了。他一扬手招来服务生,胡乱掏了一沓钱放到他的餐盘上,指着舞台的方向说:"让她今天别唱了,回家吧……"

服务生看王子暮不像喝多的样,着实摸不准这位是什么古怪脾气,钱也没敢收,说了句"稍等"先把他稳住,一溜烟儿去找经理了。

经理还在庆幸自己捡着苏珊这么好的歌手,将来让她上个什么选秀节目一准红到发紫,到时候酒吧都得跟着火了,老板一高兴还不得奖他辆车啊。

经理这边正跟朋友显摆呢:"哎,我跟没跟你们说我们酒吧换老板了?新老板来头可大了去了,是张氏集团的董事长,我们现在大小也是上市公司的下属产业……"

突然服务生贴过来了,把客人甩钱让歌手回家的事一说,经理气得咬牙切齿,这人砸场子的吧:"让他不爱听出去,酒钱我替他给了。"

服务生一听他就是在朋友面前逞强呢,撇撇嘴退到一边了。果然服务生一走,经理马上跟朋友说:"不行,我得去看看,这小子别真跟客人这么说了,遇上脾气不好的再打起来了。"过来一看小子正嗑瓜子听歌呢,踢他一脚,"人呢?"服务生指指那边的卡座,经理看了一眼脚都软了,"算你小子有眼力见儿,没真过去给我传话。"整理下仪容跑过去打招呼，脸色尴尬地问，"王董您是觉得她唱得不好吗？"一横心说道，"那我把她辞了。"以后红不红谁知道，但眼前不得老板喜欢就没有存在的价值了。

"哦，那倒不用。"王子暮不想平白无故破坏别人的生计，"唱得很好，不过我在想事情，想静一静。"

经理暗暗叫了一声祖宗，心说您想事情回办公室去啊，来这儿不是图消遣的吗？嘴上可不敢说，犹豫了一下，提出个折中的建议："要不我让她过来见见您，跟您喝杯酒。"

王子暮笑道："你怎么给我管的店，还弄出陪酒服务了？"

经理吓得："我这不是……"想了想，"叫她过来面试吗？"

王子暮心想你这面试时间安排得够合理的，这人都来多久了，不过他倒也没说什么，只要她别唱了就行，真能过来陪他喝一杯也不错，于是挥挥手让他去了。

江若彤今天嗓子确实不在状态，唱了两首就下来找水喝。

经理正等在下边，赶紧朝她招招手："来来来，女神，咱们休息片刻。"指着王子暮的位置，"见见咱大老板去。"

江若彤故意扭捏着："不见了吧，来这儿应聘的时候，可没说还得陪老板啊。"

经理也是醉了："您二位的想法怎么就不谋而合的苟且啊。我说的是见见，谁让你陪了？！"

江若彤没听出有什么区别，倒也无所谓，她嗓子紧得难受，只要不让她唱歌，见什么人都行，于是一边跟着他往卡座方向走，一边不时地轻咳着。

经理终于听出了不对劲："你嗓子怎么回事？喝酒啦？"

江若彤好笑："你见过我喝酒吗？"

"我今天没细听你唱歌，是唱劈了吗？"经理恍然大悟似的，"难怪咱老板不让你唱了。"

江若彤身子一顿："你说要见的，是这酒吧的老板？"

经理点点头："是啊，我刚才不就说了吗，咱大老板。你还'不见了吧'！人家给你发薪水的，总得看看你是圆的扁的吧，你说不见就不见啊。"

这酒吧的老板？江若彤咬咬下嘴唇，那不就是……一个走神，脚下那双十多厘米高的鞋子踩了个空，她趔趄了一下，鞋跟经不住太剧烈的震动，晃了两晃，断了。

经理没注意到她掉队了，还在神秘兮兮地介绍："哎，苏珊，知道咱大老板是谁吗？张氏集团听过没……"

王子暮接了个生意上的电话，对方那边说话声音小，酒吧里又嘈杂，他起身想要到外面去接，没想到跟经理走了个碰头。他看到经理身后一个风姿绰约的身影，还没等看清人长什么样,就见她晃了一下失去重心,王子暮下意识地长臂一搭,扶住了她。

江若彤抬起头。

王子暮正应付着电话,猛地撞上那两道慌乱的视线,手上的电话直直地掉了下去。

本来也是要假装意外相见的,没想到当真出了个意外,江若彤多少有些狼狈,踮脚站稳了,抓在他袖子上的手就想要缩回,却被他一把握住。

"颖儿……"不,不是。王子暮摇摇头,失望地放开她,目光却仍投放在她脸上。

刚才在舞台上灯光过亮,远远地只见白面红唇,根本看不清人脸,近了才清楚地看到一双弯弯笑眼,两个梨涡因紧抿的嘴唇若隐若现……很像颖儿,非常像。只不过颖儿是长发,她则是一头颜色绚烂的短发,妆化得很浓,散发着与颖儿截然不同的冷艳气质。

他的反应倒在江若彤的预料之中,只是没想到他脱口叫出了颖儿的名字,似乎饱含惊喜和思念,一时她竟不知该骂他还是该同情他,只能借着替他拾手机的动作,调整下混乱的心绪。不料他也在同时弯腰来拾,二人的手指再度碰在一起,不约而同地望向对方。

"你是谁?"王子暮问,声音因心猿意马变得喑哑。

"苏珊。"她轻声答道。

苏珊是一个月前来酒吧应聘的,说实话经理觉得她的歌唱得也没多么好听,但是人长得实在好看,即使当瓶花摆在舞台上也不可能招人讨厌,就把她留下了。她每周二四六七晚上来唱歌,但是因为家就在附近的关系,不上班的时间里她偶尔也会过来闲坐。不过她从不喝酒,偶尔来点果汁,大部分时候都是矿泉水,可能是为了保护嗓子。别看她唱歌的时候浓妆艳抹的,平常过来却是素面朝天。她不大跟人说话,总是一个人出入,没朋友,也没见有熟人来捧场,长得丑的就叫孤僻,长成苏珊这样的就叫高冷。

以上是经理给到的苏珊的全部信息。

王子暮觉得稍微细心点的客人都能比他知道得多。后来需要让楚哥打听的时候,楚哥给的报告上连她日常出入哪个理发店、每次待多长时间都有,这就是业余和专业的区别。所以当连着两个在苏珊本该出现的工作日没见到她,向经理询问,经理表示他也找不着人的时候,王子暮没太怪罪他,只是问:"她这是打算以后都不来了?"

经理说:"不来就不来呗,反正她工资都是月底结的,咱也亏不着。"

王子暮由衷地说:"酒吧交给你我很放心。"挥手把他赶走了。

他独自坐在吧台前要了杯酒,气得呵呵笑出了声——自己都快为了这个女人把酒吧当家了,那位还能计较工资的事,也真是个人才。笑完他不由得长叹一声,他算是欠了张颖儿的,不过是一个长得和她相似的女人,就让他恨不得一见钟情。

"矿泉水。"江若彤站在他身边一个凳子之隔的位置,招来酒保要了瓶水。

眼前的这张侧脸和记忆中颖儿的脸重叠在一起,王子暮的表情变得有些痴醉。

江若彤似乎才发现他坐在这里,按着员工对老板的方式恭敬地打个招呼,没得到回应。再看他的脸,她疑惑而紧张地问酒保:"他喝了多少啊?"

酒保不解:"就这一杯——"看了看那杯子,满的,又补充了一句,"还一口没喝呢。"

江若彤心下了然。王子暮却把话说了出来:"酒不醉人人自醉。"

江若彤客套地敷衍着:"嗯,您请自醉吧。"拿了水就要往酒吧里面走。

王子暮问她:"去哪儿?"

"唱歌啊。"

"今天不唱了。"

"工资怎么算?"

"你说了算。"

她求之不得似的转身朝外走:"那我走啦,拜拜……"

王子暮一把拉住她:"不唱歌不代表你能走。"收回手敲敲身边的台面,"坐下聊一会儿。"

江若彤没有依言坐下,但也没离开,而是走过去站在他旁边,手肘支在吧台上,奇怪地看着他:"上次您就不让我唱歌,说是听得伤心,这次我挑几首欢快的歌,怎么样?"

王子暮不答反问:"你很喜欢唱歌吗?"

"谈不上,谋生手段而已。"

"那还一直要去唱……坐着陪我聊几句,工资给你照结,不好吗?"

"嗯,不好。"江若彤嫌弃地摇摇头,"靠陪人聊天赚钱,名声不好。"

他指责她思想狭隘:"心理医生也是靠聊天赚钱的,你就当自己是心理医生好了。"

她忍着笑:"您有什么心理疾病?"

"我总是想见你——不知道这算不算病?"他声音诱人,话里尽是陷阱。

"相思病"三个字就在嘴边,但被江若彤喝口矿泉水给咽下去了。好险,差点着了他的道。

王子暮呵呵笑起来:"你反应真快。"换作颖儿一定会直接说出来了还不明白是怎么回事。

江若彤斜眼瞄着他:"他们说你是什么董事长,董事长不应该很忙吗?"

他一副从没听过这种说法的调调:"不忙啊,因为很有钱,闲得整天来喝酒也饿不死。"

江若彤被噎得瞪了半天眼,最终扑哧笑出声:"整天喝酒一定会饿死的。"她挑他的语病。

王子暮认同地点点头:"那——要不要一起吃个饭?"

"我刚吃完。"

"我又没说是今天。"

"……"

江若彤非常头疼。按照计划,她不能在第二次见面就答应王子暮的约会,可这个人的手段简直层出不穷,她都快没理由拒绝了,毕竟她也不能把话说得太狠,还是要给自己留出转身的余地的。

王子暮向前探了探身子,一只手搭在她身边的吧凳扶手上,眼神变得更加热烈:"我说真的,和我约会吧,苏珊。"

江若彤被困在吧台和他的手臂之间,后面是凳子,退无可退。余光扫到他左手中指戴着一枚样式简约的铂金圈戒,她伸出食指在戒指上轻触一下,冷笑着提醒他:"这个戴在中指上,表示什么?"

"表示还没结婚。"他看也没看那枚戒指,目光灼灼地望着她,"你喜欢的话,我送一枚同样的给你。"

江若彤没想到王子暮会说出这样的话,是张颖儿的死对他打击太大,抑或是根本就是他这种态度造成的她的死?江若彤无法确定,她暗暗捏着拳头,忍住了骂他的冲动,却忍不住直言相告:"我不喜欢你对戒指的态度。"说完冷冷地撞开他的手臂,头也不回地走了。

王子暮望着她的背影,不甚专心地揉着被她撞疼的手肘,神情狼狈。

这种时候离开也算无可厚非了吧,没有哪个正经女人听到这种不正经的追求还能待在那儿的。江若彤从酒吧出来,一个人走在马路上,忽然无处可去。本来这次见面要多跟他厮混一阵的,结果被他几句话气得乱了阵脚,就这么出来了,也不知道会不会影响下一个计划。正想着,身边响起车喇叭声,一辆低调不起眼的大众车贴过来。

后座车窗开着,露出一个男人的半张脸,大晚上的还戴着墨镜,五官全遮在硕大的镜片下,令人看不清长相。然而江若彤只一眼就知道是谁,她停下脚步,语气厌烦地问道:"什么事?"

男人开口，正是那日在疗养院外与她通电话的声音："你今天又没唱歌？"

"王子暮来了，让我跟他聊天。"江若彤回答完毕，转身继续走。

车子缓缓追随她的步伐移动，他问："那你为什么这么快就出来了？"

江若彤不耐烦了："阿肖不是都告诉你了？"阿肖就是吧台那个酒保，也是他安插在酒吧的眼线。想必她一出来阿肖就向他汇报过了，否则他怎么会这么巧地在马路边等着质问她。

"他只说你们聊了没五分钟你就甩脸子走人了，我想知道你是怎么想的？"

"我从一开始就说过，你只需要告诉我做什么，具体怎么做，我会按我自己的方式进行。"

"OK，OK，你随意。"他安抚地压压双手，"只要能在下周六阻止他去叶楠初的舞会，成功制造他们二人的矛盾就OK。"

江若彤瞥他一眼，没再说话。

他知道她是嫌这个任务狗血，赶紧说明这只是个试探："你起码也要做到这个程度，我才能放心地给你更大的任务吧？"

江若彤忽然恼火了："你不放心为什么找我来做？"

"不是不放心你，是不放心王子暮那个冷血的畜生。"提到这个名字他的语气充满了憎恨，"张颖儿是他的一根软肋，但谁也不知道有多软，到底能不能成为扳倒他的突破口。"

提到张颖儿，江若彤冷静了下来，思考着他给自己布下的任务："下周会不会太早了？你之前破坏了他好几桩生意，又在拍卖会上捣乱，现在我一出现就直接奔着叶楠初下手，动作太大，我怕他会起疑。"

"我是用张鑫的名义做的这些，他暂时没那么大戒心，你尽量放手做就是，拖得久了他才会起疑。"

"你和我接触太频繁了他也会起疑。"江若彤提醒道，"他一定会找人查我的身份，甚至派人跟踪我，你还是离我远点为妙。反正我身边到处都有你的眼线，你也不用担心我反水。"

他笑得爽朗："我当然知道你的决心，我反了你都不会反。"

江若彤并没他说得那么坚定，她其实也很矛盾，如果这步棋不能让他放下戒心，她就会失去接近他的机会；可如果他对一个只是酷似颖儿的女人都毫无抵抗力，她又何苦这样千方百计地去报复他？

28
王子暮的情感危机

江若彤借口嗓子出了问题,向经理提出了辞职。经理隐隐觉得她和老板之间有故事,让她改天再过来结账,自作聪明地给老板争取了个见面的机会。江若彤貌似随意地定了周六晚上的时间。

王子暮是在去酒吧的路上接到叶楠初来电的,提醒他别忘了出席晚上的舞会。叶楠初这阵子忙于筹备舞会,已经有几天没跟他联系了,加上江若彤的出现让他方寸大乱,早就把答应出席舞会的事抛到脑后了,此刻只好胡乱编了个理由说要晚点过去。叶楠初略有怒意,但眼看舞会就要开始了,当务之急是找个合适的对象跳开场舞,所以她也没空跟他计较。王子暮则是满脑子都想着如何向苏珊解释上次的事,他不希望因为这件事逼她把工作都辞了。

他到酒吧很早,生怕错过她。经理为了亲自迎接老板,在门口当起了迎宾。王子暮进门就问:"人来了吗?"

"没呢,您先里边坐。"经理说着就要带他到卡座。

王子暮飙了一路车,腿脚发酸:"不用了,我在外边站会儿。"

经理愁坏了,老板站着他也不敢坐,只好继续在门口陪站。

王子暮问:"你知道不能同意她辞职吧?"

经理当然是刚知道,他把工资都给人家准备好了:"那我怎么跟她说啊?"

王子暮平淡地道:"就说等她嗓子好了再随时回来。"

经理心说这太扯了,开门做生意又不是搞慈善的,谁会干这么有情有义的事?

可老板金口一开,他也不敢抗命,想了半天,他想出个讨好的主意:"我把苏珊手机号给您吧?"

王子暮不领情:"她知道我在这儿,连歌都不来唱了,我打她手机有什么用?"

那您成天泡在这儿,除了让我精神紧张也没别的用啊,经理正想着,一抬头见苏珊从路口拐了过来,心说救命的到了,连忙丢下一句"你们聊,我进去看看",躲开他们找自在去了。

江若彤假装不知道王子暮在这儿,直接把他当路人忽略了就要进门。王子暮伸手一拦,她赶紧做出意外的样子,看了他半天,将耳机拉到脖子上挂着,冷冷地与他对视,眼神中的厌恶可是发自肺腑的。

王子暮因此感知得格外强烈,不由得叹了口气:"能和我谈谈吗?"

像他这样的身份,屈尊等一个酒吧歌手,换成别人,早感动得五体投地了,但江若彤只觉得他罪有应得:"我赶时间。"

她戴着口罩,只露了弯弯的眉眼在外面,不管说多么冰冷的话也像在笑。没了夸张的眼线和假睫毛,她看起来完全是剪了短发的颖儿,王子暮又是一瞬的出神。

江若彤趁机进了酒吧找经理拿工资,出来时见他果然还守在门外,对自己接下的计划更增添了几分信心,遂步伐坚定就要离开。

王子暮等在这里不是要欣赏她的背影的,他一把拽住她的臂肘,强迫她面向自己:"别考验我的耐心。"

被口罩遮住的嘴唇泛起冷笑,江若彤猛地推开他的胸膛,一个转身,软软地倒在了地上。他的耐心,她今天还真是要好好考验一番了。

叶楠初直到舞会结束也没见到王子暮,打了无数通电话也没人接,后来她干脆给他发消息:没有内容,只是一串省略号,末了才称赞她的未婚夫:你好样的。

王子暮看完消息,将手机搁在一边,单手撑额看着病床上面色难看的女人。高烧折磨得她眼眶微陷,刘海被汗水打湿又被体温烘干,凌乱地贴在额头上,脸颊时而苍白如纸,时而艳如桃花,嘴唇则始终毫无血色。

病成这样了还逞强出门,也真难为她了。

他并没想侮辱她,只是这一年来他放纵惯了,即便骄傲如叶楠初,他也一直是由着自己的性子随便应付。反正叶楠初想要他这个人,叶家想要张氏这个势力,说白了他不过是有恃无恐。直到苏珊的出现,这个像极了张颖儿的女人,王子暮简直不知要如何面对她。

同她调笑,她毕竟是陌生人,结果厌烦到为了躲避他宁可连工作也不要。可若说她是陌生人,在一起时他又感觉那么熟悉,让他情不自禁就把她当作自己的女人。

她闭着眼睛的模样其实很陌生，但清醒时的表情和举止，甚至不经意间的某些小动作，都和死去的颖儿如出一辙。他如果足够迷信，几乎就会认为这是颖儿的转世，来向他寻仇的。而他并不反感这种怪力乱神的事情发生，伸手触碰着她余热仍在的面颊："你究竟是什么人……"

　　什么人?! 江若彤猛地睁开眼，迎上一双无尽哀伤的眸子，对视片刻，她终于彻底醒过来。

　　王子暮，这个名字在脑中一浮现，她立刻像被烫到似的甩开他的手。

　　"醒了？"他语气温柔，忽略内心被她厌恶的反应引发的失落。

　　江若彤谨慎地转着眼珠左右查看环境，睡前的记忆逐渐恢复。她在他面前晕倒，是他开车送她来了医院，医生为她检查治疗，因为不敢睁眼，再加上晕倒是假装的，病却是真的，烧得迷迷糊糊地她竟没撑住，当真昏睡过去了，幸好他还没走……

　　"几点了？"她问。感觉自己睡了蛮久，他应该是赶不及去参加叶楠初的舞会了吧？

　　"八点多。"王子暮有趣地看着她的表情变化，从茫然到恍然再到懊恼、紧张，以及听到自己回答完时间之后的慌乱，他很好奇她在想什么。

　　"八点多！"江若彤猛地坐了起来，眼前一阵眩晕，幸好王子暮及时扶住她才没有跌下床去。八点多……怎么会是八点多。她跟经理约的是八点钟去酒吧，正是舞会进行到一半的时间，为的就是让他时间冲突参加不了舞会，怎么会睡了一觉之后还是八点多？

　　"当心。"王子暮不掩饰眼中的心疼，"你睡了十几个小时，起床不要太急。"

　　江若彤这一次没有推开他，而是满心纠结地望着他。也就是说，还需要拖他两个小时……她这个样子，要跟他聊什么拖两个小时啊。想想就头痛欲裂，双手抱膝将脸埋在里面。

　　神游中，她忽然后知后觉地理解了他刚才的话，抬起头看向窗外，原来已然是白天，亏她之前理所当然地以为是室内的日光灯："居然睡了这么久……"

　　王子暮看着她："很难得睡这么久吗？那就怪不得会睡这么久了。我还以为你是昏迷，医生确定你只是睡着了而已。"

　　江若彤在他说话时注意到他疲倦的脸色，下巴上还有青色胡子茬，明显是熬过夜的状态，但仍不放心地追问了一句："你一直都在这儿吗？"

　　"嗯，我在。"他摸摸她的额头，"头还疼吗？看你很不舒服的样子，我叫医生来？"

　　掌心温凉湿润的触感让她哆嗦了一下，赶紧摇头，勉强扯个笑："不用，我好多了。"想了想，她还是认真地跟他道了个谢。

他没说什么，只扶着她重新躺下。

江若彤总算放下心来，合起眼却又想睡了，掩口打了个哈欠，肚子却发出个不雅的咕噜声。

王子暮笑笑："等下叫人来给你送点吃的，你再休息会儿，我还有事，要先回去了。"起身搓了搓眼睛，想想又从搭在椅背上的西服怀兜里掏出一支签字笔，在江若彤困惑的目光中，拉过她的手，写下一串号码，"还有别的什么需要尽管给我打电话。"说完收起笔走了。

江若彤躺在床上，心情复杂地看着掌心中的号码。

走到门口的王子暮又停了下来，回头看见她的动作不禁失笑。江若彤看了他一眼，脸颊发烫，默默地放下手掌，攥紧。王子暮问："你有亲人或朋友要通知一下吗？可以让医院给他们去个电话。"见她木然摇头，他也不多说，带上房门出去了。

这算什么？欲擒故纵吗？之前还那么调戏她，眼下守了她一个晚上，居然没有趁机卖她人情，就这么走了。江若彤再次摊开掌心，盯着那串数字发了会儿呆，又想起他临走前的问话，连忙找到手机，她确实有个昨天晚上就需要联系的人。她刚拨通电话，病房门就被象征性地敲了两下，一位医生抱着个病历夹子走进来："这位病人，医院里请不要使用手机。"

江若彤心里正骂这是什么鬼医院居然有这种规定，忽然觉得这人的声音好耳熟，抬头只见那医生脸上被一副夸张的黑框眼镜和医用口罩全副武装，手上还挂着一根绅士手杖，杖柄是方便抓握的德比形，镶有一颗成分不明的蛋面玉石。如果不是听出了他的声音，江若彤差点以为这是来杀人灭口的。

一阵手机铃声在病房里响起，医生从容地从白大褂口袋掏出电话："不好意思。"挂了。

江若彤的手机里随即提示占线。

一看她那个表情就知道自己的医生身份被戳穿了，他将病历夹子往旁边一抛，一手甩着听诊器，一手挂着手杖走到病床前："来来，病人，把衣服脱了，让我听听诊。"

江若彤觉得这人真是无聊死了，她感冒余毒仍在，又睡得太久，正头晕得厉害，看他都有重影了，只想赶紧打发了为快："王子暮一会儿会让人过来给我送饭。"

他摸了摸扁扁的肚子："正好我也没吃呢。"

江若彤不再理他："随便你吧。"

冒牌医生仔细研究了一下她的脸色："你该不会真的病了吧？"

"我洗完冷水澡在空调下吹了两个钟头。"她回想起那地狱般的两个小时，不禁打了个寒战，身体素质太好有时候也挺没辙的。

"你这又是何苦……"他瞠目结舌。

江若彤攥着拳头，指甲紧抠着掌心里的电话号码："那个人疑心挺重的，纯粹演戏的话，没那么容易骗到他。"

他摇摇头："我的意思是，明明可以使美人计，你非得用苦肉计。"他扶了扶眼镜，"看来你还真是恨透了王子暮，半点也不想讨他开心。"

江若彤一怔，跟着抚脸苦笑起来。如果现在告诉他，她根本就不认为自己有本钱用美人计，他一定会骂她矫情吧？

车子驶进张宅，司机下来开门时顺便提醒闭目养神的王子暮："叶小姐的车。"王子暮往边上扫了一眼，果然看见叶楠初最爱的那辆深蓝色越野车，不由得露出个头痛的表情。

一进门最先看到站在客厅中间的楚哥，与王子暮对视一眼，露出个无奈的表情。

叶楠初坐在沙发上玩手机，听见门口的动静，头也不抬地问："野够啦？"

王子暮扒拉一下略显凌乱的头发："什么时候来的？"

"重要吗？"叶楠初极度怨恨地瞪了他一眼，声音里满是挑衅。

"我今天要去小美那儿，一起？"王子暮不想在她气头上的时候跟她沟通，边问边上了二楼。

叶楠初猛然站了起来："王子暮！"

王子暮停下来，又问她一遍："去吗？"

叶楠初咬牙切齿："不去。"

王子暮歪歪头："为什么？衣服不合适吗？我带你去买一套。"

叶楠初简直要气死了："不去不去不去！"一迭声地吼完，瞪着那个放她鸽子后还若无其事的男人，"怎么打电话都不接，怎么打都不接，我差点报警。你到底跑哪里鬼混去了？"

"咦？"王子暮又无辜又困惑地眨眨眼，"楚哥没跟你说吗？"

楚哥面无表情地给他提词："说了。我告诉她您去宇宇市开个重要会议，太晚了就没回来。"

叶楠初冷笑道："那么重要的会议你为什么没随行？"她刚才没拆穿他，难道他就以为她真信了他的胡扯不成？

楚哥张了张嘴，聪明地选择少说少错。

王子暮撑着楼梯扶手好笑地替他回答："因为他撒谎了。我其实是跟女人去酒店鬼混了。"说完长长地打了个呵欠，抬手揉了下酸痛的后颈。

楚哥惊讶地瞪大眼睛。叶楠初却是想都没想就轻嗤一声："骗鬼呢，看你就是一夜没睡的样子。酒店连澡都不能洗的？"

"知道我没睡觉就别闹了。"王子暮不再跟她多费口舌，说完就继续上楼了，他实在困得厉害，只想赶紧补一觉。

叶楠初不死心地跟上楼来："你告诉我昨天去哪儿了我就不闹你。"

他扯着领带漫不经心地回答她："在公司。舞会开始时我会议没结束，后来忙别的事情就给忙忘了。没接你电话是我不对，怕你跟我吵，没心情哄你。"

"我有那么不懂事吗？"她语调柔软了许多，心疼地摸摸他的下巴，"真的一夜都没合眼啊，什么事那么棘手？"

还真是件挺棘手的事，王子暮苦笑："你帮不上忙的事。"

叶楠初果然不再追问。

王子暮最喜欢她对不相干的事毫无好奇心这一点。

29 梦醒时分

　　叶楠初虽然从小娇生惯养，人却非常聪明，很有大局观，懂得在自己的势力范围内对男人实行散养政策，从不胡乱猜疑、死缠烂打，又有自己热衷的事业。那么多政治联姻的对象，王子暮最终选择和她订婚，就是因为面对她时比较轻松。

　　但林小美显然不这么认为。

　　王子暮打完招呼后，林小美还静静地听了一会儿，才问："叶会长没来？"得到确认之后明显松了一口气。

　　王子暮没忽略她的反应，随口说道："你不喜欢她，我下次不带她来了。"

　　小美连连摆手："没有没有。"想了想，她又道，"只是不太自在，而且……刚刚志成打电话，说他要过来。"

　　王子暮淡淡地哦了一声。

　　小美叹口气："你别怪志成，他始终觉得颖儿的不幸是你造成的。"

　　王子暮低头苦笑："的确是我造成的，不怪他恨我。"

　　小美摇摇头，她还记得颖儿死后，自己曾去找过王子暮。

　　那时的他沉默得可怕，小美看不见，便问他是不是在哭。王子暮告诉她："没有，我妈曾跟我说'眼泪是最没用的东西'。"他的声音很清亮，不含一丝鼻音，小美相信他确实没哭，因此越发担心他憋坏了自己，劝他哭出来。王子暮只说："我不会哭的。成年之后我唯一一次流泪，是看见颖儿为我穿上婚纱的那一幕……这眼泪足够我牢记一生。"

小美怕他轻生："不要这样，你还有很多事要去做。"说着自己忍不住哭起来。

他却反过来为她擦眼泪："别难过，我原来就是一无所有，现在也仍然一无所有罢了。"他露出回忆的神情，"这是颖儿对我说的，她说'就当是做了场梦，既然醒来了，没必要再计较梦中过得好不好'。她当时是骗我的，让我以为她不恨我。而我现在是真的这样想，所以别为我难过，我会熬过去的。"

小美的思绪从回忆里跳至现实："我知道，颖儿去世，最难过的人其实是你。"

一年后的王子暮，看似像他曾说的那样"熬过去了"，可在独自面对林小美时，还会流露出这样自责的语气。

二人正聊着，院子里一个孩子突然惊喜地叫了一声："周叔叔来啦！"瞬间欢呼声一片，所有孩子都往福利院门口跑去。

周志成刚停下摩托车，就被一群孩子围住了，他连忙把车停好，正要拿出吃的哄这群要账鬼，不料一个小小的孩子反倒举了块蛋糕给他："周叔叔吃。"周志成一把抱起一个小孩亲了一口："小美阿姨给你们做蛋糕了？"

小孩摇摇头："别人给的。"在其他孩子七嘴八舌的汇报中，周志成听出是王子暮来了，不由得沉下脸来。他怀里的孩子扯着他的嘴角："叔叔，笑。"周志成勉强挤出个笑容，差点把那孩子吓哭。

小美让人把孩子们带走，和王子暮过来打招呼。

王子暮问："还好吗？"

周志成看都不看他一眼："活着。"

王子暮看看他的摩托："又跑去飙车了吧？"

周志成哼道："没那闲工夫。"

王子暮说："快递公司还在，你和兄弟们随时可以回来。"

周志成不屑："施舍吗？"

王子暮很无语："你说是就是吧。"

周志成怒道："少在这里假仁假义！老子用不着你施舍，留着你那些带着血的臭钱自己慢慢数吧。"

小美皱眉："你们能不能不要这样？"

王子暮拍拍小美的肩膀："我先走了。"他不想让她为难。

小美听到汽车发动的声音之后，才低声埋怨周志成不该揪着旧事不放。

"旧事？"周志成一听这个词，所有愤怒当下都爆发出来，"揪着旧事不放的人是他王子暮！你知不知道，他把我所有能打工的地方都下了禁令，现在整个车川市没人敢用我周志成！他这是想把我逼走，跟过去划清界限……这个忘恩负义没人性的家伙！"

因为气他逼死颖儿，周志成早就不再接管快递公司，开的车子也还给他了，又回到骑着摩托打零工的闲散状态。可最近每找到一个活,对方一听到他的名字就直接拒绝了,他一打听才知道王子暮派人从中搅局。

小美不相信:"胡说,肯定是你工作不上心,还怪罪别人。"

周志成气得不轻:"你就会说我不好,你的子暮哥哥怎么都好!"

小美理智地帮他分析:"他要逼走你早就做了,过了这么久做这些事干什么?"

这个问题周志成早就想过了:"不就是因为他跟那个富家女快要结婚了吗?怕我把颖儿的事宣扬出去,断了他的财路。我也不信他能做这么绝,可我上一个打工的地方,人家亲口告诉我的,说他们再用我,张氏就会收回商铺,还问我怎么会得罪那么有来头的人。你清醒点吧小美!他早就不是那个有情有义的王子暮了。"

小美依然坚信这其中有什么误会:"你有没有当面问过子暮哥哥?"

"我还用当面问吗?你看他今天那个态度!"周志成抬脚踢飞一个空饮料瓶子,"施舍?老子宁可饿死也用不着他的施舍!"

话虽如此,周志成毕竟不能真把自己饿死,好在兄弟们总有活计,偶尔让他去搭把手。一次与几个兄弟为某家公司卸货时,一个兄弟好意劝他,与其累得要死也挣不了几个钱,还不如再去赛几次车,赢一次也够潇洒俩月的。周志成有一刹那的心动,可再一想起他曾答应过颖儿不再飙车,马上又打消了主意。小兄弟仍旧嘟嘟囔囔的,却也不敢多说什么。

周志成想到颖儿不免又有些伤感,寻了个不碍事的角落,坐在地上喝水。一双锃亮的皮鞋突然出现在他的视野中,鞋子旁边,还有根实木手杖,周志成以为是问路的老人,一抬头却是年轻男人斯文冷漠的脸,不知怎的有一点面熟。

男人很满意他思索的表情:"你倒是还有点良心,没忘了自己做过的缺德事。"

周志成看看那根手杖,再仔细看了下他的双腿,猛地站起来:"是你!"

"还记得吗?这条命是你救的,可这条腿——"文斯洛用手杖敲敲自己右侧的义肢,"也是因为你们没的。"

手杖握柄上似玉似翠的蛋面宝石绿光流转,正是和江若彤联手设计王子暮的那个人。

江若彤将一束红玫瑰放在颖儿的墓碑前,笑道:"我看都没有人带这种花来扫墓呢,不过也没办法,谁让这是你最喜欢的花。"

"你啊,总是喜欢这些华而不实的玩意儿。从前上班的时候,早饭都没时间吃,赶着赶着还要插一瓶花拍照片,也不嫌麻烦,还每次都扎破手指。"

"记得那时候我常挤对你,说你上辈子一定是那种大门不出二门不迈的千金小姐,呵,没想到你还真是有钱人家的大小姐。可是……早知道回到那个家,会让你变得这么不幸，我宁可你还是那个为钱操劳的张颖儿，也好过在这里在孤苦伶仃一个人……"

她声音哽咽，用手擦了擦照片上那张明媚的笑脸："三年没见，你是不是都认不出我是谁了？想着这个人为什么要在你面前哭成这个样子？"她吸了吸鼻子，想做无谓的一笑，眼泪却大滴大滴地落在花束上，"不会，是你的话，不管我变成什么样子，即使连声音都变了，你也不会认不出我的，对不对？以前我经常才到家门口你就突然打开门，因为一听脚步就知道是我回来了。

"我们彼此那么熟悉，一个眼神就知道对方在想什么，我却没能在你最难过的时候，读懂你的眼神。

"你当初该有多么绝望、多么仇恨，才能用那种极端的方式去报复他……颖儿，你好傻……"

她哭得说不出来话，平静了好一会儿，声音变得冷酷起来："他害你失去性命，我就让他失去他看得比命还珍贵的财富地位。

"这世界上再不会有一个人比我更会模仿你了，我要用这张脸为你讨回公道。我会把王子暮从你身上夺走的悉数拿回来，让他生不如死。

"从现在开始，到达成目标之前，我不会再来看你。如你真的在天有灵，就保佑我早日实现心愿，让我带着他穷困潦倒的消息来拜祭你。

"好好记住这张脸，颖儿，我不再是安琪，我叫江若彤。"

她整容成颖儿的样子，就是为了吸引王子暮，实施报复计划，更是为了让他再次认清自己的罪，让他时刻记得自己曾经伤害过的人。三年来，为了这张脸所承受过的炼狱般的经历，安琪永远都不会忘记，这所有的一切，她都会在变身成江若彤后一并讨回。

江若彤，25岁，车川大学经管系毕业生。父母在她大学期间意外双亡，只留下一个小房子，积蓄全无，她一个人半工半读地完成了学业。据说以前是很活泼开朗的女孩子，在家庭突发变故后变得轻微自闭，成绩也因此一落千丈。目前无固定职业，白天在商场超市做促销员，晚上在酒吧唱歌，化名苏珊。

随后又附了几张她的日常照片，一份她曾往某些企业投递的简历，简单得连一页纸都打不满，难怪到现在都没份正当的全职工作。王子暮没细看，把简历递给楚哥："去给她安排个合适的职位。"楚哥也不多问，接过简历就出去了。王子暮坐在高背椅上，转向身后的落地窗，翻看手中那沓江若彤的照片。

大部分是近期拍的，只有一张背景是大学校园的，和现在的模样不太一样，也许是长头发的原因，也许是笑容特别耀眼的原因，这张照片上的江若彤特别像颖儿。

王子暮举起照片，对着光线眯起眼，想象着颖儿大学时的模样，脑中浮现的却是江若彤一头短发的造型。

那天派去医院送饭的人说没见到苏珊，想是他前脚一走，她跟着就逃了。

王子暮不知道自己为什么会用到"逃"这个字眼，他摇摇头，大概他都觉得自己欺人太甚了。一个刚毕业没多久的学生，在酒吧那种环境工作本就心惊胆战的，偏就遇上了他这种无端调戏的。

酒吧经理下午来了通电话，兴奋地说苏珊竟然真的又回来唱歌了，经理认为她这是在给他机会，问王子暮要不要把握。王子暮不置可否，挂了电话却如坐针毡，感觉全身的细胞都在怂恿着去见她，可又觉得这么纠缠总是惹人烦。思想斗争了许久，终于还是敌不过想念。

三年前他曾无数次祈祷让颖儿活过来，给他重来一次的机会，江若彤的出现，或许就是上天听到了他的声音。

纠结太久的结果是王子暮抵达酒吧时，江若彤已经下班了，经理无比惋惜，看着他的神情简直可以用痛心疾首来形容。酒保好意提醒："苏珊刚走，现在出去还能追得上。"

王子暮摇摇头："干活儿去。"

"阿肖？"门口传来的声音让三个男人都惊喜地望过去，江若彤有些不知所措地看看他们，走近吧台问那个叫阿肖的酒保，"我手机落没落这儿？"

酒保一愣："手机？你刚才不是还……"

"是啊。"江若彤打断他的话，"刚才我还出去打过电话呢，走的时候就忘了拿了。"

酒保这才意识到自己差点把刚给她打电话的事说出来，指指里面："你去休息室找下。"

江若彤一走进去，经理就隔着吧台狠敲酒保的脑袋："谁让你把人给我支走的？谁让你把人给我支走的？！"

酒保疼得直躲："她又不是不出来了。"

江若彤果然很快就出来了，只是还跟了一串尾巴——两个年纪不大的男客人，都喝了不少酒的样子，其中一个还拎着酒瓶，另一个倒退着走在江若彤面前，直嚷着："别走这么快嘛。"

江若彤不厌其烦地道："我下班了，要听歌明天再来。"

拎着酒瓶的那个男人从口袋里掏出一沓钱："再唱一首就都归你了，平常唱一个月也就挣这些吧。"说着用钱挑挑她的下巴，流里流气地道，"要是肯跟我走，还不止这些哦。"

经理正要上前说话，就听身边的王子暮突然开口："手机找到啦？"

乐队和歌手都已经下班，酒吧里放着低柔的轻音乐，他这一嗓子音量还挺大的，经理和酒保面面相觑，那两个纠缠者也都愣住了。江若彤回神之后，举起了手里的电话。

"那走吧。"王子暮向她伸出手。

江若彤犹豫地看着身边的两个醉鬼，推开那只拿着钱挡住自己的手，快走两步来到王子暮面前。王子暮抓住她的手，二话没说就往外走。

经理哄着酒醉的客人："行了，哥们儿，人家都有主儿了，咱也别跟着掺和了。"回头吩咐酒保，"给来两瓶啤酒，我请的。"

走出酒吧没多远，江若彤就抽回了自己的手："多谢您替我解围，我回家了。"

王子暮说："我送你吧。"

江若彤摇头："不用，很近的，走几步就到了。"说完不等他反对转身就走。

王子暮叹气，他又不能追上去，否则就跟刚才那两个流氓没什么区别了。正想着，前面本来已拐进胡同里的江若彤又退了出来，她面前，刚才酒吧里的那两个醉鬼正一步步朝她逼近。江若彤看了看王子暮，迅速跑回他身边。

两个醉鬼不依不饶地跟过来："我说哥们儿，既然不打算过夜，这妞儿就让给我们吧。"

王子暮捏捏拳头，他很久没打过架了，但对付两个小酒鬼想必还是绰绰有余的。不料那两人酒喝得虽然不少，动作倒还挺爽利，且你一拳我一脚配合得极默契。王子暮被围在中间，还要护着江若彤免受波及，渐渐就有些招架不住了。突然，他感觉自己握着的手忽然反过来抓紧他，王子暮讶然看她一眼。江若彤瞅了个时机，拉着他就跑。

看起来弱不禁风的小姑娘，也不知哪里来的一股子气力，王子暮被扯得趔趄了一下才站稳。

江若彤一口气跑出很远，回过头看看两个醉鬼并没追上来，这才停止奔跑，松开他的手，累得直喘粗气。王子暮跑这几步虽然不觉得有多快，但之前动手倒是累得够呛。一时间马路上像站了两只牛，呼呼地喘个没完。

待呼吸平静了，二人对视一眼，相互失笑。江若彤实在没力气了，腿一软坐在地上，以掌做扇，扇着因剧烈运动而发烫的面颊，忽地想起什么，她仰头问王子暮："这些人不会是你安排的吧？"

王子暮一阵无语，半晌才狼狈地擦了擦破皮的下唇："我会打不过我安排的人？"

"……是哦。"不是他那就是文斯洛的安排了，否则怎么那么巧他一来，自己就被调戏，给了他英雄救美的机会？不过王子暮这个架打得实在不怎么样，或者是那家伙派的人入戏太认真了？江若彤忍不住笑，"感觉好丢人。"

"还好这么晚了，没什么围观群众。"王子暮也庆幸。

江若彤歇够了，站起来拍着裤子上的灰打量着周围的环境。她刚才慌不择路，也不知道跑到哪儿来了。一阵洒水声哗哗作响，她看到不远处的那座灯光喷泉，确定他们是在自家附近的小广场："灯还亮着，看来还不到 12 点。"像是故意和她唱反调，话音没落，喷泉突然就停止喷水了，五颜六色的灯光也相继灭掉。她指着喷泉的手僵在半空，呆愣的模样有点滑稽。

没了喷泉的灯光，周遭显得更黑了，这下江若彤也不再拒绝他送自己回家的提议了。路上，王子暮趁机对她说："你别再去唱歌了。"

江若彤想了想："老板，我上次就想问您的。"

"什么？"王子暮侧过脸看她。

"我唱歌是不是很难听啊？"她表情尴尬，"怎么每次见面您都不让我唱歌？"

王子暮笑着摇头："我只是觉得，你一个年轻女孩子，这么晚了还单独在夜店出入，太危险。"

"危险？"江若彤喃喃重复这两个字，忍不住勾起个嘲讽的笑容，颖儿跟他在一起，还不是因为有安全感，可结果呢？

王子暮没注意到她的表情，还在尽量说服她："而且毕竟不是份正经工作。"

"我也不是什么正经人。"江若彤冷冷地接道，说完才意识到自己太情绪化了，于是补上一声叹息，"工作没那么容易找，总得先让自己活着再说。"

"我可以帮你。"

"为什么？"

王子暮没想到她会问出这种话，一时竟不知该如何回答。

江若彤笑了笑："如果我肯接受这样的帮助，早就有一份在外人看来体面的工作了。"

王子暮这才知道她是误会了自己有所企图，虽然他的动机的确不单纯，但也绝不像她说得那么苟且："只是介绍工作给你，要不要做、能不能做，都在你自己。"

江若彤狐疑地看着他："然后呢？"

王子暮不解。

江若彤没再说话，一直到家门口，她才再次开口，却是狠狠地拒绝了他："如果换个见面方式，我或许会考虑你接受你的帮忙。可是你的意图太明显，如果我就这么接受了的话，那就跟收了刚才那两个人的钱，给他们唱一首歌，甚至跟他们出去过一夜，没什么区别了。"

30
怎么会有这么相似的两张脸

　　王子暮第一次在女人面前如此被动。江若彤的防备心让他非常无力，完全不知道该拿这只刺猬怎么办。他有些恼火地想：如果不是因为她长得像张颖儿……他突然想通了，她一定不知道自己长得像张颖儿。
　　江若彤第二天接到了王子暮的电话，请她吃晚饭，说是有话对她说。
　　这个饭局江若彤是不能拒绝的，她不能总是碰巧出现在王子暮的视野中，次数多了任谁都会发现这不是天意而是刻意的安排，早晚还是要让他主动安排见面的。只是第一次不在计划内的碰面，要继续钓着他还是给他些甜头，江若彤有些拿捏不准尺度，挂了电话后立刻询问文斯洛，是不是该趁机顺从王子暮的安排进入张氏。
　　文斯洛的指示倒是很明了："进张氏不急，先跟他上床。"
　　江若彤直接就傻了。
　　文斯洛以为她有技术上的障碍，认真地问："你是不会吗？"
　　江若彤恼羞成怒："只要成功坐到张氏的核心位置，就能拿到机密的商业情报进而扳倒他……我为什么要跟他上床？"
　　文斯洛呵呵笑道："安琪，你还是不了解男人。对于没上过床的女人，我们很难彻底放心并委以重任，这就是为什么职场潜规则盛行。"
　　江若彤怒道："我跟你也没有上过床！"
　　文期洛咂咂嘴："你期待吗？可惜我现在满脑子想的都是王子暮，对女人没兴趣。"

"你让我做的事还不叫委以重任吗？如果没有我，你的整个复仇计划都如同白纸一张。"

"你说得对，你很重要，但我对你并不放心。我会在你身边安插眼线，一是为了方便配合你，同时也是监视你。"

他的坦率简直无礼，但站在男人的角度，或许也有他的道理，江若彤陷入沉思，她不知道自己是否真的要做到这种程度。

文斯洛将她的沉默理解为认可："事实证明大多数时候，女人的确是只要上了床，就会对男人死心塌地，所以我也不需要你真的跟他发生关系，只要让他认为你已经是他的女人，就够了。"

他说得简单，可在江若彤看来，真的发生关系倒还简单点，只要过得了心理这一关就行。至于说仅仅是要让王子暮认为二人已经上床，而不能真的上床，江若彤显得更加不知所措。她又不想就这个问题再跟文斯洛沟通，索性抱着走一步是一步的态度随机应变，早早来到了和王子暮约定的地点。

那是个位于独栋别墅里的西餐厅，东欧建筑风格，宽敞的庭院里种满了玫瑰花。受张颖儿熏陶多年，江若彤能认出那是大马士革玫瑰。傍晚时分夕阳斜照，花朵本身的颜色已辨不清楚，整片花园都充满了一种奇异的暖金色。阳伞三三两两地散落在院落里，正值晚餐时分，用餐的客人却不多。

王子暮比她到得更早，坐在最里面靠近室内建筑的位置。他旁边有一架秋千椅，江若彤来的时候，一个七八岁的小女孩正悠闲地坐在上面晃荡，手里拿着一块类似鲜花饼的点心。王子暮托着一个红酒杯，不时看着她发笑，面前那瓶红酒已没了大半。

江若彤不懂西餐礼仪，却也知道约了人吃饭自己先喝酒没有道理。更何况他有把自己灌醉的案底，那次还是她收留的他。想到那次的情况，江若彤忽然来了灵感，指着王子暮的餐桌对经过的服务员说："麻烦你，这边再来一瓶同样的酒。"

王子暮疑惑地看着江若彤和一瓶红葡萄酒同时落座。

江若彤解释道："看你喝得那么惬意，想必味道不错。"

他看看酒瓶，笑容有点发紧："来得早，不知不觉喝了这么多。"示意服务员为她倒酒，"尝尝看，皮林山的梅尔尼克葡萄酒，陈酿不错，还有种生烟叶的香气。"

江若彤连烟都没吸过，生烟叶更是见都没见过，也不知那是什么味道，不过酒里居然能有烟味倒是挺稀奇的，她端起杯子咕咚喝了一大口。

和颖儿第一次喝这酒的反应一模一样……王子暮半眯着眼睛看她："别喝太急，这酒后劲还不小。"

"是吗？"江若彤顿时有种正中下怀的愉悦，不等服务员动手，又给他和自己分别倒了半杯。

王子暮已然微醺,对她的殷勤竟然也不觉奇怪,只问:"好喝吗?"

"还好。"江若彤酒量不错,但并不爱喝酒,对酒也没研究,红酒在她看来和饮料差不多。听他这么问,她敷衍地抿抿嘴,只感觉酒气往鼻子里钻,没闻出什么生烟叶味,倒是有种玫瑰花的香气。她想起有个葡萄的品种就叫玫瑰香,说不准这酒就是用那种葡萄酿的。她偷偷打量着王子暮那瓶酒,目测他已经差不多到量了,但离她想要的人事不省的烂醉程度还差一些,正想着要怎么哄骗他再多喝点,一回神见他正盯着自己看,遂不太自在地调整下坐姿,左右看看假装打量用餐环境:"你还挺会挑地方的。"

王子暮说:"这是我妻子最喜欢的餐厅。"

"妻子?"江若彤皱眉,他和那个叶家千金不是只订了婚吗,对别人提起的时候已经用上"妻子"这个称呼了吗?

"她叫张颖儿,三年前在车祸中去世了。"他又喝了一口酒,抬头望着她,目光酸楚,"我有没有告诉过你,你和她长得非常像?"

江若彤在听他说出颖儿这个名字的时候整个人就呆住了,原来在他心里,颖儿已然是妻子般的存在。可迎上他的目光时,她又想到这有可能是他为了哄女人演出的苦情戏。

王子暮又倒了杯酒:"苏珊,你有姐妹吗?"不意外地见她摇头,"是,没这种可能的。"

江若彤欣喜地发现,只要让他继续说张颖儿的事情,自己似乎就不用想理由劝酒了:"你说有事跟我说,就是要告诉我,我和你过世的妻子长得很像吗?"

他点点头:"从第一次看到你的时候,我就觉得你们很像,后来发现不只是长相,很多习惯都一样。我那么对你……"他顿了顿,想找个合适的形容词又找不到,"那么的……"

"想亲近我?"她提示道。

"是,想亲近你。"他眼中已有迷乱之色,"颖儿……我在想,颖儿,你终于原谅我,肯回来见我了吗?"

"你醉了。"江若彤冷冷地道。

他定了定神,想看清眼前的人:"我醉了吗?那你依然只是我的幻觉吗?"他伸出手,在快触摸到她面颊的时候停住,"摸不到,抱不到,只能这么看着的幻觉,是吗,颖儿?"

江若彤凝神片刻,抬手覆上他的手背,握着他的手贴上自己的脸:"你好好看看,我是谁?"

"你……是谁?"他茫然地重复问话,像被催眠的人。

反复确定他已经彻底喝醉之后，江若彤迅速将他带离餐厅，回到了她在酒吧附近租来的那间小公寓。

江若彤把他往床上一丢，听见他哼哼了一阵没有醒过来的意思，这才七手八脚地脱下他的衣服，胡乱用被子盖好。她不知道人的酒劲上来一段时间内只会越来越醉，所以做这些事的时候不敢有一丝耽搁，生生地忙出了一头的汗，就怕他突然醒酒，把她假戏真做了。

做完这些，她揉着头发在床边走来走去，想接下来还应该干什么。就这么脱光了盖上被子，也不知道他醒了肯不肯认账，大不了就说自己也不记得了，以后再找机会就是。

正想着，手臂突然被抓住。江若彤大惊，看向床上，就见本该昏睡的王子暮此时正静静地看着她，眼中水汽泛滥，手上一用力，将她拉至自己胸前。

江若彤闷哼一声，掌心抵在他胸口，与他对视数秒才想起挣扎，却被他一个翻腾压在身下。

"颖儿……"他唤她，声音粗哑，眼神却是不可思议的温柔，死死地盯着她脸。

江若彤紧张得忘了躲闪，目瞪口呆地看着他的五官越放越大，越来越模糊，气息却越来越近，带着他所谓的生烟叶味的酒香，扑上她的眼睫、脸颊、鼻尖以及嘴唇。

他的手掌轻抚过她渗出细汗的额头，嘴唇贴上去，头一歪，埋在她的颈间，沉沉地睡了过去。

江若彤仰面瞪着天花板，长长地出了一口气。

王子暮醒来时只觉得光线耀眼，迷迷糊糊地想是否睡前忘了关窗帘，忽然一阵异样的响动传来，身边的床垫一轻，他奇怪地转过身，就见江若彤裹着被子正蹑手蹑脚地准备下床。没来得及思考太多，王子暮一把捉住被角。

她挣了一下没挣开，疑惑地回过头，迎上他的视线，一张俏脸瞬间涨红："放手。"声音低得仿佛是央求。

王子暮转头看看自己置身的环境，不像酒店，那就是她家了？宿醉余威犹在，王子暮揉揉额角，昨晚断断续续的片段在脑中快速播放，最后的记忆似乎是她躺在自己身下，紧张惊慌的表情。他哑着嗓子刚要开口，就被她急匆匆地抢白了去。

"我不记得了！"她急匆匆地打断了他的话，猛地一拉，成功地夺走被子。

王子暮身上一凉，被子已被强行抢走，未着寸缕的皮肤裸露在空气中。

江若彤裹紧被子，弯腰拾起地上的若干衣物，头也不回地甩到床上，跟着飞也似的钻进了浴室，一连串的动作一气呵成，完全按照刚才躺在他身边时设计好的逃跑路线前进。

他只是想要杯水喝啊……王子暮咽咽口水，摘下蒙在头上的衬衫，低头看看自己出生状态的着装，再看看散落一地的衣物，这么明摆的酒后乱性现场，还用记得什么吗？

他起身随便套上衣服，一边慢条斯理地系着裤子，一边寻找水源。

顶多二十平方米的小房间，床和衣柜以及窗前的电脑桌书架占去了大部分面积，门口的简易梳理台上放了个微波炉，对面封闭的小空间就是江若彤刚跑进去的浴室。梳理台旁边的冰箱里装得满满当当的，全是矿泉水，王子暮拧开一瓶咕咚咚地喝了大半，这才慢慢踱到窗前向外望去。他意外地发现房间所在楼层很高，因而视野开阔，附近建筑群一览无余，甚至能看到相当远的景致。窗子朝东，太阳正在外头肆意窥视，床又在离窗不远的位置，难怪一大早就被晃醒。

回头看向床的时候，视线触到床头小几上的铅笔和记事本，他随手翻翻，里面是些建筑草图，绝大部分都是他刚才从窗口看到的，虽然潦草，但从透视和空间的表达上能看出是有手绘功底的。

王子暮看过颖儿的手绘，和这本的风格差别很大。颖儿画的多是些柔和的物体，花草、人物，但是线条比较重复，略微粗糙；而这本子上画的都是些冷硬的建筑，手法却非常细腻，虽然线条有一点抖，但整体比例好，看着很舒服。王子暮是学建筑的，手绘也算基本功之一，但是很久都没画过了，看着这些小画，忽然兴致大发，翻到空白的一页信手涂了几笔，画完觉得不满意，翻过去唰唰唰又画了一幅。画着画着他突然想起什么似的，抬头看看浴室，她在里面……是不是待得太久了？

想到她前几天还因为高烧而晕倒，王子暮不放心地走过去敲敲门，没人应，他心里一咯噔，扬声唤道："苏珊？"里面终于传来声音，却是什么东西意外落地的混乱响动。王子暮皱皱眉，"你没事吧？"

她狠狠地吼道："干什么？"

听这底气是没事，王子暮拉长唇线："就听听你的声音。"

精神病……江若彤把吹风机调到最大，迅速吹干头发，对着镜子里做个深呼吸，这才踏出浴室。一开门就见他斜倚在门口的墙壁上，要笑不笑地看着她，敞开的衬衫下肌肉纹理结实，她刚平静下来的心跳一瞬间又乱了。

她特地磨蹭了这么半天，这人怎么连个扣子都没扣完……将脸扭到一边，看到冰箱，得救似的扑过去拿了瓶水出来，背对着他，貌似漫不经心地问："你怎么还没走？"

越是紧张越是出乱子，她竟然挑了瓶封口奇紧的水，怎么拧都拧不开。

两只手从她手臂外侧绕过来，一手覆在她握在水瓶上的手，一手轻松地拧开了瓶盖。

江若彤的身体再次僵住。

成功偷到一个清晨的背后抱，王子暮心满意足地打量着她，穿戴整齐，完全不像刚起床的人，难怪在里面待那么久。

轻微的门响让江若彤骤然惊醒，回头果然看见他要进浴室，她一个跨步迈过去挡住门板。

王子暮费解地看着她："我要用。"

"不行。"她一口回绝，"你不能在这儿洗澡。"

"为什么？"他挑高了声音，这是什么待客之道？

她仍然坚持："你回家洗。"

王子暮指着自己乱七八糟的头发："我这个样子怎么出门？"

江若彤瞪了他半天，将浴室门关好，转身从衣帽架上取下一顶棒球帽扣在他头上。

王子暮都不用照镜子就嫌弃地摘下来抛到一边："我不戴。"亏她想得出！他穿着笔挺的西服——虽然这会儿已经笔挺不到哪儿去，但怎么看都是正装，她居然给他搭配这么一顶帽子，什么画风啊？

"随便你。"江若彤捡起帽子掸了掸，"我有事要出去，你快收拾好离开吧。"

"就这么离开吗？"他神情暧昧。

江若彤斜眼瞥他："不然呢？"

王子暮走近一步，指指自己，又指指她，再指回自己，重复一句："就这么离开？"

江若彤一个激灵，明白了他的意思，她不太自在地咳了咳，也低声重复了一句："不然呢？"

"你是不是觉得我早就对你图谋不轨？"他又靠近一些，"就是想着怎么把你弄上床？"

"你不用解释，我又不是小孩子。"她往旁边闪了一步，绕开他的控制，"这是我家，自然是我带你回来的。至于你是怎么想的，我根本无所谓。"

文斯洛对于她最后说的这句话特别满意，他说："没错，男人就喜欢这种吃干抹净还不需要自己负责的女人。"

江若彤根本不想和他讨论这件事，可是早上赶走王子暮之后，她本想出去买点吃的，一下楼，就被这人派的出租车给载到他郊区的别墅来刨根问底。她简单地汇报一下，说王子暮已经认为和她发生关系了，他又追问她如何确定，她只好把两人最后的对话挑挑拣拣地跟他说了。

文斯洛大加称赞，说她如果不是很会演戏，那就是个天生的调情高手，在引诱男人这方面简直是无师自通，但江若彤实在没发现自己怎么就引诱王子暮了。

她本来就是这么想的，如果某一天，真的跟某个男人在类似情况下发生关系了，她也会这么说。你情我愿的事，用人家负什么责？何况还是她不安好心在先。

看她一副沉思的模样，文斯洛一阵紧张："你该不会真被他吃了吧？"

江若彤瞪他一眼，无端端地想到王子暮从背后替她拧开瓶盖的动作。

文斯洛清清嗓子："我是觉得，他只要认定和你发生关系了，就不会再那么戒备，以后即使你不小心露出马脚，只要不是太严重的，他都不会想太多。这个没有必要到真枪实弹的程度，白白牺牲——当然，你要是很享受的话，那也算不上牺牲。"

江若彤忍无可忍："注意你的用词，文斯洛！"

"注意你的态度。"文斯洛站在一幅壁画前，轻拭上面的细小灰尘，不动声色地警告道，"我不介意，不代表你可以任意冒犯。"

江若彤愣了一下，这才意识到自己刚才竟连名带姓地叫他。他总是嬉皮笑脸没什么正形的样子，让人忘了他本也是含着金汤匙出生的阔少爷，年纪轻轻已掌管一个家族企业，众星拱月，身份相当矜贵——如果没有被王子暮设计出事的话。

31 文斯洛的报复

当年为整个车川市地产界所关注的物流港项目，文氏与张氏两大集团同台竞价，文氏明显优势更大，王子暮却在竞标当天派人将文斯洛的出行路线全部封堵，让他根本无法抵达现场。当时文斯洛的父亲刚刚去世，不到30岁的文斯洛接掌集团，难以服众，迫切需要拿下这个项目立威。眼看车子被堵在路上动弹不得，情急之下他抢了一直跟踪他的周志成的摩托车，想要赶去竞标。然而周志成那车是改装过的，一般人根本驾驶不了，在摩托车被抢之后，他立刻找了别的车骑上猛追，结果只来得及救起因急转弯时撞上防护栏而陷入昏迷的文斯洛，送去医院。

王子暮为张氏拿下了项目，文斯洛却被文氏内部居心叵测的势力送往了国外，名义上标榜着为他治疗，实际是将他架空起来，趁机瓜分了集团的资源和财产。

然而百足之虫虽死不僵，文氏几代人打下的江山，关系错综复杂，远没那么容易土崩瓦解。文斯洛是在国外接受治疗期间，才知道父亲在世时就早有防备，将主力资金秘密分成了几股，陆续转移，交由亲信掌管。若文斯洛平安无事，文氏自然就此发展壮大；若他不幸遭人陷害，这笔备用金也足以让他再建一个文氏集团。

这一场事故让文斯洛快速成长起来，但他也付出了一条腿的代价。三年来，由他背后注资控制的数个企业都已站稳根基，这次回国，他的首要目的是整合所有资产再建文氏，其次就是要报复当年直接害得他家破人残的王子暮。

安琪在没有整容变身成江若彤的时候，父亲的病情一度恶化，急需一大笔钱进行二次手术。文斯洛在这个时候找上门来，提出合作邀约。安琪身在张氏，对当年竞标的事多少也听过一些，知道自己只是文斯洛复仇的工具，但是面对那笔能够做父亲救命钱的报酬，她没得选择。而且，尽管今后自己都要以另一张脸、另一个身份生存，但只要能替颖儿讨回公道，让王子暮一无所有，她愿意付出这些代价。

江若彤原以为自己是文斯洛唯一的筹码，不料竟在这个别墅里看到了前来赴约的周志成。

周志成看到她更是惊讶得连话都说不出。

江若彤倒是很意外周志成的反应，不刻意模仿颖儿的言行时，她不觉得自己有多像颖儿，此前她还以为别人眼中的这种相像是自己对颖儿太过熟悉的缘故，可是——"王子暮一眼就认出我不是颖儿。"

周志成捏着拳头："当然，他是眼睁睁地看着颖儿死去的。"

他一直因为颖儿的死对王子暮心存怨气，但毕竟与他是从小到大的朋友，加上小美从中劝解，周志成此前从没冒出过报复之类的想法，直到王子暮为了稳固势力对他赶尽杀绝，他才觉得这个兄弟彻底成了自己的敌人。

看着江若彤的模样，周志成再笨也猜得出文斯洛让她做什么了。就凭她对颖儿的了解，即使冒充颖儿都很难被人看出，更别说只是扮演一个酷似颖儿的人吸引王子暮，进而接近他，伺机窃取一些机密情报，周志成觉得这是万无一失的一步。但他与王子暮早就分道扬镳，失去了对彼此的信任，他不知道自己能在文斯洛的计划里起到什么作用。

文斯洛对此只是诡秘一笑。江若彤意识到，他可能是不想让自己知道周志成的作用。

不管是她还是周志成，文斯洛都不信任，因此也绝对不会让他们中的某一人知道他的全盘计划。江若彤倒是无所谓，反正她与文斯洛也不过就是为了达到同一目的而相互利用的关系。但是周志成的出现，让江若彤隐隐有了一个担心，文斯洛既然知道周志成的价值，必然也不会忽略林小美。

可林小美和他们并不在同一阵线。

颖儿的死让所有人都对王子暮寒了心，唯独不包括林小美，在小美眼中，他永远是那个内心忧郁但情深义重的大哥哥。文斯洛想说服她倒戈，百分百没戏，用她要挟王子暮倒是容易得很。江若彤怕文斯洛伤害小美，有心提醒周志成，又怕他沉不住气去找文斯洛挑明，万一文斯洛本来没有这步棋，听了他的话岂不反而被提醒？她举棋不定，只好寄希望于文斯洛能像他看上去的那么完美主义，只报他自己的仇，不波及闲杂人等。不过，布局太大的话，就难免出现他自己也控制不了的时候。

江若彤不知道文斯洛这盘棋有多大，或者还有没有其他参与者尚未露面，比方说张鑫。他暗里让她去接近王子暮，明面上却用张鑫的名义与张氏抢生意，也不知道拿到了张鑫的授权没有。

王子暮也在关注这件事。

他死活不相信与自己竞争的是张鑫，起码不会是他一个人所为。

楚哥让人查了张鑫最近的行踪，没有任何异常，特别安分，可越是这样，王子暮反倒越觉得可疑。从张鑫离开张氏到现在三四年了，有哪时哪刻消停过？一有机会就给张氏造负面新闻，简直是争分夺秒地刷着存在感。拜他所赐，张氏对公关危机的处理能力一直在稳步攀升，给同行创造了许多可借鉴的成功案例。现在张氏出现这么大的麻烦，连续几个项目被人撬走，王子暮不止一次在社交场合被人问起过了，连叶楠初的父亲叶文华这种不是圈内的人都有所耳闻，特意打电话关心过，张鑫又怎么会毫无察觉，又怎么会不趁机落井下石？

事为反常即为妖，王子暮敏锐地嗅到了阴谋的味道，命楚哥加派人手去盯紧着张鑫，同时尽快追踪到这几个项目竞购方的幕后推手："有需要的话，可以增加眼线进去了解情况。"

楚哥点头："已经安排了。"

王子暮满意地点点头："苏珊的工作安排了吗？"

楚哥一脸迷茫："谁？哦，您说江若彤。对不起，我给忘了。"

这是楚哥做他特助的几年来首次说出这个字眼，王子暮眼皮跳了一下，完全发不起火。

"这就去安排。"楚哥最近实在是有些焦头烂额了，单是那个神秘竞争对手就够他头大的，老板又忙着追女人，不给他指挥方向不说，还时不时给他加些额外的工作量，又是查资料，又要瞒着叶楠初，现在连安排工作这种小事也得他亲自盯着。

说到工作——"其实，您身边就有个现成的空缺，行政秘书。"

除了冲咖啡，王子暮习惯了事无大小都直接交代给楚哥，他会视机要和难易程度再进行分工，有些亲自处理，大部分日常工作则是分配给总办去做。王子暮从来没想过要再找个对接人，被楚哥这一提醒才发现，确实也该有一个能分担他工作量的人了。

"江若彤合适吗？"王子暮本意是想说，我都睡过她了。

楚哥听不出他的弦外音，只说："这是个熟练工种，不需要多高的业务能力，主要是细心。"不细心也没什么，一般也耽误不了大事，顶多是惹老板生气，可老板现在见着她就开心，出点小纰漏根本不算什么。这个职位，江若彤简直再适合不过。

王子暮认真考虑了一下，是挺好的，问题在于他要怎么说服江若彤接受这个工作。

楚哥耐心观察着，见他不反对自己的建议，马上积极推动："我让人事约她来面试？"

"她也没给我们投递过简历。"

"她只要在招聘网站上更新过简历，我们就能主动打电话约面试。这事您不用操心，我来处理就好了。"

王子暮将信将疑，随后出了趟差，回到公司的第一天，人事就找他接收新员工入职。王子暮时差没太倒好，正倚在办公室的沙发里犯困，心说怎么新员工入职还找到这儿来。他懒洋洋地一抬头，江若彤俏生生的站姿立刻映入眼帘。

"我想了一下，还是接受您的好意。"办公室里只剩下他们二人时，江若彤率先开口，"毕竟以我的学历和经验，能得到这个职位不容易。即使会欠您一个人情，我也会通过自己的努力工作来偿还，我不会让您失望的。"

听着她中规中矩的入职感言，王子暮觉得自己被楚哥忽悠了，让她来做自己的秘书，职级高低立分，他要成全一个独立有主见的苏珊，却塑造了一个压着性子与自己相处的江若彤。

"您说得对，酒吧驻唱不是长久之计，我有能力也有野心去做这份工作。如果今后有任何不足，还望您不要客气，尽管指出……"

王子暮起早就有些耳鸣，这番话听得他更是直揉耳朵，慢悠悠地截过她的话："你还真不把我们之间发生过的当回事。"

她果然立刻收声，想了想又说："当然，要是您觉得别扭，我可以走。"

"我是觉得别扭……"别扭得难以言明，他挥挥手，"去吧，让楚哥带你去熟悉下公司环境。"眯起眼恢复她来之前的姿势。

"好的。"江若彤行个躬身礼就要出去，走到门前又停下，回过头对他说，"我不当回事，是因为我想留在这儿工作。"

王子暮睁开眼，只看到她带门出去的背影，他重新合起眼，嘴上的笑弧越来越深，觉得楚哥真是出了个好主意，只是被她一口一个"您"的说话方式，听得耳鸣不已。

晚上和叶楠初去她家吃饭的时候，王子暮仍然不太舒服，不时停下来晃晃头缓解耳鸣。叶文华看他吃得不多，似没什么胃口，猜想是刚回国还很疲惫，也没聊太多，挑重点又提了一遍："你和楠初的婚礼还是在车川市办吧。"

这下不止王子暮，连叶楠初都目露惊讶："之前不是都说好了，让我选个自己喜欢的海岛办婚礼，现在又改在本地办了？我不要。"

"你不要我还是不要子暮？"叶文华笑眯眯地问。

叶楠初赌气道："你们如果坚持在车川市办婚礼，我就两个都不要了。"

叶文华指着女儿向王子暮报怨："你看看，又来了。"

叶楠初瞪他一眼，向王子暮求救："你说呢，要在哪儿办婚礼？结婚是我们两个人的事情，别听我爸指手画脚。"

王子暮苦笑："我很为难……"这父女联手逼婚的情况不是第一次了，前几次他是真无所谓，只是时间排不开，才一直拖着没定下婚礼细节，这次却是根本不想参与讨论。

开车从叶家出来，不知不觉又来到酒吧门外，才想到苏珊已经不在这儿唱歌，而是成为江若彤，每天至少八小时与自己日常相处了，可是为什么他这么想见她呢？

三年之后重新回到张氏，江若彤还是有些感慨的，当初她因颖儿离开这儿，现在又因她再度回来，有时候因缘际遇就是这么玄妙。如果不是因为颖儿出事，她难以面对王子暮，此时也应该升职加薪，成为三年以上工龄的老员工了，结果现在仍是菜鸟一只，真讽刺。

王子暮领导的这个企业和当年张铭远在的时候，还是有些许差别的。以前感觉张氏就如传说中的那种大企业，虽然所有项目都按部就班地进行，平常还算清闲，一有个重要安排就得集中加班赶工；而现在感觉所有人一天天都忙得人仰马翻不落闲，倒是当天的工作基本都能当天结束，加班的人并没那么多。江若彤已经三年没做过朝九晚五的办公室工作，楚哥交代下来的事情又多又杂，虽然没什么难度，但很是考验人的耐心和细心。文斯洛希望她最好在工作表现上能获得王子暮的认可，以便进一步接触机要内容，江若彤于是潜下心来研究手头上的各项事宜，一时竟比当年刚入职时更紧张辛苦。

午饭时她还对着记事本看王子暮的日程安排，一起吃饭的总办同事说桌上麻油没了，她听见了，转身就在手边的移动补给车上取下一瓶递给她。那个同事道了声谢，又带着奉承的语气说："不愧是董事长的行政秘书，才来一礼拜，连员工餐厅都这么熟悉了。"

江若彤懊恼地拍拍额角，太顺手了。她扭头瞅着那补给车暗暗好笑，连办公用品都改到集中楼层发放了，这个东西怎么也不换换位置啊？

另一个同事也趁机说:"是啊,江秘书的记忆力真好,我带她去熟悉各职能部门,走一遍她就都记住了。"

"线上流程也是啊。不管是合同批复,还是日常的备品申领、会议室预定什么的,记得我当初每项都操作过几次才理顺了,我看江秘书学过之后,这些天处理起来都没问过别人……"

"我们几个好像刚来的时候都因为做错事哭过一大场,人家江秘书就没有。"

"做错事董事长会骂吗?"江若彤好奇,她印象里王子暮不是那么严肃的人。

"骂倒不会,但眼神很吓人。"

"哈哈你不知道,她第一天来上班就把咖啡洒到董事长身上了,换我我也会用眼神吓死她。"

"少说我!你不也是连董事长说话都听不懂,还搞错了机票日期。"

"那次真的不怪我,他说要几号几号到纽约,我哪知道他说的是美国当地时间?平常都是楚哥吩咐,说得很明白的。"

"那你不去指责董事长说话不清楚,自己躲化妆间哭干吗?"

"你跟我鬼扯是不是,你敢去指责董事长啊!见到他连气都不敢喘的人还笑我。"

"说真的,你别看咱们董事长年纪轻轻,还长得鲜肉偶像似的,但是气场超压人!我真是……他一皱眉毛,我秒变无头苍蝇。"

"嗯嗯嗯,除了楚哥我还没见有谁在董事长面前不出错,也就是现在的江秘书了。"

几个女孩子叽叽喳喳地夸奖着她,一方面是因为江若彤职级高她们一等,另一方面也是由衷佩服她的工作能力。作为一个新人,江若彤算得上表现超凡了,但她自己心里明白,公司部门和工作流程这些,她早在几年前就熟悉过了,现在即使有变化也不会像去一个新公司一般那么陌生,倒是王子暮让她们说得跟个陌生人一样。

不管是当初作为安琪跟王子暮相处,还是现在以江若彤的身份与他共事,她都没她们说的那种感受。他虽然称不上平易近人,可总还当得起温文尔雅这四个字的,记得当初跟进滨海项目时,每次他们开会,下属汇报完毕轮到他说话时,他总是以一个"很好"作为开头。领导的气场多少是有,也不至于把人吓哭吧?

不远处刚吃完饭准备离开的王子暮和楚哥两人,被这一桌子莺声燕语吸引得驻足多看了两眼。

楚哥对自己直接管理的总办成员向来无语:"也不知道哪儿来那么多话……"

王子暮的目光始终在江若彤身上:"我记得你说她孤僻。"

楚哥否认："不是我说的。"是酒吧经理的描述，他明显记错人了。

"还好嘛。"王子暮笑道，先一步出了员工餐厅。

楚哥看着那如花的侧脸，想起也曾坐在这里和她们一般年纪的张颖儿，不由得轻叹一声。

下午王子暮要去项目现场参加竣工典礼，但楚哥得到机场接个重要客户，便安排了江若彤与王子暮随行。流程安排上有个验收环节，原本就是简单走个过场让媒体拍拍照，谁也没料到还真的验出了毛病。

32 忍不住的心动

那是个豪华的酒店公寓项目，当初对外宣传的设计亮点之一是楼顶的无边际泳池，可到施工阶段基于种种考虑，泳池部分被改成了全景观露天酒吧。从概念设计到实际施工时或多或少都会有差异，本来也不算大事，但不知怎么被某个媒体联系到公司近期在合作开发业务上的接连失势，进而拷问张氏作为甲方是否存在审美霸权？

显然是故意上纲上线企图做文章，可帽子扣得如锅大，这个锅张氏也不能就这么背了。

台上的项目发言人一时不知如何应对，索性忽略了这个提问，继续做推介讲演。下面观礼区若干负责人员正交头接耳地想对策，但这个问题如果不在现场进行解答，回头见了报肯定写成什么样的都有。王子暮好整以暇，坐在最中间的位置，耳朵里听着他们的讨论，面上毫无焦急之色。

倒是他身边的江若彤，翻着介绍书念念有词。王子暮分神地看看她："怎么？"

江若彤说："这个项目叫俪洲水郡，结果就广场那儿凿了个小人工湖，也太对不起项目名了……屋顶泳池为什么不建了？"

王子暮敷衍地陪她一起抱怨："是啊，为什么不建了？"

江若彤瞥他一眼，似乎对这个没正调的回答颇有微词，可最终也只是说："可惜了……没有水，湖水是好，但只能看，不如泳池有进入其中的乐趣，太呆板，整栋建筑就缺点儿灵气。"

王子暮想起在她家看到的那本画册，当时他只以为她爱画画，现在想想画的其实大多数是城市建筑的鸟瞰图，这种图对比例要求很严格，好看不好画："你学过建筑？"

　　"怎么会这么想？"江若彤不觉得刚才那几句点评能暴露出自己建筑设计的专业。

　　他也只是猜想："我看你画了很多建筑图。"想了想又补充一句，"在床头那个记事本上。"

　　江若彤紧张地左右看看，幸好周围人都在研究怎么解决媒体提问，没人关心他们俩的对话。"你怎么乱动别人的东西？"她小声责怪。

　　王子暮表情无辜："你躲在浴室里不出来，我无聊就随便看看。"

　　她脸一红，深深领悟到什么叫"不作就不会死"，赶紧把话题绕回来，"就是画着玩的。"

　　"是吗？我看上面画的都是高楼大厦，还以为你受过这方面的培训。"

　　"因为在那儿只能看见高楼大厦。"

　　他没再多问，只说："画得不错。"岂止不错，显然是有功底的，她倒是谦虚。

　　江若彤对他这个脑回路也挺佩服的："我唱歌也不错，还做过歌手，您怎么不问我是不是学声乐的？"

　　王子暮很高兴她主动提起这个经历："那你学过吗？"

　　"……"江若彤感觉自己再配合下去，这个话题就没完了，她咳了一声，目光再次落到项目介绍书上。看着那个楼顶酒吧，她故意装作外行，手指在两栋楼顶之间比了比，异想天开地说："要不然把这里接上做游泳池吧。哦，太丑了，除非做成透明的，像海底隧道那种……"说完忽然愣住了，想起自己看过的一些悬空泳池的设计。

　　王子暮盯着她，再看看项目介绍书，饶有兴趣地挑下眉毛："接着说。"

　　江若彤眨眨眼睛："我胡乱说的，呵呵，太扯了是吧，想想也不可能实现。"

　　"从建筑原理上来说倒是能实现的，就是不知道人敢不敢进去游。"他意味深长地笑笑，转身对坐在另一侧的人耳语片刻。

　　于是接下来项目设计师的发言稿里，多了一段话："考虑到本市已有不少无边际泳池的项目，我们摒弃了原有设计，改为连廊泳池。这个效果图没有做到今天的PPT里，稍后我们会把它加到官网上，各位可以自行欣赏。因为建筑材料的特殊性，需要专门定制，因此赶不上在原定的竣工典礼前完成。但大家可以看到我们楼顶之间预留的施工位，就是将来泳池所在的位置，现在已经在建了……"

　　真是能忽悠啊，江若彤仰头看看两座建筑，反正谁也看不清那上面有什么，他说有什么就是什么了。

王子暮忽然开口："'画着玩的''胡乱说的',你倒是挺有天赋的。"

江若彤心虚地咧了咧嘴,硬着头皮拍马屁："我不过就那么一说,您的设计灵感就被触发了,这才叫天赋吧。"

"对建筑师来说这不算天赋。"王子暮看着窗外掠过的建筑物,"学过专业的知识,看过无数的设计,所谓的灵感,其实往往是经验的累积,并不是什么突发奇想。"

江若彤点点头："哦,那这么说我确实是有这方面的天赋,进到地产公司就对了。"

"等下我带你去看一个设计。"王子暮说。

听到他告诉司机地址的时候,江若彤就知道他是又想起颖儿了,因为这是他们共同主导的项目。两人站立的位置正对着项目主体,通过滨海之门望去,大海无垠。

王子暮问:"你看着这座建筑会想到什么?"

江若彤的第一反应是会想到张颖儿,可是不能说。她摸不清他问自己这话的用意何为,只能老老实实地答道:"这不是我们公司的项目吗?滨海之门,当然是一道门了。"

王子暮摇摇头:"滨海之门不是我的创意,我当时看完草图之后觉得它更像个相框。"

江若彤当时也有过类似的想法,只不过又被自己否定了:"相框没有滨海之门的寓意好吧?门是来来往往的,发展的;相框却是定格的,是过去的。政府部门肯定希望新区能成为投资者来往的大门,而不是一个景点。"

王子暮在海风中微微眯起眼:"你说得对,很多时候设计师都只能讨好别人,而无法忠于自己的灵感。"

江若彤听出他话里的叹息,忽然想到自己当年,明明学的是建筑设计,为了生活却不得不放弃专业,岂非比他更不如意?这么想着,她不由得叹了一声。

王子暮问:"你有心事吗?"

江若彤看他:"当然了,谁没有心事?"

王子暮说:"我就没有。"

江若彤不假思索:"说谎。"

他笑了笑:"是。人人都有心事,只不过有的人能和家人朋友分享心事,而我的心事只能压在心里,没人知道,也就当作没有心事了。"

江若彤听着这番话觉得很耳熟,一时又想不起在哪儿听过,倒是听他说到朋友,她想起了文斯洛的交代:有机会跟王子暮提提周志成,消除他们之间的隔阂。

她觉得这就是一个机会，引导地发问："你没有朋友吗？"

"不能说心事的算吗？"他问。

江若彤想了想："……也算吧，酒肉朋友也叫朋友嘛。"她漫不经心地踢着脚边的花草，"很多人的朋友都是不知道怎么结识的，也不一定能谈得来才做朋友，有的可能就是从小玩到大，自然就成朋友了。"

王子暮仔细思考了一下："也有可能是，你把她当朋友，她却不一定再肯见你了。"

终于上道了，江若彤兴奋地继续劝说："那不一定，也许他也是这么想的呢，朋友之间是要多沟通的。"

"我不知道还有没有这个机会，事实上她现在音信全无。"他无不惋惜地说，"她叫安琪，其实是颖儿的朋友，不过我认识她比认识颖儿要早一些。我和她很谈得来，本来是有机会做朋友的，只是，颖儿的死，她归咎于我，我也无话可说……总之是无法再面对她。"

江若彤在他说出"音信全无"这四个字的时候，就意识到他不是在说周志成了，但没想到他说的竟然是自己，更没想到在他心里，自己竟算是个谈得来的朋友。这个消息过于突然，让她忽然就感到无边的唏嘘。如果他说的是真的，如果自己真算他朋友的话，那当初他和颖儿的事，她或许可以从中帮上什么忙，也不至于酿成那样的结局。不，不对，江若彤咬紧下唇，他连颖儿都不在乎，说什么朋友，不过是他自欺欺人的说辞罢了。

王子暮侧过脸看她，目光很深："你知道你紧张、为难，或者思考的时候，都会有这个小动作吗？"

江若彤没明白他话里所指："嗯？"

手指捏住她的下巴："别咬嘴唇。"他俯下脸，凑近了小声告诉她，"会让男人想吻你。"

江若彤一惊，几乎是跳着离开他的气息范围。这个男人到底是怎么做到上一秒还谈到颖儿，下一秒就对别的女人说出这种话的！"你这，够得上是性骚扰了！"

王子暮差点笑出声："我应该做过比这过分得多的事。"

一句话让江若彤冷静了下来。糟了，她忘了两人应该是上过床的关系，这种程度的，她的反应不应该这么激烈。为了不让他起疑，她也只好主动提起那晚的事。"那不一样。"她思考着说，"那天……是酒后乱性，把我当成了你过世的妻子。如果真是对我有什么特别的想法，肯定不会让我到您身边工作的。"

"你这话说得，让我开始考虑裁掉你了。"他本来就后悔把她变为直接下属，不过看她今天的表现，这份和建筑相关的工作，她还真是挺喜欢的。

江若彤拍拍额角，她怎么越找补越糟糕，她要是在这个时候被他踢出张氏，文斯洛一定不会给她好脸色。她一时词穷，不知道要怎么挽回局面。

他却突然把话题一转——"她不是我妻子。"说这句话的时候，一阵海风袭来，吹得他发丝上扬，露出光洁饱满的额头，眉峰微蹙，睫毛浓密，一双眼睛显得更加深邃。

江若彤抬头看他，不明白面相这么好的男人，为什么会有那样阴险的内心。

"她还没来得及成为我的妻子。"他望着看似平静的海面，说起至今让他惊心动魄的那一幕，"就在我们结婚的前一天，她当着我的面，从高速行驶中的车子上跳下去了。"

听他亲口提起这件事，江若彤浑身发冷，攥着拳头，指甲深深地陷在掌心的纹路里。"为……什么？"她尽量让自己的声音听起来像是惊讶。

"她说她恨我。"他的声音里有疑惑，"恨得……想亲手杀了我，但是她下不去手，就杀了我最在乎的人——她自己。"

"很极端的性格。"江若彤客观评价。

王子暮目光偏转："你不问我做了什么事，让她这么恨我？"

江若彤平静地道："不管你做了什么，她都不应该有这种想法。她觉得自杀是在惩罚你，可她有没有想过，你如果真有那么在乎她，又怎么会连她想自杀这种事，都没觉察到？"

王子暮心里一恸："是，我不值得。"

他会迷恋上明知不是颖儿的江若彤，凭这一点就不值得颖儿爱，更不值得她那么恨。

王子暮端着一杯酒，站在客厅的落地窗前，欣赏花园里的景色。以前颖儿在的时候几乎整天都腻在花园里，种植、修剪、插花、制茶……她实在是个与世无争的女孩子，是自己的出现，让她卷进利益的纷争里，最终万念俱灰。

也是在这个位置，他看到她向周志成哭诉，却误以为他们有私情，结果又伤了兄弟的信任。

想到周志成，王子暮又来到了福利院。

林小美正和员工们整理刚收到的资助品，王子暮一出现就莫名其妙地收到了一通感谢。看着司机从车上搬下来的箱子，再看看院子里的，王子暮有些疑惑："那不是我买的。"指挥司机将箱子直接送进仓库。小美诧异之余，又同他提起之前的两次捐助，有一批是王子暮送来的，另一批物品还是没对上。看着小美纳闷的表情，王子暮笑她是强迫症："福利院当然会收到很多来历不明的东西，有些人就是不愿意透露身份，你收了就是，一一对它干什么？"

小美哭笑不得："你公司账对不上你会这么敷衍了事啊？"

王子暮在她额前轻弹一记："那你就慢慢想是什么人送的吧，小美院长。"

小美揉揉额头："怎么想啊，就登记一下，以后对上了总是要感谢的。"

王子暮见她这么认真，也不好意思袖手旁观了："我帮你问问是不是楠初基金会的人。"

小美这才满意地点点头，等了半天却不见他有动作："不是说帮我问叶小姐吗？"

王子暮一愣："有那么急吗，要现在就问？现在不想联系她。"

小美听出他提到叶楠初时的不耐烦："吵架了吗？"

王子暮摇头："我们俩没架可吵，基本利益是一致的。"

小美沉默了一会儿："我还记得你跟我说过：你这么努力，不是为了要娶公主。现在的你，完全可以选择自己喜欢的人，既然不喜欢叶小姐，为什么要和她订婚？"

王子暮目光发直："之前是觉得，颖儿不在了，娶谁都是一样的。"

"之前？"小美敏锐地注意到他的用词。

"是。"在江若彤出现之前。

小美不想勉强他说不想说的事，只告诉他："那之后的路，希望你考虑清楚再走。子暮哥哥，我最大的心愿，就是你和周大哥都能找到各自的幸福。"

王子暮看着院子里的小朋友不觉莞尔："我最近总能想起我们小时候，看起来最老实的林小美，最会背着欧阳老师给做坏事的我打掩护。"

"但是欺负你最凶的周志成，其实最崇拜你，你学习比他好，就连淘气也比他花样百出。"小美笑了，"你多久没吃公园后边的那家麻辣面了？前几天志成还打电话约我去吃，我们一起吧。"

送走王子暮，小美松了一口气。王子暮主动向周志成示好的话，周志成一定不会拒绝的，他们三个就又能回到儿时的亲密无间了。像是心上的一块石头被搬走，小美感觉整个人都轻飘飘的，快要飞起来了，就连院里的小朋友都感受到了她的好心情，三三两两地缠上来要跟她做游戏。

小美还在惦记着刚才收到的那些物资："赵老师……"

赵老师正奇怪地看着院门口那个拄着手杖的男人："请问您是来找人的吗？"

文斯洛在王子暮离开后就下车进了院子，看着和孩子们玩耍的林小美，他没有贸然上前。他收到的资料里，竟然没提小美是个盲人。

| 第 四 卷 |

一本制作精良的盗版书

Do you think I could stay here to become nothing to you?

Do you think because I am poor, obscure and plain that I am soulless and heartless? I have as much soul as you and fully as much heart.

And if god had gifted me with wealth and beauty, I should have made it as hard for you to leave me as it is now for me to leave you.

——Jane Eyre

33 儿时的游戏

将文斯洛邀请进院长室后,小美倒了杯茶给他,高兴地问:"真的是你送来的?"

文斯洛说是某次经过这里,看到几个孩子在抢蛋糕吃,以为福利院资金不足,就叫人送了些食物和钱过来。后来因为太忙,一直也没能来看看孩子,今天才抽出时间过来,正巧碰上也有人来赠送物资。

小美说福利院的物资还算充裕,但还是非常感谢他的善举。"这些孩子要一直养到18岁,还要让他们接受教育,甚至发展特长,用钱的地方还有很多。像您这样的人多一些,我们才有机会给孩子们创造更好的成长环境。"

文斯洛打量着院长室的摆设,看到墙上她和周志成以及王子暮的照片,嘴边泛起一丝冷笑,漫不经心地端起茶杯。

小美提醒他:"小心烫。"

文斯洛吓了一跳,伸手在她眼前晃了晃:"你的眼睛……"她究竟能不能看见啊?

"看不见。"小美不好意思地说,"不过能听到你拿茶杯的声音,茶水洒出一点,落在地上的声音,我猜你是不是只顾着看别的地方,没看茶杯,所以出声提醒你。"

文斯洛心说这不是提醒,而是警告吧,他一时也不敢再做多余的动作,只看着墙上那张照片,假意惊讶地说:"刚才来送东西的人,就是这照片上不太笑的这个吧?"

小美摇摇头:"我不知道你说的照片什么样,不过子暮哥哥是不太爱笑。刚才来的就是他,照片也是他挂上去的,说虽然我看不见他在那里,但他就在那里陪着我。"

"说得出这种话的人,一定很善良很会关心人。"文斯洛咬牙说着违心的夸奖,又问,"两个都是你哥哥吗?"

"都是一起在这个福利院长大的孩子……"小美毫无防备地讲了一些王子暮和周志成小时候的往事,不知不觉茶都凉了,她换上新茶,抱歉地说,"看我,只顾着自己说,也不知道你听得烦不烦。"

文斯洛连称不会:"本来也就是闲着过来坐坐,听你说说话还蛮有趣的。"看着她流畅的动作,他忍不住问,"你很小的时候就看不见了吗?"

"很小,大概是天生的吧,所以才会被抛弃。"

"真可惜。"文斯洛由衷地表示,"你有一双非常漂亮的眼睛,想到你竟然看不见自己这么漂亮的眼睛,就觉得很可惜。"

小美从没在人前露出过盲眼的难过,别人也就都以为她早习惯了,第一次听到这种劝慰的话,她愣了一下才回应对方的好意:"谢谢你。"

文斯洛看她的表情就知道她误会自己了:"我不是同情你。你看……"意识到她看不见,他伸手拉过她的手,放到右手挂着的手杖上,"我需要靠这个才能走路。"

"我听到了。"小美的耳力早已取代了眼睛,"你走路的声音不协调,腿是刚刚伤到吗?还不太适应。"

文斯洛意外她的洞察力:"腿在三年前就截掉了,装上义肢开始走路是这一年才开始练习的。"

小美忧心地问:"很疼吗?"

文斯洛说:"很疼。"刻骨铭心的疼,让他这么疼的人,他必须让他百倍千倍地偿还。

文斯洛从福利院出来,一上车就给周志成打了电话:"王子暮近期会向你示好,你准备准备,不要把气氛闹僵,回到他身边去,我需要你帮我传递一些信息。"

"传信息不是有那个江小姐吗?"周志成对那个冒充颖儿的女人印象并不好。

"她是取出信息,你是带进去信息,"文斯洛强调,"错误的信息。只有你传递的,他才会信以为真。"

周志成听不懂,也懒得多问。自己既然同意和他合伙整垮王子暮,就按他的计划做。既然他这么说,想必王子暮向自己示好也是他推进的结果,周志成不知道他做了什么,只等着王子暮来电话求他原谅时,提出"让我揍一顿我就原谅你"的要求。

结果来电话的是林小美。小美说:"给你个赛车的机会要不要?"

小美向来最反对他飙车了,周志成不知道她葫芦里卖的什么药。如约来到城郊的高速路上,看到身着赛车服的王子暮时,他才明白,这是小美为了让他和子暮和好做出的让步。

王子暮说:"如果我赢了你,你就乖乖过来给我打工,再不要提那些前尘往事。"

周志成听了文斯洛的叮嘱,只得压着火气:"如果我赢了呢?"

王子暮跨上车子,说:"我会给你一个解释。"戴上头盔准备出发。

周志成不想要他的解释,边做准备边盘算着要在哪段路上让他一下才会输得不那么明显。

小美宣布比赛开始前再一次告诉他俩:"子暮说这段路绝对安全我才同意你们比赛的,但是答应我,如果有危险,就要立刻停下,不可以欺负我看不见就乱来!"

王子暮冲着周志成做了个手势:将两根手指交叉挡在嘴巴的位置。这是只有他们两人才能看得懂的手势,小的时候每当小美批评他们淘气的时候,他们中的某一人就会做出这个手势,意思是小美太啰唆了。

周志成忍不住笑了一下,笑完又觉得自己的态度太和气了,好在戴着头盔也没人能看见。

两部摩托车引擎低吼,蓄势待发,随着小美抬手一挥,同时冲了出去。小美轻轻捂着耳朵,很快又放下了,她听到其中一辆车不到几秒钟就降速停下了,另外一辆也随之停下。

周志成绕回来,摘下头盔指着王子暮:"你小子什么意思啊?耍人是不是?"

小美一颗悬着的心倒是落下来,走过来对周志成说:"你赢了,必须听哥哥解释。"

周志成气得哇哇叫,直说他俩联手算计自己:"故意输的能算吗?"

"不是故意输的,是我明知道赢不了,提前结束比赛而已。"王子暮搭着小美的肩膀,笑道,"小美想去吃麻辣面,去晚了就卖光了。"

周志成来回看着他们俩:"早说不就得了,还白白跑过来一趟。"他把头盔给小美戴上,"上车走吧。"

王子暮回头看一眼刚才的跑道:"你还记不记得这条路上发生过什么?"

周志成顾忌地看了小美一眼,小声说:"我以前经常在这儿赛车。"

"我出国前最后一次见你们,就是在这条路上。"王子暮摸着摩托车把手,"你和人赛车,说赢了钱请我吃饭,给我送行。"

结果他输了。转弯的时候没有刹住车，车子甩了出去，他身上没有防护服，手臂和大腿外侧都蹭出了血，疼得吱哇乱叫，又不准王子暮告诉小美。但是小美怎么可能听不出来，心疼得拉着他直哭。

王子暮静静地回忆着那令他鼻子酸楚的一幕："那时我就在想，如果我能回来，一定不要让我的朋友再为了钱受伤流泪。"

周志成问："为什么突然对我说这些？"

王子暮摇摇头："没什么，只是有个人告诉我，朋友是需要沟通的。"

周志成沉默很久之后，终于开口："子暮，你还记不记得文斯洛？"

王子暮回到公司就看见楚哥在跟江若彤吵架。

说吵架也没那么严重，他只看到楚哥对一脸恭敬的江若彤丢下一句"牙尖嘴利"，然后就气呼呼地走了，连跟自己擦身而过都似乎没看见。王子暮揉揉被撞到的肩膀，又稀奇又兴奋，他还没见过楚哥与人发生争执，这江若彤也真是个人才。"张开嘴我看看。"他对江若彤说。

江若彤直觉地把嘴抿得紧紧的，露出两个圆圆的小巧梨窝。

王子暮追问："你说了什么让楚哥给你这么高的评价，他以前可是律师。"

江若彤感觉很冤枉，她明明什么都没说。

其实就是楚哥联系不上王子暮，来找江若彤，江若彤觉得奇怪，她一个行政秘书，他一个特别助理，明显他跟老板更亲近，不知道他为什么来问自己。结果楚哥就说她牙尖嘴利，特别生气地走了。

王子暮可听明白了，他一个特别助理，居然来问一个行政秘书要老板的行程，还被人给怼得无言以对，可不是要生气吗？

江若彤神情不快："他对我有偏见。"

"怎么会？你是他决定录用的。"王子暮告诉她，"我从来没有行政秘书，楚哥为了安置你，特地加了这么一个职位。"不过他也因此把很多闲杂事项都甩给她，落了不少清闲就是。

"难怪！"江若彤的疑惑终于找到了解释，"我就说他为什么看我总是一副很鄙夷的样子。"

"这肯定是你想多了，他根本不敢。顶多，也就是生你气——"王子暮说，"自从你出现之后，我的行程就全乱了。"

江若彤怔住了。

王子暮又说："心也乱了。"

江若彤一副"你是不是疯了"的表情告诉他："这是公司！"

王子暮犹豫了一下，还是决定问："要不要跟我交往？"

江若彤终于发现,他大白天的喝酒了。

江若彤第一次加班,居然是因为上司喝醉了。

王子暮一觉醒来就发现自己躺在办公室的沙发上,身上盖了张薄薄的空调毯。江若彤坐在另一边的沙发上,肘撑在扶手上,身体略微倾斜,正对着电脑看什么。没开灯的办公室光线偏暗,屏幕上映出她一张认真的小脸,皱着眉,不时地叹口气,很头疼的样子。

"在看什么?"他开口,嗓子哑得自己也吓了一跳,咳了两声,坐起来揉揉喉咙。

"你的行程。"她拿过茶几上的水壶倒了一杯水给他,"不声不响跑出去大半天,回来又倒头就睡,明天都排不开了。"

他喝着水,不太在意地说:"拿给楚哥看,让他把不重要的取消。"想了想又说,"我头疼,明天不会起太早,上午不要安排事情。"

"不行。明天上午有个重要会议,要最终落实老城区改建的方案,您必须出席。"

王子暮重申一次:"我说我头疼。"

"睡一觉就好了。"她瞥他一眼,"我喝那么多酒也会头疼的。"

终于听出了她的赌气成分,王子暮忍住笑,抱着空调毯坐到她身边:"那你在这儿等着,我再睡一觉,醒过来如果头不疼了就去开会。"

江若彤气鼓鼓地瞪着他,忽然想起他下午回来的时候曾问过她:要不要交往。她的脸忽地红了,手忙脚乱合上电脑就要离开。因为眼睛盯着过亮的屏幕太久,无法瞬间适应黑暗的光线,站起来辨认方向的工夫,她的手已被他拉住。

"陪我去吃点东西。"他说。

"我吃过了。"她不假思索地回绝他。

王子暮挑眉。

意识到自己守着他不可能有时间出去吃饭,她又改口:"我不饿。"

"我饿。"

"中午就喝酒,想必吃得很丰盛,现在应该也饿不到哪儿去。"

丰盛个鬼!本来就是想去吃碗麻辣面,但周志成那个家伙忽然不安好心地和他拼起酒来,就着几碟小菜,两人喝了一瓶多劣质白酒。不提还好,一想起来吃的麻、喝的辣,王子暮只觉胃里烧得慌,肚子也咕噜噜地抗议起来。他揉着胃,指指江若彤:"你看你肚子都叫了还说不饿。"

江若彤也听见声音了,知道他是真饿得厉害,一想与其自己回家煮方便面,跟他出去吃个饭也没什么,反正看他这样子也不会再喝酒了。

江若彤对吃的没追求，以前加班的时候也是有什么吃什么。颖儿却是个死心眼的，就认准了楼下的卤肉饭，每次加班一定要去吃，她也跟着去习惯了，以至于一加班就想吃卤肉饭。王子暮说了让她选地点，能吃就行，她也就没特意照顾他的胃口，点完餐回到桌前才发现他眼神不对，她忽然想到，他一定也被颖儿拉着来这儿吃过饭。

一直到饭菜被送上来，江若彤才咳了一声，打破了两人之间的沉默："是不是不太合胃口？"

他摇摇头，依旧沉默地拿起筷子。

江若彤不知道他会说什么，就预计不到自己接下来的反应要如何，有可能拂袖就走，干脆趁他没开口前多吃一些，免得待会儿没得吃。

王子暮还没开吃，就见她已经三口两口解决了碗里的那半颗卤蛋，他想了想，把自己碗里的也夹给她。

江若彤于是抬头看看。她习惯了先吃卤蛋，是因为颖儿不爱吃，每次都会夹给她。这么久没来，又出现了一模一样的场面，江若彤一时有些恍惚。

两人视线相对，他认真地问："你讨厌我吗？"

江若彤回答："不讨厌。"而是憎恨，远非"讨厌"能形容的程度。

"那和我交往吧。"他说，语气像是批复了某个通过审核可以投资的项目。

江若彤看看他，再低头看看他夹给自己的半颗卤蛋，心说你能不能走走心，她得多不讨厌他，或者有多爱卤蛋，才能在这种情况下同意和他交往？

看她拧起眉毛，王子暮眼中流露一些失望的神色："你先别着急拒绝，考虑一下，吃完饭再答复我。"

江若彤也确实需要好好考虑一下。

文斯洛说求而不得是最美的距离，若即若离最让人心痒难耐，可也是最难把握的。一餐吃得味同嚼蜡，她边吃边想要怎么拒绝他，又不能让他彻底死心，不觉竟吃了个精光，看着碗底才感觉胃胀得难受，抬头见王子暮只吃了一小半，正拄着筷子若有所思地望着她。

"你安心吃饭吧，不用等答复了。"江若彤比比他的饭碗，"我是不会同意的。"

王董事长第二天早上果然没来上班，也不知道是头疼未愈，还是被拒绝了心情不好闹罢工。江若彤看着空空的办公室，正想请楚哥这会议是如期进行，还是改期等董事长参加，做速记的秘书突然抱着电脑站在门口一迭声地叫她。她是王子暮专用的速记，从不跟别的会议。江若彤奇怪地走过去："什么事？"

速记秘书推着她往外走："快快，董事长下午要出差，会议提前，楚哥让咱俩快点过去。"

江若彤疑惑地跟着她到了会议室，看见王子暮已经坐在桌首，楚哥站在他身边低头说话，其他参会者正夹纸带笔地一溜小跑着赶过来陆续入座。速记秘书先坐过去接好设备，楚哥看见她，扭头看了一眼还愣着门口的江若彤，往旁边的秘书位置上努了下嘴，江若彤赶紧坐过去。

趁着会议还没开始的时间，有人拿着什么文件过来让王子暮签字，江若彤见状偷偷问楚哥："出差要去哪儿啊？"

楚哥看看无暇顾及这边的王子暮，小声答道："他没说。"

意思就是根本不是出公差，只不过是打个幌子把会议时间提前。江若彤对着小本子直咬嘴唇："上周就有两个会议延期等着这周安排呢，他今天又消失，今天的行程怎么办啊？"

楚哥看了一眼："这个我去就行了；这个还不着急，先标红等着；这个取消，不用去了；这个也删了……"他一通指挥，日程单上顿时清爽不少。

江若彤面上一喜，得寸进尺地要求："干脆把这些个没必要的应酬都取消了吧。"

楚哥看着她所谓的那些没必要的应酬，基本都是王子暮自己加上的，他不太抱希望地鼓励她："你问问董事长的意见吧。"

王子暮签完字看他们半天了，听到这句话立刻回答："不用问我，我是不会同意的。"他死死地盯着江若彤，那句"我是不会同意的"刻意模仿她昨天的语气。

江若彤看他一眼，继续跟楚哥说悄悄话："看来是没戏，估计董事长很想把别的都取消了，只去应酬喝酒。"说是这么说，她手上的动作可没停。

王子暮皱着眉，看她继续一项一项地删除或备注。

楚哥也不阻止，直到她把光标停在周末一个舞会上："等等，这个不能不去。拉斐尔是张氏家居板块最重要的合作方，这是他们首次到国内做新品发布，也是我们好不容易争取来的。董事长务必出席，还要准备致辞。"

江若彤做下标记，随口问："您得随行吧？"

楚哥才要点头，王子暮忽然说："你也去。"

二人一起看向他。

王子暮看着江若彤："楠初昨天去挪威了，周末回不来。我没有舞伴。"

他说着，脸上一片风光霁月。

34 灰姑娘的水晶鞋

江若彤去找文斯洛，先被他黑头黑脸地训了一通："王子暮早晚会派人查你，没事跑我这儿做什么？你如果提前被拆穿身份或者暴露我的行踪，坏了我的大事，我绝不会放过你！"说着就要吩咐人把她送回城里。

江若彤面色不善："谁说我没事的?!"

"哦。"文斯洛的声音降下去，"有事不能打电话说吗？"

"周末我要跟王子暮跳舞。"

"去啊。"

"我不会。"

"什么舞？"

"就是普通的……宴会上两个人跳的那种……"

"华尔兹？网上不是有很多教学视频吗，照着练就好了。"

"那种程度的不行。"

"我给你安排个舞蹈教练，回去等他联系你吧。"他耐心用光，回头问秘书，"我今天有什么安排吗？"

秘书翻下记事本："晚上十点和多伦多那边有个视频会议，其他时间还没安排。"

文斯洛挥下手让他出去了，一个人留在客厅里拄着手杖来回踱步，想着要不要再去林小美的福利院看看。

他手上目前有江若彤和周志成两个人，可以双管齐下，只要找到合适的机会，是能够给张氏致命一击的。但以他对王子暮的调查，这个人顽强得很，懂得隐忍且相当有头脑，又足够心狠手辣，当初张鑫设计把他赶去英国，不但没能让他离开张家，反而让他逮着机会反击，最终易主了整个张氏集团。如果不是张颖儿的事，文斯洛还真找不到切入口来实施报复计划。

　　但除了张颖儿，林小美对于王子暮来说，无疑也是个极特殊的存在。

　　王子暮逼死张铭远，踢掉张鑫母子，玩弄张颖儿，利用周志成，对身边所有人都无情无义，可从来没伤害过林小美。而林小美也一直把他当成哥哥般尊敬，还开导他安慰他，甚至为他挽回周志成。

　　文斯洛通过和林小美短短的一次交流，发现这个眼盲的女孩子身上有种说不出的安定人心的气质，心思透明却毫无城府。她对王子暮做的事一清二楚，却依然把他当成哥哥般尊敬。在她眼里，穷困潦倒的周志成和有钱有势的王子暮是同样的，这是最让文斯洛担心的。

　　只要有这个女孩子在，即使王子暮被他彻底扳倒，也能得到救赎，说不准比现在过得还要开心。更重要的是，以王子暮打不死的个性，随时有翻盘的可能。

　　似乎得让林小美也远离王子暮，他才能真正的一无所有……

　　从沙发边绕过来，猛地看到江若彤还站在刚才那里，文斯洛摸了摸嘴唇："怎么还不走？"

　　"我能不能在这里学跳舞？"她问。

　　文斯洛的第一个反应是："你让我把教练接到这儿来？"再看她默不作声地瞅着自己的模样，他忽然想拿手杖抽她，"你不是想让我教你吧？"

　　江若彤眼睛一亮。

　　文斯洛发出一阵阴鸷的低笑，笑得不能自已，跌坐在沙发上，捂着脸，笑声从指缝中传出："你让一个瘸子教你跳舞？"

　　这是她第一次听他说自己是瘸子，他的反应让江若彤有点害怕，可是她既然说出口了，就不能半途而废："是，我希望能跟你学。"她硬着头皮说下去，"可能你不记得了，但是以前，我看过你跳舞。"

　　那也是个很偶然的机会。在她没去张氏工作之前，在一家广告公司里做业务员，文氏是公司的大客户。那年做客户答谢会时，开场舞是由公司的一位女老总和一个二十出头的年轻男子表演的。跳的是维也纳华尔兹，虽然只有短短两分钟，但舞步幅度大，有很多个旋转，节奏很快，年过半百的女老总略显吃力，甚至一个转身险些摔倒，多亏那位男舞者巧妙地化解，才完成了一段非常精彩的舞蹈。大家开始都以为他们请的专业舞蹈演员，答谢会开始才看见他站在文氏集团的董事长身边，方知那是文氏的太子爷文斯洛。

那时的文斯洛意气风发，连笑容都非常有感染力，江若彤看着他就想起一个词——名门贵胄，故而对他那种举手投足的自信印象非常深。因此虽然只见过那么一次，在两年前文斯洛找上自己时，江若彤还是一眼就认出了他。

文斯洛早些年参加舞会无数，就算江若彤说出原来的公司名字他也没能想起来，不过听了这段往事的他脸色倒是缓和了许多，只是仍然对江若彤的恳求予以拒绝。

江若彤不死心："你教我吧，基本舞步我会，你给我讲讲要领就行，我会自己看着跳的。"

文斯洛不想跳舞，也不想教人跳，装着一只连走路都不协调的假腿，他觉得跳舞这个行为对他而言很讽刺："你为什么非得跟我学，成心触我霉头？"

"既然要学，就要在自己能力范围内学最好的。"她硬挤出个奉承的笑，"你是我见过的跳华尔兹跳得最好的。"

文斯洛一语道破："我估计你总共就没见过几个人跳。"

"我来找你之前也想在网上学来着。"江若彤实话实说，"你的舞步和那些教练不一样，感觉你跳舞不是让别人看，完全是为了让自己开心。你现在虽然……跳不了很好看的一支舞，但那种感觉应该还在。"

文斯洛被她那句"跳舞不是让别人看，完全是为了让自己开心"击中了，他突然发现这个女人很会说服别人。

江若彤小心地观察着他的表情："行吗？你就教教我吧，我只请了一天假，不会耽误你太长时间。你今天不是没有别的安排吗？"

"你还请了一天假……"文斯洛服了，"只不过是陪他出席个活动而已，名义上是舞伴，实际上跟他口袋上的那块手绢一样，就是个摆设，到时候他也不一定会和你跳舞。所以你会跳就行了，还想学到什么程度？"

江若彤想了想："你不是让我破坏他跟叶楠初的感情吗？就学到让叶楠初看过我跳舞就会产生危机感的程度吧。"

"那肯定没戏。"文斯洛直接告诉她。一个刚学会跳舞的，想超过一个跳着华尔兹长大的社交名媛？

江若彤跳了一曲，文斯洛看完了表示："这和不会也没什么区别。"

大概是没想到自己腿断了还能收一个学跳舞的学生，文斯洛说不出是兴奋还是紧张，导致教学比较严厉，单是纠正她的分节动作就用了大半天，不时用手杖敲打她。因为看不出任何进步，他连饭都没给她吃，理由是饿着更飘逸。

进书房开视频会议之前，江若彤终于在他的授意下跳了支三分钟的圆舞曲。文斯洛只说："我当年如果跳成你这个德行，现在断腿也不会觉得多可惜了。"

江若彤开始还后悔自己干了件自讨苦吃的事，毕竟哪个舞蹈老师也不会像他这么打击学员。后来逐渐被讽刺得麻木了，听了这话她也没理他，只是想着动作要领，对着镜子自顾自地重复做，想找出问题所在。

　　文斯洛放弃了："累了就歇会儿吧，我叫他们弄点吃的给你。"经过她身边，看着她做反身动作时脖子侧面的修长线条，以及弧度完美的下巴，他感叹："啧啧啧，可惜了这么好的脸蛋和身材。"

　　江若彤听见他的话，维持着一个反身的动作，呆愣了好几秒。

　　看到她有些被触动的神情，文斯洛在她身后站下，抬手捏住了她的下巴，转向旁边的镜子："好好看着。"他捉着她的手让她轻触脸上的五官，"这里，这里，还有这里，这么的完美、这么诱人犯罪，这都是你的。你根本就不需要学多么华丽的舞步，技巧什么的，是给不够好的人准备的。"

　　江若彤看着现在仍时常感觉陌生的脸，陌生但漂亮。

　　在做完手术一年后的今天，她看向自己的目光里，竟然还有惊奇。文斯洛摇摇头，丢下她去开会了。她的动作没问题，原因在于气场打不开，因为觉得自己不够好看，总是藏着掖着。上了两级台阶，他又停下来，回头看她："喂，你听没听过这句台词：'I have a secret. I am beautiful. I am beloved.'看着镜子认真说几遍，不要对不起我给你花的那一大笔整容费。"

　　文斯洛开完视频会议已经快晚上十二点了，一出书房就听见客厅里还放着舞曲，他以为是忘了关，再一听居然还有高跟鞋的嗒嗒声，嘟囔着"这女人是疯了"，走到楼梯口正想骂，却被一组倾斜、升降，以及接连转动的动作惊到了。非常的流畅和舒展，和两个小时前判若两人，鬼知道这两个小时发生了什么。

　　舞曲结束，江若彤还在对着镜子确认一个步伐，忽然传来一阵掌声。

　　文斯洛双肘撑在二楼的护栏扶手上，正看着她鼓掌。

　　江若彤仰头看了他一会儿，忽然伸出右手，掌心向下，手指微垂，是一个受邀跳舞的手势。

　　掌声停住，他用眼神拒绝。可她就那么举着手，目光热切，嘴角带笑，特别自信地望着他。文斯洛一瘸一拐地下了楼，站在她面前，想了半天，将手杖搁到一边，托住了她一直举着的快要僵掉的右手。

　　没有音乐，两人用着文斯洛能接受的节奏无声地起舞。

　　文斯洛说："你的鞋子不好，两只鞋跟的声音不一样。"

　　江若彤只是笑："处女座。"

　　他的确是有细节控，有着完美主义倾向，所以面对这副残缺的身体，他一度不知该如何面对，跳舞，更是从事故之后想都不敢想的事情。

"你知道吗,我9岁就学国标了。"

江若彤能体会到他说这句话时的心痛,她扭开脸,看到他的手杖:"那块石头真漂亮。如果不是伤了腿,那么漂亮的手杖也只能是个装饰,这就叫塞翁失马,焉知非福。"

"嗯,焉知非福呢?"他似无奈地随口漫应,视线却转也不转地落在她的侧脸上,绕过她身体的手臂收得更紧了一些,"快十二点了,你还不快点跑回家吗?"

江若彤扑哧一笑:"我如果是个灰姑娘,你就是给了我一身体面的小仙女。"她将头向手杖的方向歪了一下,"还有一根魔法棒。"

文斯洛说:"仙女给灰姑娘最重要的礼物是水晶鞋。"

她纠正:"是道具。"

小仙女把道具快递到了灰姑娘的公司。打开鞋盒先是看到一张南瓜图形的卡片,翻到背面只有一句话:务必在晚上十二点之前回家。

江若彤忍不住笑起来,掀开防尘纸,里头是一双细跟的白色踝靴,轻透的网纱鞋面上,颗颗水晶或密镶或散嵌,骄傲地将办公间的日光灯折射成七彩碎光,令人惊赞无比,还真是水晶鞋。

那个完美主义的家伙连道具都准备得这么华丽。

正是午休时间,她四下看看无人,便偷偷换了新鞋,起身到电梯门旁边的仪容镜前欣赏。电梯叮的一声响,她直觉地转身就想跑,又担心新鞋扭脚,挺直了身体不紧不慢地往工位走去。

这一整层都是总办,总办人员集中在电梯右侧的总办室,她和楚哥以及一位接待秘书的工位则在电梯左侧的董事长办公室门口。电梯里出来的人跟着江若彤往左侧走,她听着脚步声回头看,马上乖乖地站好行了个礼:"董事长好。"

看到她就想起那天被拒绝的场面,王子暮原本静如止水的目光更加深沉如海。路过她面前时感觉到身高的异常,想到跟她在酒吧见面时,她就在自己眼前扭断了鞋跟,所以不赞同地看她一眼:"上班穿这么高的鞋,晃晃悠悠站没站样。"

江若彤把头再低一些:"这就换下来。"

他也只是随口提醒,脚步不停地往办公室走去,却在她工位上看到了一个蓝紫色鞋盒。新买的?再看看她脚下的鞋子,跟她身上的深色套装完全不搭,他忽然意识到那种高度根本就不能做日常通勤鞋,参加宴会或者登台表演倒是可以……就这么想到了周末的舞会。

江若彤有些心虚,怕他细思起疑,毕竟以她的收入根本买不起这个牌子的鞋,却忘了男人对这些普遍没什么概念。

他原以为她即使被点名随行,也就是略收拾得齐整些,不料竟特地买了鞋子,这能说明她期待与自己参加舞会吗？王子暮对女人着实是了解不多，不知道她们喜欢出席盛装场合，是因为又有理由买鞋买衣服，而不是因为喜欢这场合才去买。他认为江若彤此举是对他的一种重视，便觉得即使自己上次被拒绝了，下次也还是有机会的，免不了心潮澎湃，面上也就再也压不住："衣服有吗？"

江若彤也不知道这面瘫脸须臾之间已经动了那么多心思，见他一下就想到这双鞋是参加舞会穿的，还专门提醒她的着装，想来这活动当真重要。"有吧，我回去找找。"她在酒吧唱歌时，文斯洛曾叫人送了很多衣服过来。

王子暮思索地嗯了一声，然后问她下午的行程，有一项是去邻城试营业中的家居卖场视察，他点点头："先去这个吧，其他的回来再说。"

卖场剪彩他就没去，这试营业都一个月了，江若彤也觉得再拖下去不好："好，等楚哥回来我马上安排。"

"你跟我去吧。"顿了顿，他又欲盖弥彰地加了一句，"也不是什么重要场合。"

35 求婚

张氏家居卖场走的是奢侈品牌线，选址大多在繁华的商业区。他们要去的这个卖场是邻城开业的第二家店了，位于张氏在该地自持的一个综合体项目里，位置稍微有点偏，但周围商业氛围不错，近两年新增了不少高端百货和购物中心。

车开了一个多小时才到，提前接到电话的店面主管和卖场员工都已到门口列队。王子暮和集团家居板块的两位负责人在店面主管的陪同下步入卖场参观，不时对货品和运营方面的问题进行讨论，江若彤跟随着做笔记。

"奢侈品牌受电商冲击没有那么明显，是因为有效顾客更倾向于体验式的消费习惯，产品自身已经是口碑不错的成熟品牌，我们需要把重点放在体验性和购物环境的打造上。另外卖场的高端性务必把握住，我会跟购物中心那边打招呼，做店庆促销不要拉着家居业态一起。

"上次提到的未来家的概念进行到哪里……不行，同步推进。智慧家庭的潜在市场非常大，现在大多数消费者还处于认知空白期，需要用成熟品牌来带动这块业务的发展。我们不是单纯做品牌代理的，不能供货商给什么我们就卖什么，需要有自己的主题运营模式。

"……不要过多关注这个数据，有些根本不具可比性。W家居中国区上季度对外公布的销售额是11.7个亿，总客流1700万，可净利润据我了解还不及我们一个华北区。Z家居转型高端后，给出整个财政年同比增幅4.9%的数据，上年的基数摆在那里，数据增长再多，实际业绩也不够喜人……"

他脑中的数据又多又准，提到其他几家同类卖场做对比参考时张口就来，思路飞快且时常跳跃，经常别人还在做这个讨论，他已经又交代了下一个问题，中间几乎没有过渡，稍微一走神就会跟不上他的思路。

　　整个参观过程除了经营方对卖场情况和顾客情况进行介绍外，基本上都是他的声音，或提出问题，或针对经营难点给出解决方案。他对卖场的经营不局限于主流经营思路，更多的是出于自身情况实际的考量。

　　江若彤看到跟在他身后的众人相互间的眼神交流，传递的都是佩服和赞赏的信息，她不自觉地挺挺肩膀，眼角带出一抹得意之色，颇有种狐假虎威的骄傲。以前她在地产部与他共事，深知他在建筑规划和项目运营方面的才华，还是第一次见识到他在市场营销和经管领域的能力。这一路她奋笔疾书，考察结束时只觉得右手酸软，活动着腕关节看他们做收尾的寒暄。

　　考察方安排了下午茶会议，王子暮让随行的两个家居负责人参与，转身看着江若彤说："你再跟我到购物中心看看。"

　　其他人看向江若彤的目光中满是同情。

　　购物中心的视察他没让通知管理方，只说随便转转，进了大门真就一副闲逛的模样。电话也不用过滤了，一直接个不停，偶尔抬头扫一眼店面，或驻足货架前漫不经心地打量着，心思仍都放在电话上。

　　江若彤捧着记事本走了半天，才发现根本无事可记，逐渐放松下来，跟着他一路走走停停，还想着要不是这个商场的衣服太贵，正好可以买一件来搭配新鞋子。不过逛街的乐趣反正不在买，一饱眼福也是收获，只可惜旁边有个碍事的，否则她还能进去试试。

　　王子暮在家居卖场转了将近两个小时，进到购物中心也丝毫不显疲态，江若彤看着他心生敬意，觉得他是自己见过的最能逛街的男人，没有之一。正暗暗佩服着，他突然在一个仅挂着一件象牙色礼服裙的橱窗前停了下来，在江若彤还没反应过来之前，他已经走进店铺里面，跟导购说了些话，很快和橱窗上一样的裙子就被捧了出来。他回头，对还站在店门口的她招下手，待她走近了，他说："试一下。"

　　优雅的锦缎与轻盈的网格薄纱拼接的中长礼服裙，一字领设计和象牙白的色泽，中和了材质带来的飘逸感，起到端庄的视觉效果。江若彤一照镜子就想到文斯洛送的水晶鞋，简直是完美搭配，不觉满眼欣喜，拉着裙摆前看后看。

　　漂亮衣服总能使人产生莫大的信心，见王子暮走过来，她想也不想就问："很好看吧？"说完才微微有点脸红。

　　王子暮笑道："很好看。"

　　导购马上附和："您先生很有眼光，这是本季设计师的主打款……"

江若彤果断否认："他不是我先生。"

导购面露尴尬。

王子暮从容地道："还没结婚。"

导购这才重新恢复笑容："不好意思，因为二位看起来很默契，我以为已经结婚很久了。"

江若彤揉了揉太阳穴。

王子暮没给她解释的机会，抢白道："好了，喜欢就包起来吧。"然后看着手表说，"还要赶回去吃饭，别在这儿浪费时间了。"

导购一边帮她脱着衣服，一边羡慕地说："小姐真有福气，男朋友对您这么好。"

一趟公出回来已是半夜，江若彤倒在床上，看着放在门口的礼服包装盒发了会儿呆。还好，不用再去翻衣服了，中午的时候她还在想，没有礼服的话要提前去租一套，免得到时找不到合适的。

想起租礼服，江若彤缓缓坐了起来，走到衣柜前拿出一件被防尘袋罩起来的衣服。这是那年和颖儿一起参加项目庆功宴时租来的，裙摆上沾了些果汁，她便对颖儿说，弄脏了还给人家不好，于是买了下来，颖儿还嫌她乱花钱。

她确实很少在这种华而不实的衣物上花费，因为她总觉得自己的人生，过得就应该像外表一般平平常常，这些华美高贵的东西离她很远。

可是，摸着还别在礼服上的那朵亮棕色的绢花，这是他亲手做出来的，又亲手戴在了她的裙上。就在那个光华灿烂的夜晚，他对她说："你穿这个颜色很适合。"

那时的一句"很适合"，其实远比他今天说的"很好看"，更让她心动不已。

想到白天在商场和导购的对话，江若彤烦躁地甩了甩头，起身用电脑放了一支舞曲，双臂抬起，专心地踩着舞步，想借此赶走心中不该有的悸动。

"你是为了替好朋友讨回公道才去接近他的，怎么可以有别的贪念？"

"你忘了颖儿是怎么死的了吗？你忘了在她坟前说过什么吗？"

"别傻了，江若彤。他只不过是在赎罪，因为你长得像被他害死的颖儿，他为了让自己良心好过，才会对你这么好。"

"江若彤，江若彤，别忘了你是为了什么才变成江若彤的！"

她边跳边大声为自己洗脑，可是没有用，脑海中还是不断地浮出这个人的身影，这个从她是安琪时就一直喜欢的男人。

她高估了自己的定力，以为不断暗示的仇恨，足以抵消这些仅仅萌芽却来不及成长的相思。三年的仇恨、两年的准备，没想到就这么轻易被他一个深深的眼神攻破了心防。

心慌意乱地摸起手机拨通文斯洛的电话,江若彤问:"你要什么时候才动手?颖儿死了,他却活得这么心安理得!凭什么?你不是会帮我,把他利用颖儿得到的一切,都化为乌有吗?为什么还不动手?要什么时候才会动手?"

　　文斯洛睡得迷迷糊糊地,面对一连串的质问,只勉强分辨出来是谁打来的电话:"安琪?"

　　这个名字让江若彤冷静下来。

　　一声几不可闻的啜泣传进文斯洛耳中:"你哭了?"他坐起来,按亮了床顶的灯带,"发生了什么事?"

　　她吸吸已经完全被堵塞的鼻子:"我想再听你叫一声'安琪'。"

　　"你怎么了?"他的声音明显变得焦急起来。

　　"文斯洛,我好想再做回安琪……"她说完,终于放任自己大哭起来。

　　眼泪顺着电波蔓延到电话那头,冰冷了文斯洛拿着电话的手指。

　　他不知道江若彤的矛盾与挣扎,直觉地以为是王子暮做了什么让她难以启齿的事情。想到她为了报仇隐姓埋名,忍受着骨肉变形的剧痛,如今更付出了难以挽回的代价,文斯洛第一次开始反思报仇的意义。

　　他的腿终究是失去了,即使拿了王子暮的腿来接上,他也无法再像从前那样跳完一曲华尔兹。张颖儿死了,安琪却为此活得这般艰辛,连想听人叫一声自己的名字都不易。他们想向王子暮复仇,让他痛苦,让他过得生不如死,可眼下自己却陷入莫大的矛盾和痛苦中。

　　她说她想做回安琪,她哭得那么厉害,是因为知道回不去了。

　　他和她都没有回头路了。不管平静的冰面下,是刺骨的河水,还是汹涌的暗潮,就算是万丈深渊,他们也只能拉着王子暮一起跳下去了。

　　拉斐尔首次将新品发布会放在中国举行,国内各地的 VIP 客户受邀前来,开幕舞会规模盛大,整个车川市的人都想挤进来看看这个名流云集的场面。

　　江若彤端着一杯香槟站在角落里,看着王子暮与主办方的一位女士翩翩起舞,他的舞姿没有文斯洛花哨,但也可圈可点。看着看着,她就觉得这个男人当真是方方面面都挑不出半点毛病,难怪即使他在张家做的事众所皆知,可还是有那么多女人前赴后继地扑上来。

　　楚哥出去接个电话,回来看见王子暮在跳舞,便径自走到江若彤身边。江若彤看着他,感到十分惊讶:"这么多人,你居然还能找到我。"

　　楚哥想说你这个模样让人忽视也挺难的,又怕她听了太得意,于是语焉不详地说了句:"裙子很好看。"

　　江若彤低头看看裙子,又理了理肩膀上的亮棕色绢花,告诉他:"这是灰姑娘的礼物。"

楚哥嫌弃道："我女儿都过了看童话书的年纪了。"

江若彤眼巴巴地看着舞池，不合时宜地想到一句话：身怀利刃，易起杀心。她拜了个很好的师父学跳舞，一听到舞曲就很想下场，不过规矩上前两支舞只能是提前安排好的人跳。她无聊地打个呵欠，看看楚哥："你为什么没带舞伴？"

楚哥愣了愣，"我并不在受邀名单上。"工作人员和随行人员是可以单身出席的。

江若彤于是笑道："你也是个影子啊。"

楚哥皱皱眉："你是不是喝太多香槟了？"

杯子都被收走了，她也不知道自己喝了多少，倒是脸颊微烫，也可能是宴会厅里太热了。这么想着，她愈发觉得口干，伸手在托盘上又取下一杯。

楚哥刚要阻止，余光看见一道身影挨近，于是自觉地退了一步把位置让出来。

江若彤视线跟着看他要去哪儿，手上杯子一偏，酒差点洒出来。

一只大手牢牢地握住她："小心，舞会才开始，别把衣服弄脏了。"王子暮顺势夺走她的酒杯，啜了一口，抬眼含笑望着她肩上的绢花，"这个倒是很别致。"

他当然不会记得自己当初的信手小作！江若彤神色漠然地扭过头，寻找端有酒水的侍者。

楚哥俯在王子暮耳边低语："她好像喝多了。"

王子暮挑眉。

楚哥正想再说什么，一个银发耀眼的法国男人走过来，正是刚才在台上致过祝酒词的拉斐尔家居副总裁。他与王子暮碰过杯，寒暄几句，向一边甘作壁花的江若彤伸出手掌："可有荣幸？"

江若彤先是看下王子暮，才想到他是第二支舞的表演者之一，他跳完，自由交谊舞的时间也就到了。

王子暮还以为她是不会跳舞，用眼神求助自己代其拒绝，正想开口，就见她欢快地放下杯子，手一搭，已跟着那个法国人移步到舞池中央。

法国人个子很高，步子也大，开始还照顾着怀中女士身姿娇小，在发现她舞技不俗之后，他彻底放开了步伐。大幅度的倾斜升降，一个接一个的转身动作，江若彤的白色长裙鼓荡着，裙角飞扬，像朵盛开的铃兰花，惹得众人主动在舞池中为他们让出一块表演区域。

江若彤喝了酒，从胃到皮肤都燥热难当，舞步划开空气让她感觉凉风习习，如荡秋千一般自在，被他抬高手做了一串表演性的自转后，她情不自禁地笑出声来。法国人也颇受感染地咧嘴大笑，更时不时与她眼神交流变换舞步。

楚哥对江若彤的表现倒不意外，她原来就是在酒吧唱歌的，会跳舞也没什么稀奇的。王子暮脸上看不出什么，但心里的震惊可不是一星半点。

他还从没见她露出过这么肆无忌惮的笑容……王子暮一阵耳鸣，抬手揉揉耳朵，转头吩咐："楚哥，你去帮我查一个人。"低声说了个名字。

楚哥表情疑惑地点了点头。

江若彤一曲跳完脸色更红，气还没喘匀就问王子暮："你要不要跟我跳舞？"

王子暮说："你醉了。"

她拍拍额角："哎呀刚才太无聊，喝太多了。站一会儿醒醒酒吧。"说着将手肘撑在鸡尾酒桌上，上身算是稳住了，脚下却根本站不住。

王子暮肩膀一矮，揽住她软软下滑的腰身："回家了。"

她瞪着眼睛拒绝："我才跳了一支曲子。"她化妆就花了四十多分钟。

"回家让你跳个够。"他许诺。

江若彤不受骗："我怕我坚持不到回家就睡着了。"说着推开他的手，扶着餐桌想要自己站稳，晃了两晃便识相地放弃了，"好吧回家吧。"左右看看，"楚哥呢？"

"我送你。"拉着她的手穿过自己臂弯。

她摇摇头："你喝酒了。"

他耐心地告诉她："司机在车里。"还真是不好拐骗的小孩。

舞会没结束，王子暮提前退场总要跟主办方打个招呼。那个银发的法国副总裁遗憾地看看挽着他的江若彤："真可惜，我还想和这位女士再跳一支舞呢。"

江若彤摆手："不行不行，十二点啦，魔法快失效了，我得赶回家去。"

法国人哈哈大笑："别忘了留下一只水晶鞋让我去寻找你。"

王子暮很好心地告诉他："找她，给我打电话就行了。"

出门就感受到一阵凉风，江若彤舒服地做个深呼吸："感觉酒醒大半了，我还是自己打车走吧。"

在这个荒郊野外的别墅区打车？王子暮觉得她是彻底醉了，脱下外套罩住她仅着一层网纱的肩臂。

她裹紧衣服，晃晃悠悠地走出大门，站在路边等车。见他还跟在身边，她劝道："您先走吧，我坐出租车就行，反正超过九点钟下班，打车费公司可以报销。"

王子暮不知道公司还有这么人性化的福利："那我也打车回去。"

她一愣："你报销不了。"

"为什么？"王子暮还真想知道原因。

"你没有打卡记录。"她指出。

车子靠过来，司机下车替他们开门。王子暮说："车来了，走吧。"

江若彤伸头看了一眼："孙师傅，辛苦了。"又客气地对王子暮欠欠身，客气地行个点头礼，"您早点回去休息，再见。"往旁边迈了两步，远远地望着山路继续等她的出租车。

司机目瞪口呆地看着她，以口型询问王子暮："醉啦？"

王子暮做个手势让他先把车挪到一边，自己则站在她身后，欣赏她难得的盛装打扮，脑中忽然浮现出很久以前的记忆。

夜凉如水，山风沁人，江若彤将披在身上的外套又裹了裹，猛然意识到这是王子暮的衣服，酒劲瞬间退了大半。从地上投下的影子看他还没走，她就想将衣服还了，一回头却迎上他专注的目光。

那种透过她看另一个人的目光。

每次提到张颖儿之前，他都是这样看着自己。

江若彤意味不明地摇摇头，苦笑一下："还是坐你的车吧，这儿好像打不着车。"将衣服递过去，"给你穿，我不冷。"

"不冷就在这儿陪我聊聊天。"他没有接，双手插在裤袋里，仍旧是那么专注地看着她。

江若彤抱着衣服闷声道："我不会和你交往的。"

王子暮挑眉而笑："我不是只有这个话题跟你聊。"

"哦。"她讪讪地应了一声，不再开口。

他笑意更深了些，伸手抽出衣服，再次为她披上，双手就势落在她的肩头。

江若彤迷惑地抬头看他。

他说："嫁给我好吗？"眼波温柔而真诚。

江若彤感觉脑中惊雷一般，炸得头皮发麻："你……"

"我喜欢你。"他又重复一遍，"嫁给我，好吗？"

江若彤推开他："你再说一遍。"

他不厌其烦地道："我喜欢你，嫁给我好吗？"

江若彤呵呵一笑："你喜欢我？"又笑一声，最终变成大笑，笑得直擦眼泪，"你说你喜欢我，让我嫁给你，可是你甚至不叫我的名字。"

"你自己发现了吗？王子暮，你很少叫我的名字，还没有叫苏珊的次数多。"

"因为你把我当成颖儿——当成你最爱的，却是最恨你的那个女人。"

"不叫名字，你在心里就可以一直假装我是她。可我算什么呢，一个影子？一本盗版书？我不要。"

"我虽然没有她好，但我也有我的骄傲，不会接受你退而求其次的爱情。"

36 叶楠初回来了

江若彤好后悔没听文斯洛的话，十二点过了还不回家，结果被打回原形了。

舞会过后是两天周末，无所事事地宅在家里的江若彤，望着窗外的城市上空发呆，茫然地问自己：周一我还用不用去上班了呢？

文斯洛的电话适时地打来："周一帮我从张氏拿一份资料。"

文斯洛参与了老城区改建的投标，张氏也在投标人行列，文斯洛想要张氏的投标方案。以江若彤现在能接触到的文件，拿到这个倒是轻而易举，困难的是，待会儿见到王子暮，她要用什么表情提到舞会那晚的失态？

假装喝断篇了，什么都不记得了？她话说那么清楚，他会信都怪了。

江若彤事后想起来都纳闷，她盛怒之下怎么还说得出那么有逻辑的话呢，要是颠三倒四一点，是不是还有往回找补的希望？或者干脆就让他当成自己是撒酒疯处理也好啊。

那个浑蛋，居然向她求婚，他毁了颖儿的一生，还想再毁一个长得像颖儿的女人一生吗？就为了成全他自己，假装颖儿没死，他的良心会好过一点？

"江……江秘书……"接待秘书声音颤抖。

江若彤乍然回神："什么？"一开口她只觉嘴唇发麻，下意识地用手指按住。

接待秘书指着她："你……嘴唇都咬出血了。"

江若彤低头一看手指，还真是，顿时感到钻心的疼，正要去拿纸巾，就看见接待秘书毕恭毕敬地起身叫"董事长",她连忙也跟着站起来,舌尖一扫把血迹舔了个干净。"董事长。"她垂着头不敢看人。

旧的血迹舔去,里面的还在隐隐渗出,两片嘴唇异常红艳。

王子暮看到她的小动作,脱口问道:"你怎么了?"

江若彤不知他问的是什么,胡乱答道:"我……怎么也没怎么啊……"

接待秘书看她一眼,连忙扯了两张纸巾递过去:"快擦擦吧,都淌下来了。"

江若彤恍然明白过来,接过纸巾按住伤口。

王子暮看着她慌乱的模样忍俊不禁:"想不起来周五晚上怎么回的家了?"

刚走过来的楚哥一副不出所料的样子:"最后果然醉了吧。拿香槟当饮料……"他摇摇头,"好好地咬到嘴唇,看来还没醒酒呢。"

江若彤按着伤口,呆呆地看他们二人,真有一种没太清醒的感觉。

周一清晨王子暮会与楚哥和江若彤开个小例会,列下一周的行程,汇总和分派工作。往常都是三个人商量着来,今天却几乎是楚哥唱独角戏,轮到他们不得不开口说话时候,两人先抬头看对方,视线一碰头,立刻像两只蛐蛐似的各自跳开。

楚哥直起身:"差不多先这样吧,后续再调整,我去看看楼下的会议都开完没有。"不动声色地收起记事本出去了。

拉开门却看见个抬手正要敲门的美人,一双蓝色大眼睛忽闪忽闪地看着他。她显然也被吓了一跳,倒是先回过神来:"楚哥,子暮在吗?"

叶楠初!楚哥看清来人却比刚才更受惊吓:"他在开会。"推着她就要出去。

江若彤听见门口的动静,以为有访客,一起身,和叶楠初打了个照面。

叶楠初脸上的笑容缓缓僵掉了。

叶楠初才回国,时差都没好好倒一下就跑来找他,想给他个惊喜,想不到却让自己收到了意外的"惊喜"。

"如果我不来,你打算什么时间告诉我?"

王子暮如实答道:"没打算特意告诉你。"

叶楠初压着火:"你不告诉我,那我来问你,那女的是谁?"

王子暮扑哧一笑:"你跟谁学的这么粗鲁的讲话方式?"

"情人?"她先确定身份。

王子暮想了想:"目前还是秘书。"

叶楠初冷笑:"那张脸,你跟我说是秘书?你是不是以为我不知道张颖儿长什么样?"

王子暮揉下眉心:"别跟我提颖儿。"

叶楠初放下交叠的双腿，优雅起身："我给你时间处理掉。你要找情人可以，但这个不行。"

王子暮抬头看看她："你先回去，晚些时间我会约叶伯伯谈我们之间的事。"

叶楠初连连摇头："你要和我退婚？"纤长食指指着门外，"你为了一个秘书，要和我退婚？王子暮你疯了吧？"

他皱起眉："你看看你的样子再来说我。"

"我疯了也是被你气的。"

"冷静点，楠初。你和我的关系，不会影响到叶伯伯投资人的席位。"

"那我还真是感谢你！"叶楠初说完，长发一甩走出他的办公室。快走到电梯前时，她又退回来，打量着和接待秘书一起起立目送自己的江若彤，微笑着问她："你叫什么名字？"

"江若彤。"话音刚落，她被一记耳光扇得跌坐在椅子上。

接待秘书如临大敌："叶小姐！"

"江若彤，你给我记住了。"叶楠初揉着微微发麻的掌心，扬着下巴告诉她，"这只是开始！"

以前她长得普通，没受过优待，但也从没受过这种虐待，江若彤捂着脸，眼泪唰一下流了出来。

她这一巴掌扇得非常重，江若彤中午见到文斯洛的时候，脸还没消肿。

文斯洛坐在出租车里，一眼看到她，愣了："你的脸是怎么回事？"

"没什么，叶楠初来了。"她坐进副驾位置，掏出U盘递给他，"方案讨论会的速记稿。"

文斯洛没接，手撑着座椅探过身来看她的脸："她打你了？！"

江若彤不以为意："早预料到的。"捏着U盘又向他比了比。

"我可没预料到。"他接过U盘坐回去，还没从震惊中恢复过来。

江若彤苦笑："你让我去跟她抢男人，没料到她会打我？"

"像你这样没钱没势的女人怎么会是她的对手？王子暮根本不会弃她选你的，我如果是她，根本不会动这个手。"文斯洛一口气说完，发现江若彤的脸色更难看了，考虑了一下，转移话题，"你下午不上班了？"

江若彤点头："我这脸还怎么上班？"

文斯洛拍拍司机座椅："回别墅。"

江若彤拒绝："不行，送我回家。我怕叶楠初会找人跟踪我，不要让她抓住什么把柄。"

车往江若彤的小公寓开去，路上，文斯洛问了她拿方案的过程，担心她事后会被怀疑。江若彤让他大可放心,她并没接触过这个方案的完整文件,会议记录是从速记秘书的电脑里拷出来的。又详细问了一番,文斯洛才略略松口气,掂着价值千万的小U盘:"其实这个没什么赚头,只不过,加上它,我刚好抢了王子暮十个项目。"

江若彤无语了,"你这种变态的完美主义早晚会让你吃大亏。"

"我是完美主义,见不得白璧微瑕。"他又盯上她的脸,"王子暮怎么说?你被打成这个样子。"

江若彤摇头:"他还没看见我。"

文斯洛叹口气:"你也得学着自保啊,怎么能让人家说打就打一巴掌?"

"我也没想到她会动手啊!"江若彤想起叶楠初的反应,忽然又生不起来气,"其实并不怪她,她一个娇生惯养的大小姐,哪里受得了这个气?"

文斯洛笑道:"你倒同情起她来了。"

江若彤说:"我本来就不想扯上她。报复王子暮,牵连到无辜的叶楠初,叶楠初再来报复我们,这不没完没了了?"

文斯洛的想法很简单:"还达不到让她报复的程度,最多也就是再多打你两巴掌。"

江若彤无语:"所以我不能不惹她吗?"

"激怒叶楠初,让叶家撤出对张氏的投资,给现在的张氏雪上加霜,是整倒王子暮的最快的方法。"

江若彤回头看看他:"你不是经常说不着急,要玩猫捉老鼠的游戏吗?"

"我有点累了。"车在红灯前停下,文斯洛望着匆匆穿过的行人,"忽然有了自己想要做的事,不想把精力都用来跟过去纠缠。"

她不知道该怎么理解他的话:"你从前是因为无聊才想报复王子暮?"

他笑笑:"怎么会是无聊,是真的很恨。想我事事追求完美,自己却成了残疾,怎么可能不恨?可是现在我才发现……"他抬头看她,"断了腿也能跳舞。"

江若彤蓦地睁大眼。

反应还挺快!文斯洛本想等了结王子暮之后,再来仔细整理自己对江若彤的感情,可既然起了头,他索性多问一句:"扳倒王子暮以后,你愿不愿意留在我身边?"

不等江若彤开口,司机也眼尖地发现了:"你家楼下那个人,好像是王子暮。"

文斯洛看了一眼,身体滑下去躺在后排座椅上:"他为什么会在这种时候出现?"

江若彤没他好奇心那么重,下了车用一条丝巾轻轻掩起脸,直接往楼里走。王子暮一把抓住她，江若彤挣了两挣没挣开，也不跟他较劲，任他抬手拉下了自己脸上的丝巾。

拇指轻触那片红肿，他的眼中尽是浓浓的自责。

江若彤又疼又气，偏过脸躲开他的手。

"是我没处理好。"他说着，挡住她抓了丝巾想遮脸的手。

江若彤猛地想起文斯洛刚才说的话，说王子暮不会放弃叶楠初改选她。

不行，她现在还不能离开张氏，楚哥上周才给她开放了一些权限，她才刚刚能接触到集团的核心业务，她不能在这时候功亏一篑。

"是我的错。"她似隐忍多时，"我太想要这份工作，明知道自己长得像张颖儿，会惹叶小姐不高兴，还死赖在张氏不走。"

"我不会开掉你的。"他一开口就直击她最担心的事，声音有些落寞，"也不会再追求你，在我没有资格之前。"

江若彤眨着眼，仿佛听不懂他的话。

王子暮也没解释，只说："你可以休息几天再去上班。"

"不用。"她紧张地接口，又缓和下语气，"我没事，明天就能上班。"

他点点头："你自己安排，有需要就跟楚哥说。"然后退后一步，站定了深深地望着她，转身上了车，没多停留地离开了。

江若彤摸了摸被他触碰过的脸颊，他说什么？没有资格之前不会再追求她？

你这个刽子手，从颖儿死的那天起，你就再也没有资格！望着车子消失的方向，捏紧的拳头又放开，她喃喃道："我们都没有资格了。"

停在拐角并没走远的出租车里，文斯洛静静地看着这一幕，眯起了眼睛。

旧城区改建的项目张氏最终没能拿下，延续着这一阵子的诡异情况，不知从哪里杀出的竞争对手，在招标结束的前一天给出了方案，令所有人大惊失色。

公司在地产业务上接连失手，这已经是第十单了，一个季度失掉了十个项目，就算是实力雄厚的张氏也无法坦然面对。媒体更是大肆渲染，关于张氏抛弃主营地产业务转型轻资本的猜测甚嚣尘上。更值得一提的是刚丢掉的旧改项目，竞争对手的方案与张氏早前提交的方案基本雷同，报价却低了几个百分点。说是对该项目的理解不谋而合，可哪里能巧合到连主体施工材料品牌的选择都一模一样，稍微懂行的人看过两份标书就能明白：张氏出了内鬼。

王子暮不动声色地命人调取公司近期的所有异常动态，从邮件收发到访客来往、新员工进出，一时间安保部、人事部，尤其是地产部，人人自危。

按理说江若彤也是调查期内新入职的员工，却被王子暮指派给楚哥辅助他督促这件事的进展。有人奇怪但没人敢言语，楚哥倒是略略提了一次，王子暮说旧改项目本就是公益性质的面子工程，江若彤刚刚接触到核心业务，不会冒着暴露自己的风险在这么个微利项目上动手脚。

王子暮都这么说了，楚哥自然毫无芥蒂地将所有调查结果与江若彤共享。江若彤微微动容，因为没人比他更清楚王子暮多疑的个性。

王子暮这边着手处理公司内部的安全隐患，另一边安插在文斯洛身边的周志成终于得手。他将文斯洛截走的几个地产项目所用的公司资料整理完毕，连同一份地块规划书的复印件，一起交给了王子暮。

那是一份地产竞标的资料，文斯洛得知内幕，地块所处的区域，即将被规划建设成车川市的金融贸易中心，这块地则是该区域唯一一块公开拍卖的地块。王子暮调动地产部门可用的全部资金，对这块地势在必得。

因为全副精力都在金融贸易中心地块的竞拍上，王子暮暂时没顾及叶楠初的事，直到叶文华亲自来电话约他见面。

张氏接连出现问题，作为地产板块最大投资人祥臻商会的会长，叶文华还从没主动过问过。虽说为了安抚董事局，王子暮已发了数个通告给股东和投资人交代，但在见面时，他难免还是要再多几句解释。

叶文华只是挥杆击球："你处理就是。打球之前，判断好角度，控制好力度，打出去之后，能落到哪里，就不是我控制得了的事情。"小小的圆球划个漂亮的弧度，落在远处的草坪上。叶文华举目眺望："祥臻只做投资，项目各方面考察好了出钱就是，如果再操心经营，那我不是要累死？"

王子暮颔首："叶伯伯说得是。"

"张氏树大招风，总会有几个仇人。他们势头这么冲，这么大手笔，想也撑不了多久。"叶文华摆手拒绝电瓶车，步行前往下一洞，边走边说道，"叶氏从我父亲那辈起就与张氏合资，到现在几十年了，这一点点风吹草动，还算不上危机。"

王子暮轻笑："确实动不了张氏的根本，但这么打脸也不好受。"

叶文华笑道："你还是接班太早，年轻气盛，遇着什么事情都想争个高下。像我，四十几岁才接管商会，只求别在我手上断送了，至于能赚多少钱回来——"他摆摆手，"不强求。力不从心。"

王子暮恭敬地道："您正值盛年。"

"正值盛年才想着去忙些自己的事情，免得老了回忆起来都是工作。何况楠初也该玩够了，是时候收收心回商会历练一番了。"叶文华轻易将话题带到女儿身上，佯装抱怨，"整天做慈善，也不想着可怜可怜我。"

王子暮说："楠初还小。"

叶文华摇头："我在她这个年纪已经自己去找项目了。你不也是二十几岁从学校一出来就回家帮忙了？她不小了，也得跟在旁边带她几年，才能放心地把商会交给她。"

王子暮听得明白："她在基金会做事，也是经营，回来打点生意不成问题的。"

"我自己的孩子我知道，她志不在此，回来也不过是挂个名。"叶文华说着，抬手在王子暮肩上拍了两下，"祥臻早晚要依赖你。"

他言尽于此，关于女儿的婚事，倒只字未提。

王子暮也没提。

以叶楠初的脾气，真被退婚了，非得大闹一场不可，他现在的时间和精力都放在公司上，顾不到江若彤，担心叶楠初再找她麻烦。

叶楠初其实早就出现在文斯洛的计划里了，他那么费心地打造一个江若彤，把她送去王子暮身边，传递商业情报只是一方面，更重要的就是让她伺机破坏王子暮和叶家的关系。他先是砸钱跟张氏抢业务，让张氏接连丢单，正常经营出现问题，跟着故意在竞标中使用跟张氏完全相同的提案，暴露张氏内部商业间谍的痕迹。

地产是张氏的主心骨，一旦陷入危机，势必影响到股东利益，难保不会出现提前退场者，以王子暮的头脑不难想到，任何一家对手，连吃十个项目也差不多是极限了，张氏只要挺过这一阵，业务就能恢复正常，所以他肯定要先从别的板块挪动资金救急。此时如果资金链一断，张氏就很难有翻盘的机会了。

所以祥臻商会必须撤资。

江若彤养兵千日，正是用得着的时候，只要让王子暮跟叶楠初闹掰，拉不下颜面的叶文华肯定要对王子暮发难。

江若彤却是真心不想惹叶楠初。在争夺男人的这个行为上，她没有信心。王子暮现在是鬼迷心窍，等他回过神来，会为了她这么个徒有颖儿外表的女人，放弃财貌兼具的叶楠初？尽管文斯洛劝她不要有负罪感，说是因为张颖儿不在了，叶楠初才有机会跟王子暮订婚，否则根本没她什么事，但颖儿的死，毕竟跟叶楠初无关。还是安琪的时候，江若彤曾跟叶楠初有过一面之缘，对她印象很好，现在要去破坏她的幸福，她于心不忍。

37 风吹皱一池湖水

旧改方案泄露的事最终调查清楚，是数日前公司网络遭到攻击，部分邮件被截获，导致投标文件外泄。王子暮加强了公司的网络安全，要求重点邮件必须做加密处理，除此之外也没追究什么人的过失。

江若彤稀里糊涂地混过了这一关，只当是文斯洛暗中安排的。

文斯洛也不知道是怎么回事，不过他觉得王子暮应该不会怀疑到她头上："你没进张氏之前，他们丢的任何一个项目都比这个有赚头。谁会特地为了个旧改项目处心积虑地接近他。"他来电话是提醒她最近要注意行踪，"叶楠初在打听你，不要去不该去的地方，也不要来找我。"想了想，他又说，"我想你的话，自己会看着去探望你的，不用担心。"

江若彤觉得他最近像是受了什么刺激，说话虽然还是那种玩世不恭的语气，但不知为什么就让她听了心里发毛。

一封揭露江若彤曾在酒吧驻唱经历的邮件，被群发到张氏所有员工的邮箱里，大致意思是说她一个三流学校的毕业生，曾在夜店里卖唱陪酒，靠着不正当的手段勾引王子暮，最终混进了张氏。此外还配了不少她唱歌时的照片。

上次排查商业间谍时，就有人对独独不查江若彤的行为心存疑虑，再加上她这种抢眼的长相，本就惹人非议，又有些老员工指出她与张颖儿长得一般无二。如今这封邮件更是如同一滴水进入了油锅，炸得整个张氏噼啪乱响。

江若彤早上一进公司大楼就感到气氛诡异,身边经过的那些看着眼熟但叫不上来名字的同事,三个两个凑在一起议论纷纷,视线都在她身上游走;还有人拿着手机匆匆经过她身边,再假装不经意地回头看她的脸。直觉告诉她肯定发生了什么事,她强作镇定地上到总办的楼层,出了电梯只觉得格外热闹。

"怎么不可能?董事长要求那么高,她一个新来的,从来就没出过错,那才怪了,肯定是董事长不舍得说她。"

"董事长从来只带楚哥随行,她来之后连楚哥都给顶了。"

"你们没看见吗?那天叶小姐来,打了她一巴掌。"

"真的啊?"

"咳!"随着一声刻意的提醒,众人停止议论望向电梯这边,秒作鸟兽散。

江若彤回头看看楚哥:"嗓子不舒服?"

"耳朵不舒服。"楚哥满脸严肃地扫了那边的办公区一眼,往董事长办公室走去。

江若彤扑哧一笑,跟在他身后来到自己的工位。

接待秘书跟他们打过招呼,看着江若彤的表情也不太自然。

江若彤好奇:"到底发生什么事了?"接待秘书不敢说。

楚哥直接伸手拿过江若彤的电脑,问了开机密码,打开邮箱把那封邮件彻底删除之后,将电脑还给她,又对接待秘书说:"垃圾邮件别乱点开,小心中病毒。"

接待秘书机灵地应了一声,主动去删邮件了。

原来问题出在邮件上……江若彤后悔早上起晚了,还没看过邮件,不过现在看也来得及。接待秘书进办公室去添置茶点了,江若彤打开手机进入邮箱。

发送到终端邮箱的邮件被删了,但服务器上的邮件还在,她大致扫了一眼,看见了叶楠初的那封邮件。那几张照片的角度和光线找得都很好,肯定不是酒吧的客人偷拍的。如果照片是文斯洛放出去的,那邮件里的正文或许也不是叶楠初自己编的……文斯洛那家伙倒是不遗余力地抹黑她。

一手下拉翻看那封长长的邮件,一手摸索着去端水杯,不专心的结果就是弄翻了一整杯水。她慌乱地起身,把手机搁在文件架上边,手忙脚乱地擦着桌上的水。

手机屏幕还亮着,王子暮路过时看见了上面的照片,停下来多看了一眼,这一眼又看清了下面的文字,他皱皱眉,把手机拿了过来。

江若彤把吸满水的纸巾扔进纸篓后,一抬头看见了他,也不知他站在那儿多久了,盯着她的手机看,脸色阴晴莫测。

接待秘书从办公室出来:"董事长早。"

王子暮将手机放回江若彤办公桌上:"跟我来一下。"

江若彤脑子乱得很,也来不及多想,跟他进了办公室,关上门才一回头,一片黑影罩下来，撞得她重重地靠在门板上。

他额头抵着她的额头，鼻子贴着她的鼻子，问："委屈吗？"说话时已碰到她的嘴唇，停顿数秒，又说，"把一部分变成事实，就没那么委屈了。"低头吻住了她。

江若彤抿着嘴想要推开他，手腕却被他用力捉住，掐在一只手里提到头顶，另一只手扣在她的背后，将她压向自己，更加凶狠地攫取她的唇舌。这是她的初吻，却不知道对他来说算什么，是对颖儿的思念，还是对她长着和她同一模样的惩罚……她只觉得眼眶发热，泪水夺眶而出的那一刻，才意识到无论是什么理由，她都愿意说服自己：起码此刻，他吻的是我，然后微仰起下巴，迎接着这个触感远比气势温柔许多的吻。

感受到她的回应，他放开禁锢着她的手，抱紧她，加深这一吻，良久才离开，但仍拥着她，呼吸急促，手指眷恋地描着她嘴唇的形状，忍不住又啄了一下。

江若彤失笑，眼泪从睫毛上掉下，被他轻轻擦去。

王子暮将她揽入怀中，抚着她颈后绒绒的发脚，闭着眼满足地叹口气。

江若彤拥着这副不真实的怀抱，良久才问："可不可以别喜欢我？"

"别喜欢我这张脸。"

"别这样吻我，也别放纵我在你面前掉眼泪。"

"我尽量。"他说。

文斯洛坐在福利院的秋千上，看着院子里的小孩相互追逐。

一个小男孩被另一个孩子推倒，擦破了膝盖，咬着牙站起来，却是连路也不敢走，忍了半天的眼泪终于决堤。一个小女孩过来，蹲在他面前，轻轻地在他的伤口上吹了吹，笑眯眯地说了些什么。小男孩破涕为笑，抓着小女孩的手，一起去追赶将自己推倒的孩子。推倒他的孩子这才发现他受了伤，大声喊来老师为他包扎，又在老师的提醒下向那个小男孩鞠躬道歉。

文斯洛勾起嘴角，笑意却没到眼中："如果每个做错事的人都可以因为忏悔而不被追究责任，这个世界上只会有越来越多的人受到伤害。"

"可如果受到伤害的人，整天都执着于让别人来承担责任，就会快乐了吗？"

头顶上突然传来的说话声，让文斯洛仰头望去。

夕阳被人影挡住，林小美逆着光的五官很立体。没有借助任何触碰的定位，她仍准确地在他面前一步左右的距离停下，一双没有聚焦的眼睛眨了眨："他们说你最近每天都过来，一坐就是一个下午。"

文斯洛点点头："我没有地方可去。"他能做的都已安排妥当，饵料都已喂好，陷阱也已挖深，就算没有一尾蠢鱼上钩，也能逼死一只困兽。

她听不懂这话的含义，也不追问，只将手掌放在他的发顶，轻轻揉了揉他的发——像那个老师在包扎前对小男孩做的一样。

文斯洛拉下她的手，看到她臂上的黑纱："去参加葬礼了？"

"是这个福利院的创建者。"小美想象着欧阳老师的模样，"一个非常温暖的人，走路慢悠悠的，步伐很大但很扎实；空闲的时间喜欢给孩子们烤面包，身上总是充斥着麦香，很远就能闻到。他声音很低，低而柔和，他对我说：我会在天堂里继续做你的眼睛。"

"欧阳宇歌，同时继承了家族企业和遗传病的新加坡人。"文斯洛毫不掩饰自己对这家福利院进行过调查，"他发病了吗？"

小美只是默默地点下头，似乎并不惊讶他知道这些事。

文斯洛轻叹一声："他们家族的人都活不过50岁。"

"但欧阳老师让很多孩子得到了活过50岁的机会。比方我，比方志成，还有子暮哥哥。"

"我50岁的时候会在干什么呢？无法想象。"

小美笑道："这是你人生的趣味所在。"

"你的人生趣味呢？50岁了，还守着这些孩子？"

"我吗，我无法想象50岁时会守着怎么样的孩子啊。但是我更希望，到50岁时，不要再有孩子来这里了。"

文斯洛说："起风了，进去吧。"

叶楠初的邮件给张氏多了一个饭后话题，事情很快传到叶文华耳中，他当着王子暮的面斥责女儿做事冲动。叶楠初的态度依然强硬，一定要让王子暮当场做出开除江若彤的决定。

王子暮同意了，又说："不过要在我跟她结婚之后。"

叶文华一怒之下撤回在张氏的所有投资。

祥臻商会撤资的第二天，张氏代理的拉斐尔家具因质量问题遭投诉。

拉斐尔定制家具是张氏家居板块的主营业务之一。中国的新品发布会后，拉斐尔的定制量激增将近四十个百分点。由于在发布会上与拉斐尔副总裁相处融洽，江若彤全权负责对接这批货品的样式、规格以及数量等信息。

就在张氏代理拉斐尔定制家具以来最大的这批货物进港之际，文斯洛提前赶制的相同规格数量的仿品，也已启程送往张氏的家具中转库房，而从法国发来的正品拉斐尔家具则被事先买通的库管人员拉往了其他地点。

"质量门"发生后，拉斐尔法国总部派鉴定人员前来调查，结果发现经张氏代理门店售出的家具，全部是国内仿品，库存中也无一正品。消息一经确实，立刻激起千层浪，张氏紧急发出召回通知，然而受损的信誉已难召回。

一波未平一波又起。张氏地产在连续失势之后，通过积极运作重金摘得的一块综合用地，经过勘测发现，地下有巨大的溶洞，根本无法进行房产建设。张氏集团股价一泻千里，连续数日处于跌停状态。

张氏的最大股东，集团董事长，本该忙到焦头烂额的王子暮，此刻正叼着一朵无名小花，躺在草地上，舒舒服服地仰望着蓝天。空气很清新，阳光很好，让他想起第一次见到她时，周围有许多小孩子，周围也是这样吵，吵得他耳鸣。

一阵轻微的脚步声响起，身边坐下一个人来。

"他走了？"王子暮问。

小美点点头："很生气地走了。"

王子暮失笑："我和他认识一辈子，倒有半辈子时间在吵架。"

小美也笑了一下："你知道志成不会真生你的气。他会给你错误的资料陷害你，也不过是一时被人利用。现在你不肯原谅他，我想他更生他自己的气。"

王子暮表情淡淡的："我没怪他，谈什么原谅？"

"我知道。"小美说着，脸上露出悲伤的神情，"志成是我们从小玩到大的好朋友，连他都不可以告诉吗？"

王子暮摇摇头："除了你，我不想让任何人知道。"

小美叹息："子暮哥哥，你一定要这么做吗？"

他没回答，却问道："是不是觉得我对你太残忍了，小美？我只是觉得，你看不见我的样子，应该就不会那么痛苦。"

"我很高兴你愿意让我知道真相，如果你不告诉我，以后我反而会更加伤心懊悔。"小美犹豫了一下，又说，"所以，我希望你能再考虑一下，把真相告诉江小姐。你那么爱她，难道要让她一直生活在仇恨中吗？"

"恨不会长久，爱而不得太疼。"王子暮在那片恒久美丽的阳光中轻眯起眼睛，如祈祷一般喃喃说道，"但愿她能早早忘了我，找一个爱她的人走完余生……我才能安心。"

"不会遗憾吗？"

"不遗憾。这一生，有她曾爱过我、恨过我。"

叶雅岛飞往车川市的班机上，还有不少人在讨论着金融贸易区出现的溶洞地貌，座椅背后的报纸上，大篇幅地报道了本市最大上市公司日渐式微的新闻。

江若彤打开遮阳板，望着平流层静止的景致，不愿再想起那些与自己有关无关的风起云涌。

文斯洛出现在机场的时候，江若彤还是相当意外的："今天不是……"

文斯洛问:"叶雅岛好玩吗?"看她皮肤的颜色变得健康许多,看来海岛阳光不错。

江若彤想了想:"很适合一个人去。"

文斯洛不理解她这个评价:"为什么?容易艳遇吗?"

江若彤告诉他:"因为特别热,一个人比较冷清。"

文斯洛后怕连连:"我一定不会去那个鬼地方。"

江若彤把一顶草帽扣在西装革履的文斯洛头上,看着他笑弯了眼:"谢谢你送我去那个鬼地方散心。"

文斯洛把帽子扶正:"心情好了就走吧。"撑起左手臂弯给她,"还有最后一场戏,站在我身边看完吧。之后,带着你父亲离开这个城市,过你自己要的生活。"

文斯洛在张氏家居、地产双失利的情况下,通过吸纳散户的方式已经获得张氏47%的股份,目前,对一家法人小股东手中4%的股份也达成了认购意向。至此,他基本完成了对张氏集团的绝对控股权。

数十席的大会议室里,只有王子暮自己坐在桌首的位置。楚哥站在他身后,依旧是一丝不苟的着装和表情,看到消失十多天后,以文斯洛助理身份出现的江若彤,他几乎连眉毛都没皱一下。

文斯洛在桌子这头坐下。

这两个暗自较劲许久的男人,第一次真正意义上的见面。文斯洛曾无数次想象这一天到来时,他要怎样狠狠地羞辱王子暮,怎样用鄙夷和同情的目光看着他,告诉他"你当年从我这里夺走的,我今天要全部取回";告诉他"我会给你留下双腿,让你自行走向穷途末路"。可当这一天真正来临时,他累得只想走完这枯燥的程序,然后再也不要见到这个人,不要再因为他想起自己曾遭受的一切。

时间在沉默中变得异常难熬,文斯洛终于开口,却只是告诉他:"我姓文,四年前,不小心摔断了腿。"

王子暮似乎听到一件与自己无关的灾难,遗憾地表示:"那你太毛躁了。"面前的桌子上,江若彤放下一份文件,他道声谢,又说,"你却总是这么热心呢。"

时空仿佛错位,仍是那低沉中带着些许逗弄的嗓音,让江若彤为之一愣。

看到她的反应,文斯洛更加不想在这里回味往事耽搁时间,他指着两人面前各有一份的文件:"这是张氏集团的股份整改计划书。作为集团目前最大的股东,我会成为新一任的董事局主席,首先,我要罢免你的总裁职位。"

王子暮带着一种奇异的笑容望着他:"做了这么多,就只为这个?可以,这里从今往后是你的了。"他摊开手,比画着面前的文件和背后墙上张氏集团的"Logo","现在我一无所有了……你成功了,开心吗?"

文斯洛握着手杖，拇指摩挲着杖柄上的玉石，目光有一点涣散。

王子暮对他的反应并不意外："没有用的，我对张家的报复就是这样。我恨张铭远对我的冷血，恨他眼中只有金钱，恨他利用我，所以我想要夺走他的一切。结果我做到了，他的家、他的财富、他的亲人，我都夺走了，连他的生命都是因为我提前结束的，可是我呢……"

王子暮揉着耳朵，强行忍受着耳鸣带来的晕眩感，继续说道："你看见我得到什么了吗？守着这片仇人的江山，每天累得要死；住在仇人的宅院里，对他所有的恨都因着他的死而烟消云散，剩下的全是与他相处时的种种，那些我以为是隐忍的奉承和虚情假意，到那一刻变成了一种我无法理解的酸楚回忆；还有——"他闭上眼睛，耳中鼓噪得已经听不见自己的声音，"婚礼前一天，新娘在我面前跳车身亡。"

江若彤抬起头，很想大声喝止他不要说下去了，可在看到他满是疲惫的脸庞时，忽然一句话也说不出来。

他望向江若彤，眼中是一片蓝黑色的汪洋："这些是我今天坐在这里付出的代价，我是不会轻易把这个位置让给别人的。"

38 你是谁？

楚哥展示了文斯洛与工厂签订的加工假冒家具的订单合同、截走正品拉斐尔的卡车照片以及其他一些相关资料，甚至有不少视频和音频文件，足够证明文氏以非法手段窃取商业机密，并诽谤破坏其他企业商业信誉的行为。

此外，还有一份溶洞地块的项目规划书。

原来王子暮在收购之前就已获悉该地块无法承载高层建筑，因此计划开发市内最大的绿色生态住宅区。这块绿地因为无法加盖建筑，会被保留成市中心唯一的大面积绿地，四周也不可能建有高楼，所以这个项目将打造低密度原生态大宅，成为市中心最有价值的楼盘项目。

王子暮说："我知道你要报仇，我给你机会，让你得手，但也就到此为止了，我付出得太多了。"他将股份整改方案推还给文斯洛，换上一副冰冷低沉的表情，"罢免我的决定，需要拥有超过半数的股份才能执行，据我所知，你调动文氏所有可用的资金，也只在暗中收购了47%的股份。"

文斯洛在才签下的那份4%的股权转让书上敲了敲："加上这一部分，不巧刚好超过半数。"

王子暮看也不看，只是重复他的话："是，需要加上这一部分，只可惜……你没来得及加上。"

文斯洛眯着眼，不理解他的话。

江若彤拿起文件，翻到签字页，上面并没有令合同生效的双方签字，她疑惑地拿给文斯洛看。

文斯洛这才惊异地发现合同上只有自己的名字，数日前对方签下的字迹竟然消失得无影无踪。

"有一种笔，写在纸上的字迹会在几个小时之后挥发掉，据说是练字用的，一定程度上也能防止内部讨论资料外泄，不过最大的好处还是节省纸张。"王子暮将攥在手上把玩的一支签字笔放在桌上，手指一弹，签字笔滑到了文斯洛面前，"我那个刚成立没多久的小公司，资金比较紧张，不想浪费太多纸涂写没用的东西。"

那是当时与文斯洛签约的代理人使用的笔，一支看起来再普通不过的签字笔，可显然里面装的是环保笔芯。

江若彤咬咬下唇。有一次她看见总办有人在显摆一支写完字会消失的魔幻笔，觉得好玩，自己也买来一支，当着王子暮的面给他变魔术，不想竟被他用来算计文斯洛。

"我输了。"文斯洛从江若彤手里拿过股权转让书，对她愧疚地一笑，"没能实现你的愿望，对不起。"

王子暮不动声色地看着他们二人。

江若彤的脸上看不出太大的情绪变化，倒是文斯洛反应怪异，不气不怒，只把那张签名页来来回回地翻看，甚至举起来对着阳光照了照："真的一点痕迹都没有，好神奇。"他问江若彤，"你知道有这种东西吗？"

江若彤终于露出一丝难过的神情。

文斯洛一惊："不会是你发现这笔的吧？"见她没否认，他不禁连连摇头念叨着红颜祸水，再看看她的模样，他又忍不住笑起来："不用这么看着我，是我计划不周，落得这般下场，不怪别人……我只是心疼你，白受了这些苦。"

江若彤鼻子发酸，泪水在眼眶里打转。

王子暮叹口气，重新取出一支笔，拿过那份合同："我可以重新签上字。公司是我出资的，转让股份，我的签字同样有效，条件是，让她回到我身边。"

他说这话时没看江若彤，可是这个"她"是谁，在场的人都心知肚明。

江若彤皱眉望着王子暮。

文斯洛摇头："决定权不在我。"

王子暮催促他："你的答案是？"

"我最后能做的，就是不让你成为条件。"文斯洛对江若彤说着，抬手将股权转让书一撕两半，拄着手杖离开会议室。

王子暮搁下纸笔，向后靠在椅子里，语气漠然："替我送送他。"

楚哥欠下身子，跟了出去。

偌大的会议室里只剩江若彤一人对着王子暮，她问出了自己的疑惑："你早就知道我在你身边的目的?"

王子暮恍若未闻,起身走到落地窗前,望着外面的景色,徐徐开口:"我有东西给你,送到你家去了,不知道你还住不住那儿?"

江若彤问:"所以这一切——故意不拆穿我、假装被我诱惑,都是你的将计就计?你对我的那些好……"她面色苍白,咬着嘴唇,尽量让声音听起来没有那么颤抖,"甚至都不是因为把我当成了张颖儿?"

他回头看她,忍住拥她入怀的冲动:"开始是,后来不是。"

江若彤摇摇头,转身冲出会议室。

王子暮抬手压压耳门,却无力阻止尖锐的耳鸣,如同蜂群在脑中狂乱地飞舞,让他几乎听不见任何外界的声音,在失去自己的声音之前,他喃喃道:"一开始受你吸引,的确是因为你像颖儿,可如果只是把你当成她,我不会陷得这么深。

"我没把你当成她的影子,你也不是什么盗版书,你的内容和她完全不一样。

"不叫你的名字,不是为了假装你是颖儿,而是因为我知道,江若彤不是你的名字。"

巨大的眩晕感袭来,一阵天翻地覆后他撞翻了椅子,倒在地上,天花板上逐渐扩散开来的白光中,她的笑脸清晰无比。

"你以为你只是改变个模样,就能在我面前扮演其他人吗,安琪?"

江若彤不知道自己是如何回的家。到楼下,保安给了她一个盒子,圆圆的深棕色纸盒,应该是王子暮送过来的,她没心情看,进了房间随手搁在门口的梳理台上,连灯也没开,跌跌撞撞地来到床边躺下。

这一天发生了太多的反转,已经超乎她的理解能力。想到王子暮的话,她不觉狼狈地笑起来,笑到眼泪纵横,她竟不知自己失败至此。

在将拉斐尔的订单内容透露给文斯洛,完成这个最重要的任务之后,她落荒而逃,是因为无法面对王子暮的感情。她不清楚他爱的是自己,抑或只是把她当成颖儿的替身。

她无法接受自己做一个影子,却没想到自己连影子都不是。

她只是一个工具,一个他计划反扑的工具。

知道这些之后,再回想起与他相处的点滴,尤其是在这个房间里发生的一切,她顿觉无比讽刺,一分钟都不想待在这里。她胡乱抹了把脸,就起身去收拾行李,黑暗中摸索着去开台灯,不小心撞落了床头的速写本。

灯亮了,她弯腰想拾起素写本,却突然愣住了——摊开的速写本上却是一幅陌生的图画。

画的是窗外的景色,建筑林立,楼厦栉比,虽然也是信手涂鸦的草图,但相比她白描的线条速写，这幅图的光暗层次更丰富，素描功底十分深厚。

这房间来过的外人只有王子暮一人，且他有次提起看过她的画册，却没说他也在上面画了画。江若彤从没见过他的手绘，意外画风这样粗犷，不像他严谨拘束的性格。她无意识地向后又翻了一页，竟然还有一幅图画。

是几幅人物小像，有全身的有半身的，还有的只是发型的描绘，线条非常潦草，类似剪影的画法，看得出画的时候动笔很快，人物或坐或站，各种姿态，都以轮廓为主，并没有画上五官。

那是在误以为与她发生关系的一夜之后，他画下这幅画，似乎在告诉她，他眼里的她，并不是只有与颖儿相似的那张脸。

她忽然好奇他送来的那个盒子里头是什么，打开来看，里面是碗口大的一朵绢花：亮棕色与白色相间的花瓣，像极了多年前他为她解围时随手叠制的那朵，只是这朵没再用别针临时固定，而是如精致饰品一般缝妥胶好，花心缀有一颗璀璨的钻石，映着绢花的颜色，低调而闪亮。她伸手轻触才发现钻石是活动的，竟是一枚戒指卡在绢花之中。旁边有张寸长的对折卡片，翻开来看到手写的两行字：

你自安之若素，于我琪瑰珍宝。

江若彤怔怔地看着，忽然跌坐在床上，攥着那枚钻戒的拳头紧贴在胸口，任眼泪静静地滴落在盒中的绢花上。

他知道是她，他竟然知道是她！

床边的手机响起，她不知怎的心中狂跳不已，看着屏幕上那个陌生号码，犹豫着接起来。

一个平和温柔的女声传来："江小姐？"

她吸下鼻子："我是。"

对方停顿片刻："或者直接叫你安琪，可以吗？我是林小美。"

才止住的眼泪又充满眼眶，她问："有什么事？"

"子暮哥哥不想让你知道这件事，但是我想，如果你也爱他的话，应该有权利知道：他的脑肿瘤已经病变很久了，今天下午病发，现在正在手术室抢救……"

十余个小时漫长的手术结束，王子暮仍然没有清醒。医生说肿瘤位置不好，手术能清除病变组织，但不确定是否会对大脑造成损伤，病人有可能一直处于这种不可逆的昏迷状态，即使醒来，也很难恢复到手术之前的体征。

安琪将父亲转院到王子暮所在的医院，每天做的事情就是静静地陪着这两个她生命中最重要的男人。

三个月后。

文斯洛参加完市中心的溶洞别墅区的奠基典礼，在楚哥的陪同下来医院看王子暮。

楚哥说王子暮从一开始就没准备把拉斐尔家具事件的证据提交给法庭，现在想想是因为知道自己的病。他这一病倒，拥有张氏第二多股份的文斯洛就成了董事长，非常郁闷地成了给王子暮打工的人，对于他留给自己的烂摊子头疼不已。不过由于大部分是他自己造成的，所以他也没敢太抱怨，只是一如既往地站在他床边絮叨，企图用意念让他赶快清醒。

小美和周志成偶尔也会过来，小美大多时候很安静，最多跟安琪闲聊几句。周志成则跟文斯洛是同一路数，每次过来都在王子暮耳边狠念一通，念得安琪好笑又好气，经常是他一来，她就抱着画板出去了。

没人来打扰的时候，安琪就坐在病床边的椅子上，一幅又一幅地描着他的画像。有时候她也画建筑，是她自己设计的一座座小房子，有个很大的庭院，里面种满了保加利亚玫瑰。

王子暮睁开眼时看到自己床边坐着一个安静地画画的女孩子，扶着画板的左手无名指上，一枚钻戒光泽流转。

听到响动，她不可置信地放下画板，抓起他的手，瞪大的眼睛中迅速聚满了水汽。

"你是谁？"王子暮问，声音因太久不说话变得十分喑哑。

"安琪。"她轻声答道。

——正文完——